Les mystères du désert

Pour secourir un enfant

CAROL ERICSON

Les mystères du désert

Traduction française de
LUCIE DELPLANQUE

BLACK ROSE

HARLEQUIN

Collection : BLACK ROSE

Titre original :
UNRAVELING JANE DOE

HARPERCOLLINS FRANCE
83-85, boulevard Vincent-Auriol, 75646 PARIS CEDEX 13
Service Lectrices — Tél. : 01 45 82 47 47 - www.harlequin.fr
ISBN 978-2-2804-5738-5 — ISSN 1950-2753

Composé et édité par HarperCollins France. Achevé d'imprimer en juillet 2021.
par CPI Black Print - Barcelone - Espagne
Dépôt légal : août 2021.

FSC www.fsc.org MIXTE Papier issu de sources responsables FSC® C159065

Pour limiter l'empreinte environnementale de ses livres, HarperCollins France s'engage à n'utiliser que du papier fabriqué à partir de bois provenant de forêts gérées durablement et de manière responsable.

1

Elle reprit connaissance dans un sursaut. Une odeur âcre de caoutchouc brûlé flottait dans l'air, agressait ses sens. Lorsqu'elle tenta de tourner la tête sur le côté, une douleur atroce lui vrilla le crâne. Elle ouvrit les yeux. Un instant, elle contempla sans comprendre l'arbre inversé qui se dressait devant elle. Quelque part, le gémissement insupportable d'une roue qui tournoyait, encore et encore.

Elle tira avec peine sur la ceinture de sécurité qui mordait la chair de son cou. Ses doigts poursuivirent leur exploration vers le côté de son crâne afin de palper la zone endolorie. Ses cheveux étaient poisseux. En ramenant sa main devant son visage, elle aperçut des traînées rouges sur son bras. Elle cligna des yeux plusieurs fois. Elle voyait trouble, mais c'était bien du sang. Son propre sang.

Prise de nausées, elle s'efforça de déglutir, mais c'était difficile avec la tête en bas. Elle retint un petit rire : c'était sans doute ce qu'on ressentait quand on se retrouvait coincé dans des montagnes russes, à la fête foraine. Elle, en revanche, était loin d'être à la fête.

Elle suivit la lanière de la ceinture de sécurité jusqu'à la fermeture. Si elle se détachait trop vite, elle risquait de se cogner contre le toit de la voiture. Elle avait déjà un mal de chien ; inutile d'aggraver sa situation.

Prenant appui sur la tôle, elle se libéra de la ceinture. Son corps s'affaissa, et elle roula sur le côté en position fœtale. Au bout de quelques secondes, elle trouva à tâtons la poignée, sans parvenir à l'actionner. Elle tenta alors d'atteindre le bouton du verrouillage centralisé. Au second essai, la portière s'écarta de quelques centimètres. Après quelques manœuvres, elle poussa avec ses pieds et réussit à forcer l'ouverture ; le métal racla avec un grincement sinistre contre la terre et le sable.

Lorsqu'elle eut dégagé un passage assez large, elle entreprit de se glisser hors de l'habitacle. Elle avait à peine sorti ses pieds qu'elle se figea. Une voix masculine venait de retentir au-dessus d'elle :

— On descend pour vérifier ?

Un second homme répondit :

— Je ne sais pas. Je n'ai rien vu bouger depuis le crash.

Elle était tétanisée. Leurs mots, leur intonation… Quelque chose chez ces hommes déclencha en elle une montée d'adrénaline qui réveilla son corps engourdi et meurtri. Elle se faufila à l'extérieur avec peine, puis se recroquevilla dans la poussière, à côté de la voiture renversée. Le véhicule avait quitté la route pour atterrir au fond d'une ravine en plein désert.

Elle risqua un œil par-dessus la portière et aperçut deux paires de bottes, juste au bord du précipice. Les hommes ne pouvaient pas la voir et, sans savoir pourquoi, elle sentait que c'était mieux ainsi. Une des paires de bottes, noires avec des boucles en métal qui scintillaient au soleil, se déplaça, déclenchant une cascade de petits cailloux dans la pente.

— Il faut s'en assurer, reprit le premier.

— Vas-y, si ça te chante. Moi, je ne descends pas. Et si la voiture explose ?

— Je préfère encore une explosion à la colère d'El Gringo Viejo. Tu imagines le tableau si on rentre sans être certains qu'elle est bien morte ?

— J'ai une idée ! Tu vois l'essence qui coule, là ?

Elle prit soudain conscience de l'odeur de carburant qui saturait l'air. Pourquoi ne l'avait-elle pas remarquée plus tôt ? La voiture pouvait prendre feu d'un instant à l'autre.

— Passe-moi ta cigarette, *cabron*. Tu as trop la frousse pour t'approcher.

Si elle s'enfuyait en courant, ils risquaient de la repérer. Elle se ramassa sur elle-même, tremblante. Mieux valait les laisser penser qu'elle était toujours à l'intérieur. Quelques cailloux roulèrent encore, lorsque l'homme aux boucles argentées s'aventura avec précaution dans la pente. Quand il s'arrêta, elle retint son souffle.

— Raté ! s'esclaffa l'autre, depuis la route.

Dix secondes plus tard, des flammes jaillirent de l'autre côté de la voiture et, bientôt, dans les vapeurs d'essence, un véritable brasier se mit à rugir. Protégée par un écran de feu et de fumée, elle en profita pour ramper sur le sable en direction de l'arbre qu'elle avait aperçu plus tôt, à travers le pare-brise fissuré. Enfin, elle s'adossa à l'écorce rugueuse et ramena ses genoux contre sa poitrine. Elle aurait voulu se fondre dans le décor. Pourvu que les deux inconnus ne s'approchent pas davantage !

La voiture explosa. Une portière passa en trombe non loin d'elle, projetée par le souffle, et des nuées de fumée noire s'élevèrent dans le ciel bleu du désert. Elle resta immobile, recroquevillée sur elle-même.

Un vent brûlant portait la voix des deux hommes dans sa direction, mais elle ne parvenait pas à distinguer leurs paroles à cause du vacarme de l'incendie. Les yeux fermés, elle se mit à marmonner :

— Allez-vous-en. Allez-vous-en.

Enfin, un bruit de moteur. Les hommes partirent. Une seconde explosion, plus petite, projeta une nouvelle salve de débris dans les airs. Elle se couvrit la bouche et le nez, afin de se protéger de la fumée et des cendres. Elle avait mal à la tête. Aux poumons. Aux côtes. Pourtant, elle restait assise là, immobile, tandis que la voiture brûlait près d'elle. Quand un lézard passa rapidement sur ses orteils, elle ne broncha pas. Ni quand le soleil commença à descendre derrière les collines. Ni quand des yeux jaunes apparurent par intermittence dans l'obscurité, la fixant un instant avant de s'évanouir.

Enfin, au bout de longues heures, les muscles raides et la gorge sèche, elle s'arracha au tronc de l'arbre et regarda autour d'elle. Des volutes de fumée s'élevaient encore de la carcasse calcinée de la voiture. On aurait dit une créature étrange aux aguets, prête à bondir.

Palpant ses poches, elle en sortit quelques pesos, ainsi qu'un couteau à cran d'arrêt dont la lame jaillit comme un éclair d'argent. Cela pouvait lui être utile. Elle replia l'arme et la glissa dans la poche arrière de son pantalon. Puis, elle se leva pour observer les alentours.

Dans le ciel, un quartier de lune illuminait faiblement le désert, dévoilant les débris qui jonchaient le sable. En s'accroupissant, elle découvrit quelques bouts de papier, des paquets de cigarettes vides, des tickets de caisses, un sac plastique… Elle attrapa au passage un morceau de papier qui dansait dans la brise nocturne et l'étala sur sa cuisse. Quelqu'un avait esquissé le portrait d'un homme avec des cheveux un peu longs et des lunettes. Avec un soupir, elle regarda de nouveau autour d'elle, à la recherche de quelque chose de plus utile.

Le désert n'avait pourtant rien de mieux à lui offrir.

Elle leva les yeux vers le bord de la route, où les deux inconnus s'étaient tenus. Cela faisait sans doute plusieurs heures qu'ils étaient partis, mais la peur l'avait maintenue enchaînée à cet arbre. Elle devait trouver un moyen de sortir de là. Elle avait besoin d'eau et de nourriture.

Et, par-dessus tout, elle devait découvrir qui elle était.

Rob remonta à bord de son véhicule de patrouille et appuya le front contre le volant.

— Quelle journée ! soupira-t-il, avant de se redresser pour se masser les tempes.

Il contempla l'étendue infinie du désert où grouillait au crépuscule une multitude de créatures furtives. En revanche, pas un humain à l'horizon. Il aurait pu hurler à pleins poumons, personne ne l'aurait entendu.

Il resta assis un moment, les mains sur le volant, se laissant gagner par un sentiment de paix intense. En tant qu'agent de la police des frontières, il savait pourtant que cette portion de désert n'était pas toujours aussi sereine. Il y avait lui-même découvert des cadavres décapités et avait été témoin de plusieurs fusillades. Et puis, il y avait la drogue. Toujours la drogue.

Il serra davantage le volant. La drogue ne représentait pas un objet inanimé à ses yeux. Il la considérait comme un démon imposant qui avait ravagé sa vie et dont il avait fait un ennemi personnel. Évidemment, il ne l'avait pas exprimé ainsi, lors de son entretien d'embauche à la police des frontières, de peur d'être refusé par l'agence fédérale pour raisons psychologiques.

Il se passa une main dans les cheveux. Inutile de gâcher sa soirée en ruminant de sombres pensées sur sa famille. Il referma sa portière avec douceur et démarra. Après avoir baissé sa vitre, il fit demi-tour. Le pick-up regagna cahin-caha la route goudronnée, à peine moins cabossée que le petit chemin de terre sur lequel il s'était engagé. La brise tiède de la nuit lui caressait le visage, et il humait avec délices les senteurs du désert, subtiles mais incomparables, quand soudain un effluve étranger assaillit ses narines. Malgré la sécheresse et la chaleur du désert de Sonora, les incendies étaient rares, du fait du manque de végétation combustible. Cependant, il était persuadé d'avoir perçu une odeur de pneu brûlé et d'essence. Il se gara sur le bas-côté et ajusta son rétroviseur pour observer le paysage derrière lui.

Il se trouvait sur une hauteur, avec le désert en contrebas ; la route longeait une ravine. Scrutant les alentours, il finit par détecter un mince filet de fumée grise qui s'élevait dans le ciel. Il enclencha la marche arrière et positionna le pick-up en travers de l'asphalte, afin d'éclairer le précipice avec ses phares. Il quitta son véhicule, sa lampe torche à la main, vint se placer juste au bord du ravin et se pencha. Il y avait bien cinq mètres de dénivelé. Quand il dirigea le faisceau de sa lampe en direction de la fumée, il poussa un juron en découvrant le squelette d'une voiture calcinée.

Des carcasses incendiées fleurissaient occasionnellement dans le désert. Parfois, c'était des voleurs qui abandonnaient le fruit de leur travail, une fois récupérées les pièces revendables. Parfois, des passeurs sans scrupule se débarrassaient de leur véhicule, après avoir fait traverser la frontière à leur chargement humain. Parfois, aussi, il y avait des accidents de la route. Rob descendit la pente avec prudence, veillant à bien planter ses talons dans la terre.

— Il y a quelqu'un ? lança-t-il, par acquit de conscience.

Il était possible de survivre à un tel accident, mais plus difficilement à l'incendie. De plus, quiconque aurait réussi l'exploit de résister à l'impact et à la fournaise aurait sans doute été achevé par les conditions extrêmes du désert.

Lorsqu'il atteignit la voiture, il donna un coup de pied dans la carcasse, qui s'effondra avec un gémissement. Il en fit le tour, à la recherche d'une plaque d'immatriculation ou de tout autre signe d'identification, sans même parvenir à déterminer le modèle du véhicule. Il s'apprêtait à remonter en direction de la route, quand un bruissement le fit se retourner.

Il observa le palo verde et les quelques buissons qui poussaient non loin de là. Sans doute un animal qui avait creusé son terrier entre les racines. Il pointa sa lampe torche dans la direction de la végétation, suivant le contour des branches basses de l'arbre. Quelque chose aurait facilement pu s'y cacher. Quelque chose d'aussi gros qu'une antilope ou… une personne.

Il y a quelqu'un ? demanda-t-il encore en s'approchant.

Une toux tout à fait humaine retentit dans la nuit, et une forme émergea de derrière le tronc.

— Tout va bien ? s'enquit-il, inquiet. C'est votre voiture ?

Il éclaira la silhouette qui venait d'apparaître. Une femme s'avançait vers lui, clignant des yeux dans la lumière. Elle tenait un couteau à la main.

— Un pas de plus et je vous étripe.

2

Rob recula d'un pas et porta par réflexe la main à son arme de service. La femme apparue dans le faisceau de sa lampe avait sans doute perdu la raison, suite au choc. Il n'allait quand même pas tirer sur une victime d'accident !

Soudain, une idée surgit dans son esprit. Était-elle vraiment seule ? Ou bien venait-il de tomber dans une sorte d'embuscade ? Il regarda autour de lui avec méfiance et raffermit sa prise sur la crosse de son .45.

— Je ne vous veux aucun mal, assura-t-il. Êtes-vous blessée ? C'est votre voiture ?

— Ça va, répondit-elle. Vous pouvez passer votre chemin.

La lame de son couteau scintillait dans la lumière de la torche.

— Passer mon chemin ? Pas question. Vous êtes blessée. Vous êtes même dans un sale état.

Elle porta la main à ses cheveux poisseux de sang, puis se redressa.

— Ce n'est rien, affirma-t-elle.

— Écoutez, madame… Vous n'avez aucune crainte à avoir. Je suis agent de la police des frontières. Mon véhicule de patrouille se trouve juste là-haut, sur la route, précisa-t-il en pointant son pouce derrière lui.

— La police des frontières ? Quelle frontière ?

Ses yeux brillaient dans le noir comme ceux d'une bête sauvage. Rob tira sa plaque de sa poche et la brandit dans sa direction.

— La frontière avec le Mexique.

Il faisait trop sombre pour déterminer si elle était latino-américaine. Elle n'avait pas d'accent, mais cela ne signifiait rien. Le véhicule incendié était-il celui d'un passeur transportant des clandestins ? Cela expliquerait la méfiance de la jeune femme. Celle-ci s'approcha brusquement pour lui arracher son insigne des mains. Quand elle se pencha pour l'examiner, il dirigea le faisceau de sa lampe dessus.

— Roberto Valdez, lut-elle à voix haute.

— À votre service, madame, répondit-il avec un petit salut officiel. Je peux vous conduire à l'hôpital. Mais si vous préférez ne pas monter en voiture seule avec moi, je peux aussi appeler la police ou une ambulance.

— Pas la police ! rétorqua-t-elle en lui jetant sa plaque, qui atterrit à ses pieds. Pas de police. Pas d'ambulance. Pas d'hôpital. Je vais bien.

— Madame, je ne peux pas vous laisser ici comme ça. C'est dangereux. La ville la plus proche est à des kilomètres. Il y a bien quelques campements sauvages, çà et là, mais ce ne sont pas des endroits très sûrs.

— Je refuse de vous suivre à la police ou à l'hôpital, insista-t-elle.

Elle baissa soudain son couteau et porta une main à sa gorge, avant d'ajouter :

— Je vous en prie. Je… Je crois que je ne serais pas en sécurité, là-bas.

— Pourquoi ? demanda Rob, surpris. Avez-vous franchi la frontière illégalement ? C'est un passeur qui vous a conduite jusqu'ici ?

— Quoi ? Non. Ce n'est pas ça. S'il vous plaît. C'est… C'est mon mari. Mon ex-mari. Il me cherche, et j'ai peur.

Rob déglutit avec peine. Elle venait de choisir le meilleur argument possible pour toucher sa corde sensible. À condition qu'il ne s'agisse pas d'un mensonge.

— C'est… C'est lui qui a fait ça ? s'enquit-il en désignant le véhicule calciné.

— Je crois. Je crois qu'il a provoqué l'accident, et ensuite il a incendié la voiture.

— Et comment avez-vous fait pour en sortir indemne ?

— Après le crash, je l'ai vu arriver et je me suis cachée dans ce bosquet. Il a mis le feu à la voiture et s'est enfui. Il ne m'a pas vue. Il pense que je suis morte, et c'est mieux ainsi.

— Si on appelle la police…

— Non ! Pas la police ! Si vous prévenez des collègues, je vais disparaître dans le désert. Pour m'en empêcher, il faudra m'abattre avec cette arme que vous n'arrêtez pas de tripoter.

— Je n'ai pas l'intention de vous tirer dessus, mais je ne vais pas vous laisser vous enfuir pour autant. Comment vous appelez-vous ?

— J-Jane.

Il fronça les sourcils. Le mensonge était flagrant.

— Jane comment ?

— Peu importe.

— D'accord… « Jane », soupira-t-il en lui tendant la main. Je m'appelle Valdez et je veux vous aider.

Elle croisa les bras, refusant de répondre à son geste.

— Ce n'est pas en me conduisant à l'hôpital ou en alertant la police que vous allez m'aider. Au contraire.

— On va trouver une solution. Pour commencer, on va quitter cet endroit et vous sortir du désert. J'ai de l'eau dans mon véhicule.

Il se pencha pour ramasser son insigne.

— De l'eau ? répéta la femme, qui sembla soudain perdre l'équilibre et dut prendre appui sur une branche du palo verde.

— Oui. Vous devez être déshydratée.

Il s'approcha un peu.

— De l'eau, murmura-t-elle encore, avant de s'effondrer dans la poussière.

Rob se précipita à son secours. Il en profita pour poser un pied sur la lame du couteau, afin de prévenir une éventuelle ruse. Il s'accroupit près d'elle, puis laissa échapper un long sifflement en découvrant la plaie sur le côté de son crâne. Non, elle ne jouait pas la comédie.

Il passa rapidement le faisceau de sa lampe sur le sable, à côté d'elle. Rien. Elle n'avait que les vêtements qu'elle portait et ce couteau, dont il plia la lame, avant de le ranger dans sa poche.

Puis, coinçant la lampe torche entre ses dents, il prit le mince corps de Jane dans ses bras et entreprit de remonter jusqu'à la route. La tâche se révéla plus ardue que prévu, malgré la légèreté de son fardeau évanoui. À chaque pas, ses pieds dérapaient dans le sable et il dut fournir un effort énorme pour ne pas glisser.

Arrivé au sommet, il déposa Jane par terre et enjamba

la rambarde avant de la reprendre dans ses bras. Il l'installa sur le siège passager, boucla la ceinture de sécurité et inclina le dossier du fauteuil.

Son pouls n'était pas très marqué, mais il battait avec régularité sous ses doigts. Elle entrouvrit ses lèvres desséchées, laissa échapper un petit soupir et ses longs cils noirs papillonnèrent. Rob retint son souffle, l'encourageant mentalement à ouvrir les yeux. Il préférait être menacé par un couteau que de la voir dans cet état.

Sur la banquette arrière, il récupéra la trousse de secours réglementaire et en sortit de la gaze et un spray antiseptique. Puis, à l'aide d'une compresse propre, imbibée avec de l'eau de sa gourde, il entreprit de nettoyer la plaie. Les blessures à la tête saignaient toujours beaucoup, même quand elles n'étaient pas graves. Cependant, celle de Jane ne lui plaisait pas.

Le plus logique aurait été de la conduire à l'hôpital et de laisser des professionnels la prendre en charge. Quant à son ex, la police se chargerait de retrouver sa trace et de la protéger. Soudain, il se figea et ne put retenir un rire : il était bien placé pour savoir que c'était totalement faux. La police ne pouvait pas faire grand-chose dans ce genre de situations.

Il termina de nettoyer le sang séché, puis appliqua l'antiseptique. Au bout de quelques minutes, la jeune femme se mit à respirer plus vite.

— Jane ? chuchota-t-il à son oreille.

C'était sans doute inutile. Si elle s'appelait Jane, alors lui s'appelait Tarzan. Pourtant, elle gémit et s'agita sur son siège.

— C'est ça, fit-il. Reprenez vos esprits.

Elle ouvrit brusquement les yeux. Comme saisie de

panique, elle tenta de se redresser, mais la ceinture de sécurité la retint.

— Tout va bien. Vous ne risquez rien. Je suis l'agent Valdez, de la police des frontières. Vous vous souvenez ? Vous avez perdu connaissance en bas et maintenant vous êtes dans ma voiture.

— Pas de police ! s'écria-t-elle en se tordant les mains avec angoisse.

— Je n'ai appelé personne.

Il lui tendit une bouteille d'eau.

— J'ai nettoyé votre plaie comme j'ai pu, mais…

— Pas l'hôpital, coupa-t-elle en secouant furieusement la tête.

Le mouvement lui arracha un gémissement de douleur, et elle se tint le visage à deux mains.

— D'accord, d'accord. Pas d'hôpital non plus. Mais vous devez vous ménager. Tenez, buvez. Vous êtes déshydratée.

Les yeux fermés, elle but à longues gorgées, vidant la moitié de la petite bouteille, qu'elle serra ensuite contre elle. Rob s'éclaircit la gorge.

— Est-ce que je peux vous déposer quelque part ? Chez un ami ? De la famille ? Un arrêt de bus ? Je peux vous conduire jusqu'à Tucson, si nécessaire.

— Tucson ? dit-elle en ouvrant un œil.

— C'est bien là-bas que vous alliez, non ?

C'était ce qu'il avait déduit. « Jane » ne lui avait pas expliqué grand-chose en dehors de cette histoire d'ex-mari violent.

— Quelle était votre destination ? reprit-il. Comment s'est produit l'accident ?

Il aurait dû lui poser ces questions avant même de la ramener au véhicule de patrouille.

— Je n'allais nulle part et je ne devais retrouver personne, affirma-t-elle, une main sur la gorge, avant de poursuivre d'une voix plus aiguë : c'est plutôt le contraire. Je cherchais à fuir.

— Vous n'avez aucune famille, aucun ami dans le coin ? Pas de bagages ? Pas d'argent ?

— Tout a brûlé avec la voiture, répondit-elle, tandis qu'une larme solitaire coulait sur sa joue. Je suis tellement fatiguée. Je me sens tellement faible.

Rob lui tapota le genou et se redressa. Quel genre de brute était-il pour l'interroger ainsi, au bord de la route en plein désert, alors qu'elle avait besoin de nourriture, de soins et de repos ?

— Écoutez… Je peux vous ramener chez moi, le temps que vous repreniez vos esprits, proposa-t-il. Est-ce que ça vous conviendrait ?

— Mais… Et votre famille ? Je ne voudrais pas déranger.

— Je n'ai pas de famille. Enfin… Je ne vis avec personne. Mais si vous préférez, je peux vous déposer chez un collègue et sa femme. Je pense que ça ne les dérangerait pas, ajouta-t-il en se grattant le menton.

Qui espérait-il berner ? La première chose que ferait Clay Archer, ce serait d'appeler le bureau du shérif. Ce type respectait la loi à la lettre, même si ce n'était pas le cas de sa femme, April.

— Un collègue ? De la police des frontières comme vous ?

— Oui.

Elle leva une main.

— Non, c'est bon. Je vous fais confiance. J'ai juste besoin d'une journée pour me ressaisir.

— Voilà, pour vous ressaisir. J'ai de l'eau chez moi et des restes d'hier soir. Il y a aussi de l'ibuprofène.

Il ferma la portière côté passager. En se glissant derrière le volant, il jeta un regard discret à la silhouette menue assise à ses côtés. Peut-être valait-il mieux ne pas mettre ses collègues dans le coup, cette fois. Ces derniers lui répétaient souvent qu'il était trop impulsif. Inutile d'apporter de l'eau à leur moulin.

Il observa le profil de Jane, convaincu qu'elle faisait semblant de dormir, puis démarra. Elle devait peser cinquante kilos, toute mouillée. Il allait la laisser se reposer et reprendre ses esprits.

Après tout, que risquait-il ?

L'agent de la police des frontières lui toucha l'épaule.

— Vous êtes réveillée ?

Elle s'étira et se frotta les yeux. Elle avait fait semblant de dormir pendant tout le trajet pour éviter ses questions. Qu'aurait-elle pu lui dire ? Elle n'avait aucune réponse à lui donner. Elle savait à présent qu'elle se trouvait quelque part entre la frontière mexicaine et Tucson. En revanche, elle n'avait pas la moindre idée de la façon dont elle était arrivée jusque-là. Non, pas tout à fait. Elle conduisait une voiture qui avait été accidentée. Elle n'avait même pas pensé à récupérer quoi que ce soit avant d'en sortir.

Il ne lui restait plus rien… en dehors de ce couteau qu'il lui avait pris.

Elle jeta un regard discret à l'homme sérieux assis à côté d'elle. Valdez. Roberto Valdez. Au moins, il avait de beaux yeux ténébreux et le cœur sur la main.

— Vous vous sentez mieux ? demanda-t-il.

— Pas vraiment, marmonna-t-elle en se massant la nuque, avant de tourner la tête à droite et à gauche. Je suis toute raide.

— On arrive, annonça-t-il en s'engageant dans l'allée d'une petite maison, où une lampe s'alluma au-dessus du portail. Je vais vous trouver de la glace, des antalgiques, de quoi manger, à boire... Dans l'ordre que vous préférez. Demain, vous déciderez de ce que vous voulez faire.

— De l'eau, des antalgiques et de la glace, pour commencer.

Elle termina la petite bouteille d'eau. L'avenir lui apparaissait comme un brouillard épais, dans lequel tournoyaient des pensées confuses – et sa propre identité.

Jane.

Quelle idiote.

Et pourquoi pas carrément Jane Doe, le nom dont la police baptisait les victimes anonymes ? Rob n'y avait pas cru une seconde, à ce prénom. Et pour le reste ? Au moins, il n'avait pas averti les autorités locales. Elle était à peu près certaine qu'un agent de la police des frontières avait l'obligation de les alerter pour signaler l'accident et cette étrange victime. Son expression s'était soudainement radoucie lorsqu'elle avait raconté cette histoire d'ex-mari violent. Cela lui avait presque fait de la peine pour lui.

Comment savoir ?

C'était peut-être la vérité, après tout. Un des hommes qui avaient mis le feu à la voiture était peut-être un ex. Elle avait oublié leurs paroles, mais cela lui reviendrait. Elle se souvenait de Roberto Valdez en revanche, et de sa gentillesse.

Elle lui jeta un nouveau regard, notant la façon dont la chemise vert foncé épousait la forme de ses épaules et de son torse quand il bougeait. Elle ne devait pas avoir complètement perdu la tête, si elle était encore capable d'apprécier un bel homme en uniforme.

Elle sursauta quand il posa une main sur son bras. Ce contact déclencha une sorte de décharge électrique qui se répandit dans tout son organisme. Peut-être était-elle simplement nerveuse.

— Pardon, s'excusa-t-il aussitôt en retirant sa main. Je vous ai fait mal.

— Non. Je suis un peu à cran.

— Si c'est le fait de venir chez moi qui vous embête, il est encore temps de demander à mon collègue et sa femme. Vous seriez peut-être plus à l'aise chez eux.

Elle en doutait, car le collègue risquait de vouloir appeler le shérif.

— Ce n'est pas ça. Je… Je suis toujours inquiète à cause de mon ex… et de ce qu'il m'a fait.

Lorsqu'elle jeta cette dernière information, le regard de Rob se transforma en velours liquide. Ainsi, sa carrure sportive abritait un cœur tendre… Un cœur tendre dont elle allait devoir abuser, même si cela lui répugnait.

Rob retira les clés du contact, et toute douceur disparut de son regard.

— Je comprends, marmonna-t-il, les mâchoires serrées. Mais vous êtes en sécurité ici.

Il était sincère. Non seulement elle savait qu'elle ne risquait rien avec lui, mais elle sentait qu'il comprenait vraiment ce qu'elle avait sous-entendu. Évidemment, il s'agissait de simples spéculations.

Après tout, comment prétendre connaître un inconnu, alors qu'elle ignorait tout de sa propre vie ?

— Je vais vous aider.

Il descendit du véhicule, son ceinturon et un sac à dos jetés sur l'épaule. Le temps qu'il fasse le tour pour la rejoindre, elle avait détaché sa ceinture de sécurité et repris sa bouteille vide. Il ouvrit la portière et lui tendit la main.

— Venez.

Elle se laissa guider jusqu'à la maison aux murs en crépi clair. Derrière le petit portail de métal bleu, un passage couvert débouchait sur une cour intérieure décorée de cactus en pots et de fauteuils de jardin rassemblés autour d'un brasero ventru.

— Ça va ? demanda-t-il en se retournant vers elle.

— Oui. Vous êtes gentil, monsieur Valdez.

Il rougit légèrement sous son bronzage, puis laissa échapper un rire.

— Gentil ? Si vous voulez…

Ils traversèrent la cour jusqu'à la porte d'entrée, que Rob déverrouilla. À l'intérieur, le carrelage et les murs en pisé créaient un cocon de fraîcheur agréable. Elle poussa un petit soupir. Rob abandonna ses affaires sur un banc dans le vestibule, puis repassa devant elle pour gagner le salon. Il rassembla rapidement quelques coussins qui traînaient et les empila sur le bord du canapé.

— Tenez. Venez vous asseoir ici. Je vais chercher de l'eau et de la glace pour votre tête.

— Puis-je utiliser la salle de bains ?

— Bien sûr, fit-il en se frappant le front. Où avais-je la tête ? C'est la deuxième porte sur la droite, dans le couloir. Vous avez besoin d'aide ?

— Ça va aller.

Elle poussa la porte de la salle de bains et retint son souffle avant d'atteindre le miroir, se préparant à affronter son reflet. Elle resta un instant interdite. Puis, elle chassa une mèche rebelle, tandis qu'elle étudiait avec attention ce visage inconnu. Non, pas tout à fait inconnu. Était-ce une étincelle de reconnaissance qu'elle venait de voir passer dans son regard, quand elle avait découvert ces traits banals ? Chevelure châtain clair, yeux marron, nez légèrement retroussé. Rien qui puisse la distinguer des autres dans une foule.

Tant mieux.

Les dents serrées, elle toucha la masse de cheveux collés sur le côté de son crâne et suivit le contour du bandage de fortune que Rob avait confectionné.

On frappa à la porte.

— Tout va bien ? lança Rob, depuis le couloir.

Nickel. Je suis juste en train de faire connaissance avec mon visage.

Glissant un doigt sous le bandage, elle répondit :

— Vous croyez qu'on devrait retirer le pansement ?

— Oui, je vais en refaire un autre. J'ai sorti ma trousse de secours de compétition. Faites-moi signe quand vous serez prête.

Il sursauta un peu quand elle ouvrit la porte d'un geste brusque.

— Je suis prête.

— C'est pire que ce que vous pensiez ? demanda-t-il.

— Mieux. Beaucoup mieux.

Elle le suivit jusqu'au salon et s'assit sur un coin du canapé. Sur la table basse, Rob avait disposé une armée de flacons, des carrés de gaze et des bandages, ainsi que de l'eau tiède et une poche de glace.

— Voyons un peu ça, annonça-t-il en s'asseyant à côté d'elle. J'ai tout ce qu'il me faut, à présent.

Il déroula le bandage, puis trempa le coin d'un gant de toilette dans l'eau tiède pour nettoyer la plaie et le sang coagulé. Quand il appliqua encore le spray antiseptique, elle se crispa.

— Désolé, murmura-t-il.

Une fois le pansement terminé, il lui tendit deux comprimés qu'elle avala avec un grand verre d'eau.

— Bien, dit-il. Maintenant, il faut que vous mangiez quelque chose.

— Ne vous embêtez pas, répondit-elle.

— Vous refusez que je vous conduise à l'hôpital. La moindre des choses, c'est de ne pas vous laisser mourir de faim.

Il bondit et remballa les affaires éparpillées sur la table basse.

— Et puis, ce n'est pas un problème. J'ai un reste de soupe aux *albondigas* et la moitié d'un sandwich dinde-tomate-salade, à laquelle je vous jure que je n'ai pas touché.

— Ça me va, mais… Et vous ?

— J'ai déjà dîné, lança-t-il par-dessus son épaule en se dirigeant vers la petite cuisine, ouverte sur le salon. Vous avez conscience qu'il est presque minuit ?

— Je ne voudrais pas vous enlever le pain de la bouche, c'est tout.

— Pas de souci.

Sa tête disparut dans le réfrigérateur, et il en sortit un petit sac en papier et une boîte en plastique.

— Je vais réchauffer la soupe, annonça-t-il.

Elle retira ses espadrilles poussiéreuses et remonta une jambe sous elle. Avec un long soupir, elle détendit ses épaules, sans doute pour la première fois depuis qu'elle avait repris connaissance.

Elle ne voulait pas penser au lendemain. Elle ne voulait pas penser à qui elle était et pourquoi deux hommes essayaient de la tuer.

La sonnerie du micro-ondes vint interrompre ses réflexions et elle se redressa, salivant déjà en sentant le parfum épicé de la soupe chaude. Après s'être affairé quelques minutes dans la cuisine, Rob réapparut avec un plateau qu'il posa sur la table basse devant elle. Il avait même sorti une serviette en tissu.

— Quel service ! s'exclama-t-elle. J'ai un peu mauvaise conscience.

— Ne vous inquiétez pas.

Il retourna dans la cuisine, prit une bouteille de bière dans le réfrigérateur et revint en dévissant la capsule.

— J'ai eu une rude journée, grommela-t-il, comme pour se justifier. Même avant de vous découvrir sur le bord de la route.

Elle se figea, sa cuiller au-dessus du bol.

— La voiture se voyait depuis la route ?

— J'ai repéré la fumée. Je connais cette portion de désert comme ma poche. Je ne vous propose pas de bière, ajouta-t-il soudain. Ce ne serait pas une très bonne idée, dans votre état.

— Vous avez raison. De l'eau, c'est parfait.

— Je peux vous demander ce qui s'est passé, là-bas ? Vous étiez poursuivie ? Vous avez perdu le contrôle du véhicule ?

Il s'était assis dans le fauteuil en face du canapé et faisait tourner la bouteille entre ses mains.

— Oui.

Elle souffla sur la soupe. Autant rester au plus près de la vérité.

— Votre ex a-t-il vu la voiture faire un tonneau ?

— Je crois, soupira-t-elle en touchant du doigt sa tempe douloureuse. Je ne me souviens pas bien de l'accident et de ce qui s'est passé après.

— Et il vous a laissée là ? marmonna Rob en grattant l'étiquette de sa bouteille. Bon sang…

— J'imagine.

Elle goûta la soupe.

— Et vous arriviez d'où, exactement ? Où est-ce que vous vivez ?

Elle ferma les yeux.

— Je préférerais ne pas en parler. Ça ne vous embête pas ?

— Non, bien sûr… La soupe vous plaît ?

— C'est délicieux, affirma-t-elle avant d'engloutir une seconde cuiller. C'est vous qui l'avez faite ?

— Non. Il y a ce petit restaurant en ville… La patronne en prépare toujours pour moi depuis que je lui ai assuré que sa recette me faisait penser à celle de mon *abuela*.

— Êtes-vous originaire de… Tucson, monsieur Valdez ?

— Los Angeles. J'ai emménagé à Paradiso quand j'ai été embauché à la police des frontières.

— Paradiso ?

— C'est le nom de cette ville. Vous avez dû voir le panneau sur la route en venant de… je ne sais où ?

Elle hocha la tête avec tant de vigueur qu'une douleur lancinante lui vrilla le crâne. Elle reposa le bol de soupe vide et s'attaqua au sandwich. Peut-être qu'en gardant la bouche pleine elle échapperait aux questions de Rob Valdez.

Effectivement, il la laissa manger en paix. Quand elle engloutit le dernier morceau de pain, il fit mine de s'approcher pour débarrasser le plateau.

— Je m'en occupe, dit-elle en le retenant par le bras. Il faut que je m'active un peu, sinon je vais m'ankyloser.

— Si vous le dites…

Il se leva néanmoins pour jeter sa bouteille vide. Elle posa la serviette et s'apprêtait à emporter la vaisselle quand Rob appela depuis la cuisine :

— Qui est Rosalinda ?

Elle faillit lâcher le plateau.

— Quoi ?

Il passa une main derrière son épaule pour désigner son omoplate.

— Le tatouage, dans votre dos. Qui est Rosalinda ?

3

Elle se figea, le plateau toujours dans les mains, luttant contre l'envie de le lâcher avec fracas pour rajuster l'échancrure de son T-shirt. Cependant, elle se composa une expression neutre et s'efforça de se redresser lentement pour faire face à Rob.

— C'était… une amie à moi. Elle est morte. Tous ses proches se sont fait tatouer son nom sur l'épaule.

— C'est un bel hommage.

— Elle a été assassinée.

Elle se tut brusquement. Pourquoi se sentait-elle obligée de préciser ce genre de détails ? Ils rendaient peut-être son histoire plus crédible, mais aussi plus facile à vérifier. Toutefois, Rob Valdez n'aurait pas le temps de vérifier grand-chose à son sujet, car elle entendait bien débarrasser le plancher dès le lendemain.

— C'est… C'est terrible, dit-il en ouvrant le robinet pour rincer la boîte qui avait contenu la soupe.

L'atmosphère était pesante. Rob avait de nombreuses questions qui lui brûlaient les lèvres, mais il avait compris qu'elle ne répondrait pas.

S'appelait-elle Rosalinda ? Les gens se faisaient-ils tatouer leur propre prénom sur le corps ? se demanda-t-elle en posant le plateau dans la cuisine. Rob récupéra la vaisselle sale pour la mettre dans l'évier.

— Il y a trois chambres dans la maison. L'une d'elles sert de bureau, mais il reste une chambre d'amis. Vous êtes la bienvenue. La porte ferme à clé.

Les mains dans le dos, elle s'appuya contre le plan de travail.

— Je vous fais confiance.

Il fit la grimace.

— Vous ne devriez pas.

— Pardon ?

S'était-elle totalement trompée sur le compte de Valdez ? Son métier ne faisait pas automatiquement de lui un gentil. Peut-être s'était-il montré aussi accommodant et avait-il accepté de ne pas appeler la police parce qu'il voulait… abuser d'elle d'une façon ou d'une autre. Qui savait qu'elle se trouvait chez lui ? Personne.

— Désolé, marmonna-t-il en s'emparant d'un torchon. Je ne cherchais pas à vous faire peur. Vous n'avez rien à craindre de moi. Je parlais de façon générale, parce que vous vous êtes montrée particulièrement confiante envers moi ce soir. Enfin… Sauf quand vous m'avez menacé de m'étriper avec votre couteau.

— Tant qu'à faire confiance à quelqu'un, autant que ce soit un agent de la police des frontières, non ?

— Logique. Et je suis heureux d'être passé par là.

— Moi aussi.

Elle ne faisait pas allusion à ses trapèzes saillants sous sa chemise tandis qu'il faisait la vaisselle. Ni même au simple fait qu'il fasse la vaisselle. Il émanait de l'agent Valdez une force tranquille qui l'apaisait. Elle ne savait plus qui elle était. Elle avait survécu à un terrible accident et à une journée dans le désert sans eau ni nourriture, et avait échappé à ceux qui voulaient sa mort. À présent qu'elle avait mangé un peu, elle n'aspirait plus qu'à une chose : dormir.

— Est-ce que je pourrais prendre une douche ? demanda-t-elle timidement en tirant sur ses vêtements tachés de sang et de poussière.

— Je vais vous sortir une serviette propre et vous prêter un de mes T-shirts. Vous n'aurez qu'à me donner vos affaires, je les mettrai à la machine.

Il désigna le tissu déchiré à l'épaule et ajouta :

— Pour ça en revanche, je ne peux pas faire grand-chose.

C'était comme ça qu'il avait aperçu le tatouage. Au moins, cela lui avait apporté un indice quant à son identité. Peut-être aurait-elle retrouvé la mémoire à son réveil. Peut-être avait-elle un mari ou un petit ami complètement paniqué, quelque part dans le pays. Elle reprendrait ensuite son petit bonhomme de chemin et laisserait Valdez en paix.

Elle soupira. Son petit bonhomme de chemin ? Avec deux types qui essayaient de la tuer ? Le lendemain matin, elle tenterait de se souvenir de ce que ces hommes avaient dit. Pour l'heure, elle avait juste envie de dormir.

— Ce n'est rien. En revanche, ce n'est pas de refus pour le T-shirt propre.

— Je vais chercher la serviette. Et… la salle de bains n'a pas changé de place.

— Merci. C'est vraiment très gentil, tout ce que vous avez fait pour moi ce soir. Vous n'étiez pas obligé, surtout après l'épisode du couteau.

— Je ne pouvais quand même pas vous laisser là-bas.

Et puis, franchement…, ajouta-t-il avec un clin d'œil. J'aurais pu vous désarmer et vous plaquer au sol en quelques secondes.

Il tourna les talons et sortit de la cuisine. Elle le suivit du regard, observant avec suspicion ses larges épaules et ses biceps saillants. Il disait sans doute vrai. En dépit de sa nature bienveillante et de son apparente douceur, elle aurait eu tort de sous-estimer Roberto Valdez.

Elle essuya la vaisselle restée dans l'égouttoir et était en train de ranger quand il revint.

— Vous n'étiez pas obligée, vous savez, dit-il.

— Je ne suis pas en aussi mauvais état que j'en ai l'air. J'avais ma ceinture de sécurité.

— Votre véhicule a fait un tonneau, non ? Vous avez de la chance d'être en vie.

— C'est vrai, approuva-t-elle avec un petit frisson.

— J'ai mis une serviette et un T-shirt propre dans la salle de bains. Il y a du savon et du shampoing, si vous parvenez à laver autour du bandage.

— Je m'occuperai de mes cheveux plus tard, répondit-elle en s'emparant de la bouteille en plastique de la voiture pour la jeter à la poubelle.

Rob bondit pour l'en empêcher.

— Non, pas dans celle-là. J'ai un bac pour le recyclage, dehors.

Ce type était-il donc parfait ?

— Admirable, s'exclama-t-elle. Et pour celle-là ?

Elle désigna la bouteille de bière vide.

— Même chemin. J'ai un bac dehors. Bon, la maison est fermée pour la nuit et je serai dans ma chambre, si jamais vous avez besoin de quoi que ce soit.

Il y avait bien deux ou trois choses qu'elle aurait pu

demander à l'agent Valdez, mais aucune n'était adaptée à une personne rescapée d'un accident de voiture et qui ne se souvenait même plus de son prénom.

— Merci, se contenta-t-elle de murmurer, avant de disparaître dans le couloir.

Une fois dans la salle de bains, elle se déshabilla, abandonnant ses vêtements sur le carrelage. Puis, debout devant le miroir, elle examina son corps des pieds à la tête, à la recherche d'autres signes distinctifs. Elle découvrit la marque de bronzage d'un bikini, ainsi que quelques hématomes et égratignures causés par l'accident. Les ongles de ses orteils étaient impeccables et vernis d'une belle couleur violette. Bon. Elle n'était sans doute pas SDF. Elle vérifia également ses avant-bras : pas de trace de piqûre.

Elle se tourna un peu pour étudier le tatouage « Rosalinda » sur son épaule, mais ne put apercevoir que la queue d'une lettre ornée d'une rose. Il lui faudrait un second miroir pour voir le motif dans son ensemble.

Elle ouvrit le robinet et attendit quelques secondes avant d'entrer dans la douche. Quand le jet d'eau chaude commença à couler sur son corps meurtri, elle ne put retenir une grimace. Avait-elle envie de retrouver l'identité de cette femme qu'on cherchait à tuer ? Les deux hommes la croyaient morte dans l'accident de voiture ou dans l'incendie. Tant qu'ils n'auraient aucune preuve du contraire, elle était en sécurité.

Il ne fallait pas que Valdez ou quelqu'un d'autre se mette à placarder son portrait partout ou à fouiller dans les fichiers des personnes disparues. Pas tout de suite. Elle avait besoin de davantage d'informations avant de retourner à ce qui était visiblement une existence dangereuse.

Pourquoi ne pas simplement rester à Paradiso, le temps d'y voir plus clair ? Si Valdez avait des amis en ville, elle pourrait même trouver du travail. Il faudrait bien qu'elle gagne sa vie en attendant que la mémoire lui revienne.

Et si elle ne revenait jamais ?

Elle pourrait toujours se forger une nouvelle identité. Elle pourrait commencer une nouvelle vie à Paradiso… et Roberto Valdez serait son premier nouvel ami.

Le lendemain matin, accroupi devant la machine à laver, Rob fouilla le pantalon de Jane. Les poches étaient vides. Pourquoi n'avait-elle qu'un couteau sur elle ? Pourquoi ne pas avoir pris son sac à main, avec sa carte d'identité et de l'argent ? L'arme se trouvait-elle déjà dans sa poche ? Pourquoi ? Pour se défendre contre un ex violent ?

Il jeta le corsaire vert dans le tambour de la machine, puis s'intéressa au T-shirt déchiré. L'étiquette indiquait qu'il avait été fabriqué au Mexique… comme souvent. Il le mit à la machine également. C'était tout ce qu'elle avait. Il ajouta quelques vêtements à lui, puis lança un programme et retourna à la cuisine pour préparer du café.

Il avait laissé Jane dormir, car elle en avait besoin. Mais, pour être honnête, il avait une idée en tête. Il sortit un sac en plastique d'un tiroir, puis récupéra la bouteille dans laquelle elle avait bu, la veille et la rangea soigneusement dedans. C'était un peu tard pour vérifier ses empreintes, car elle aurait déjà pu le poignarder pendant son sommeil, mais il avait le droit de savoir qui logeait chez lui. Si elle avait commis une infraction quelque part, elle apparaîtrait dans la base de données. Sinon, retour à la case départ… avec une femme qui mentait sur son identité. Étant donné l'ex-mari violent à ses trousses, son hésitation était compréhensible. Cependant, si elle lui faisait assez confiance pour dormir chez lui, elle pouvait bien lui donner son véritable nom.

Il scella le sac en plastique, qu'il rangea ensuite dans sa sacoche de travail. Puis il ouvrit son ordinateur sur la table de la cuisine, lança un moteur de recherche et tapa « Rosalinda meurtre ». Il cliqua sur quelques liens qui semblaient prometteurs, mais au bout d'une dizaine de minutes il renonça à trouver un assassinat impliquant une victime prénommée Rosalinda. Il lui aurait au moins fallu un nom de famille ou, à défaut, une ville.

Jane ne lui confierait jamais cette information. Si elle lui avait parlé de cette amie, c'était simplement parce qu'il avait découvert le tatouage. Il se passa une main dans les cheveux avec un soupir. Pourquoi se tracassait-il autant ? D'ici quelques heures, cette femme serait partie et il n'aurait plus qu'à classer l'affaire sans suite. Ce serait une rencontre étrange de plus dans sa vie. Il garderait ça pour lui. Il aurait dû signaler l'accident et l'incendie, mais il comprenait qu'une femme fuyant des violences domestiques puisse préférer faire profil bas.

En entendant de l'eau couler dans la salle de bains, il effaça son historique de recherche et ouvrit sa messagerie. Puis il se leva pour jeter un coup d'œil dans le couloir.

— Comment ça va, ce matin ? lança-t-il.

— Ça va. Merci pour l'eau et l'ibuprofène que vous avez laissés sur la table de nuit, hier soir. Mes habits sont propres ?

Il s'approcha de la porte et posa une main sur le bois.

— Pas encore. Le programme est presque fini. Ensuite, je les mettrai au sèche-linge. Je vais préparer le petit déjeuner.

Sans attendre de réponse, il retourna dans la cuisine et cassa des œufs dans un bol. Puis, il les battit avec un peu de lait, ajouta du sel et du poivre, et jeta le tout dans une poêle où grésillait du beurre chaud.

— Ça sent bon.

Jane apparut à l'entrée de la cuisine. Elle appuya une hanche contre le plan du travail en tirant sur le bas de son T-shirt, qui lui arrivait pourtant presque aux genoux. Il lui allait presque mieux qu'à lui…

— Il y a des œufs brouillés et du café, répondit-il en mélangeant. Vous voulez du pain grillé ?

— Je peux m'en occuper.

Quand elle s'avança dans la cuisine, Rob sentit aussitôt sa présence l'envelopper. Pour une femme aussi menue, elle dégageait quelque chose d'irrésistible. Pour lui, du moins. Sans lâcher sa poêle, il ouvrit le couvercle de la boîte à pain et sortit un sachet.

— Vous pouvez prendre ça. C'est du pain complet. Vous prenez du lait ou du sucre, avec le café ?

— Je… Non, ça ira.

— Servez-vous, dit-il en désignant la cafetière.

Elle versa deux tasses. Le café fumant sentait divinement bon. Elle avala une gorgée et fit la grimace. De toute évidence, elle ne buvait pas son café noir.

— Finalement, je veux bien un peu de lait et de sucre, murmura-t-elle.

Rob répartit les œufs sur deux assiettes qu'il alla déposer sur la table, soulagé de pouvoir échapper un instant à la proximité de Jane. Soudain, la sonnerie de la machine à laver retentit.

— Ah ! C'est votre lessive. Commencez sans moi.

Il gagna rapidement la buanderie et transféra les vêtements dans le sèche-linge. Quand il revint dans la cuisine, Jane avait sorti des couverts, des serviettes et posé la cafetière sur la table.

— Les toasts sont prêts.

— Merci. J'ai du beurre, mais je ne sais même pas si j'ai de la confiture quelque part. Pourquoi faites-vous le service ? ajouta-t-il en la voyant apporter les tartines.

Il lui prit l'assiette des mains et tira sa chaise.

— Asseyez-vous. Vous avez eu un accident hier, quand même.

— Je me sens bien, assura-t-elle en effleurant son bandage. J'ai juste un peu mal à la tête, quand les cachets cessent de faire effet.

— Vous auriez peut-être besoin de points de suture. Vous devriez consulter un médecin en rentrant chez vous.

— Peut-être que je n'ai pas envie de rentrer chez moi, répondit-elle sans croiser son regard.

Une pluie de miettes tomba sur la table quand elle mordit dans sa tartine

— Vous ne pouvez pas le fuir indéfiniment.

— Vous croyez ? dit-elle en plantant sa fourchette dans ses œufs brouillés. Vous ne pourriez pas me trouver du travail, à Paradiso ?

— Du travail ? répéta-t-il, manquant de s'étouffer avec son café. Ici ?

— C'est l'endroit rêvé pour me faire discrète quelque temps. Peut-être connaissez-vous quelqu'un qui pourrait...

vous savez… m'embaucher comme ça, juste pour que je gagne de quoi vivre.

L'idée que Jane puisse s'installer à Paradiso déclencha chez Rob une avalanche d'émotions peu raisonnables. Il lui fallut quelques secondes avant que son esprit ne reprenne le dessus.

— Heu… Je… Oui, je connais quelqu'un, bafouilla-t-il.

— Vraiment ? Qui ? Où ça ?

— Rien de mirobolant, mais la dame qui a fait la soupe d'hier soir tient un petit restaurant, au centre-ville. Le Rosita's. Sa nièce retourne bientôt à l'université et elle ne pourra plus l'aider.

Pourquoi entraînait-il Rosie dans cette affaire ?

— Vous avez déjà été serveuse ? demanda-t-il.

— Oui. J'ai travaillé dans un fast-food quand j'étais au lycée et j'ai été serveuse pendant mes études.

Elle hésita une seconde, puis ajouta :

— Je serais ravie d'aider votre amie à son restaurant. Et si elle doit me virer quand sa nièce revient, pas de problème.

— On va passer la voir aujourd'hui.

Rob engloutit la fin de son toast pour s'empêcher de lui proposer davantage. Au moins, si elle restait, il aurait le temps de découvrir sa véritable histoire. Comme si elle cherchait à éviter des questions, Jane maintint ensuite la conversation sur des sujets anodins et légers.

— Vous n'êtes pas en uniforme, fit-elle remarquer en pointant sa fourchette vers lui. Vous ne travaillez pas, aujourd'hui ?

— Je commence mon service plus tard, expliqua-t-il en examinant ses cheveux en bataille autour du bandage et l'hématome sur sa joue. Vous êtes sûre que vous n'avez pas besoin de voir un médecin ?

— Pour quoi faire ? J'ai une sale tête ?

— Non, vous…

Il était sur le point de répondre qu'il la trouvait encore plus séduisante que la veille au soir, mais il s'était déjà créé assez de problèmes comme ça.

— Vous avez l'air étonnamment en forme pour quelqu'un qui a eu un accident de voiture et a passé une journée entière dans le désert.

— Je me sens bien, assura-t-elle en se touchant le crâne. Et je suis tellement soulagée d'avoir pu échapper à… mon ex.

La sonnerie du sèche-linge empêcha Rob de s'interroger sur cette hésitation. Il y reviendrait plus tard.

— Vos habits sont secs, annonça-t-il en se levant d'un bond. Vous voulez prendre une douche ? Ensuite, je vous conduirai chez Rosie.

— C'est la femme qui tient le restaurant ?

— Oui.

— Merci beaucoup. Je suis contente que ce soit vous qui m'ayez secourue, hier.

— Je ne sais pas comment vous espériez survivre une nuit dans le désert, avec juste un couteau.

— Je… Je devais être sous le choc. Désorientée.

Elle le regarda par-dessus le bord de sa tasse et ajouta :

— D'ailleurs… Le couteau ?

Rob sentit son pouls s'affoler. Il n'avait pas l'intention de remettre une arme entre les mains de cette étrange invitée. Évidemment, elle aurait pu prendre un couteau de cuisine et le poignarder en plein cœur – si elle l'avait voulu.

— J'ai dû le laisser dans la voiture. Pourquoi étiez-vous armée ?

— Pardon ?

Elle croisa les bras sur la table comme une écolière innocente. Elle répondait toujours à ses questions par une autre, pour gagner du temps. Pas besoin d'avoir fait l'académie de police pour connaître la technique, pensa Rob. Tous les membres de sa *familia* pratiquaient ce sport.

— Je n'ai pas pris le couteau. Il était dans ma poche, répondit-elle enfin en buvant une gorgée de café. Pour ma protection.

Hum, elle était douée.

— Vous n'avez plus besoin de protection ici.

Sa mâchoire se crispa.

— J'en ai bien conscience, mais j'aimerais quand même le récupérer. Il a… une valeur sentimentale.

— Bien sûr, dit-il avec un geste d'apaisement. Je n'essayais pas de vous le voler. Je vous le rends dès qu'on ira à la voiture.

— Aucune urgence. Je n'ai pas l'intention de m'en servir tout de suite.

Elle éclata de rire, brisant la tension entre eux.

— Indiquez-moi où se trouve la buanderie. Je vais m'occuper de mes vêtements.

— La porte au fond de la cuisine.

Elle rassembla les assiettes sur la table et les déposa dans l'évier, avant de se diriger vers la buanderie.

— Merci pour le petit déjeuner ! lança-t-elle par-dessus son épaule.

Quelques secondes plus tard, elle réapparut, serrant son pantalon et son T-shirt contre elle.

— Je vais me doucher et m'habiller rapidement. Comme ça, vous serez débarrassé de moi.

— Pas de problème. J'étais ravi de pouvoir vous aider.

Avec un hochement de tête, elle se faufila dans le couloir. Quand Rob entendit la porte de la salle de bains se fermer et l'eau se mettre à couler, il poussa un long soupir. Il ne savait que penser. Devait-il se laver les mains de toute cette affaire et laisser Rosie se débrouiller ? Rosie déciderait par elle-même. Elle avait toujours eu beaucoup de flair avec les gens – en tout cas, plus que lui à cet instant. La présence de Jane lui brouillait les idées, pour une raison qu'il ne comprenait pas.

Moins de quinze minutes plus tard, Jane sortit de la salle de bains. Ses cheveux encore humides tombaient en boucles désordonnées sur ses épaules. Rob leva le nez de son ordinateur.

— Pardon, j'aurais pu vous donner une brosse et de l'après-shampooing.

— Ne vous excusez pas, monsieur Valdez. Vous vivez seul… n'est-ce pas ?

— Vous pouvez m'appeler Rob, vous savez. Et puis, regardez autour de vous : qu'est-ce que vous croyez ?

Il rougit légèrement quand Jane passa en revue le salon bien rangé, les livres alignés dans la bibliothèque et les coussins en rang d'oignons sur le canapé.

— Ça ne ressemble pas aux antres de célibataires que j'ai pu voir, fit-elle remarquer.

— Je suis un peu maniaque, avoua-t-il. Mais vous ne trouverez aucune trace de cette fameuse touche féminine chez moi. Cela dit… j'ai deux sœurs. Quand elles viennent me rendre visite, elles ont en général besoin d'une tonne de produits et de deux bonnes heures pour être présentables.

— Vous voulez dire que… je ne suis pas vraiment présentable, c'est ça ? demanda Jane en tirant sur une mèche humide.

Rob rougit davantage.

— Non, pas du tout ! Pour quelqu'un qui a eu un accident, vous êtes éblouissante. Comment va votre tête ?

— Je pense que c'est mieux sans le bandage. C'est moins impressionnant et je peux cacher la plaie sous mes cheveux. Bref, ça va.

Il savait qu'elle n'avouerait jamais avoir mal. Il se dirigea vers la salle de bains pour fouiller dans un placard et en tira une brosse et plusieurs sprays de démêlant, qu'il aligna sur le rebord du lavabo. En ressortant, il manqua de se cogner dans Jane qui attendait près de la porte.

— Voilà, bafouilla-t-il. Vous n'avez qu'à vous servir.

— Merci. Je vais voir si je peux me rendre plus… présentable.

Elle revint quelques minutes plus tard.

— C'est déjà mieux, soupira-t-elle.

— C'est parfait. On ne distingue même pas la blessure.

— C'est dingue qu'une plaie aussi petite puisse saigner autant.

— Les plaies à la tête sont toujours impressionnantes à cause de ça. Vous êtes prête ? ajouta-t-il en refermant son ordinateur portable.

Elle glissa l'ourlet déchiré de son T-shirt dans son pantalon.

— C'est bon. J'espère que votre amie Rosie n'est pas trop regardante.

Il espérait surtout que Rosie ne le prendrait pas pour un

dingue. Ils sortirent et gagnèrent le pick-up de la police des frontières garé dans la rue. Quand Rob ouvrit la portière et aida Jane à monter, elle se raidit à son contact. Si son ex la battait, sa nervosité était compréhensible. Cependant, tout cela ne restait que spéculations. Beaucoup de détails dans son histoire ne collaient pas. À peine se fut-il installé au volant qu'elle demanda :

— Mon couteau ?

Oui. Beaucoup de détails ne collaient pas.

— Je crois que je l'ai rangé là-dessous, dit-il en passant une main sous son siège.

Ses doigts effleurèrent le manche de l'arme, qu'il poussa davantage sous le fauteuil.

— Je ne le trouve pas. Je regarderai mieux tout à l'heure. D'accord ?

— Bien sûr, marmonna-t-elle en attachant sa ceinture.

Sur le chemin jusqu'au Rosita's, Jane l'assaillit de questions sur la ville. Quand sa curiosité fut satisfaite, elle se cala contre la portière.

— Vous en savez beaucoup pour quelqu'un qui vient d'arriver.

— J'ai tenté de dénicher toutes les informations possibles sur Paradiso. J'en sais probablement plus que la plupart des habitants. Enfin, vous voyez…

— Oui.

Quelques secondes plus tard, il désigna un bâtiment.

— Voilà. C'est ici.

— C'est mignon.

Il se gara devant le restaurant, et aussitôt Jane bondit hors du pick-up et s'approcha de la porte, les poings sur les hanches.

— C'est fermé, non ?

— Elle ouvre seulement pour déjeuner, mais je sais qu'elle est là. Vous allez vous dégonfler ?

— C'est un restaurant, pas un examen.

Elle passa devant lui d'un air décidé et poussa la porte d'entrée. Rob la suivit dans la fraîcheur de la salle climatisée, décorée de photos de Pancho Villa.

— Rosie ? lança-t-il. C'est Rob Valdez. Tu es là ?

Une minuscule femme d'âge mûr sortit des cuisines, chassant par-dessus son épaule une longue natte de cheveux gris.

— Rob ! Il est trop tôt pour *desayunar*.

— Je ne viens pas manger, Rosie, expliqua-t-il en désignant Jane, qui se tordait les doigts à côté de lui. Voici… mon amie Jane, qui cherche du boulot. Pour quelque temps seulement. Elle a un peu des ennuis, Rosie…

Rosie posa ses yeux bruns et chauds sur Jane, et l'observa des pieds à la tête. Enfin, un sourire s'épanouit sur son visage.

— *Sí, sí. Puedo ayudar.* Je peux l'aider. Tu as déjà travaillé comme serveuse, *mija* ?

Soudain rayonnante, Jane se mit alors à parler à toute vitesse un espagnol si parfait que Rob en resta bouche bée. Lui qui se débrouillait à peine dans la langue de sa mère, il en aurait presque rougi.

4

La panique l'envahit. Sa langue fonctionnait plus vite que son cerveau. Pourtant, quand Rosie lui répondit, elle continua à afficher un grand sourire. Pourquoi parlait-elle aussi bien espagnol ? Dans le miroir, elle avait vu sa peau, plus claire que celle de Rob. Cela ne signifiait rien, cependant : elle pouvait être métisse. Et ce tatouage « Rosalinda » sur son dos ? Peut-être était-ce bel et bien son prénom. Ou son nom de famille ? Elle interrompit Rosie d'un geste et bafouilla :

— Je suis un peu rouillée. Ça vous ennuie de continuer en anglais ?

Rosie eut un petit rire et poussa Rob du coude.

— Elle dit ça pour être polie, Rob. Son espagnol est meilleur que le tien.

— De toute évidence, marmonna Rob en observant Jane avec méfiance.

Mal à l'aise, celle-ci se tourna vers Rosie.

— J'ai un autre service à vous demander. Comme je vous l'ai expliqué, j'ai dû partir précipitamment et j'essaye de rester discrète. Cela signifie que je n'ai ni carte bancaire ni argent. Accepteriez-vous de me payer d'avance, afin que je puisse prendre une chambre dans un hôtel et peut-être acheter quelques vêtements ?

Les yeux vifs de Rosie se posèrent un instant sur Rob.

— Je croyais que Rob et toi…

Rob l'interrompit en toussant avec force.

— Évidemment qu'elle loge chez moi. Je pensais que c'était entendu.

— Rob est un brave garçon, déclara Rosie avec un sourire. Le meilleur de tous. Il va t'aider.

Rob avait l'air de se demander comment il avait fait pour se fourrer dans une situation pareille aussi rapidement.

— J'ai deux ou trois choses à régler avant de prendre mon service au commissariat, annonça-t-il brusquement. Je vous laisse tout préparer pour les clients de midi, mesdames. Merci, Rosie. Bonne chance, Jane !

Lorsqu'il fut sorti du restaurant, Rosie demanda :

— Rob et toi, vous vous connaissez de Los Angeles ?

Los Angeles ? C'était suffisamment vague pour parer à toutes les éventualités.

— Oui, c'est ça. Los Angeles.

Rosie eut un soupir peiné.

— Quelle triste histoire. Mais ce garçon est un battant.

— C'est vrai.

Jane se mordit la lèvre. Qu'était-il arrivé à Rob ? Sa femme l'avait quitté ? Il faisait partie d'un programme de protection des témoins ? Son chien était mort ? Elle se retrouvait prétendument amie avec un homme dont elle ignorait tout.

— Tu tombes à pic, Jane, reprit Rosie. On est un peu à court de main-d'œuvre. Je vais t'expliquer ce qu'il y a à faire et tu n'auras qu'à me poser des questions si besoin.

Jane passa les heures suivantes à essuyer des tables et des menus plastifiés et à remplir des pots de moutarde et de ketchup. Puis elle prépara des petits paniers destinés à servir les frites en déposant une feuille de papier au fond de chacun, avant de les empiler sur le comptoir. Elle donna même un coup de main à Sal, le cuistot en chef.

Sa tête la lançait encore un peu et sa mémoire restait toujours aussi floue, mais ce travail lui donnait un but provisoire et c'était tout ce dont elle avait besoin. En plus d'un peu d'argent, de nouveaux vêtements et d'une identité. Elle devait également régler la question de son logement. Elle savait que la proposition de Rob n'était que pure politesse et jamais elle ne lui demanderait de tenir sa promesse. Au moins, son premier salaire lui permettrait-il de louer une chambre dans un motel.

Toutefois, elle ne pouvait pas rester dans cette ville pour toujours, à jouer le rôle d'une personne qu'elle n'était pas. Une femme sans nom, sans maison et sans famille. Mais l'idée de plonger dans son passé l'effrayait. C'était comme foncer tête baissée dans une embuscade meurtrière. Cela dit, Paradiso pouvait être un point de départ pour enquêter sur son identité. Peut-être Rob Valdez accepterait-il de l'aider.

— On ouvre dans deux minutes, annonça Rosie, campée au milieu de la salle, les poings sur les hanches. *Estás lista ?*

— Je suis prête, répondit Jane en essuyant une tache imaginaire sur une table à l'aide d'un torchon blanc. Faites entrer les fauves !

Rosie déverrouilla la porte et retourna le petit panneau ouvert/fermé.

— C'est toujours calme, au début. Mais ensuite il y a les ouvriers de l'usine de noix de pécan qui arrivent, et alors c'est le coup de feu.

— Pas de problème, Rosie !

Jane s'occupa des premières tablées comme si elle avait fait ça toute sa vie. Peut-être était-elle serveuse, après tout… L'heure de pointe, en revanche, fut éprouvante et acheva de la convaincre qu'elle n'avait sans doute jamais travaillé dans un restaurant auparavant. Elle oubliait des plats et renversa plusieurs verres.

Rosita proposait également de la vente à emporter, et une queue de clients s'était formée au comptoir pour récupérer les commandes. Jane passait à côté de la caisse quand un homme demanda d'une voix forte une portion de frites supplémentaires. Elle se figea, glacée de terreur.

Cette voix.

Les mains tremblantes, elle posa brutalement un bol de salsa sur la table qu'elle devait servir et regagna en toute hâte les cuisines, prenant garde de bien garder la tête baissée. Les bras croisés sur le ventre, elle s'appuya contre le plan de travail.

Le client avait la même voix qu'un des hommes qui avaient mis le feu à la voiture. Pourquoi se serait-il attardé en ville ? se demanda-t-elle en essuyant ses paumes moites sur son tablier. Elle avait dû rêver. Après tout, cela n'avait duré que quelques secondes.

Elle se baissa pour jeter un regard par l'ouverture séparant les cuisines de la salle. N'ayant pas vu le visage de ces hommes, sur les lieux de l'accident, elle était incapable de les identifier. Elle n'avait pas l'avantage. Tout ce dont elle se souvenait, c'était d'une paire de bottes noires avec une boucle argentée. C'est-à-dire pas grand-chose.

— Ça va ? Tu tiens le coup ? demanda Anna, l'autre serveuse en entrant à reculons dans la cuisine, les bras chargés d'assiettes vides. Ça peut devenir un peu dingue, des fois. Si tu as besoin d'un peu de répit, tu peux mettre les commandes à emporter dans des sacs.

— Ça… Ça ne te dérange pas ?

Même si la voix n'appartenait pas à un des hommes de la veille, cela l'avait ébranlée. Elle ne voulait pas retourner dans la salle en regardant constamment par-dessus son épaule.

— Non, pas du tout.

Anna s'empara d'une feuille posée sur une pile de boîtes en carton.

— Voici une commande. Tu vérifies qu'elle est complète, tu emballes tout dans un sac en papier et tu agrafes le ticket dessus. Ensuite, c'est Rosie qui les récupère et appelle le numéro.

— Compris.

Pendant le reste du service, Jane se fit discrète. Elle avait dû se tromper. Il n'y avait aucune raison pour que ces hommes viennent à Paradiso. Ils la pensaient morte, incinérée dans la carcasse de la voiture, et avaient fait leur rapport à celui ou celle qui les avait envoyés. Un mari ? Un petit ami ? Elle frissonna. Soudain, une main se posa sur son épaule et elle sursauta violemment.

— Désolée de t'avoir fait peur, *mija*, dit Rosie. Je voulais juste te dire que tu as bien travaillé, aujourd'hui. Je suis contente que Rob t'ait amenée. D'ailleurs, il est venu déjeuner. Tu peux aller le voir.

Jane sortit de la cuisine. En effet, Rob était assis à une table près de la fenêtre et lui fit signe. Elle sentit son cœur battre plus fort, sans doute parce que c'était le seul visage familier stocké dans le peu de souvenirs qui lui restait.

— Tu as besoin d'aide dans la salle ? demanda-t-elle en passant auprès de sa collègue Anna.

— José va s'en occuper. Va manger et rentre. Tu as fait l'installation. Je me charge de la fermeture.

Déjeuner ? Était-ce pour cette raison que Rob était venu ? Pour qu'ils déjeunent ensemble ? Le matin, il semblait pourtant pressé de se débarrasser d'elle… jusqu'à ce que Rosie mette les pieds dans le plat en le forçant presque à l'accueillir chez lui.

Quand elle s'approcha de la table, il bondit pour lui écarter une chaise. Elle le remercia d'un sourire. Rob avait prouvé qu'il était digne de confiance. Il n'avait pas prévenu la police, alors qu'il faisait partie des forces de l'ordre fédérales. Elle devait lui expliquer son problème. Elle avait besoin d'un allié.

Anna lui avait déjà servi un panier de frites et un bol de *salsa*, ainsi que deux verres d'eau.

— Les risques du métier, plaisanta-t-il en la voyant faire la moue devant les frites. Vous êtes déjà lassée. Mais vous ne savez pas ce que vous ratez. La *salsa* de Rosie est la meilleure des États-Unis. Et peut-être même du Mexique, aussi.

Suivant son conseil, Jane trempa une frite dans la sauce et goûta. Le piquant du jalapeño lui fit aussitôt monter les larmes aux yeux.

— C'est bon, affirma-t-elle en reniflant.

— Comment s'est passée cette première journée ?

— Rosie est adorable. Anna, Sal et José aussi. Ils sont tous très gentils.

Elle joua un instant avec le coin d'un menu plastifié posé devant elle. Pouvait-elle rester à travailler là, alors que ses agresseurs rôdaient ? Où aller, sinon ? Rob lui effleura le bras, mais retira aussitôt sa main.

— Tout va bien ? Comment vous sentez-vous ? Et votre tête ?

Elle palpa avec précaution la plaie par laquelle ses souvenirs s'étaient enfuis.

— C'est douloureux par moments, mais ça va.

— Je pense toujours que vous devriez consulter un médecin. Le plus tôt serait le mieux.

Anna s'approcha de leur table.

— Vous êtes prêt à commander ?

— La même chose que d'habitude, s'il te plaît, lança Rob.

Anna tapa son crayon sur son bloc-notes.

— Burrito avec *carnitas* et *salsa verde*. Et toi, Jane ?

— Ces tacos me font de l'œil depuis ce matin. Je crois que je vais me laisser tenter.

— Excellent choix. Et comme boisson ?

Ils commandèrent tous les deux du thé glacé, puis Rob posa les coudes sur la table.

— Racontez-moi ce qui s'est passé.

— Quoi ? Au travail ?

Il balaya la table du plat de la main.

— Vous aviez un mari violent, vous l'avez quitté et il vous a poursuivie. Est-ce lui qui a provoqué cet accident ? Avez-vous l'intention de porter plainte ?

Elle se lécha nerveusement les lèvres, puis but une gorgée d'eau.

— C'est peut-être pire que ça.

Les bras croisés, Rob se pencha en avant et la regarda avec intensité.

— Vous pouvez vous confier à moi.

Vraiment ? Comment lui expliquer sa situation ? Par où commencer ? Il allait sans doute l'emmener directement à l'hôpital. Ou au commissariat. Elle ne pouvait pas le permettre. Pour une raison étrange, elle savait que ce n'était pas possible. Elle s'apprêtait à répondre quand Anna revint avec leurs boissons.

— Le reste arrive dans une minute. Encore un peu de *salsa* ?

— Je veux bien. Et de l'eau, aussi, quand tu auras le temps.

Anna repartit, et Rob versa un paquet de sucre dans son thé.

— Qu'est-ce que vous alliez dire ?

— Avant toute chose… Est-ce que je peux vous poser une question ?

— Je vous écoute.

— Ne lui racontez rien, intervint Anna avec un sourire moqueur en revenant avec leurs commandes et de l'eau. Ce type est une vraie pipelette.

— Depuis quand est-ce que tu te mêles des conversations des clients, toi ? répliqua Rob en agitant sa fourchette dans sa direction. C'est un très mauvais exemple pour Jane. Et merci pour ma réputation.

Jane contempla son taco. Si Rob était indiscret, devait-elle lui confier ses secrets ? Il coupa un morceau de son burrito, qu'il trempa généreusement dans la *salsa verde* sur son assiette.

— Quelle est votre question ?

— Pourquoi m'aidez-vous ? Je pensais qu'en tant qu'agent fédéral vous étiez dans l'obligation d'appeler la police.

Il haussa les épaules.

— Vous avez eu un accident de voiture qui n'impliquait que vous. Vous n'avez causé aucun dommage, matériel ou corporel, à autrui.

Elle mélangea son thé avec sa paille, faisant tinter les glaçons contre le rebord du verre.

— Il y a autre chose, n'est-ce pas ? insista-t-elle.

Rob but la moitié de sa boisson, avant de répondre :

— C'est l'ex violent qui m'a convaincu. Ma mère a vécu la même chose.

— Votre père ?

— Non, dit-il en serrant les mâchoires, avant de planter sa fourchette dans son burrito. Mon beau-père. Mon père est mort peu après ma naissance.

— C'est triste, marmonna-t-elle en s'emparant de son taco. Ensuite, votre maman a épousé un homme qui la battait.

— Oui. J'étais trop jeune pour faire quoi que ce soit. Je suis le benjamin d'une fratrie de cinq.

Il avait reposé ses couverts de chaque côté de son assiette, et ses poings se serrèrent.

— C'est pour cela que vous êtes entré dans la police ? Pour redresser les torts que vous étiez trop petit pour corriger étant enfant ?

Il releva brusquement la tête.

— Peut-être. Vous êtes psy ou quelque chose comme ça ?

Psy ? Cela pouvait-il être son métier ?

— N-non. Et vos autres frères et sœurs ? Sont-ils dans les forces de l'ordre, également ?

Il eut un petit rire.

— De l'autre côté de la loi, plutôt. J'ai deux frères et deux sœurs. L'un de mes frères est en prison. L'autre est un ancien détenu, un maffieux à l'ancienne, qui règne sur un quartier de l'est de L.A.

— Hou là. Et vos sœurs ? Je redoute presque la réponse.

Elle mordit dans son taco et mâcha la croûte. Elle avait cherché à gagner du temps, sans envisager que la vie de Rob puisse être aussi dramatique.

— Ma sœur aînée a épousé un malfrat, répétant ainsi la triste histoire de ma mère. Mon autre sœur poursuit ses études à l'université du Texas, à Austin.

— Comment avez-vous fait, votre sœur et vous, pour échapper à l'héritage familial ?

— Beaucoup de volonté et un peu de chance.

Elle désigna la fourchette qu'il avait posée sur le bord de son assiette.

— Pardon. Je ne voulais pas vous couper l'appétit.

— C'est vrai que ce n'est pas mon sujet de conversation préféré au moment du déjeuner, répondit-il en reprenant son repas.

Comment allait-elle formuler son histoire ? C'était finalement assez simple. Inutile de chercher à l'embobiner. Elle avait perdu la mémoire suite à l'accident, et la présence de ces deux hommes lui donnait des raisons de penser qu'elle était en danger. Rob pouvait l'aider.

Elle termina son repas, but une gorgée de thé et s'essuya la bouche avec sa serviette. Elle prit une profonde inspiration et… le téléphone de Rob sonna. Il y jeta un rapide coup d'œil.

— Excusez-moi. Je dois répondre. C'est le travail.

Il tapota sur l'écran pour décrocher.

— Valdez.

Il écouta quelques secondes, l'air soucieux.

— Oui, oui. Tu penses qu'il s'agit d'El Gringo Viejo ?

Jane sentit son cœur battre avec force. El Gringo Viejo ? Où avait-elle entendu ce nom ? Tandis qu'elle agrippait le rebord de la table, la voix d'un des hommes de l'accident lui revint et une douleur perçante lui vrilla le côté de la tête.

El Gringo Viejo était l'homme qui voulait la tuer.

5

Rob, qui écoutait son collègue d'une oreille distraite, remarqua soudain que Jane était devenue très pâle. Inquiet, il poussa un verre d'eau dans sa direction. Bon sang, il fallait vraiment qu'elle consulte un médecin !

— Rob ? Combien de tunnels reste-t-il à vérifier ? répéta son interlocuteur au téléphone.

— Trois, je pense. Dis-moi… Ça t'ennuie si on continue cette discussion quand j'arrive au commissariat ? Je suis un peu occupé, là…

Il raccrocha et saisit la main de Jane.

— Ça va ? Vous aviez l'air sur le point de vous évanouir ou de vomir. Ou les deux.

— J'ai eu la tête qui tournait un peu, c'est tout. Je me sens mieux.

Il avait du mal à la croire. Comment pouvait-on sortir d'un accident aussi grave avec une telle blessure à la tête, après avoir fui un ex-mari violent, et refuser d'alerter la police ou de consulter un médecin ? Ou même d'appeler ses proches pour rentrer chez soi ?

— Buvez un peu d'eau.

Jane protégeait plus de secrets qu'un magicien de Las Vegas. Même son nom de famille restait un mystère ; quant à son prénom, c'était sans doute un faux. Pourtant, elle n'était pas une criminelle… d'après les premières informations qu'il avait pu glaner. Ses empreintes n'avaient rien donné, ce qui ne signifiait pas grand-chose. Elle était peut-être simplement une délinquante chanceuse qui ne s'était jamais fait arrêter. Au moins, elle n'avait pas essayé de braquer Rosita.

Jane vida son verre d'un trait, puis prit une profonde inspiration. Elle avait un peu retrouvé ses couleurs.

— Ça vous dérange si je me repose un peu chez vous pendant que vous êtes au travail ? Je crois que j'ai surtout besoin de dormir.

Rob hésita. Une inconnue seule dans sa maison ? Une inconnue transpirant les secrets et le mensonge ? Malheureusement, il lui avait déjà offert l'hospitalité. Il n'avait simplement pas envisagé qu'elle resterait chez lui en son absence.

— Oh…, fit soudain Jane, une main sur la bouche. C'était juste pour rassurer Rosie, ce que vous avez dit tout à l'heure, c'est ça ? Je suis désolée. Évidemment, vous n'allez pas laisser une inconnue chez vous en votre absence.

Rob sentit une vague de chaleur envahir sa poitrine et il respira calmement pour empêcher ce feu de gagner ses joues. Elle avait pris sa proposition au pied de la lettre. Il avait été sincère, d'ailleurs… sur le moment.

Ses collègues le mettaient en garde régulièrement : si Paradiso n'avait rien à voir avec L.A., ce n'était pas une petite bourgade sympathique et somnolente. La frontière était trop proche pour ça. Las Moscas, le cartel le plus actif de la région, n'avait-il pas récemment semé des têtes coupées sur le paillasson d'un agent de la police des frontières ?

— Écoutez…, commença-t-il, un peu penaud.

— Non, vraiment. Je comprends parfaitement.

— Laissez-moi finir, dit-il en repoussant son assiette. Je vais vous trouver un motel pour cet après-midi, afin que vous puissiez dormir. Ce soir, vous viendrez dîner à la maison et on avisera. Ce n'est pas prudent de rester seule, de toute façon. Que ce soit chez moi ou à l'hôtel.

Elle prit la main qu'il lui tendait.

— J'accepte votre offre. C'est gentil. Je vous rembourserai la chambre dès que Rosie m'aura payée.

Il serra ses doigts, qui tremblaient légèrement.

— Ne vous inquiétez pas pour ça.

— Désolée de vous interrompre, lança Rosie en apparaissant près de leur table, une liasse de billets à la main. C'est pour toi, Jane. Pour tes heures d'aujourd'hui. Tu peux revenir demain, à la même heure ?

— Absolument, dit aussitôt Jane en se levant pour prendre Rosie dans ses bras. Merci beaucoup.

La vieille femme effleura du doigt le bleu qu'elle avait sur la joue.

— Prends soin de toi. À demain. Tu as besoin de vêtements ?

— Je vais trouver quelque chose, répondit Jane en montrant les billets qu'elle venait de recevoir.

— Je m'en occupe, Rosie, ajouta Rob.

— Tu es un bon garçon, *mijo*, fit Rosie, avec un clin d'œil.

Quand elle s'éloigna en direction des cuisines, le sourire s'estompa sur le visage de Jane.

— C'était juste pour rassurer Rosie aussi ?

Rob encaissa le coup.

— Non. Vous avez l'air de faire à peu près la même

taille que la femme de mon ami. J'avais l'intention de lui demander si elle pouvait vous prêter deux ou trois trucs. Je vous jure que c'est vrai.

— Je plaisantais. C'est parfaitement normal de rechigner à laisser une inconnue chez vous en votre absence. Il pourrait s'agir d'une ruse. J'ai peut-être un complice qui m'attend à l'entrée de la ville avec un camion, prêt à vider votre maison.

Rob se gratta le menton.

— Waouh… Je n'avais même pas envisagé une histoire pareille.

— On ferait mieux d'y aller, si je dois trouver une chambre.

Jane rassembla les assiettes sur la table et les ramena aux cuisines, où elle salua les autres employés. Sur le parking, Rob lui tint la portière.

— On va s'arrêter au supermarché, pour que vous puissiez faire quelques emplettes.

Une demi-heure plus tard, il avait rempli un sac avec ce dont elle avait besoin : ibuprofène, vitamines, bouteilles d'eau et de jus de fruits, quelques T-shirts, un paquet de culottes, des affaires de toilette, de quoi grignoter et d'autres menus objets censés apaiser sa culpabilité. Il se rendit ensuite au Paradiso Motel, où il prit une chambre pour Jane et y porta ses courses.

— Est-ce que j'en garde une, par précaution ? questionna-t-il en déposant les clés sur le meuble de la télévision.

Jane tourna vers lui ses yeux couleur whisky. Enivrants.

— Au cas où je perdrais connaissance ou mourrais ici ?

Un frisson parcourut la nuque de Rob.

— Ne dites pas ça. Au cas où vous auriez besoin

d'aide. Ça vous dérange ? Après tout… Je suis un inconnu pour vous aussi. Vous ne devriez sans doute pas confier la clé de votre chambre à un inconnu.

— Un inconnu ? J'ai passé la nuit dernière chez vous et vous m'avez trouvé du travail aujourd'hui. J'ai l'impression qu'on se connaît depuis toujours.

Un sourire étira ses lèvres pleines.

— Ah ah, grommela-t-il. Très drôle.

— Prenez une clé. Mais je vais vous demander quelque chose en échange.

— Le couteau…

— Vous lisez dans mes pensées. Si je dois rester seule à l'hôtel avec une clé qui se promène en ville, je préfère avoir de quoi me défendre, ajouta-t-elle en se plantant devant lui, les poings sur les hanches. Je sais qu'il se trouve dans votre pick-up, Rob.

— Vous avez sans doute raison. Attendez, je vais le chercher.

Il sortit en prenant soin de bien fermer la porte de la chambre derrière lui. Il lui devait bien ça. Elle devait craindre que son ex ou je ne sais qui revienne. Il se mordit la lèvre pensivement. Elle avait été sur le point de se confier à lui, pendant le déjeuner, avant qu'ils soient interrompus. Qu'avait-elle insinué ? Que la réalité était sans doute pire qu'un ex violent et revanchard ?

Il plongea sous le siège de son pick-up pour récupérer le couteau. Il en profita pour examiner la qualité de la lame. L'arme avait été fabriquée au Mexique. Comme ses vêtements. Comme son espagnol ?

Il entendait aller au fond de cette histoire le soir même.

Il passa le reste de l'après-midi au commissariat, à

poursuivre son enquête sur les tunnels de cartel découverts récemment. La police des frontières avait fait une percée extraordinaire, quand un de ses agents, Clay Archer, avait mis la main sur une carte détaillant l'emplacement des galeries creusées par Las Moscas pour faire transiter sa drogue. Il était en train de s'étirer en pensant à Jane, seule à son motel, quand Clay se laissa tomber devant le bureau en face du sien.

— Tu rêvasses, Valdez ? dit-il en lançant un stylo dans sa direction.

— Oui, je rêve du moment où je vais quitter ce bureau.

En se penchant pour ramasser le stylo, il en profita pour ajouter :

— April est chez vous ? J'ai un service à lui demander.

— Oui, elle est à la maison. Tu veux que je lui transmette un message ?

Rob se redressa, le stylo à la main.

— Non, je vais passer. Je sais que tu travailles tard et j'ai besoin d'une réponse rapide.

— Que de mystères, fit remarquer Clay.

À cet instant, le téléphone sonna sur son bureau et il décrocha. Rob en profita pour prendre la tangente, avant qu'il ne lui pose davantage de questions. Il rangea son ordinateur portable et quelques dossiers dans son sac, puis fit un signe de main à son collègue.

De toute façon, April raconterait tout à son mari. Après ce que ces deux-là avaient vécu, ils avaient décidé de ne plus jamais avoir de secrets l'un pour l'autre. Inutile toutefois de donner à Clay une longueur d'avance.

En quittant le commissariat, il se rendit directement chez les Archer et se gara le long du trottoir. April était bel et bien là, son emploi de comptable lui permettant de travailler depuis son domicile. Clay avait dû l'avertir de sa venue car elle sortit pour l'accueillir.

— Clay m'a envoyé un SMS. Il paraît que tu as un service mystérieux à me demander.

— Clay est parano. Il n'y a rien de mystérieux.

Quand il entra dans la maison, son chapeau à la main, un chien bondit dans sa direction en aboyant joyeusement.

— Salut, mon beau ! lança Rob en donnant une caresse à Denali.

— Alors, qu'est-ce que je peux faire pour toi ? s'enquit April en prenant un verre de citronnade posé sur la table qui lui servait de bureau. Tu veux boire quelque chose ? Il fait une chaleur étouffante.

— Non, merci. Je veux juste tes habits.

Avec un sourire, April tira sur l'ourlet de son T-shirt en se trémoussant.

— Hum. Je comprends mieux pourquoi tu n'as rien dit à Clay.

— Pas ceux que tu portes ! s'esclaffa Rob. J'ai une amie qui a… des problèmes, et elle a besoin de vêtements. Rien d'exceptionnel. Juste quelques shorts, un ou deux T-shirts et peut-être un jean ? Elle fait à peu près la même taille que toi… Peut-être un poil plus petite. Je me suis dit que tu aurais quelque chose à lui prêter.

April le regarda un instant, l'air songeur.

— C'est possible en effet. S'agit-il d'une amie… particulière ?

Il se doutait qu'il n'échapperait pas à la curiosité d'April. Elle avait le cœur sur la main et s'était mis en tête de le caser. Le bien-être de ses proches la préoccupait beaucoup, car selon elle, tout le monde devait être aussi heureux que Clay et elle.

— Non, juste une amie dans le besoin.

— Ah ! Ce sont celles que je préfère. Par ici, agent Valdez. Je vais rassembler quelques affaires pour ton… *amie*.

Une demi-heure plus tard, Rob repartait avec de quoi habiller une armée. Quand il eut rangé tous les sacs dans le pick-up, il adressa un petit signe de la main à April et reprit le chemin de la ville. Il décida de commander le dîner avant de passer prendre Jane à son hôtel. Ainsi, elle pourrait fouiller parmi les vêtements chez lui.

Alors qu'il s'arrêtait à un stop avant de s'engager dans la grand-rue, il se figea et remonta ses lunettes de soleil sur son front. Sur le trottoir d'en face, à quelques dizaines de mètres de lui, Jane descendait les marches de la bibliothèque. Pourquoi avait-elle interrompu sa sieste ?

Elle avançait en regardant sans cesse par-dessus son épaule, et une voiture qui passa en vrombissant à côté d'elle la fit sursauter. Soudain, Rob retint son souffle. Un homme coiffé d'une casquette et qui arrivait dans l'autre sens ralentit à la hauteur de Jane et lui adressa un petit signe de la main. Sans lui accorder un regard, Jane poursuivit sa route, sans doute pour retourner à son motel.

Soulagé, Rob attendit qu'elle ait tourné au coin de la rue, puis se gara devant la bibliothèque. Par sécurité, il attendit quelques minutes, puis il monta les marches et entra à son tour dans le bâtiment.

Dans la grande salle, trois ordinateurs étaient mis à disposition du public. Assis devant l'un d'eux, un vieux monsieur jouait au solitaire ; les deux autres postes étaient libres. Jane avait dû se servir de l'un d'eux. C'était la seule explication, car elle n'était pas ressortie avec un livre sous le bras.

Il s'approcha et appuya en même temps sur le clavier des deux appareils inoccupés. Aussitôt, une page d'accueil s'afficha pour exiger un mot de passe. Le vieil homme désigna alors une feuille de papier accrochée au-dessus des moniteurs.

— Les mots de passe sont inscrits là.

— Merci, monsieur.

Rob tira à lui un des claviers et entra un premier mot de passe. Le bureau apparut, avec plusieurs logiciels disponibles. Il passa la souris sur l'écran, hésitant au-dessus de l'icône d'un navigateur Internet.

— Avez-vous vu une femme utiliser un de ces postes, tout à l'heure ? demanda-t-il à son voisin.

Celui-ci retira ses lunettes et examina Rob des pieds à la tête de ses yeux d'un bleu délavé.

— S'agit-il d'une question à caractère officiel ?

— Affirmatif, monsieur. Je suis en service.

Rob s'éclaircit la gorge.

— Une femme est venue en effet, reprit l'homme en levant le visage vers le plafond. Un joli brin de fille, avec des cheveux couleur caramel chaud.

Rob hocha la tête. Cela pouvait correspondre à Jane.

— C'est elle. Quel ordinateur a-t-elle utilisé et… avez-vous remarqué ce qu'elle faisait ?

— Elle s'est installée devant le dernier. Je sens encore son parfum, déclara-t-il d'un ton rêveur.

— Son parfum ? répéta Rob, surpris.

— Citronné. Acidulé. Exactement comme ma Loïs.

L'homme ferma les yeux, perdu dans le souvenir de

cette Loïs. Rob toussota de nouveau et alla s'installer devant le poste indiqué.

— Vous n'avez pas remarqué ce qu'elle faisait ? insista-t-il.

L'homme ouvrit les yeux.

— Elle a surfé sur Internet. Pourquoi n'interrogez-vous pas Julie, si vous êtes ici dans l'exercice de vos fonctions ? Elle pourra vous connecter à la session de la jeune femme.

— Excellente idée.

Rob se dirigea vers le bureau principal. Ce vieil homme en savait visiblement plus long que lui sur le fonctionnement des lieux. Julie, la bibliothécaire, leva les yeux à son approche.

— Bonjour, agent Valdez. Vous cherchez quelque chose ?

— Une femme est venue se servir d'un des ordinateurs, tout à l'heure. J'ai besoin de savoir ce qu'elle a consulté.

— Pas de problème, répondit Julie en quittant son bureau. Le travail, toujours le travail, hein ?

Rob baissa la tête. Julie avait une fille, qui vivait quelque part à Phoenix et qu'elle voulait absolument lui présenter. Malheureusement, il détestait les traquenards et les rendez-vous arrangés.

— Il y a toujours à faire, vous savez.

Devant les ordinateurs, Julie regarda autour d'elle et demanda à voix basse :

— Cette femme… C'est une trafiquante ? Une mule ?

— Non, rien d'aussi grave.

Il posa un doigt sur ses lèvres et désigna le vieil homme assis devant son solitaire. Julie se retourna, toucha l'épaule de l'habitué et dit :

— Tu es en train de battre ton propre record, Frank ?

— J'y travaille, Julie. J'y travaille.

La bibliothécaire s'installa devant le poste récemment occupé par Jane et pianota un instant sur le clavier. Elle se déconnecta, puis se reconnecta et, après quelques clics, elle s'écarta enfin de la table.

— Et voilà ! J'ai rétabli sa session. Vous pouvez consulter son historique de recherche pour savoir ce qu'elle mijotait. Je serai muette comme une tombe, ajouta-t-elle en faisant mine de fermer sa bouche.

— Merci, Julie.

— Dès que vous aurez un peu de temps, je vous donnerai le numéro de téléphone de ma fille.

— Pas de problème.

La pauvre fille de Julie serait sans doute mortifiée d'apprendre que sa mère jouait les entremetteuses en son absence. Rob approcha sa chaise pour étudier l'historique des recherches de Jane. Son pouls s'accéléra quand il parcourut une liste de pages traitant de drogue et de cartels, puis il manqua de s'étouffer en découvrant la toute première recherche saisie par Jane. Elle voulait se renseigner sur El Gringo Viejo, l'un des plus importants trafiquants de drogue du Mexique.

6

Jane sursauta quand on frappa à la porte de son motel. Après avoir essuyé ses paumes moites sur son pantalon, elle colla son œil au judas. C'était Rob, chargé de plusieurs sacs volumineux. Avec un soupir, elle referma son couteau et le glissa dans sa poche. Plus tôt dans l'après-midi, elle avait eu une frayeur, quand un inconnu coiffé d'une casquette l'avait dévisagée, avant de lui faire un signe. Elle avait craint un instant que l'homme ne l'ait suivie. Soulagée, elle ouvrit la porte en grand.

— J'ai pensé un moment que vous ne reviendriez pas.

— Qu'est-ce qui vous a fait croire ça ?

— Je ne sais pas..., dit-elle en s'écartant pour le laisser entrer. Loin des yeux, loin du cœur ?

— Loin des yeux, peut-être. Mais jamais loin du cœur, répondit-il en soulevant les sacs remplis de vêtements. Je vous apporte un dressing complet.

Sentant qu'elle rougissait, elle posa une main sur sa joue. Que voulait dire ce « jamais loin du cœur » ? Et ces vêtements ? Elle ne devait pas trop se reposer sur Rob, mais quel autre choix avait-elle ? Il était tout ce qu'elle avait. Elle ne connaissait personne. À part peut-être Rosie, Anna, le cuisinier et le commis du Rosita's.

Et El Gringo Viejo.

Pourquoi un trafiquant de drogue cherchait-il à la tuer ?

— C'est… C'est très gentil à vous, bafouilla-t-elle. Mais il ne fallait pas vous embêter. J'ai même pu m'acheter deux ou trois trucs à la friperie, fit-elle en tendant son pied, chaussé d'une sandale claire.

— Ah ? Vous êtes sortie ?

Il renversa les sacs sur le lit, répandant une marée de tissus colorés.

— Pas longtemps, affirma-t-elle en s'asseyant sur le matelas pour fouiller parmi les vêtements. Où est-ce que vous avez trouvé tout ça ? Ces affaires sont presque neuves.

— C'est à la femme de mon chef. J'ai pensé que vous deviez faire à peu près la même taille qu'elle.

Il l'examina des pieds à la tête, l'air songeur, et ajouta :

— Vous êtes peut-être un peu plus petite. La copine de mon autre collègue est sans doute plus proche, mais…

— Mais quoi ?

— Elle veut entrer dans la police. Elle suit les cours à l'académie en ce moment.

— Oh ! je vois…

— Comme vous dites, marmonna-t-il en se passant la main dans les cheveux. Elle se serait méfiée et… ça ne vous aurait pas arrangée, si j'ai bien compris.

— Non. Je… Moins il y aura de gens au courant de ma situation, mieux ça vaudra.

— Votre situation…, commença Rob, avant de baisser la tête. Bref. L'amie qui m'a donné les vêtements… April… Elle est toujours prête à aider son prochain. À l'excès, parfois.

— Un peu comme vous.

— Je vous ai expliqué : j'ai un faible pour… les femmes en détresse.

L'attraction entre eux était presque palpable. Au bout de quelques secondes, Jane s'empara d'un des T-shirts et le tendit devant elle.

— Il est joli, celui-ci. Merci.

— Qu'avez-vous fait de beau, à part passer à la friperie ? demanda-t-il en se tournant vers la fenêtre.

Il écarta un rideau pour regarder dehors.

— J'ai dormi. Et j'espère que vous avez prévu le repas de ce soir, parce que je meurs de faim. Je… Je peux en payer la moitié, évidemment, s'empressa-t-elle d'ajouter.

Il lâcha le rideau pour se tourner vers elle.

— C'est ridicule. L'argent que vous avez gagné chez Rosie doit vous servir à repartir du bon pied, à rentrer chez vous… ou là où vous voudrez. J'ai déjà commandé. D'ailleurs, si on ne se dépêche pas, le dîner va arriver chez moi avant nous.

— Je ferai des essayages chez vous, alors, dit-elle en rangeant à la hâte les vêtements dans les sacs. Vous remercierez votre amie pour moi.

— Je n'y manquerai pas.

Il s'adossa à la porte, les bras croisés. Jane l'observa à la dérobée. Cette April l'avait-elle questionné à son sujet ? Rob avait-il des remords ? Peut-être devrait-elle quitter Paradiso avant qu'El Gringo Viejo ne se remette à sa recherche. Avec un peu de chance, les deux hommes qui avaient incendié sa voiture avaient réussi à convaincre leur chef que leur cible était morte.

Elle avait besoin d'aide. Vraiment. Un professionnel capable de l'aider à retrouver la mémoire. Elle avait jusqu'alors redouté d'affronter son passé, mais à présent il lui semblait plus dangereux de ne pas se souvenir.

Elle saisit les sacs de vêtements par les anses, vérifia que son couteau se trouvait toujours dans sa poche et se tourna vers Rob avec un sourire forcé.

— Je suis prête !

Il ouvrit la porte et s'écarta pour la laisser passer.

— Je n'ai pas rendu la chambre, annonça-t-il. Comme ça, si vous préférez vous installer ici, c'est possible.

Elle hocha la tête, perplexe. Quelque chose avait changé chez lui. Il ne voulait plus d'elle dans sa maison et ne semblait plus très pressé de l'aider. Que penserait-il s'il apprenait qu'elle avait un lien avec El Gringo Viejo ?

Quand ils arrivèrent chez Rob, celui-ci désigna la chambre où elle avait dormi la veille.

— Si vous voulez essayer les vêtements. Vous devez avoir envie de vous changer, même si le T-shirt du Rosita's vous va très bien.

Elle examina le logo du restaurant sur sa poitrine.

— Rosie m'a sauvé la vie aujourd'hui. Vous aussi. Merci. Je vous ai déjà dit merci ?

— Non, vous avez préféré me menacer avec un couteau.

— Désolée. Encore. Mais je suis sûre que vous comprenez.

— Oui, soupira-t-il avec un sourire peu convaincant.

— Bon, je vais faire des essayages.

Elle se dirigea vers le couloir. Oui, Rob semblait bel et bien plus distant. Peut-être April lui avait-elle fait comprendre qu'il était fou. Peut-être avait-il discuté avec son autre amie, la future policière, et que celle-ci était en route à cet instant même.

Elle ferma la porte derrière elle et posa les sacs par

terre. Elle devait se détacher de Rob et de ses proches. Travailler au Rosita's pour gagner un peu d'argent, garder la chambre d'hôtel et se rendre à Tucson pour trouver un psychiatre. Si elle avait un lien quelconque avec El Gringo Viejo et les cartels, elle devait disparaître. Se forger une nouvelle identité. Qu'est-ce que cela changerait, au final ? Elle ne savait même pas qui elle était réellement.

Elle essaya plusieurs pantalons, shorts, chemisiers, T-shirts et sweaters – April avait fait les choses bien – et se décida enfin pour un pantacourt vert olive et un T-shirt rouge. Elle contempla ensuite la pile multicolore éparpillée sur le lit. L'argent gagné ce jour-là chez Rosie lui servirait à s'installer. Ainsi, elle cesserait d'importuner Rob.

La simple idée de quitter Rob lui nouait la gorge. C'était son seul allié. Elle chassa cette idée, se redressa et se laissa guider par l'odeur alléchante qui s'échappait de la cuisine.

— Italien ? demanda-t-elle depuis le salon en humant l'air avec délices.

Rob, qui était en train de verser des spaghettis dans un plat, leva les yeux vers elle.

— Ça vous convient ?

— Ça sent divinement bon, répondit-elle en soulevant le couvercle d'une boîte en plastique posée sur la table du salon. Je m'occupe de la salade.

— Les vêtements vous vont ?

La façon dont il la détailla des pieds à la tête lui donna des frissons. Il avait peut-être décidé de ne plus être son ami, mais l'attirance qu'il éprouvait pour elle n'avait pas faibli.

— La plupart, oui. April est effectivement plus grande que moi, mais je ne vais pas faire la difficile.

Rob essuya une goutte de sauce tomate tombée sur le plan de travail et porta son pouce à sa bouche.

— Vous avez besoin d'aide, et April adore les gens dans le besoin.

— Vous lui avez parlé de moi ?

— Vaguement. Ce n'est pas d'elle qu'il faut vous inquiéter.

Elle manqua de lâcher le saladier.

— M'inquiéter ? répéta-t-elle en reposant le plat avec un peu plus de vigueur que prévu.

— Elle ne viendra pas mettre son nez dans vos affaires. April est toujours la première à agir quand quelqu'un a besoin d'un coup de pouce. C'est Emily qui veut entrer dans la police. C'est elle qui est capable de vous cuisiner pour connaître l'histoire de votre famille, sur trois générations.

Jane chassa ses cheveux derrière ses épaules.

— C'est une bonne chose qu'elle soit occupée avec sa formation, alors.

Elle resta le dos tourné, penchée sur sa salade, à attendre une réponse, mais tout ce qu'elle entendit fut le bruit d'un papier d'aluminium qu'on froissait.

— Vous aimez le pain à l'ail ? s'enquit Rob.

Probablement, car le parfum la faisait saliver.

— Oui.

Rob sortit de la cuisine avec deux assiettes de spaghettis, garnis d'une sauce tomate et de boulettes de viande. Une tranche de pain à l'ail était posée en équilibre sur le rebord de chacune.

— Vous voulez bien prendre des couverts ? Ils sont dans le tiroir sous le grille-pain.

Elle se faufila près de lui pour aller chercher deux couteaux et deux fourchettes. Quand elle se retourna, elle faillit se cogner dans Rob qui revenait déjà. Il la regarda un instant, puis baissa les yeux vers les couverts.

— Un couteau pour des spaghettis ?

— Les boulettes de viande ont l'air grosses. Je préfère les couper proprement, plutôt que de les envoyer valser à travers la pièce en courant après avec ma fourchette.

Elle eut un petit sourire crispé. La voir avec un couteau entre les mains le rendait nerveux. Parviendrait-il un jour à oublier leur premier contact ? Cependant, elle avait eu toutes les raisons d'être méfiante : elle était alors en présence d'un inconnu, seule dans le désert en pleine nuit, et quelqu'un avait essayé de la tuer.

Évidemment, Rob ne connaissait pas toute l'histoire, et quand elle avait été sur le point de lui en parler, El Gringo Viejo était venu se mettre entre eux. À présent, elle ne pouvait rien lui dire, car il ne la croirait plus.

— Pas faux, concéda-t-il d'un ton bourru. Je vais chercher de l'eau. Je vous proposerais bien du vin, mais je ne suis pas certain que ce soit conseillé avec votre blessure. À moins que… ?

— Non, de l'eau, c'est parfait.

La dernière chose à faire, c'était de s'enivrer et de déverser ses ennuis sur une épaule amicale. Enfin… Pas si amicale que ça, finalement. Cela dit… L'effet désinhibant de l'alcool pouvait-il l'aider à se remémorer sa vie avant ce maudit accident de voiture ? Il faudrait qu'elle pose la question à un psychiatre… dès qu'elle en aurait trouvé un.

Elle disposa les couverts de chaque côté des assiettes. Comment pouvait-elle se souvenir de détails aussi insignifiants que la place des couverts sur une table, mais pas de son propre nom ? Encore une question pour son futur psy.

Elle s'assit et attendit le retour de Rob qui rapportait des verres et une carafe d'eau, puis elle plongea sa fourchette dans les pâtes fumantes. Dès la première bouchée, elle se tartina le menton de sauce et s'essuya rapidement avec sa serviette.

— Vous comptez rester combien de temps à Paradiso ? demanda Rob en s'emparant du plat de salade.

— Jusqu'à ce que je me sente en sécurité.

Elle ne mentait pas. Comment affronter le monde quand quelqu'un cherchait à vous tuer ? Si ces hommes la croyaient morte, elle aurait peut-être la paix. Elle se figea soudain. Ils devaient surveiller les chaînes d'information, pour savoir si un accident de voiture avait été signalé, avec un corps calciné. En constatant que les médias ne parlaient de rien, allaient-ils décider de revenir pour finir le travail ?

— Ça ne vous plaît pas ? dit soudain Rob en désignant son assiette de sa fourchette.

— C'est très bon, s'empressa-t-elle de répondre en saisissant son couteau pour couper une boulette en deux, puis en quatre. Vous voyez comme je fais ça proprement ?

— J'admire. Du coup, je vais éviter de m'empiffrer comme je fais d'habitude…

— Vous mentez. Je ne vous imagine pas du tout en train de faire ça…

Ils mangèrent en silence pendant quelque temps, puis Rob reprit :

— Que faudrait-il pour que vous vous sentiez en sécurité ?

Elle lâcha sa fourchette. Cherchait-il à la prendre par surprise ?

— Oh… Je…, bredouilla-t-elle. Simplement savoir que mon ex ne me suit pas. Et vous ? Vous vous sentez en sécurité ?

Elle aussi pouvait jouer à ce jeu.

— Par rapport à vous, vous voulez dire ? s'étonna-t-il.

— Vous craignez que je vienne vous poignarder pendant votre sommeil ? dit-elle en s'emparant de son couteau pour le planter dans une boulette de viande.

— C'est votre intention ?

— J'ai déjà dormi sous votre toit une nuit… et il ne s'est rien passé. D'ailleurs, je ne parlais pas de moi. Plutôt du passé. Vous sentez-vous menacé par votre passé ?

Rob manqua de s'étouffer.

— Mon passé ? Ça va. Je me suis échappé, n'oubliez pas.

— Vraiment ?

— Qu'est-ce que vous voulez dire ? demanda-t-il, après une gorgée d'eau. Vous êtes sûre que vous n'êtes pas psy ? Vous parlez exactement comme une psy.

— Comment savez-vous comment parlent les psys ?

— Touché. Vous voulez rire ? Avec la famille que j'ai, j'étais dans le bureau de la psychologue scolaire tous les quatre matins. « Comment ça va, Roberto ? », « Quels sentiments cela éveille-t-il en toi, Roberto ? ».

Sa voix avait changé, et il imitait à présent une femme.

— Et donc ? insista Jane. Qu'est-ce que ça vous faisait ? Toute cette violence ? Cette instabilité ?

Il repoussa le saladier pour s'attaquer à ses spaghettis.

— Ça m'a donné envie de tout contrôler et de ne jamais rien lâcher. Ça m'a donné envie de traquer tous les dealers du monde pour leur inculquer la notion de justice.

Jane en eut la chair de poule, mais elle se retint de se frotter les bras.

— Du coup… Vous êtes entré à la police des frontières ?

Rob aspira un spaghettis avec bruit et acquiesça. Il avait de la sauce sur le menton. Sans réfléchir, Jane s'empara de sa serviette et se leva à moitié de sa chaise pour essuyer la tache. Rob sursauta, mais se laissa faire.

— Je ne suis pas sortable, lâcha-t-il.

— Vous avez l'impression d'être utile dans la lutte contre la drogue ?

— Je ne resterais pas à ce poste, sinon. Et vous ? Où vivez-vous ? Qu'est-ce que vous faites dans la vie ? Vous avez des enfants ?

Elle coinça ses doigts sous ses cuisses. Elle n'aurait jamais dû s'aventurer sur des sujets personnels avec lui. Évidemment, il lui renvoyait la balle. Donnant, donnant.

— Je… Je suis prof. D'arts plastiques.

Elle posa une main sur son cœur. Quelque chose dans ses paroles sonnait juste. Pouvait-il s'agir de la vérité ? Des souvenirs remontaient-ils à la surface de sa mémoire, prêts à déborder et à combler ce vide ? Rob acquiesça, la bouche pleine. Lorsqu'il eut fini de mâcher, il dit :

— Cela explique votre présence par ici en plein milieu de l'été.

En effet. De toute évidence, elle n'était pas sur le chemin entre le travail et chez elle. Revenait-elle du Mexique ? Elle n'avait pas prêté attention aux plaques d'immatriculation du véhicule, avant qu'il soit incendié.

Cela aurait pu l'aider à découvrir son identité. Avait-elle laissé un sac à main sur place ? Un permis de conduire ? De l'argent ? Pourquoi n'avait-elle pensé à rien de tout cela ?

— Ça va ? s'enquit Rob en la dévisageant, les coudes posés de chaque côté de son assiette.

Son visage ne reflétait cependant pas la sollicitude de ses propos. Ses yeux noirs la scrutaient avec attention, comme pour sonder son esprit vide. S'il parvenait à y lire quelque chose…

— Ça va. Je préfère ne pas parler de ma vie.

Elle repoussa sa chaise si brusquement qu'elle faillit la renverser.

— Vous avez fini ? demanda-t-elle en empilant ses couverts dans son assiette. Je peux débarrasser ?

Rob la saisit doucement par le poignet, mais son geste avait quelque chose d'implacable. Le cœur battant, elle se pencha vers lui, subjuguée par le magnétisme de son regard noir qui l'attirait inexorablement. Elle avait beau ne pas savoir qui elle était, rien ne semblait atténuer cette attraction entre eux. Elle était peut-être mariée, avec quatre enfants. Or, même cette possibilité ne suffisait pas à dompter ce feu qui naissait dans son ventre quand elle contemplait cet homme.

Elle se rapprocha encore. Ses lèvres s'entrouvrirent. Son souffle se fit plus rapide. Alors qu'elle sentait déjà la tiédeur de son haleine, il brisa l'instant par des paroles brutales :

— Vous pouvez m'expliquer comment vous connaissez El Gringo Viejo ?

7

Rob vit Jane cligner plusieurs fois des yeux et il serra les dents. Il s'efforçait de ne pas penser à ses lèvres. Étaient-elles aussi enivrantes que son regard ? Il aurait pu satisfaire sa curiosité et s'autoriser un petit écart, mais cela n'aurait pas été honnête. Jane se redressa brusquement et jeta des coups d'œil inquiets dans la pièce, comme si elle cherchait une issue. Lorsqu'elle parvint à lui faire face, son expression était dure. Elle releva le menton, prête au conflit, et prit une profonde inspiration.

— Qu'est-ce qui vous fait croire que je connais El Gringo Viejo ?

Les yeux fermés, Rob se pinça l'arête du nez. Avait-il vraiment pensé que ce serait aussi facile ? Il recula un peu sa chaise et posa les mains à plat sur ses genoux.

— J'ai vu votre historique de recherche sur l'ordinateur de la bibliothèque, soupira-t-il.

Jane tiqua.

— Vous m'avez espionnée tout l'après-midi ?

Rob fréquentait des criminels depuis assez longtemps pour savoir que quand on se sentait acculé, la meilleure défense était encore l'attaque.

— Vous pensiez que j'allais laisser une inconnue passer la nuit chez moi sans faire la moindre vérification ?

— Vous n'avez rien vérifié du tout hier soir, rétorqua-t-elle, avec arrogance.

— Vous étiez blessée, perdue. Je n'allais pas vous abandonner, mais j'ai caché le couteau et j'ai conservé votre bouteille d'eau pour avoir vos empreintes.

Elle leva brusquement la tête et serra le dossier de la chaise.

— Vous avez vérifié mes empreintes ? Vous connaissez mon identité ?

— Vous savez sans doute déjà que ça n'a donné aucun résultat. En revanche, je suis certain que vous n'êtes pas professeur d'arts plastiques. Les empreintes des enseignants sont fichées.

Les épaules de Jane s'affaissèrent.

— N'ayant pas pu déterminer qui j'étais, vous avez décidé de fouiner pour comprendre ce que je mijotais.

— Fouiner ? C'est m'accorder trop de crédit. Je vous ai vue par hasard sortir de la bibliothèque, alors que je partais acheter de quoi manger. Comme vous m'aviez dit que vous vouliez dormir, ça m'a mis la puce à l'oreille. C'est comme ça que j'ai découvert que votre première recherche, c'était El Gringo Viejo. Pourquoi ? ajouta-t-il en croisant les bras et en se calant contre le dossier de sa chaise.

Jane se mordit la lèvre avant de répondre, comme pour se donner le temps de bien formuler son mensonge.

— Si je savais de qui il s'agissait, comme vous le prétendez, pourquoi essayerais-je de me renseigner sur lui ?

Il eut un rire moqueur.

— Vous voulez me faire croire que vous avez tapé le nom d'El Gringo Viejo par hasard ? Pour tromper l'ennui, peut-être ? Vous deviez bien avoir une petite idée.

— J'ai déjà entendu ce nom quelque part en effet. C'est même vous qui en avez parlé au téléphone, pendant le déjeuner.

— Et vous vous êtes précipitée pour vous renseigner sur lui ? Ça n'a pas de sens. Trouvez mieux.

— Ça avait l'air fascinant, marmonna-t-elle en lui tournant le dos. J'étais curieuse.

Elle s'approcha de la fenêtre et appuya le front contre la vitre.

— Jane… Vous savez ce que je pense ?

Il ne pouvait lui détailler les pensées qui traversaient son esprit car, en plus de l'agacement provoqué par ses mensonges, il ressentait pour elle un désir aussi puissant qu'incompréhensible.

Lorsqu'elle tourna doucement la tête sur le côté, toute arrogance avait quitté son regard. Ses longs cils et sa moue suggéraient une vulnérabilité improbable pour une menteuse potentiellement en lien avec les cartels. Elle se servait de lui depuis le début. Un logement, un travail, des vêtements, à manger, un baiser… Ce dernier avait été évité in extremis, mais, sans la petite enquête menée à la bibliothèque, peut-être aurait-il cédé.

Qui sait jusqu'où cela serait allé ?

Il s'éclaircit la gorge et répéta la question dangereuse en espérant qu'elle ne devinerait jamais la réponse.

— Vous savez ce que je pense ?

Elle lui fit face, les mains dans le dos comme une petite fille prise en faute.

— Vous pensez sans doute que j'ai quelque chose à voir avec El Gringo Viejo, bredouilla-t-elle. Que je suis impliquée dans une cavale qui a mal tourné. Ou que j'ai essayé de doubler un cartel qui s'est vengé en provoquant cet accident et en incendiant ma voiture. Ou alors, vous pensez que je suis toujours à la solde d'El Gringo Viejo et que c'est une sorte de piège. Je tente de vous séduire pour infiltrer la police des frontières.

Rob en resta pantois. Jane avait échafaudé plus de scénarios qu'il n'avait osé en envisager. Avait-elle réussi à le séduire ?

— J'ai visé juste ? demanda-t-elle enfin, avec l'ombre d'un sourire.

Dans ses yeux pourtant régnait une tristesse infinie, et il dut lutter contre le besoin impérieux de traverser la pièce pour la prendre dans ses bras.

— Pas loin, marmonna-t-il en fourrant les mains dans ses poches. Alors ? Quelle explication est la bonne ? À moins qu'elles ne soient toutes valables…

Jane se tourna de nouveau vers la fenêtre et se mit à faire des dessins sur la vitre.

— Je ne sais pas.

Rob poussa un long soupir et maugréa un juron.

— Il va pourtant falloir me donner une explication, sinon je serais obligé de… prendre des mesures.

Il traversa la pièce en trois enjambées et lui toucha l'épaule.

— Parlez-moi, Jane. Pourquoi ne pas commencer par me dire votre vrai nom ?

— Je voudrais bien, mais… je ne peux pas.

Elle le saisit par le bras, le regard implorant.

— Rob, je suis liée d'une façon ou d'une autre à El Gringo Viejo, mais je ne sais pas comment. Je… Je crois qu'il essaye de me tuer, mais j'ignore pourquoi. Quant à mon vrai nom ? Je n'en ai pas la moindre idée.

Rob la contempla sans rien dire. Quelque chose ne

tournait pas rond chez elle… À moins que ce ne soit chez lui ? D'une façon ou d'une autre, ses paroles n'avaient aucun sens.

— Attendez… Je n'y comprends rien. S'il s'agit encore de mensonges, je ne veux plus les entendre.

— Si seulement, Rob… Je préférerais être en mesure de vous mentir.

Elle se frotta les cheveux.

— Ce doit être à cause de la blessure à la tête. Je ne me souviens plus de rien avant l'accident. Je ne connais pas mon prénom. Je ne sais pas qui je suis, et le pire, c'est que je ne sais pas qui veut me tuer ni pourquoi.

Les mots étaient sortis précipitamment de sa bouche, trop vite pour que Rob parvienne à leur donner un sens.

— Allons nous asseoir, proposa-t-il.

Il s'écroula sur le canapé et Jane vint s'installer à côté de lui, ramenant ses jambes sous elle. Elle était presque trop près pour qu'il réussisse à réfléchir de façon rationnelle. À présent que le barrage avait cédé, elle ne s'arrêtait plus.

— Ces hommes ont parlé de me tuer. C'est là que j'ai entendu le nom d'El Gringo Viejo pour la première fois. Le couteau se trouvait dans ma poche. Quand vous êtes arrivé, j'ai cru que vous étiez l'un d'eux.

Il posa les mains sur ses épaules.

— Arrêtez. Stop. Racontez-moi tout depuis le début… Ensuite, je déciderai si je vous crois ou non.

Elle inspira profondément, puis croisa les doigts sur ses cuisses.

— La première chose dont je me souviens, c'est d'être sortie de la voiture. Elle était retournée. J'étais désorientée dès que j'ai ouvert les yeux.

Rob l'écouta expliquer comment elle s'était libérée de sa ceinture, puis avait réussi à ouvrir la portière. Ensuite, elle avait entendu un véhicule s'approcher, puis des voix d'homme avaient retenti.

— Quelque chose m'a poussée à me cacher. Il ne fallait pas que ces hommes me voient. C'était comme une alarme dans ma tête.

Elle leva les yeux vers le plafond, comme si elle espérait y puiser des souvenirs.

— J'ai aperçu leurs chaussures, mais pas leur visage. Eux ne pouvaient pas me voir du tout. C'est là que j'ai entendu parler d'El Gringo Viejo pour la première fois.

Rob lâcha l'ongle de son pouce, qu'il mordillait nerveusement depuis le début du récit.

— Dans quel contexte exactement ?

— Ils ont dit qu'El Gringo Viejo ne serait sans doute pas content d'apprendre que je n'étais peut-être pas morte.

— Donc… Pour être sûrs, ils ont incendié la voiture.

Elle hocha la tête et ramena ses genoux contre sa poitrine.

— Ils pensaient que j'étais restée à l'intérieur. Ensuite, ils sont repartis.

— Pourquoi vous êtes-vous cachée dans le désert ? Pourquoi ne pas avoir rejoint la route pour arrêter un véhicule de passage ?

— Vous plaisantez ? Tout ce que je savais, c'était que des hommes cherchaient à me tuer, sans doute les mêmes qui avaient provoqué l'accident. J'ignorais qui. Ou pourquoi. Ces deux types auraient très bien pu revenir, et je ne les aurais même pas reconnus.

— D'accord. C'est cohérent. Mais… Après ? Vous avez bien dû comprendre qu'ils étaient partis pour de bon ? Pourquoi ne voulez-vous pas avertir la police ? Pourquoi refuser d'aller à l'hôpital ? Vous faire soigner ? Signaler l'accident ? Dénoncer ces deux hommes aux autorités ?

Elle baissa la tête.

— J'ai peur.

— Peur de la police ?

— Peur de tout ce que j'ignore, expliqua-t-elle en se tapotant le front. Savez-vous ce que ça fait, de ne plus rien avoir là-haut ? Non, évidemment. L'idée que des inconnus puissent débarquer pour me dire qui je suis et où je devrais me rendre… Ça me terrifie.

— Vous craignez que vos agresseurs apprennent qu'une femme amnésique a échappé à un accident et qu'ils tentent de… terminer ce qu'ils ont commencé ?

Il se gratta le menton. C'était compréhensible, mais… cela ressemblait plus à un scénario de film.

— Vous imaginez le scénario ? L'un d'eux pourrait se présenter à la police ou à l'hôpital et prétendre que je suis sa femme. Que nous nous sommes disputés et qu'il ne savait pas où j'étais. Que pourrais-je répondre à ça ?

Son histoire semblait plus logique qu'il ne l'avait d'abord cru… Même s'il aurait certainement réagi différemment. Il tira pensivement sur le lobe de son oreille.

— Et votre amnésie ? D'où vient ce prénom, Jane ?

— À votre avis ? Pendant que j'attendais dans le désert, j'ai compris que j'étais devenue comme ces femmes que la police baptise « Jane Doe », faute de mieux. La victime anonyme. Alors, quand vous m'avez demandé mon nom, c'est la première chose qui m'est venue à l'esprit.

— Ne voulez-vous pas découvrir qui vous êtes ? N'est-ce pas plus dangereux de ne pas savoir ?

— J'ai pensé le contraire, au début. Mais maintenant je me rends compte que je me suis trompée.

— Une chose est sûre : ce n'est pas en travaillant au Rosita's que vous allez comprendre quoi que ce soit. Personne ne vous connaît là-bas.

Elle leva lentement les yeux vers lui.

— Si. Vous. Vous êtes le seul.

— Jane… Ou quel que soit votre nom, ajouta-t-il en se frottant la nuque d'un geste nerveux. Je ne vous connais pas. Vous devez avoir une famille quelque part. Un père, une mère, un mari… Des gens qui s'inquiètent pour vous.

— Vous croyez ?

Elle se mordit un instant la lèvre, puis examina sa main gauche. Elle ne portait pas d'alliance.

— Je n'ai pas l'impression d'être mariée.

— Et ce tatouage dans votre dos ? s'écria-t-il brusquement en claquant des doigts. Rosalinda ? Vous ignoriez qu'il se trouvait là, n'est-ce pas ?

— Évidemment.

— Alors, d'où sort cette amie assassinée ?

— De mon imagination.

— Je me demande si ces noms et ces histoires comportent une part de vérité. Si ce sont des détails surgis de votre inconscient.

— Je ne saurais vous le dire. La seule chose qui m'a paru cohérente, c'est quand j'ai affirmé être prof d'arts plastiques. Cela dit, cette hypothèse a volé en éclats, puisque vous avez découvert que mes empreintes n'étaient pas fichées. Je ne peux pas être enseignante.

— Et votre espagnol quasi parfait ? Ma mère rougirait de honte si elle entendait une *gringa* parler mieux que moi.

— *Gringa*... Pourquoi cet homme, ce trafiquant, veut-il ma mort ? Est-ce que je suis une mule ou une dealeuse ?

Rob se leva, chancelant. Il préférait ne pas trop réfléchir à cette possibilité, même s'il l'avait envisagée dès qu'il avait vu l'historique des recherches, à la bibliothèque.

— Il nous faut un papier et un crayon pour noter tout ça. La voiture, les hommes, le couteau, le tatouage, le nom. Tout.

— Ça veut dire que vous me croyez ? Il faut que vous me croyiez, Rob. J'ai besoin d'aide.

Il disparut dans son bureau et revint avec un bloc-notes. Il se rassit et commença à tapoter sur le papier avec le bout de son stylo.

— J'imagine que quelqu'un pourrait monter une histoire aussi délirante dans le but d'infiltrer la police des frontières ou me tuer, mais... il existe des moyens plus simples. Et puis, j'ai vu la plaie que vous avez à la tête. Ce genre de blessure peut expliquer votre amnésie.

Rob posa le bloc-notes sur sa cuisse et inscrivit « Jane ? » En haut de la page. Ensuite, il rédigea une liste de toutes les informations dont elle se souvenait. Il entoura la ligne concernant le tatouage Rosalinda.

— C'est le trait le plus caractéristique. Il faudrait essayer de creuser.

— Pas littéralement, j'espère, grommela-t-elle en se frottant l'épaule. Mais vous avez raison. Quand je me suis regardée pour la première fois dans le miroir, hier soir, un mot m'est aussitôt venu à l'esprit : banale. Sur le moment, ça m'a plu, parce que je me suis dit que ça me permettrait de me fondre dans la masse. Toutefois, une apparence un peu moins anodine aiderait à déterminer mon identité plus rapidement.

Rob la fixa en silence. Elle ne pouvait sérieusement pas penser que son apparence était banale. La couleur de ses yeux, sa chevelure qui hésitait entre le blond et le brun, ces lèvres sensuelles… Rien de tout cela n'était banal.

— Je crois que vous avez perdu le bon sens en même temps que la mémoire, marmonna-t-il.

— Quoi ?

— Laissez tomber…

Il jeta le bloc-notes dans sa direction et se leva.

— À présent que nous savons que Rosalinda n'est pas le nom d'une amie assassinée, il faut faire une nouvelle recherche.

Il récupéra son ordinateur portable qui chargeait dans la cuisine et vint se rasseoir à côté de Jane. Après avoir lancé le moteur de recherche, il entra « Rosalinda » une fois encore. Jane parcourut du doigt la liste des résultats.

— Une série télé, des restaurants, des gens, une marque de tortillas… Vous pensez qu'une de ces Rosalinda pourrait me correspondre ?

— Il n'y a qu'une façon de le savoir, dit Rob en cliquant sur le premier lien.

Il s'agissait d'une élue du Texas, une femme blonde d'une cinquantaine d'années qui promettait, avec un beau sourire, plus de financements pour les écoles et de meilleures infrastructures. Ils parcourent ainsi toute la liste de noms, mais aucune Rosalinda ne ressemblait à Jane.

Découragé, il se laissa tomber contre le dossier du

canapé et contempla le plafond. Il sentait que Jane le regardait et cela l'électrisait.

— Qu'est-ce que les gens se font tatouer sur le corps ? demanda-t-elle soudain.

— Quoi ?

— Vous avez des tatouages, Rob ?

— Non !

Il avait répondu avec une telle véhémence que Jane eut un mouvement de recul.

— Pas un grand fan, visiblement…

— Désolé, je ne voulais pas crier, bafouilla-t-il en se passant la main dans les cheveux. Quand j'étais ado, tout le monde me pressait pour que je me fasse tatouer l'insigne du gang sur le bras. Mes deux frères l'avaient fait. Mon refus était une sorte de talisman. Dans ma tête, si je ne me faisais pas faire le tatouage, je n'entrerais jamais dans le gang.

— Ça a marché on dirait, dit Jane en lui touchant la cuisse.

— Je n'ai jamais eu de tatouage et je crois que je n'en aurai jamais.

— Mais… Si vous étiez un amateur de tatouages, qu'est-ce que vous choisiriez ? Quel genre de tatouages ont vos amis ? Vos copines ?

Elle retira sa main.

— Je n'ai pas de copine. Vous pensez que je me baladerais avec vous et que je vous laisserais passer la nuit ici si j'avais une petite amie ?

— Pas si c'était moi. Bref. Les tatouages.

Et si c'était elle sa petite amie ? s'interrogea Rob mentalement. Rien que l'idée lui plaisait, alors qu'il ignorait jusqu'à son identité.

— Les copains qui ont fait l'armée ont des tatouages militaires, répondit-il. Des sigles, des animaux, ce genre de choses. Les femmes… pas mes copines… préfèrent en général les fleurs, parfois des petites phrases, des cœurs. Des noms de lieux ? ajouta-t-il à tout hasard.

— Existe-t-il des villes baptisées Rosalinda ? demanda Jane, les doigts déjà au-dessus du clavier. On pourrait chercher par État. Rosalinda, Alabama. Rosalinda, Arkansas. Rosalinda, Arizona, évidemment.

— Et aussi au Mexique, dit Rob en attirant l'ordinateur à lui.

— Pourquoi ?

— Eh bien… Vous parlez couramment espagnol. Rosalinda est un nom à consonance espagnole. Et on est juste à côté de la frontière mexicaine.

— Et je connais El Gringo Viejo, déclara-t-elle, les lèvres pincées. Je ne suis pas certaine de vouloir savoir comment, d'ailleurs. Il pourrait être… mon mari ? Je n'ai trouvé aucune photo de lui sur Internet.

Rob se renfrogna.

— Il n'existe aucune photo de lui. Personne ne sait à quoi il ressemble.

— Avec un nom comme ça, *Viejo*, il ne doit pas être tout jeune. Cela dit, une telle différence d'âge dans un couple n'aurait rien d'exceptionnel.

Il posa les mains sur les siennes. Ce fut plus fort que lui.

— Qu'est-ce qui vous fait penser qu'il pourrait être votre mari ?

— À cause de l'histoire que je vous ai racontée, à propos d'un ex-mari violent. Pourrait-il y avoir une part de vérité là-dedans ?

Il caressa du pouce le dos de sa main.

— Depuis le temps que nous sommes sur la piste d'El Gringo Viejo, personne n'a jamais évoqué l'existence d'une épouse ou d'une compagne.

— Allez-y, dit-elle en désignant le clavier de l'ordinateur.

Rob saisit « Rosalinda, Mexique » dans la barre de recherche et appuya sur « Entrée ». Quand Jane se pencha vers lui pour mieux voir, la pointe de ses cheveux vint chatouiller ses doigts.

— Encore cette série télé. Peut-être suis-je une fan ?

— On dirait qu'il n'y a pas de ville du nom de Rosalinda. Du moins, pas assez grande pour figurer dans la liste des résultats.

— Rob, dit soudain Jane en lui prenant la main. Il existe une galerie d'art appelée Rosalinda. Juste là.

Elle posa un doigt tremblant sur l'écran, et Rob cliqua sur le lien. Un blog traitant d'art apparut, avec un article annonçant une exposition à la galerie Rosalinda. Il se mit à lire à voix haute, car Jane semblait avoir perdu la parole.

Si vous aimez les œuvres décalées, quel que soit leur support, visitez la galerie Rosalinda à Puerto Peñasco, plus connu des *gringos* sous le nom de Rocky Point. La propriétaire, Libby James, est elle-même artiste et expose certaines de ses propres œuvres…

Jane planta les ongles dans sa peau.

— C'est moi. Je suis Libby James.

8

— Libby James.

Elle répéta le nom, comme pour en goûter la sonorité.

— Je m'appelle Libby James.

Quand Rob lui passa un bras autour des épaules, elle se laissa aller contre lui.

— C'est fantastique. Vous vous souvenez. Vous pouvez aller trouver la police, à présent. Leur parler de l'accident et des hommes qui vous menacent.

Elle se raidit soudain.

— Je ne me souviens pas. Je le sens, c'est tout.

— Comment ça ? Vous ne vous souvenez pas de votre vie en tant que Libby James ? De votre lien avec El Gringo Viejo ?

Elle s'en voulait de le décevoir. Il semblait si plein d'espoir, si soulagé de savoir qu'il ne risquait pas de se faire poignarder pendant son sommeil.

— Je le sens ici, expliqua-t-elle, une main sur son cœur. J'ai eu comme un flash de reconnaissance, comme lorsque je vous ai dit que j'étais prof d'arts plastiques. Vous ne comprenez pas ? Je suis une artiste. Peut-être que j'enseigne à d'autres, même si ce n'est pas dans une école. Ce tatouage sur mon épaule, c'est le nom de ma galerie.

— Il faut en avoir le cœur net, annonça Rob en tapant « Libby James » dans la barre de recherche.

Il avait espéré voir son visage apparaître en haut d'une page avec sa biographie, mais les résultats furent maigres.

— J'imagine que Libby James préfère rester discrète, soupira-t-il, déçu.

— Ça semble logique, non ? Je parle espagnol couramment parce que je vis au Mexique. C'est aussi pour cette raison que mes empreintes ne sont pas enregistrées aux États-Unis. J'ai le nom de cette galerie tatoué sur l'épaule. Je sens que je suis une artiste. Et, d'une façon ou d'une autre, j'ai croisé le chemin d'El Gringo Viejo à Rocky Point. Ou alors, je me suis mise en travers de son chemin, ce qui n'est pas bon signe. Ça fait déjà beaucoup d'indices pour vous, non ?

— Pour moi ?

Il scrutait toujours l'écran, à la recherche d'une preuve tangible.

— Pour vous tous, je veux dire. La police. Peut-être El Gringo Viejo se trouve-t-il à Rocky Point, lui aussi. Vous avez dit que les forces de l'ordre ignoraient où il se cache et à quoi il ressemble. À présent, vous savez qu'il est passé à Rocky Point.

— Je ne sais pas, Jane..., répondit Rob en se frottant les yeux, avant de repousser l'ordinateur sur la table basse.

— Libby, dit-elle en se calant sur le canapé. Vous pouvez commencer à m'appeler Libby.

À chaque fois qu'elle prononçait ce nom, sa certitude grandissait.

— C'est vrai que vous avez plus une tête de Libby James que de Jane.

— Comment ça ?

— Jane… Je ne sais pas. C'est un peu banal. Et vous êtes tout sauf banale.

Elle porta les mains à ses joues pour cacher sa rougeur.

— Vous avez raison ! s'exclama-t-elle, mal à l'aise. Ce n'est pas tous les jours qu'on retrouve une femme seule dans le désert, avec des vêtements en lambeaux et une plaie à la tête.

Elle vit Rob lever les yeux au ciel. Pensait-il qu'elle essayait de s'attirer des compliments ?

— Bon, reprit-elle en étirant les bras devant elle. Quelle est notre prochaine étape ? Il ne vaut mieux pas que je me précipite à Rocky Point, j'imagine.

— Certainement pas. Si vous êtes Libby James de Rocky Point et que vous avez des démêlés avec El Gringo Viejo, la dernière chose à faire, c'est de retourner à la source de vos problèmes. Surtout sans savoir de quel genre d'ennuis il s'agit.

Rob n'avait pas tiqué quand elle avait dit « notre » prochaine étape. Qu'il croie ou non qu'elle était Libby James, il n'avait pas l'intention de l'abandonner.

— Vous devez retrouver la mémoire. Découvrir pourquoi ces hommes avaient l'instruction de vous tuer. Vous devez parler à quelqu'un. Pas à la police, ajouta-t-il en voyant qu'elle était sur le point de protester.

— Je sais. Un psychiatre ou un psychologue, quelque chose comme ça. J'y ai déjà réfléchi. J'imagine que vous n'avez pas quelqu'un dans ce domaine, à Paradiso ?

— Il y a une thérapeute à l'hôpital qui reçoit des patients à son cabinet.

Elle le regarda, l'air surpris.

— Pas moi, précisa-t-il. J'ai eu mon compte quand j'étais gamin. Ça m'a suffi.

— Vous êtes sûr ?

— Comment ça ?

— Vous avez volé au secours d'une femme armée d'un couteau en plein désert. Vous n'avez pas alerté la police ni l'hôpital. Vous n'avez pas signalé l'accident. À croire que vous n'avez plus toute votre tête.

— Ça va, pas besoin de me le rappeler, grommela-t-il. Il ne faut pas que mes collègues l'apprennent. Ils me rabâchent déjà que je suis du genre impulsif et pas très prudent.

— Pensez-vous que c'est parce que vous deviez faire très attention à tout quand vous étiez enfant ?

Il la fixa avec sévérité.

— Au risque de me répéter, je crois que vous êtes psy et pas artiste. Vous avez la fâcheuse tendance à m'analyser, alors que c'est vous qui en avez le plus besoin.

— À vrai dire, je n'ai pas tant besoin d'une analyse que d'un bon coup sur la tête.

— Je doute que ce soit une bonne idée.

Quand il passa doucement la main sur ses cheveux, au-dessus de la plaie, elle se détendit un peu. Elle espérait ardemment qu'il n'existait pas un M. James quelque part en train de chercher sa femme. Rob retira sa main, comme si la même idée venait de lui traverser l'esprit.

— Si la psychiatre de l'hôpital ne peut pas vous recevoir, elle pourrait au moins vous recommander un confrère ou une consœur. Il faudra sans doute aller jusqu'à Tucson.

— Je suis prête à aller bien plus loin que Tucson pour trouver de l'aide.

— Je crois que votre cerveau a assez travaillé pour ce soir. Tous les indices semblent pointer en direction de Libby, pour l'instant, mais cela ne suffit pas. Vous devez vous souvenir de qui vous êtes.

— Je suis d'accord.

Elle se leva brusquement, un peu chancelante. Rob posa une main sur ses hanches pour la retenir.

— Vous… Vous préférez que je retourne à l'hôtel cette nuit ? bafouilla-t-elle.

— Non. Même si je dois vous avouer que j'étais prêt à vous flanquer à la porte, après mon passage à la bibliothèque.

Il avait laissé sa main sur sa hanche, comme si elle avait besoin de soutien.

— Alors, pourquoi m'avoir ramenée ici ? demanda-t-elle. Pourquoi m'avoir invitée à dîner ?

— J'espérais vous piéger, pour découvrir vos véritables motifs. Je voulais simplement découvrir la vérité. Pourquoi ne pas m'avoir parlé avant ?

— J'avais peur. Peur de l'inconnu. Peur d'être emmenée au commissariat comme une victime sans mémoire, sans identité, sans vie. Vous pensiez que j'avais besoin de voir un médecin, mais l'idée même de l'hôpital me terrifiait. Je craignais de me retrouver captive quelque part. N'importe qui aurait pu venir et me réclamer comme un chien perdu. N'importe qui aurait pu me dire qui j'étais et où je devais retourner.

Avec un hochement de tête, il se leva, laissant retomber sa main.

— Je comprends. Cela doit être bizarre de ne pas savoir qui on est. C'est comme contempler un abysse sans fond.

— C'est cent fois pire. Mais ensuite vous êtes arrivé et

vous ne m'avez pas forcée, alors même que mon histoire vous semblait dingue.

Elle se détourna de l'attirance magnétique que le regard de Rob exerçait sur elle.

— Je vous en remercie.

— Mes collègues n'ont pas complètement tort à mon sujet. Je peux me montrer impulsif. Et parfois naïf, par rapport aux crimes commis par ici, dans le désert, loin de la grande méchante ville.

Il préféra enjamber la table basse pour éviter de la frôler

— Je dois même avouer qu'une part de moi croyait votre histoire… Une femme fuyant son ex en colère. J'ai bien connu ça pendant mon enfance. Ça me parlait. Je comprenais.

— Je ne me doutais pas que j'allais vous toucher autant, avec cette histoire. C'est venu comme ça. On n'a pas fini de débarrasser, ajouta-t-elle en désignant la table.

— C'est ce que j'allais faire. Je déteste laisser tout en plan pour le lendemain matin.

— Moi aussi. Enfin… Je crois, s'empressa-t-elle de préciser en voyant le regard plein d'espoir que lui lançait Rob.

Il jeta un torchon sur son épaule et se dirigea vers la cuisine avec les assiettes.

— Je suis désolé, soupira-t-il. Vous risquez d'avoir peur de retrouver la mémoire, si je bondis à chaque fois que vous parlez de vous.

— Ce n'est rien. C'est peut-être comme ça que ça va revenir.

Elle attrapa le torchon qui pendait dans son dos et vint se planter à côté de lui, devant l'évier.

— Vous lavez. J'essuie.

Il rinça une assiette, qu'il lui tendit.

— La mémoire est une chose bizarre, hein ?

— Je n'y avais jamais réfléchi avant, mais une nouvelle dimension étrange vient de s'ouvrir devant moi.

— Par exemple, reprit-il en lui tendant une seconde assiette. Vous ne vous souvenez pas de votre nom, de qui vous êtes ou de l'endroit où vous vivez, mais vous savez parfaitement où se situe Tucson.

Elle frotta pensivement l'assiette.

— Peut-être qu'un médecin saurait me l'expliquer. J'imagine que cela change en fonction de la partie du cerveau qui a été touchée.

— Au final, peu importe, tant que quelqu'un peut vous aider à retrouver la mémoire. Ensuite, on pourra s'occuper de ces deux hommes… et du reste.

Elle lui jeta un regard en coin. Était-il aussi inquiet qu'elle de ce qu'ils découvriraient en apprenant sa véritable identité ? Pendant qu'elle séchait les derniers couverts, il aspergea le plan de travail en granite d'un liquide vert et passa une éponge humide jusqu'à ce que tout brille. Était-il toujours aussi méticuleux ou cherchait-il simplement à gagner du temps ? Était-il aussi troublé qu'elle par cette alchimie entre eux ?

— Vous pouvez récupérer votre T-shirt, annonça-t-elle soudain. April a même glissé une chemise de nuit dans le sac.

— Oui, elle pense à tout, répondit-il en rinçant l'éponge avant de se laver les mains. J'ai un peu mauvaise conscience de lui avoir menti.

— Je suis désolée, dit-elle. C'est ma faute. On pourrait peut-être lui avouer la vérité. Elle n'est pas de la police, après tout.

— Elle nous aiderait de toute façon. Cela n'aurait pas d'importance à ses yeux. Et puis… elle n'a pas toujours été très à cheval sur la vérité, autrefois. Avec de bonnes intentions, évidemment.

— Exactement comme moi maintenant. Moins il y aura de gens au courant de mon identité… ou plutôt mon absence d'identité… mieux ça vaudra. Il vaut mieux que je reste discrète. Vous imaginez un peu l'histoire que ça ferait dans cette ville, si on apprenait qu'une femme amnésique vient de débarquer ?

— Tout le monde ne parlerait que de ça, c'est sûr. Je suis d'accord. C'est mieux comme ça.

Il tendit son poing pour un « check », et elle heurta maladroitement ses phalanges contre les siennes. Étaient-ils donc devenus copains ?

— Demain, on ira voir le Dr Escalante à l'hôpital pour lui demander conseil. Ça vous va ?

— Super. C'est super.

Elle s'essuya les mains et sortit de la cuisine.

— Même chambre ? demanda-t-elle à l'entrée du couloir. Enfin, je… Je prends la même chambre qu'hier soir ?

Rob toussa et fit mine d'étendre avec un soin inutile un torchon sur la poignée du four.

— Il n'y en a que deux. La troisième me sert de bureau.

— Oui, oui ! C'est ce que je voulais dire, bafouilla-t-elle avec un geste d'excuse, renversant au passage le bloc-notes du comptoir. Bien, je… Bonne nuit, alors. Merci pour votre aide, Rob.

En tournant dans le couloir, elle se heurta les orteils contre une plinthe. Elle retint un cri de douleur et s'éloigna en sautillant jusqu'à la chambre. Une fois seule, elle se laissa tomber sur le lit, parmi les vêtements généreusement donnés par April, et se cacha le visage au creux du coude.

Pourvu que Libby ne soit pas aussi gauche dans la vraie vie !

Elle poussa sa nouvelle garde-robe par terre, sachant très bien que Rob ferait une crise cardiaque s'il découvrait ce tas informe sur le parquet. Par chance, il avait gagné sa chambre. Deux chambres. Il avait deux chambres et voulait bien lui en prêter une, pour l'instant.

Collant une oreille contre la porte, elle entendit de l'eau couler, puis le vrombissement d'une brosse à dents électrique en provenance de la chambre principale, où Rob avait sa propre salle de bains. Elle enfila une nuisette corail à fines bretelles et se glissa dans le couloir, son petit sac plastique avec ses affaires de toilette à la main. Sur la pointe des pieds, elle gagna la salle de bains.

Un téléphone sonna, et Rob répondit de sa voix grave. Elle ne parvenait pas à distinguer ses paroles et ne chercha pas à être indiscrète. Cet homme méritait un peu d'intimité chez lui. Elle se demanda pourtant s'il pouvait s'agir d'une femme… Alors qu'elle se rinçait la bouche, on frappa à la porte de la salle de bains.

— Ja… Libby ? lança Rob.

Horrifiée, elle se redressa pour observer son reflet dans le miroir et la minuscule nuisette qui épousait ses formes et soulignait ses seins nus.

— Hum… Oui ?

— Vous pouvez ouvrir ?

Il semblait tendu. De toute évidence, il ne venait pas lui faire une proposition romantique. Elle posa sa brosse à dents sur le rebord du lavabo et contempla la porte fermée qui se dressait entre elle et son hôte.

— Bien sûr.

Elle ouvrit en grand.

— Que… Que se passe-t-il ?

— La police a retrouvé votre voiture accidentée.

Elle se tordit les mains, sans plus penser à tenter de dissimuler ses seins ou son corps.

— P… Pourquoi vous a-t-on appelé ?

— Ils ont découvert quelque chose dans la voiture.

Le cœur battant, elle s'approcha.

— Ma carte d'identité ? Mon sac ? Mais… Pourquoi vous auraient-ils appelé ?

— Non, rien de tout ça.

Un muscle tressautait près de la mâchoire de Rob.

— Ils ont trouvé de la drogue. Vous transportiez de la drogue de l'autre côté de la frontière… Libby.

9

Rob la regarda serrer le pan de sa nuisette avec angoisse. Avait-elle réellement oublié ce détail ? Ou était-elle désespérée d'apprendre que le chargement n'avait pas brûlé dans l'incendie avec le reste ? Peu importait, au final, car la drogue était bien là.

Soudain, en voyant la jeune femme chanceler, il eut le réflexe de la soutenir, de la prendre dans ses bras, mais il se ravisa. Il devait demeurer objectif. C'était exactement ce qu'il ne réussissait pas à faire depuis le début. Puis, Libby se mit à secouer la tête, d'abord lentement, puis de plus en plus vigoureusement, ses cheveux balayant l'air.

— Rien n'a pu survivre à cette fournaise, déclara-t-elle enfin. Vous croyez que je n'ai pas vérifié quand le feu s'est éteint ?

— La carcasse devait être encore trop chaude. Vous n'avez sans doute pu y jeter qu'un simple coup d'œil.

Il tenta de paraître sûr de lui, mais elle venait de semer le doute dans son esprit. Elle dut s'en rendre compte, car elle insista :

— Vous avez regardé, vous aussi. Est-ce que vous avez remarqué quelque chose qui ressemblait à des paquets de drogue ? Tout était calciné.

— Où se trouvaient ces paquets ? poursuivit-elle, furieuse. Qu'est-ce que c'était ? Qui les a découverts ?

Quand elle se redressa, l'une des bretelles de sa nuisette glissa. Rob s'arracha à la contemplation de son épaule nue.

— Des paquets de méthamphétamine ont été expulsés hors du véhicule. Ils ont échappé à l'incendie. Les collègues ont aperçu la voiture brûlée et sont descendus pour inspecter les lieux.

— De la méthamphétamine ? C'est une poudre ?

— Des cristaux. Des cristaux dans des sachets en plastique, à l'intérieur d'un sac en papier. Ils se trouvaient à une dizaine de mètres du lieu de l'accident, précisa-t-il en se grattant le menton.

— Comme c'est pratique. Et vous y croyez ?

Elle tremblait de fureur, et ses joues étaient rouges.

— Vous avez examiné la zone, reprit-elle. Et moi aussi, croyez-moi. J'ai fouillé les alentours, à la recherche de tout ce qui aurait pu m'éclairer sur qui j'étais et ce que je faisais là. Ensuite, j'ai fouillé encore, dans l'espoir de trouver de l'eau ou de la nourriture. Il n'y avait rien d'autre que des débris et des ordures que les gens jettent depuis la route.

Rob se pinça l'arête du nez. Il revoyait les lieux de l'accident. Le désert, le sable, les cactus, quelques détritus, un ou deux arbres. Avait-il effectué une inspection poussée ? Il faisait nuit, et les ténèbres étaient denses en plein désert.

— Il faisait noir, soupira-t-il.

— Je vous assure qu'il n'y avait pas de drogue.

Elle frappa avec force contre la porcelaine du lavabo, envoyant promener sa brosse à dents.

— Qu'êtes-vous en train de me suggérer… Libby ? demanda-t-il en se massant les tempes, dans l'espoir de chasser un mal de tête qui gagnait.

— Quelqu'un a déposé cette drogue après, affirma-t-elle, les poings sur les hanches. Comment la police a-t-elle su pour l'accident ? Vous avez dit vous-même qu'on ne voyait rien depuis la route. C'est l'odeur de brûlé et la fumée qui vous ont alerté. Il ne devait plus y avoir beaucoup de fumée le lendemain matin, et encore moins aujourd'hui. Donc ? Comment vos collègues ont-ils su ? Un hélicoptère ? Un drone ?

Il serrait toujours le téléphone grâce auquel il venait d'apprendre la mauvaise nouvelle.

— Quelqu'un a appelé. Un appel anonyme.

— Ah ! s'écria-t-elle en chassant ses cheveux par-dessus son épaule. Vous voyez ? Quelqu'un a déposé la drogue puis a appelé la police pour signaler l'accident.

Évidemment, elle avait intérêt à fournir une explication logique, afin qu'aucun lien ne soit établi entre elle et la méthamphétamine. Toutefois, il y avait plus de bon sens que de désespoir dans ses arguments. Il n'avait rien remarqué dans le désert. Si les paquets s'étaient trouvés dans la voiture ou cachés dans le coffre, comment avaient-ils pu être éjectés par le choc ? La version de Libby semblait plus rationnelle et la mettait hors de cause. Cependant, ce qu'elle sous-entendait ne laissait rien présager de bon.

— Vous avez conscience de ce que ça implique ?

Elle le regarda.

— Oui. Les hommes qui ont provoqué l'accident sont revenus vérifier qu'ils avaient bien accompli leur mission. Ils se sont peut-être demandé pourquoi aucun mort n'avait été signalé et ils ont découvert que c'était parce qu'il n'y avait justement pas de cadavre.

— Cela signifie que, non seulement, ils savent que vous avez survécu, mais aussi qu'ils ont déposé cette drogue sur les lieux pour vous compromettre si jamais vous décidiez d'alerter les autorités.

— Ça a failli marcher, non ? répliqua-t-elle en se baissant pour ramasser sa brosse à dents. Vous avez débarqué, prêt à m'accuser d'être une trafiquante ou je ne sais quoi.

— C'est compréhensible, non ?

Il tenta de ranger son smartphone dans la poche arrière de son pantalon, mais se rendit soudain compte qu'il avait déboulé dans la salle de bains vêtu d'un simple boxer.

— On ignore presque tout de vous, argua-t-il.

Les mains posées de chaque côté du lavabo, elle contempla son reflet dans le miroir.

— On sait que je m'appelle Libby, que je suis une artiste et que je tiens une galerie d'art au Mexique. Et que j'ai des ennuis avec un narcotrafiquant.

Rob fut parcouru d'un frisson.

— J'espère que ces deux types ne se sont pas attardés dans le coin après avoir déposé la drogue… Si c'est bien ce qui s'est passé.

— Vous doutez encore de moi ? Mais au fait… Pourquoi est-ce vous que la police a appelé ?

— Ils ne m'ont pas contacté personnellement. Ils ont averti la police des frontières à cause de la drogue, et mon chef m'a transmis l'info. Les paquets sont dans nos bureaux, maintenant, et je peux vous assurer que je vais les examiner pour trouver des signes distinctifs.

— Les drogues ont des signes distinctifs ?

— Évidemment. La consistance du produit, sa pureté, même son emballage. C'est pour ça que le shérif nous a appelés. Et… je suis désolé d'avoir fait intrusion comme ça, ajouta-t-il en reculant dans le couloir.

— Pas moi.

Il la regarda, l'air étonné.

— Je suis contente que vous soyez venu me trouver tout de suite. J'aurais préféré que vous fassiez preuve de la même honnêteté et de la même transparence, quand vous avez découvert l'historique de mes recherches à la bibliothèque.

— Vous êtes mal placée pour parler d'honnêteté et de transparence. Vous avez mis deux jours à m'avouer votre amnésie.

— Je ne vous connaissais pas.

— Exactement.

Il s'appuya contre le chambranle de la porte.

— Libby, qu'allez-vous faire si vous apprenez que vous trempez d'une façon ou d'une autre dans un trafic de drogue ?

— Tourner la page, répondit-elle après une seconde d'hésitation.

Il la laissa terminer sa toilette. De retour dans sa chambre, il garda la porte entrouverte et rangea son arme de service dans le tiroir de sa table de nuit. La présence chez lui de cette inconnue étrange trouvée dans le désert ne l'inquiétait plus.

Au contraire, il s'inquiétait pour elle, à présent.

Elle se réveilla en sursaut, saisie d'une terreur sans nom, et s'assit dans son lit, le pouls affolé. Son rêve s'éparpillait petit à petit. Une main sur la poitrine, elle compta les battements de son cœur en respirant calmement. Elle ignorait toujours qui elle était. Tout ce qu'elle avait, c'était un nom et une profession. Pourtant, pour la première fois depuis qu'elle s'était extraite de cette voiture, elle se sentait en sécurité.

Dans la chambre voisine, un homme croyait en son histoire… malgré tout.

Si Rob lui faisait confiance, s'il se permettait d'être un peu impulsif, c'était sans doute parce qu'il avait appris à se fier à son instinct. On ne grandissait pas dans des conditions semblables à celles que Rob avait dû affronter au cours de son enfance, sans devenir capable de distinguer le bien du mal ou de flairer le danger.

Elle roula sur le côté et serra son oreiller contre elle. Pourquoi comprenait-elle mieux Rob qu'elle ne se comprenait elle-même ? Elle ignorait quel genre de personne elle était. Était-elle capable de transporter de la drogue pour un narcotrafiquant ? De la drogue qui tuait des enfants, détruisait des familles et ruinait des vies ?

Non.

Cela ne lui ressemblait pas. C'était le type aux bottes noires et son complice qui avaient déposé cette drogue pour lui causer des ennuis. Pour l'empêcher de signaler l'accident à la police. Cela signifiait donc qu'ils savaient qu'elle était toujours vivante.

Elle remonta le drap jusqu'à son menton. L'avaient-ils aperçue dans Paradiso ? La voix qu'elle avait entendue au Rosita's appartenait-elle réellement à l'un d'eux ? Rob avait raison : elle devait découvrir sa propre identité et le plus tôt serait le mieux. Mais… si elle apprenait qu'elle avait un mari et deux enfants ?

L'attirance délirante qu'elle éprouvait pour Rob s'expliquait sans doute par le fait qu'il était le seul homme dans son entourage et qu'il l'avait secourue dans le désert. Cela n'avait rien à voir avec le fait que Rob Valdez était à peu près parfait en tout point. Sans parler de ses yeux bruns, de son sourire ravageur, de son corps de rêve et sa peau hâlée…

Elle attrapa le bloc-notes et le crayon posés sur sa table de nuit. La veille au soir, ayant du mal à trouver le sommeil, elle s'était faufilée dans le salon pour les récupérer et s'était mise à dessiner. Sur la première feuille, il y avait un portrait de Rob, séduisant, une touche de tristesse dans le regard – ou peut-être de méfiance. Elle passa rapidement en revue les autres esquisses : une silhouette menaçante, sans visage, avec des bottes noires ; le visage ridé de Rosie, avec un large sourire et une boucle brune qui tombait devant ses grands yeux doux.

On frappa un petit coup à la porte, et la voix de Rob retentit, enjouée :

— J'ai fait du café !

Elle repoussa le drap.

— J'arrive, répondit-elle en se mettant à fouiller dans la pile de vêtements, à la recherche d'un pantalon et d'un haut.

Inutile de parader en nuisette dans la maison. Elle dénicha enfin un bas de survêtement gris et un T-shirt ample. April avait vraiment pensé à tout. Pieds nus, elle gagna la cuisine, d'où s'échappait une bonne odeur de bacon grillé.

— Vous n'étiez pas obligé…, dit-elle, gênée qu'il se donne toute cette peine.

Rob leva les yeux de sa poêle.

— Il faut reprendre des forces. Vous êtes toujours considérée comme blessée.

Elle palpa ses cheveux en bataille.

— La plaie n'est rien, comparée aux dommages qu'elle a causés à mon cerveau.

— Pendant que vous dormiez, j'ai appelé le Dr Escalante, à l'hôpital.

Il déposa une tranche de bacon sur une assiette recouverte d'une feuille d'essuie-tout, à côté de deux autres, sans doute cuites exactement au même degré de perfection et alignées de façon équidistante. Il s'empara ensuite d'un œuf.

— Au plat, un peu baveux ?

— Non, brouillés et bien cuits, répondit-elle sans l'ombre d'une hésitation. Surtout pas de jaune coulant.

— Ça marche.

Il cassa l'œuf sur le bord de la poêle.

— J'espère que le Dr Escalante pourra me recevoir, marmonna-t-elle. Elle saura peut-être m'expliquer pourquoi je me souviens de la façon dont j'aime mes œufs, mais pas de mon nom ni de mon adresse.

Elle s'empara de la cafetière.

— Vous en voulez encore un peu ? proposa-t-elle.

— Non, merci. Escalante m'a conseillé… Enfin, vous a conseillé une thérapeute à Tucson. Vous vous sentez d'attaque pour une balade en voiture cet après-midi, après votre service au Rosita's ?

— Le Rosita's ! s'écria-t-elle en se tapant le front. J'ai vraiment un problème de mémoire. J'avais complètement oublié que je travaillais aujourd'hui.

— Je pars tôt pour aller jeter un coup d'œil à ces paquets de drogue qu'on a trouvés près des lieux de l'accident. Je peux vous déposer. Quand vous aurez fini, on ira à Tucson. Le Dr Escalante a déjà appelé pour vous proposer un rendez-vous.

— Quel est le nom de l'autre médecin ? demanda-t-elle.

— Ce n'est pas un médecin. C'est une hypnothérapeute.

Libby lâcha la cuiller qu'elle venait de sortir d'un tiroir.

— Une hypnothérapeute ? Elle va m'hypnotiser ?

— Pourquoi pas ? dit Rob en se baissant pour ramasser la cuiller.

Il la passa sous l'eau et la lui rendit.

— Qu'est-ce que vous avez à perdre ?

— Pas la mémoire, c'est sûr, répliqua-t-elle en versant un peu de lait dans sa tasse. C'est déjà fait. Avez-vous un moyen de savoir qui a signalé l'accident au commissariat ?

— L'appel était anonyme. Mais je peux me renseigner davantage.

Il servit des œufs sur une assiette, accompagnés de deux tranches de bacon parfaitement alignées.

— Je préfère aussi vous prévenir que je vais faire d'autres recherches. Je ne veux plus rien vous cacher, Libby.

— Vous allez enquêter sur Libby James, c'est ça ? Son… mon casier judiciaire ?

— S'il y en a un. Mais, comme je l'ai déjà dit, vos empreintes n'ont rien donné dans le fichier. Je vais également m'assurer que personne n'a signalé votre disparition.

— Existe-t-il un fichier semblable au Mexique ?

— Oui, mais nous n'y avons pas accès.

Il porta les assiettes jusqu'à la table et les disposa sur des sets.

— Je peux cependant vérifier ailleurs. Autant que

vous en sachiez le plus possible avant votre rendez-vous de cet après-midi.

— Si ça se trouve, vous allez devoir m'arrêter.

— C'est peu probable.

Il tira une chaise pour elle et s'assit en face pour attaquer ses œufs au bacon.

— Vous n'avez pas l'air d'y croire, fit-elle remarquer.

— Ce n'est pas ça, Libby, répondit-il entre deux bouchées. Je me demande juste pourquoi ces types se sont sentis obligés de déposer cette drogue près de votre voiture, après l'accident.

— Pour me faire taire.

— Comment savent-ils que vous êtes en vie ?

— Peut-être El Gringo Viejo les a-t-il renvoyés pour vérifier. Ou ramener une preuve de ma mort. Une photo de mon corps calciné, par exemple.

Elle engloutit une bouchée, pour éviter de hurler. Après une gorgée de café, elle reprit :

— N'ayant pas trouvé cette preuve, ils se sont dit que j'avais dû m'en sortir indemne et ils ont laissé la drogue, au cas où j'aurais eu l'idée de les dénoncer.

— Ou alors… Ils se baladent dans Paradiso et vous ont repérée.

Elle posa sa fourchette sur le rebord de son assiette.

— Merci. Vous venez de me couper l'appétit.

— J'essaye d'envisager toutes les possibilités… Même les plus moches.

— Deux inconnus à la mine patibulaire ne passeraient pas inaperçus dans les rues de Paradiso.

— Patibulaire ? Qu'est-ce qui vous fait croire qu'ils ont une mine patibulaire ? Vous ne les avez jamais vus.

— Je pensais que vous aviez un instinct surdéveloppé pour ce genre de profil.

— J'ai dit ça ?

Il s'essuya la bouche avec sa serviette.

— Parfois, les méchants n'ont pas l'air méchant. Et parfois, les gens qui ont l'air méchant ne le sont pas. Autrefois, les inconnus se faisaient repérer tout de suite, dans Paradiso. Mais plus maintenant. Depuis l'ouverture de l'usine de noix de pécan, la population a grimpé en flèche. On a aussi plus de touristes, des gens qui viennent de Tombstone et Bisbee. Aujourd'hui, ça n'a plus rien d'exceptionnel de voir des étrangers dans la rue et deux Latinos ne risquent pas d'éveiller les soupçons.

— Ils pourraient être n'importe où en train de me surveiller, et je n'en saurais rien.

Elle resta un instant songeuse, le regard dans le vide.

— Quoi ? demanda Rob. Vous vous souvenez de quelque chose ?

— Dans la queue pour les commandes à emporter, hier au Rosita's. J'ai cru reconnaître une voix et ça m'a fait paniquer. Et puis, il y a eu ce type à la casquette, dans la rue.

Elle haussa les épaules et reprit sa fourchette.

— J'imagine que ça m'a marquée, parce que je redoutais déjà de croiser ces deux hommes dans Paradiso.

— S'ils sont en ville, ils doivent avoir compris que quelque chose cloche. Sinon, pourquoi n'auriez-vous pas encore signalé l'accident et dénoncé vos agresseurs ? Ils ne se seraient pas attardés pour déposer deux paquets de méthamphétamine s'ils craignaient d'être arrêtés.

— Oui. Ils doivent se douter de quelque chose.

Elle refusait d'envisager un lien potentiel avec le

narcotrafic. Elle était persuadée d'être innocente. Tout comme elle était persuadée de ne pas être mariée. Sinon, elle ne serait pas autant attirée par l'homme assis en face d'elle. Elle sentait que sa morale lui interdirait ce genre de comportement.

— Plus vite vous irez voir l'hypnothérapeute, plus vite on sera fixés. Ensuite, je saurai comment vous protéger.

— C'est important pour vous ? Me protéger ?

Incapable de le regarder dans les yeux, elle dessinait des volutes dans ses œufs, du bout de sa fourchette.

— C'est devenu ma priorité, affirma Rob en repoussant son assiette.

Il se leva un peu précipitamment, se prit la jambe contre le pied de sa chaise et manqua de tomber. Avec un sourire, il ajouta :

— Enfin… Il faudrait déjà que je sois en mesure de me protéger moi-même !

Après le petit déjeuner, Libby prit une douche et s'habilla en un temps record, avant de rejoindre Rob dans le salon.

— Au moins, mes vêtements ne sont pas déchirés, aujourd'hui…, déclara-t-elle en ajustant le T-shirt vert sapin qu'elle portait.

— C'est un plus en effet, rétorqua-t-il tout sourires en enfilant un sac à dos. Si quelque chose ou quelqu'un vous met mal à l'aise au travail, partez. Rosie comprendra.

Elle le suivit, l'air pensif.

— Je serai dans un lieu public. Ils n'essayeraient quand même pas de m'enlever comme ça ?

— Soyez prudente, c'est tout, répondit-il en fermant sa maison à clé. Les cartels n'ont peur de rien. Il y a quelques mois, deux mules ont été exécutées près de la frontière. Décapitées. C'était des femmes. Tandy Richards et Elena Delgado. Ces types n'ont aucune pitié.

Arrivé près de son pick-up, il s'installa au volant et claqua la portière avec force, le visage crispé. Effectivement, il s'inquiétait pour elle.

Le temps de rejoindre le Rosita's, Libby avait la bouche plus sèche que le sable du désert. Rob n'avait pas cherché à lui faire peur, mais elle sentait déjà qu'elle allait passer la matinée à regarder par-dessus son épaule. Mieux valait rester vigilante, plutôt que de se laisser piéger par une attaque surprise. Elle entra dans le restaurant avec une assurance feinte, destinée à cacher sa peur.

— Je suis contente de te revoir, *mija*, dit Rosie en lui tapotant la joue. Tu as meilleure mine qu'hier. Rob prend bien soin de toi ?

— Oui.

Depuis qu'il a cessé de croire que j'étais une mule, comme ces pauvres femmes décapitées.

Elle adressa un petit salut aux deux cuisiniers et se mit au travail sans attendre. Pendant le déjeuner, elle dévisagea chaque client masculin et vérifia toutes les paires de chaussures, à la recherche des bottes noires. Toutefois, elle ne reconnut personne, et personne ne sembla se comporter comme s'il la connaissait. La matinée passa rapidement.

Alors qu'elle essuyait la dernière table, la tête de Rob apparut à la porte du restaurant. Il était en civil et portait un jean délavé et un T-shirt bleu ciel.

— Vous avez bientôt fini ? demanda-t-il.

— Ce n'est pas juste, protesta-t-elle en agitant son torchon dans sa direction. Vous avez eu le temps de vous changer.

— On peut filer chez moi si vous souhaitez prendre une douche.

— Ça ira, dit-elle en dénouant son tablier. Avec un peu de chance, la thérapeute aime l'odeur des frites.

Rosie sortit de la cuisine en se frottant les mains.

— Tu veux déjeuner, Rob ?

— Non merci, Rosie. On est pressés.

Elle donna une petite tape amicale sur l'épaule de Libby.

— Ne la presse pas trop, celle-là.

— *Sí, jefe*, répondit Rob en se mettant au garde-à-vous.

Rosie sourit.

— Emporte ça quand même, murmura-t-elle à Libby en lui glissant un sac en papier dans les mains.

Libby la remercia, puis ils sortirent. Rob avait abandonné son véhicule de patrouille pour prendre son propre pick-up.

— C'est aussi pour ça que je sais que vous êtes quelqu'un de bien, expliqua-t-il, une fois installé au volant.

— Rosie ?

— Vous parliez d'instinct… Elle est capable de repérer un escroc à des kilomètres. Question de flair. Elle a perdu un fils à cause de la drogue, ajouta-t-il en démarrant.

— Oh non…, dit Libby. Overdose ou bien des violences liées aux cartels ?

— Overdose. C'est arrivé avant que je sois muté ici. C'est triste. J'aurais peut-être pu lui faire entendre raison.

Il serra le volant avec force.

— Vous aidez déjà assez les gens, rien qu'en faisant votre boulot, répliqua-t-elle en posant une main sur son bras. Vous ne pouvez pas sauver le monde entier.

— Peut-être une personne à la fois.

Il enclencha la marche arrière et sortit de sa place de parking.

— Rien de particulier à signaler, aujourd'hui ? demanda-t-il.

— Non. Et vous ? Avez-vous découvert quelque chose de nouveau sur Libby James ?

— Rien de suspect. C'est une sacrée galerie, qu'elle tient au Mexique. Mais elle n'aime pas trop les photos. Aucune image d'elle… De vous sur Internet.

— Ça n'a rien de surprenant. Les gens veulent voir l'œuvre, pas l'artiste.

Elle regarda pensivement par la fenêtre.

— La thérapeute ne va pas avoir beaucoup de grain à moudre, marmonna-t-elle, au bout d'un moment.

— Ce n'est pas comme ça que ça fonctionne. C'est elle qui va vous aider.

— Par l'hypnose.

— Vous avez l'air sceptique.

— Elle va agiter un truc devant mon visage en me disant que mes paupières sont lourdes, c'est ça ?

— C'est exactement de ça que je parle ! s'écria Rob en frappant le volant. Vous êtes capable de ressortir un cliché comme ça, mais vous ne parvenez pas à avoir accès à vos souvenirs propres.

— C'est vraiment un état étrange. C'est comme s'il n'y avait plus rien de personnel là-haut, dit-elle en se tapotant la tempe.

— Il reste forcément quelque chose, et cette thérapeute…

Il fouilla dans la poche arrière de son jean et en tira un morceau de papier.

— … Jennifer Montrose… Elle va vous aider à faire remonter tout ça à la surface.

Une heure plus tard, ils arrivaient à Tucson. Ils évitèrent le centre-ville et le campus pour se diriger vers les collines.

— Je crois que son cabinet se trouve dans cet immeuble, déclara Rob.

Libby croisa nerveusement les doigts.

— Et si je découvre quelque chose sur moi qui ne me plaît pas ?

— Quoi que vous puissiez découvrir, ça vaudra toujours mieux que le vide, non ? dit-il en lui touchant le genou. Imaginez que vous ayez un enfant qui vous attend quelque part…

Elle posa une main sur son ventre.

— Impossible. Comment pourrait-on oublier son propre enfant ?

Il gara la voiture et se tourna vers elle.

— Vous ne savez pas ce qui se passe dans votre tête ni de quel genre de traumatisme vous avez souffert. Je crois qu'il est encore trop tôt pour qu'un souvenir important puisse refaire surface. C'est pour ça que vous allez voir Montrose.

— Vous avez raison, soupira-t-elle en détachant sa ceinture de sécurité. Je suis prête.

Rob vérifia le numéro de l'appartement où se trouvait le cabinet, puis ils montèrent ensemble au second étage. Il poussa la porte où était accrochée une plaque annonçant « Jennifer Montrose », et ils se retrouvèrent dans un vestibule meublé de deux plantes vertes, d'une bergère bleu roi et d'un petit fauteuil assorti en face.

Libby s'approcha d'une porte fermée, avec un bouton qui ressemblait à une sonnette sur le côté.

— Je sonne ? chuchota-t-elle.

Rob vérifia son téléphone.

— On a dix minutes d'avance. Il vaut peut-être mieux attendre l'heure du rendez-vous, au cas où il y aurait quelqu'un avant nous.

Libby se dirigea vers un présentoir à journaux et choisit un magazine people. Elle examina longuement les photos qui s'étalaient sur la couverture en papier glacé en se demandant pourquoi elle parvenait à nommer toutes ces célébrités, alors que son propre visage lui était inconnu.

Lorsque la porte derrière eux s'ouvrit, elle sursauta et laissa tomber le magazine.

— Pardon, je ne voulais pas vous surprendre, fit une voix calme et douce.

Libby se retourna et découvrit une femme brune et menue, vêtue d'un ample pantalon à motif fleuri et d'une blouse blanche.

— Je suis Libby, dit-elle en lui tendant la main.

Le regard sombre de la thérapeute ne chercha pas à la juger ou à l'évaluer. La femme accepta la main tendue et la serra avec une force étonnante pour quelqu'un de sa taille.

— Soyez la bienvenue, Libby. Je suis Jennifer Montrose. Vous pouvez m'appeler Jennifer.

Rob se présenta à son tour, et Libby sentit son cœur se serrer quand elle le vit s'installer dans le fauteuil de la salle d'attente. Il ne venait donc pas avec elle ? Elle se tourna vers Jennifer et bafouilla :

— Est-ce… Est-ce qu'il peut m'accompagner ?

— Je ne pense pas que ce soit une bonne idée, mais c'est vous qui décidez.

Et si elle se souvenait qu'elle était mariée à El Gringo Viejo ou qu'elle était une trafiquante de drogue… ou pire encore ? Avait-elle vraiment envie que Rob soit témoin de tout ça ?

— Non, non. Pas de souci. J'ai juste eu une seconde de panique.

Elle fit signe à Rob, qui semblait prêt à bondir, de se rasseoir.

— Ça va, assura-t-elle.

— Je vous attends, répondit-il avec un clin d'œil. Je ne bouge pas.

Libby prit une profonde inspiration et suivit Jennifer dans la pièce voisine, où la lumière tamisée l'apaisa aussitôt. Jennifer s'installa dans un fauteuil confortable.

— Si vous voulez commencer l'hypnose tout de suite, je vous invite à prendre place en face de moi.

— Oui. C'est pour ça que je suis ici. J'ai perdu la mémoire dans un accident de la route, et tout me porte à croire que ma vie est en danger. Je dois découvrir qui je suis.

— J'ai lu la note du Dr Escalante, dit Jennifer sans jamais se départir de son sourire doux. Vous m'avez dit que vous vous appeliez Libby.

— Rob et moi avons rassemblé quelques détails. Je… J'ai un tatouage sur l'épaule et on pense qu'il s'agit peut-être du nom d'une galerie d'art, au Mexique, dont la propriétaire s'appelle Libby James. On n'a trouvé aucune photo, mais j'ai un pressentiment. Je parle également espagnol couramment.

Jennifer hocha la tête.

— Merci pour ces précisions. L'hypnose est un état de relaxation qui a déjà été utilisé par le passé pour aider des gens à avoir accès à des souvenirs. Je vais tenir ce crayon et je voudrais que vous le suiviez des yeux en écoutant ma voix.

Au bout de quelques minutes, Libby eut l'impression que la voix apaisante se glissait en elle. Des images se mirent à flotter dans son esprit. Des scènes plaisantes de plage et d'océan, une petite galerie nichée dans une ruelle pavée. Cependant, la voix de Jennifer l'en éloigna avec sérénité.

Qu'avait-elle oublié ?

Que voulait-elle oublier ?

Qu'est-ce qui la rendait aussi craintive ?

Qui ?

Soudain, les images d'une villa somptueuse sur la côte lui nouèrent l'estomac. Elle se mit à traîner les pieds sur la pelouse magnifique.

— Non !

Elle voulait s'arrêter, mais la voix de Jennifer la poussait en avant. Elle se rapprocha d'une forme couchée dans l'herbe et agrippa soudain les bras du fauteuil, luttant pour refaire surface.

Jennifer la ramena doucement à la conscience, mais Libby avait le cœur qui battait à tout rompre quand elle ouvrit les yeux.

— Il est mort. J'ai été témoin d'un meurtre.

10

Rob se redressa dans son fauteuil, les ongles plantés dans les accoudoirs. Un cri venait de retentir dans la pièce voisine. C'était Libby. Il coinça les mains sous ses cuisses, pour s'empêcher de bondir à son secours. Il ne pouvait rien pour elle ; elle devait affronter cette épreuve seule.

Il existait certainement un traumatisme antérieur à l'accident qui avait provoqué la perte de mémoire. Était-elle en train de le revivre, à cet instant ? Et si elle découvrait qu'elle était en lien avec les cartels ou El Gringo Viejo ? Les gens pouvaient changer. Il en avait déjà été témoin. Même son frère qui était en prison s'était repenti et tentait de réparer ses erreurs passées.

Quand la porte s'entrouvrit, il se leva. Libby apparut, serrant un mouchoir dans son poing, les yeux hagards. Jennifer lui toucha doucement l'épaule.

— Je vous revois la semaine prochaine. Si vous avez besoin de moi avant, appelez-moi.

Libby s'avança vers Rob et se jeta dans ses bras. Il la serra contre lui. Il avait la bouche si sèche qu'il ne parvenait pas à articuler la moindre parole.

— Je vous raconterai dehors, marmonna-t-elle contre son T-shirt.

À l'extérieur, la clarté était aveuglante. Rob enfila aussitôt ses lunettes de soleil, mais Libby resta à cligner des yeux, sans bouger. Il finit par sortir de son sac à main les lunettes de soleil qu'elle s'était achetées au supermarché et les lui tendit.

— Mettez ça.

Elle obéit mais, voyant qu'elle semblait toujours aussi perdue, il la saisit par le bras. Inutile qu'elle se fasse renverser par une voiture. Quand ils arrivèrent près de son pick-up, il lui ouvrit la portière et elle se laissa tomber sur le siège. Il monta à son tour et démarra pour profiter de la climatisation. Un pli soucieux s'était creusé entre les sourcils de Libby, qui semblait contempler quelque chose au loin. Rob s'éclaircit la gorge.

— Vous voulez bien me raconter ce qui s'est passé ?

Elle tourna la tête vers lui.

— J'ai été témoin d'un meurtre.

Il retint un juron.

— Savez-vous qui était la victime ? Ou qui l'a tuée ?

Malgré l'horreur de ce souvenir, Rob sentit un nœud se défaire dans son estomac. L'espace d'une seconde, il avait craint qu'El Gringo Viejo ne soit l'ex-mari violent.

— J'ai vu un homme couché dans l'herbe. Mort. Il y avait tellement de sang. C'était atroce. Vous pensez que j'ai pu faire ça ? demanda-t-elle brusquement en s'agrippant à son bras. Est-ce moi qui ai tué cet homme ?

Rob posa les mains sur le volant.

— Qu'avez-vous ressenti quand vous avez revu le corps ?

— Je savais qu'il était mort et j'avais peur. Très peur. Aurais-je eu si peur si c'était moi qui l'avais tué ? J'ai senti comme une présence sombre qui planait au-dessus de moi. Une menace.

— Être témoin d'un meurtre traumatiserait n'importe qui. Est-ce que… Y a-t-il eu autre chose ? Savez-vous qui vous êtes ?

— Je suis Libby.

Elle écarquilla les yeux un instant, puis baissa le pare-soleil devant elle pour contempler son reflet dans le miroir de courtoisie.

— Je sais que je suis Libby James, Rob. J'ai vu la galerie, dans une ruelle au Mexique. Cette partie de mes souvenirs était agréable. Ça m'a semblé… juste.

— Vous êtes-vous souvenu d'autre chose ? Le type mort ? Son assassin ? Votre… famille ?

— Non, rien, répondit-elle en suivant le contour de son propre visage du bout des doigts, comme si elle essayait de fixer ces traits dans son esprit. C'était juste des sensations, des images, des flashs. Jennifer a expliqué que c'était tout à fait normal. Pour elle, c'est même plutôt bon signe. Ça veut dire que je finirai par me souvenir.

— Rien sur l'accident de voiture ou ces deux hommes ?

Il se sentait rassuré.

La réaction de Libby en apprenant qu'elle avait été témoin d'un meurtre prouvait déjà que la violence n'était pas un élément habituel de sa vie.

— On n'a pas exploré cet aspect. Jennifer préférait me guider en priorité jusqu'aux événements survenus avant l'accident.

Elle observait toujours son reflet dans le miroir.

— Vous pensez que c'est pour ça que ces deux hommes me cherchent ? Parce que j'ai été témoin d'un meurtre ?

— C'est possible. Ou bien…

Il se tut brusquement et enclencha une vitesse. Libby s'arracha enfin à la contemplation de son visage.

— Quoi ?

— On ne sait pas grand-chose, finalement. On ne fait que spéculer. Attendons la prochaine séance d'hypnose avec Jennifer.

Il sortit un peu rapidement de sa place de parking, et une voiture klaxonna avec fureur en passant.

— Ne faites pas ça, Rob. Parlez-moi. Toutes les cartes doivent être sur la table. Jennifer m'a bien précisé de ne pas l'attendre. Elle veut que je creuse chaque fois que c'est possible.

Elle se passa une main sur le visage.

— Je vais bien. La séance d'hypnose était une expérience étrange, c'est tout. Ça m'a un peu secouée, surtout quand j'ai revu le corps sur la pelouse. Mais ça va.

— Je me demandais simplement ce que vous faisiez là-bas, avec la victime d'un meurtre. Étiez-vous également visée ? Le tueur espérait-il vous abattre tous les deux ? Avez-vous réussi à vous échapper ?

Il retint son souffle, prêt à se garer en urgence si Libby s'effondrait ou retombait dans un état semi-catatonique. Mais elle s'empara de sa bouteille d'eau et dit d'une voix calme :

— Peut-être.

Il contempla son profil pendant qu'elle buvait. Non, elle ne semblait pas du tout sur le point de perdre pied.

— Vous avez fait allusion plusieurs fois à cette pelouse. Où se trouvait le cadavre de l'homme ?

— Dans une de ces propriétés magnifiques, sur le littoral. Avec un jardin qui descend en pente douce jusqu'à la falaise, puis l'océan.

— C'est chez vous ? demanda-t-il, soudain mal à l'aise.

Cela ne ressemblait pas à la maison d'une artiste.

— J'espère que non, maugréa-t-elle en écrasant sa bouteille vide, avant de revisser le bouchon. Je ne sais pas où se trouve cette villa ni qui en est le propriétaire, mais cet endroit a quelque chose de maléfique. Je l'ai ressenti. J'avais l'impression de me tenir au bord d'un précipice.

— Si seulement tout ça n'était pas arrivé au Mexique... Il serait bien plus facile de trouver des renseignements sur Libby James si elle vivait aux États-Unis. Les recherches seront vite limitées de l'autre côté de la frontière.

— Pourtant... Je suis Libby James. J'en suis certaine, à présent. Et c'est bien. C'est une sensation agréable. Merci.

— Merci ? Vous en étiez plus convaincue que moi dès le départ. Heureusement que vous avez ce tatouage sur l'épaule. C'est ça qui nous a menés jusqu'à Libby. Sans Rosalinda, on serait encore en train de tâtonner dans le noir.

Fermant les yeux, Libby se laissa retomber dans son siège.

— Je me sens tellement mieux, maintenant. Vraiment. J'ai un nom, un lieu et une raison pour expliquer ma fuite.

— Peut-être est-il temps de transmettre toutes ces informations aux autorités ?

— Je n'ai pas grand-chose à leur donner, Rob. Et puis, il y a cette histoire de drogue près de la voiture.

Elle serra nerveusement ses mains entre ses genoux.

— Je n'ai pas envie que quelqu'un vienne m'imposer l'histoire de ma vie, avant que j'aie eu l'occasion de m'en souvenir par moi-même.

Étant donné les éléments dont Libby disposait pour

l'instant, la police aurait du mal à croire qu'elle n'avait rien à voir avec la drogue. Rob serra les dents. Un bon policier abordait toujours un interrogatoire avec détachement et une dose de scepticisme. Et ce qui arrivait à Libby était complètement ahurissant. Qui la croirait ?

Il se demanda soudain ce qu'était devenu son scepticisme, quand il avait rencontré Libby. Peut-être était-ce la peur qu'il avait lue dans son regard ou cette histoire de violences conjugales qui avait guidé son comportement.

Ou le couteau.

— Pourquoi souriez-vous ? demanda Libby en lui enfonçant un doigt entre les côtes. Vous êtes en train d'imaginer la tête des policiers si je leur racontais ce qui m'est arrivé ?

— En quelque sorte…

— Vous comprenez donc qu'il est encore trop tôt.

— Je ne vous forcerai à rien, si vous n'êtes pas prête. Sauf à aller manger. Je meurs de faim, mais je peux attendre jusqu'à Paradiso.

— J'aurai peut-être un peu plus d'appétit quand on arrivera. Ce cadavre…

Elle frissonna.

— C'était presque comme le voir en vrai. Cela semblait tellement réel.

Il lui caressa le bras.

— Je suis content que Jennifer ait pu vous aider. Peut-être que cette séance a permis de déverrouiller quelques portes et que les souvenirs vont commencer à affluer.

— Je l'espère.

Elle ferma les yeux et appuya sa tête contre la vitre. Pour avoir accès à de nouveaux souvenirs ? Ou pour dormir ? Peu importait. Rob la laissa en paix jusqu'à Paradiso. Elle se redressa seulement lorsqu'il actionna son clignotant, avant de s'engager sur la bretelle de sortie.

— On est arrivés ? demanda-t-elle brusquement en passant une main sur la bouche.

— Presque. Est-ce que vous voulez vous changer avant ?

— Vous avez vraiment faim ? s'enquit-elle en étouffant un bâillement.

— Pire encore.

Lorsqu'elle s'étira à côté de lui, il ne put s'empêcher de la regarder.

— Dans ce cas, allons manger, dit-elle. Je n'ai pas bavé, au moins ? ajouta-t-elle en se frottant le menton.

— Non, rien. Vous avez l'air reposé.

Il repoussa une mèche de cheveux derrière son oreille.

— Vous vous sentez mieux ? Cette séance d'hypnose n'a pas été une partie de plaisir…

— Tout ce que je peux apprendre me fait du bien, pour l'instant. Surtout si ça n'implique pas un lien avec le narcotrafic.

Elle entrouvrit sa fenêtre.

— Évidemment, j'ignore encore qui était le pauvre homme qui a été assassiné.

— À quoi ressemblait-il ? Vous vous en souvenez ?

Il n'avait pas voulu lui demander de détails plus tôt, de crainte de la troubler, mais elle semblait à présent calme et c'était important.

— Il était vieux, dit-elle, avec une grimace de concentration. Il avait des cheveux gris… collés par le sang. Je ne pourrais pas vous dire sa taille, parce qu'il était allongé.

— Latino ? Gringo ?

— Un gringo.

Soudain, elle se plaqua une main sur la bouche.

— Vous ne pensez quand même pas que c'était lui ? El Gringo Viejo ?

— Ça n'aurait pas de sens, puisque les deux types de l'accident avaient peur de lui annoncer que votre mort n'était pas confirmée. Si El Gringo Viejo était mort, il n'aurait pas besoin de ce renseignement.

Il s'engagea dans la rue principale de Paradiso.

— Hamburger-frites, ou quelque chose de plus raffiné ?

Elle tira sur le tissu de son pantalon avec une moue dubitative.

— Est-ce que j'ai l'air raffiné, à votre avis ?

— Vous… Vous êtes très bien.

— Et si l'homme de mon souvenir n'était pas mort ? S'il était seulement blessé ? Il pourrait quand même s'agir d'El Gringo Viejo.

Elle se redressa sur son siège et chassa une mèche de cheveux devant ses yeux.

— Et si c'était moi qui l'avais blessé ? Cela lui donnerait une raison de s'en prendre à moi.

Rob lui lança un regard en coin.

— Vous tenez vraiment à avoir le mauvais rôle, non ? Votre première impression en revivant ce moment, c'était que cet homme avait été assassiné.

— Peut-être ai-je cru que c'était moi qui l'avais tué. Du coup, dans mon souvenir, il est mort à cause de moi, même si ce n'est pas vrai.

Rob se gara devant le Paradiso Café et coupa le moteur.

— Et pourquoi la patronne d'une galerie d'art essayerait-elle de supprimer un trafiquant de drogue ? Cela ne colle pas vraiment au profil.

— Ah, je ne sais pas, soupira-t-elle en se martelant le front. C'est ce qui me vient quand je réfléchis à mon passé. Il faut bien admettre que ma vie est plutôt dramatique, pour l'instant. Et puis... Une Américaine qui tient une galerie d'art au Mexique, avec un narcotrafiquant à ses trousses... Ça n'a rien d'une petite vie paisible.

— En effet. Mais votre lien avec El Gringo Viejo, s'il est avéré, pourrait être parfaitement innocent et non intentionnel.

Il retira les clés du contact.

— Je connais des tas de gens qui ne cherchaient pas du tout les ennuis et se sont retrouvés embarqués dans des situations impossibles. Rocky Point a beau être une région touristique, c'est aussi une zone contrôlée par Las Moscas. Si vous vous promenez au mauvais endroit, au mauvais moment, ça peut-être le début de la fin.

Elle le regarda avec un sourire.

— Ça me plaît que vous soyez plus positif que moi en ce qui concerne mon passé. Vous êtes un optimiste, agent Valdez. En dépit de tout.

— Je dirais plutôt à cause de tout. Allons manger. Et puis... On pourrait peut-être arrêter de se vouvoyer, non ?

Libby eut un petit sourire et sortit du pick-up avant qu'il ait le temps de lui ouvrir la portière. Néanmoins, il lui offrit son bras et ils entrèrent ensemble dans le restaurant.

Comme il était encore tôt, ils n'eurent que l'embarras du choix. Rob conduisit Libby jusqu'à une table près de la fenêtre. Il s'empara de deux menus et s'assit.

— Ils font autre chose que des hamburgers, précisa-t-il. Mais c'est leur spécialité.

— Non, ça me va, répondit-elle en parcourant rapidement la carte des yeux.

— Je crois que je vais prendre une bière.

— Moi aussi.

Il la regarda, surpris.

— Vous… Tu es sûre ?

— Qui sait ? Peut-être que si je suis beurrée comme un Petit Lu, la mémoire va me revenir. Jennifer m'a expliqué que l'hypnose était un état de relaxation intense. Peut-être la bière aura-t-elle le même effet.

Sydney, la serveuse, s'approcha, l'air affairé, alors qu'il n'y avait que deux autres tables occupées.

— On ne te voit pas aussi tôt, d'habitude, Rob, fit-elle remarquer.

Son regard s'attarda en direction de Libby, mais Rob ne se donna pas la peine de faire les présentations. Si Sydney voulait des informations, elle n'avait qu'à faire comme le reste de la ville : guetter les ragots.

— Tu prends une bière ou pas ? demanda-t-il.

Libby choisit une IPA à la pression et commanda un hamburger avec de l'avocat.

— Excellent choix.

Il commanda la même bière et un double cheeseburger avec du bacon. Sydney revint deux minutes plus tard avec leurs boissons.

— Bon, lança soudain Libby en plantant ses deux coudes sur la table. Soyons sérieux : qu'est-ce que tu as annulé pour moi ?

— Pardon ? dit-il en trempant ses lèvres dans la mousse.

— Tu joues les nounous depuis deux jours. Tu m'as trouvé des vêtements, tu m'as conduite à Tucson. Tu n'as rien de mieux à faire ? Personne de plus intéressant à voir ?

— Je t'ai déjà dit que je n'avais pas de petite amie, répondit-il en essuyant la bouche.

— Et pas d'amis non plus ? Des loisirs ? Des engagements ?

Elle but une gorgée et se retrouva à son tour avec une moustache blanche. Avant que Rob puisse se ridiculiser en tentant de l'essuyer à sa place, elle s'empara de sa serviette.

— Ça fait un petit peu plus d'un an que je suis à la police des frontières. J'ai terminé ma période probatoire il y a quelques mois et j'ai emménagé à Paradiso il y a six semaines à peine. J'attendais ma validation officielle avant de quitter Tucson.

— Tu faisais le trajet tous les jours ?

— Oui. Au cas où je n'aurais pas été pas titularisé, je préférais rester dans une grande ville, où il serait plus facile de trouver un autre travail.

— C'est donc pour ça que ta maison est si propre et bien rangée ! Ça ne fait pas longtemps que tu y habites.

— Oui, voilà, dit-il en rougissant un peu.

Mieux valait garder pour lui ses penchants maniaques et lui laisser ses illusions. La pauvre avait déjà assez de soucis comme ça.

— Donc..., reprit-elle en suivant le rebord de son verre avec son doigt. Rien à voir avec ce besoin que tu as de contrôler tous les aspects de ta vie, pour compenser ce sentiment d'impuissance totale qui date de quand tu étais enfant ?

Il rendit les armes avec un soupir.

— Je te jure… Tu devrais t'installer comme psy dans le même cabinet que Jennifer Montrose.

Sydney arriva alors avec leurs assiettes. Tandis que Libby attaquait son hamburger, Rob pointa une frite dans sa direction.

— L'hypnose t'a ouvert l'appétit, on dirait.

Elle lui fit signe d'attendre, le temps qu'elle finisse sa bouchée, puis répondit :

— Une fois passé le choc initial, je me sens de mieux en mieux. Le simple fait de pouvoir confirmer mon identité me fait un bien fou.

Alors qu'ils venaient de terminer leur repas et que Rob s'apprêtait à se lever pour payer, un petit homme brun avec une queue-de-cheval fit irruption dans le restaurant. Les yeux écarquillés, il fonça droit vers leur table. Rob se crispa aussitôt.

— Mel ! s'écria l'inconnu en se précipitant pour prendre la main de Libby. Mel ! Dieu merci, je te retrouve enfin ! J'ai fait tous les hôpitaux du coin. Je t'ai cherchée partout !

Libby retira vivement sa main et se recroquevilla un peu sur elle-même.

— Qui êtes-vous ? Je ne m'appelle pas Mel.

L'homme en resta bouche bée et les regarda tour à tour.

— Comment ça, Mel ? Qu'est-ce qui t'est arrivé ? Qui est ce type ?

Libby se passa la langue sur les lèvres.

— Je ne m'appelle pas Mel. Je suis Libby. Libby James.

L'inconnu éclata de rire.

— Qu'est-ce que c'est que cette histoire ? Où étais-tu ? Je me suis fait un sang d'encre.

— Une seconde, intervint Rob en se levant. Qui êtes-vous ? Pourquoi pensez-vous connaître Libby ?

Une lueur étrange brilla dans les yeux de l'homme, qui se redressa de toute sa hauteur.

— Évidemment que je la connais. C'est ma femme. Et voici notre fille, ajouta-t-il en désignant un bébé qui gazouillait dans les bras d'une jeune Mexicaine.

11

Libby fit volte-face et contempla, bouche bée, la jeune femme et l'enfant. Soudain prise de vertiges, elle dut s'agripper au rebord de la table.

— Je… Je ne…

Ses paroles se perdirent dans un bredouillis confus et désespéré, et elle s'affaissa sur la banquette en vinyle.

— Ça va ? s'enquit Rob en lui tendant un verre d'eau. Tiens, bois une gorgée.

L'homme à la queue-de-cheval se pencha vers elle. Sa présence avait quelque chose d'envahissant.

— Qu'est-ce que c'est que cette blague ? s'écria-t-il. Que se passe-t-il ?

— Reculez un instant, s'il vous plaît, demanda Rob. Allons discuter de tout ça dehors.

Le prétendu mari tapa du poing sur la table.

— Qui êtes-vous pour me donner des ordres ? Et que faites-vous avec ma femme ? Où était-elle, ces deux derniers jours ?

— Je vous expliquerai tout dehors.

Rob déposa quelques billets près de son assiette et tendit la main à Libby, malgré le regard noir de l'inconnu.

— Ça va, Libby ? Tu peux marcher toute seule ?

L'homme eut un rire moqueur.

— Elle ne s'appelle pas Libby James. Vous êtes fou ou quoi ? Qu'est-ce qui se passe, Mel ? Évidemment qu'elle peut marcher seule !

Rob s'approcha de lui, et elle l'entendit expliquer doucement :

— Elle a eu un accident. Allons dehors pour parler. Laissez-la respirer.

Libby récupéra son sac à main. Pourvu que Rob ne se laisse pas convaincre par ce nouveau venu. En ce qui la concernait… elle ne croyait pas un traître mot de son histoire. La jeune femme au visage doux qui tenait le bébé lui adressa un sourire timide.

— *Hola, señora Bustamante.*

Libby secoua la tête et se pinça l'arête du nez. Elle n'était pas mariée à cet homme. Elle n'avait pas eu d'enfant avec lui. Nulle trace d'eux dans les souvenirs qu'elle avait récemment retrouvés. Alors qu'elle se levait, l'inconnu posa une main dans son dos et battit des cils.

— *Mi querida…*

Elle sursauta.

Elle n'était pas sa chérie.

Ni celle de personne, d'ailleurs.

Elle n'avait qu'une envie, à cet instant : se réfugier dans les bras de Rob, contre son large torse. Cependant, elle se redressa avec courage et s'éloigna des deux hommes, faisant un large détour pour éviter le bébé. Tous les clients les regardèrent sortir, et Sydney lança un vague :

— Merci, Rob ! À la prochaine !

Une fois sur le trottoir, Rob reprit la situation en main.

— Il y a un parc, de l'autre côté de la rue. Allons-y. Le bébé sera à l'ombre.

— Vous prenez le contrôle sur ma femme et maintenant vous voulez aussi décider ce qui est bon pour mon bébé ? gronda l'inconnu en bombant le torse.

— Je n'ai pris le contrôle de personne, rétorqua Rob en sortant son portefeuille pour dévoiler son insigne. Si ça peut vous rassurer, je suis agent à la police des frontières.

L'homme sembla sidéré.

— C'est à cause de la drogue ? répliqua-t-il. Cela n'a rien à voir avec nous.

Libby s'éclaircit la voix et parvint enfin à parler.

— Taisez-vous ! Tous les deux.

— Il n'est pas question de drogue, répondit Rob. Venez, il y a un banc là-bas, sous les arbres.

Tandis qu'ils traversaient la rue, Rob toucha doucement le bras de la jeune femme :

— *Como se llama ?*

— Teresa.

— *Siéntate, aquì con la bebe*, Teresa, dit-il en désignant le banc.

Teresa s'installa avec le bébé sur les genoux.

— Votre espagnol laisse à désirer, déclara le petit homme avec mépris.

— Je suis au courant, dit Rob en levant les yeux au ciel.

Il se tourna ensuite vers Libby et lui proposa de s'asseoir, avec moins de sollicitude qu'il en avait eu pour Teresa. Se méfiait-il d'elle, de nouveau ? Était-il déjà en train de se détacher d'une femme qui était potentiellement celle d'un autre ? Il devait bien se rendre compte qu'elle n'était pas la *señora* Bustamante.

Libby préféra rester debout et s'agrippa au dossier du banc comme à une bouée de sauvetage. Elle réfutait la version de cet homme et refusait que quiconque impose un cadre à son identité.

Elle devait prendre le contrôle de sa propre histoire avant que tout lui échappe. Elle inspira profondément.

— J'ai eu un accident de voiture. J'ai été blessée à la tête et je souffre d'une amnésie presque totale. Cependant, j'ai commencé l'hypnose pour tenter de retrouver la mémoire. Je sais que je suis Libby James. Je ne suis pas mariée. Et je n'ai pas d'enfant.

L'homme soupira en joignant les mains.

— Merci. Cela explique beaucoup de choses. Je suis Pablo Bustamante et tu es ma femme, Melissa Bustamante. Voici notre petite fille, Luisa. Nous vivons à Rocky Point et tu travailles dans une galerie d'art… pour Mme Libby James.

Libby sentit un gouffre s'ouvrir de nouveau sous ses pieds.

— Je… Je ne vous connais pas.

— *Mi querida*, s'écria Pablo, une main sur le cœur. Tu me détruis en disant ça.

— Attendez une minute, intervint Rob d'une voix rude, coupant court à la tristesse – peut-être feinte – de Pablo. Quelle est votre version ? Pourquoi votre femme se rendait-elle seule en voiture aux États-Unis ?

Pablo croisa les bras.

— Nous faisions un petit voyage. Mel a loué un second véhicule pour aller regarder quelques œuvres d'art. On devait se retrouver à Tombstone, mais Mel n'est jamais revenue. La dernière fois que je lui ai parlé, elle se dirigeait vers la région de Paradiso. J'ignorais où elle était, elle n'appelait pas et son téléphone semblait hors service, alors je me suis inquiété et je suis venu par ici. J'ai visité tous les hôpitaux, contacté la police. Je ne comprenais rien. Mais avec cette histoire d'amnésie, tout devient clair. Je suis tellement soulagé, même si tu ne te souviens pas de moi.

— En effet, je ne me souviens pas de vous, répondit Libby, les mâchoires serrées. Mais... attendez une seconde.

Elle se tourna enfin dans la direction du bébé, qu'elle refusait de regarder depuis le début. La petite tirait à présent doucement sur les cheveux de Teresa.

— Tu te souviens, *mi querida* ? demanda Pablo, des trémolos dans la voix.

— Non, je ne me souviens pas, rétorqua-t-elle. Et Luisa non plus, visiblement. Elle a l'air plus intéressée par Teresa que par moi. Si j'étais véritablement sa mère, j'imagine qu'elle serait plus excitée de me revoir, vous ne croyez pas ?

Rob observa tour à tour le bébé, Teresa, Libby, puis Pablo. Un sourire se dessina sur son visage.

— Elle n'a pas tort, Pablo.

Une lueur furieuse passa un instant dans le regard de Pablo, puis il se tourna vers Teresa et Luisa.

— Teresa est sa nounou. Ce n'est pas la première fois que nous avons cette discussion, Mel. Et puis, c'est stupide : pourquoi viendrais-je pour chercher une femme qui ne serait pas la mienne ?

— Bonne question, maugréa Rob.

— Tout cela est ridicule, s'exclama Pablo. Tu vas rentrer à la maison avec nous, Mel. On réglera tout ça là-bas. Je vais te présenter la vraie Libby James. Ta patronne.

Il la saisit par le bras, mais, vif comme l'éclair, Rob bondit pour s'interposer. D'un coup sec de la main, il fit lâcher prise à Pablo, qui poussa un cri étranglé et recula d'un pas. Teresa se leva aussitôt en serrant la petite contre elle. Pablo se redressa, les poings crispés.

— N'y pensez même pas, grommela Rob en dévoilant son arme accrochée à sa ceinture. Je ne sais pas à quoi vous jouez, mais si vous espérez que Libby suive un inconnu… Alors vous la connaissez très mal. Et vous ne me connaissez pas du tout.

— Vous ne pouvez pas m'empêcher de retrouver mon épouse, gronda Pablo en montrant les dents.

Disparus le mari inquiet et le père prévenant.

— Même s'il s'agissait de votre femme, ce dont je doute, ce serait toujours à elle de décider de ce qu'elle a l'intention de faire.

Rob sortit son téléphone.

— Si vous voulez bien me donner votre second prénom et votre date de naissance, ou toute autre information permettant de vous identifier, je vais vérifier si votre histoire est vraie.

— Vérifier ? répéta Pablo en effleurant le dos du bébé. Vous êtes de la police des frontières. Pas question que je vous transmette la moindre information.

— Dans ce cas, accompagnez-moi au commissariat, afin qu'on procède à un contrôle d'identité. On devrait pouvoir confirmer votre version. Ensuite vous et… Mel… pourrez régler vos affaires ensemble, si elle le décide. On peut même appeler la galerie pour échanger avec Libby James à propos de son employée.

Les mains dans les poches, Rob adopta une pose décontractée, comme si sa proposition était la chose la plus naturelle du monde.

Après tout, un mari inquiet ne chercherait-il pas à prouver au plus vite son identité ?

— Pas question, marmonna Pablo. Mel, tu ne veux pas prendre un peu la petite dans tes bras ?

Teresa glissa un regard en direction de Pablo, qui lui adressa un hochement de tête presque imperceptible. Puis, elle détacha la fillette qui était agrippée à sa blouse et la tendit à Libby. Cette dernière passa un bras sous les fesses du bébé et lui caressa le dos, humant le parfum de propre qui émanait d'elle.

— Coucou, ma belle, murmura-t-elle. Comme tu es jolie !

Luisa écarquilla les yeux et sa lèvre inférieure se mit à trembler. Elle posa sa menotte sur la poitrine de Libby et chercha à se dégager.

— Tout va bien, lui assura Libby en effleurant ses boucles brunes. C'est Teresa que tu veux ?

Teresa fit un pas vers elles, mais Pablo la retint brutalement par le poignet. Libby se tourna alors, afin que Luisa puisse voir Teresa par-dessus son épaule, et le bébé gigota de plus belle.

— Je sais, ma belle. C'est Teresa que tu veux.

Elle replaça la petite entre les bras tendus de Teresa, puis fit face à Pablo, l'air furieux.

— Ce n'est pas mon enfant. J'ignore qui vous êtes et ce que vous me voulez, mais je refuse de vous accompagner.

— Mel ! Je n'ai pas dit mon dernier mot. Je prouverai que tu es ma femme.

Les jambes tremblantes, Libby s'éloigna. Rob la rattrapa tandis qu'elle traversait la rue.

— Ça va ? demanda-t-il en lui prenant la main.

— Ne t'arrête pas de marcher, sinon je vais m'écrouler en pleine rue.

Juste avant de monter dans le pick-up, elle jeta un regard en direction du parc. Pablo agitait les bras avec véhémence devant Teresa, qui s'était rassise sur le banc.

La petite semblait pleurer. Avec un frisson, Libby s'installa dans la voiture.

— Qu'est-ce que c'était que ce bazar ? s'exclama Rob en claquant à son tour sa portière.

— Exactement ce que je craignais depuis le début, répondit Libby en se tordant les doigts. Un inconnu qui se présente en affirmant me connaître. On cherche à m'enlever.

— Je ne les laisserai pas faire. Fais-moi confiance, ajouta-t-il en lui soulevant doucement le menton.

Elle tourna lentement la tête vers lui, croisant son regard où brûlaient des émotions qu'elle ne parvenait pas à nommer.

— Tu n'iras nulle part, à moins que tu ne le décides. Personne ne peut te forcer. Tu ne vas pas croire sur parole un type qui affirme être ton époux et le père de ton enfant, alors que tu ne te souviens ni du mariage ni du bébé.

— Tu… Tu n'aurais pas pu l'arrêter ou quelque chose comme ça ?

— Il n'a commis aucune infraction. Et même si j'ai eu envie de le boxer quand il t'a saisie par le bras, je me suis retenu. Sinon, c'est moi qui aurais été en tort.

— Quel genre de type utiliserait ainsi un enfant ? Je voyais bien que Teresa était terrifiée. Non ?

— C'est ce qu'il m'a semblé aussi, fit Rob en mettant le contact. Si tu veux mon avis, Teresa est la mère du bébé et Pablo s'est servi d'elles pour te tendre un piège.

Libby se mordit la lèvre inférieure.

— En tout cas, ce n'est pas un des deux hommes que j'ai aperçus après l'accident. J'en suis sûre. Sa voix ne me disait rien. Ce qui signifie qu'ils sont plus nombreux.

Pablo doit travailler avec les autres, et ils ont dû avoir vent de mon amnésie.

— Oui. Sinon, il ne t'aurait pas abordée avec cette histoire. Il n'a cependant pas été étonné de t'entendre parler de Libby James et il savait que Libby… c'est-à-dire toi… Désolé, ça devient compliqué… Il savait que tu tenais cette galerie d'art.

Il s'engagea dans la circulation.

— On ne rentre pas chez toi ? demanda Libby, surprise par la direction qu'il prenait.

— Je veux d'abord vérifier les hôtels de Paradiso pour trouver où logent Pablo et Teresa. Et sous quel nom.

— Bonne idée.

Elle enroula nerveusement une mèche de cheveux autour de son doigt.

— Comment Pablo a-t-il pu découvrir mon amnésie ? Il n'y a que toi, Jennifer et moi qui sommes au courant. Même Rosie l'ignore.

— Peut-être qu'ils te surveillent et qu'ils ont deviné. Si tu connaissais ton identité et la leur, tu aurais été trouver les autorités. Ou alors, tu aurais continué à faire ce que tu prévoyais avant qu'ils ne provoquent cet accident.

— Ils ont déposé la drogue près de la voiture pour s'assurer que je ne les dénonce pas. Sinon, je risque de me faire arrêter pour possession de stupéfiants.

— Tu es venue par ici pour une bonne raison. Peut-être en lien avec ce cadavre dont tu t'es souvenue. Ils t'ont stoppée une première fois, mais, comme tu as survécu, ils s'attendaient à ce que tu ailles jusqu'au bout. Ils ont dû avoir des doutes quand tu as commencé à travailler au Rosita's. Maintenant, ils sont certains. À mon avis, Pablo Bustamante sait parfaitement qui tu es.

Son explication faisait sens, pour l'instant, mais l'idée que des personnes malveillantes la surveillaient à Paradiso ne la rassurait pas du tout.

À l'accueil du Paradiso Motel, l'employé n'avait aucun client correspondant à la description de Pablo ou de Teresa dans son établissement. Rob et Libby n'eurent pas plus de chance aux deux autres hôtels. Après le dernier, Libby remonta à bord du pick-up de Rob et boucla sa ceinture avec un soupir las.

— Au moins, on aura essayé. On peut sans doute faire une recherche sur Pablo Bustamante, comme on a fait pour Libby James, mais je ne sais pas si ça donnera grand-chose.

— J'ai quand même ses empreintes.

— Ah bon ? s'écria Libby en se tournant vers lui.

— Les doigts dans le nez, répondit Rob en sortant une tétine de sa poche.

— Tu as volé ça à Luisa ?

— Pas exactement. Elle l'a fait tomber par terre. Pablo l'a ramassée pour la lui rendre, mais elle l'a aussitôt jetée de nouveau. Cette fois, en revanche, Pablo n'a rien remarqué. Donc, je l'ai récupérée avec un mouchoir et je l'ai glissée dans ma poche. Mais ne te réjouis pas trop vite. On pourrait avoir le même problème qu'avec toi. Si Pablo est de nationalité mexicaine, ses empreintes ne seront pas dans nos bases de données. Il me faudra des autorisations officielles pour obtenir ce genre d'information, et rien de ce que je fais n'est officiel, pour l'instant.

— Je n'avais pas pensé à ça, mais c'est un début.

Elle soupira.

— Je suis épuisée. Je commençais juste à me

détendre, après ma séance avec Jennifer, quand Pablo m'est tombé dessus. Il croyait vraiment que j'allais le suivre sans résister ?

— Il espérait de toute évidence que le bébé servirait de déclic. Elle était mignonne, d'ailleurs. Comment as-tu fait pour ne pas craquer ?

— Mignonne ? Elle était carrément adorable. Mais je savais que ce n'était pas mon enfant. Je n'ai rien ressenti pour elle, là, ajouta-t-elle en portant la main à son cœur. J'aurais su, sinon. Je suis sûre que si j'avais un bébé… ou un mari, je m'en souviendrais.

— Qui sait ?

Il ralentit pour tourner dans sa rue et reprit :

— J'ai compris que ce n'était pas ta famille à la façon dont Luisa s'agrippait à Teresa, sans même t'accorder un regard. Un de mes collègues et sa fiancée sont en train d'adopter un bébé, et le petit ne quitte pas sa mère des yeux, même quand il est dans les bras de quelqu'un d'autre. Pour Luisa, tu n'existais même pas.

— Je suis d'accord. Hé ! Tu as de la visite !

Rob passa à côté de la jeep garée devant chez lui et s'engagea dans l'allée.

— Une visite amicale, ne t'inquiète pas.

Avec un soupir soulagé, Libby ouvrit sa portière avant même que Rob ait coupé le moteur. Une grande femme avec une épaisse chevelure blonde et un teint hâlé sortit de la jeep.

— Ce pantalon vous va mieux qu'à moi, on dirait ! lança-t-elle en souriant.

Libby se figea et s'appuya à la voiture.

— Je vous connais, bafouilla-t-elle.

— J'espère bien, dit Rob en s'avançant pour embrasser

la jeune femme blonde. C'est April Archer, la bonne fée qui t'a prêté des vêtements.

Libby avait le cœur qui battait et les jambes flageolantes.

— Non, je connais cette femme… d'avant.

12

— Elle n'a pas l'air très en forme, fit remarquer April, la mine soucieuse.

Rob se précipita vers Libby qui commençait à tomber et la saisit par un bras pour la soutenir.

— Tu es sûre, Libby ? C'est April Archer, la femme de mon collègue Clay Archer, de la police des frontières.

April s'approcha.

— Rob, il faut qu'elle s'assoie, dit-elle. Elle a besoin d'un verre d'eau ou de quelque chose de plus fort. Rentrons.

Rob savait qu'il valait mieux ne pas contrarier April, quand elle avait décidé de porter secours à quelqu'un. Libby se laissa guider jusqu'à la maison, et il se dépêcha de leur ouvrir les portes. April installa Libby sur le canapé et glissa un coussin sous sa nuque.

— Asseyez-vous et racontez-moi ce qui se passe. Vous voulez de l'eau ? Un thé ? Un whisky ?

— Un peu d'eau, marmonna Libby en se frottant le crâne.

Sa plaie guérissait rapidement. Bientôt, il n'y aurait plus de signe extérieur de son traumatisme. En revanche, il resterait le vaste néant de sa mémoire.

— Rob ! lança April en claquant des doigts. Un verre d'eau !

Rob se précipita dans la cuisine. Lorsqu'il revint dans le salon, April s'était assise aux côtés de Libby, qui avait retrouvé un peu de couleurs, et elle lui parlait d'une voix douce.

— Vous pensez m'avoir déjà vue, c'est ça ? Et pourquoi cela vous inquiète-t-il ? Vous croyez que je connais votre ex ?

Libby renversa la tête en arrière et contempla le plafond avec un soupir.

— Rob vous a raconté cette histoire…

— Une histoire ? répéta April en interrogeant Rob du regard. Ce n'était donc pas vrai ? Quelle que soit votre situation, vous pouvez m'en parler. Je ne vous jugerai pas.

Libby ferma les yeux.

— Je n'ai pas d'ex-mari violent. Ou du moins, pas à ma connaissance. J'ai eu un accident de voiture il y a deux jours, près de Paradiso. J'ai perdu la mémoire. Amnésie. Rob est venu à mon secours, et nous avons réussi à rassembler quelques pièces du puzzle.

— Un accident de voiture ? dit April en remontant une de ses longues jambes sous elle. Le véhicule incendié sur le bord de la nationale en plein désert, c'est vous ?

— Oui.

— Et la drogue retrouvée juste à côté ?

Libby ouvrit un œil, paniquée.

— Rien à voir avec elle, intervint Rob en se perchant sur l'accoudoir du fauteuil en face des deux femmes.

— C'est pour ça que vous n'avez pas alerté la police ? Ou demandé de l'aide ?

— Pas au début, mais l'apparition de la drogue ne m'a pas facilité la tâche.

Libby se lança alors dans une longue explication,

racontant l'accident et parlant des deux hommes qui avaient mis le feu à la voiture.

— Oh ! mon Dieu ! Ma pauvre ! s'écria April en lui saisissant la main. Il faut qu'un médecin vous examine. Rob, où avais-tu la tête ?

— Ce n'est pas sa faute, assura Libby en se tournant vers Rob, qui sentit son cœur fondre. Il essayait de me protéger.

— Et moi ? Qu'est-ce que je viens faire là-dedans ? Comment me connaissez-vous ? Ou plutôt : comment pensez-vous me connaître, puisque je ne vous ai jamais vue.

Libby se massa les tempes.

— Je ne vous ai pas rencontrée en personne, mais j'ai vu une photo de vous.

Rob se redressa.

— Tu as sans doute aperçu une photo d'elle quelque part. C'est la femme d'un de mes collègues. De mon chef, pour être précis.

— Ce n'est pas ça, Rob. Je n'ai pas vu de photo d'April depuis mon arrivée à Paradiso. Je l'ai vue avant. Avant de perdre la mémoire.

— Tu veux dire… à Rocky Point, au Mexique ?

— Rocky Point ? C'est de là que vous venez ? s'étonna April en se frottant le menton. C'est en plein territoire du cartel. Je me demande si mon ex-fiancé…

— Votre ex-fiancé est un narcotrafiquant ? interrompit Libby.

— Il l'était. Il est mort. C'est une longue histoire.

Elle balaya l'air de sa main.

— Pourquoi quelqu'un aurait-il volontairement déposé

de la drogue sur les lieux de votre accident ? Mon mari m'a dit qu'il s'agissait de paquets prêts à être vendus.

— J'espère que je n'ai pas d'ex-fiancé narcotrafiquant, mais je sais que je me suis retrouvée mêlée à ces gens, d'une façon ou d'une autre. Les deux hommes qui ont incendié ma voiture ont évoqué le nom d'El Gringo Viejo. J'ai découvert depuis qu'il s'agissait d'une sorte de fournisseur pour les cartels.

April eut un mouvement de recul.

— El Gringo Viejo ?

Rob fut surpris. Clay Archer devait vraiment tout partager avec sa femme.

— Clay a déjà mentionné ce nom ?

— Pas seulement Clay, répondit April en se levant pour se mettre à arpenter la pièce. Mon frère, Adam, m'avait parlé de lui bien avant que Clay n'y fasse allusion.

— Ton frère, marmonna Rob, avant de s'éclaircir la gorge. C'est lui qui avait des… des problèmes de drogue ?

— Il avait beaucoup de problèmes, Rob. Pas juste avec la drogue. Tu connais mon histoire dans cette ville, non ?

— Je sais que ton frère a assassiné votre mère et a laissé votre père porter le chapeau.

Il ignora le cri de surprise de Libby et poursuivit :

— Votre père a disparu après le meurtre et on ne l'a plus revu depuis, c'est ça ?

— Oui. Ce que tu ne sais pas, c'est qu'Adam était convaincu que notre père était El Gringo Viejo.

— Quoi ? s'écria Libby en bondissant. Vous êtes sérieuse ?

— Attends, attends, interrompit Rob en se passant une main dans les cheveux. Je n'ai jamais entendu dire que ton père, CJ Hart, était soupçonné d'être El Gringo

Viejo. On ignore tout de ce type. Personne ne connaît sa véritable identité.

— C'est parce que je suis la seule à y croire. En dehors d'Adam, qui est mort. Clay a toujours considéré les hypothèses de mon frère comme des fadaises. Évidemment, il m'a aussi fortement déconseillé de me rendre au Mexique pour mener l'enquête.

— Qu'est-ce qui vous fait penser qu'il est votre père ? demanda Libby en récupérant son verre d'eau sur la table.

— En dehors des affirmations de mon frère ? La disparition de mon père coïncide avec l'apparition d'El Gringo Viejo. Les autorités sont persuadées que mon père a franchi la frontière en douce, après le meurtre. Il avait tenté de se lancer dans le narcotrafic, quelque temps auparavant. C'est pour ça qu'Adam a réussi à le convaincre de prendre la fuite. Et puis, aussi… c'est un homme blanc âgé.

— Et voilà que j'arrive peut-être avec une preuve supplémentaire, ajouta Libby en vidant son verre. Si je connaissais El Gringo Viejo à Rocky Point et que j'avais aperçu une photo de vous quelque part chez lui, ça serait logique que je vous reconnaisse.

— Ravi que vous ayez résolu cette affaire, mesdames, dit Rob en se frottant les yeux.

Libby était-elle en train de perdre les pédales ? Elle ne se souvenait même pas encore de son propre nom.

— Je vais en toucher deux mots à Clay. Il n'a jamais cru à cette hypothèse sur mon père.

— Une seconde, dit Rob en levant une main.

La dernière chose dont il avait besoin, c'était que son chef lui tombe dessus parce qu'il avait impliqué April dans une histoire dingue sur El Gringo Viejo.

— Cela ne prouve rien, April. Est-ce que tu as raté le passage où Libby t'expliquait qu'elle souffrait d'amnésie ? Elle aurait pu te croiser n'importe où en ville. Elle travaille au Rosita's.

April posa les poings sur les hanches.

— Je ne suis pas allée chez Rosie cette semaine et je ne vais pas te mêler à tout ça, Rob.

— Je suis déjà mêlé à tout ça. Libby loge chez moi. Je l'ai récupérée dans le désert, à côté de sa voiture accidentée et incendiée, et je n'ai pas signalé quoi que ce soit aux autorités. Comment crois-tu que Clay va prendre les choses ?

— Clay, je m'en charge, affirma April en tapotant l'épaule de Libby. Cela fait des années que vous vous triturez les méninges sur EGV, et Libby et moi venons peut-être de vous le servir sur un plateau.

Libby écarquilla les yeux.

— Ça ne vous dérange pas qu'il soit votre père ?

April rassembla ses cheveux en queue-de-cheval.

— J'ai vécu des années avec la certitude qu'il était l'assassin de ma mère. Je ne suis plus à ça près.

— On n'a aucune certitude, et surtout aucune preuve, rappela Rob en se levant. Il y a même très peu de chances que ce soit lui. La seule façon d'être fixés, ce serait de se rendre à Rocky Point pour enquêter. Mais pas toi, Libby ! Pas tout de suite en tout cas.

Il croisa les bras d'un air buté. April lui tapota l'épaule avec un sourire.

— Ah, voilà qui me plaît. Un vrai mec qui prend les choses en mains pour protéger sa compagne.

— Libby n'est pas... Bien sûr que je veux la protéger.

Elle est vulnérable. Et toi ? demanda-t-il, soudain méfiant. Pourquoi es-tu venue me voir, au fait ?

April adressa un petit clin d'œil à Libby.

— Juste pour vérifier que les vêtements convenaient à ton « amie » et qu'elle n'avait pas besoin d'autre chose. Qu'est-ce que tu en penses, Libby ? Je peux te tutoyer ? On va bien s'entendre, toutes les deux. Je le sens.

— Tu as déjà été très généreuse. Moi, en tout cas, je suis contente de ta visite.

— Personne ne peut « se charger » de Clay Archer, April. Pas même toi.

— Ne t'inquiète pas pour ça, répondit-elle en se dirigeant vers la porte.

Elle leur lança un baiser avant de sortir.

— C'était bizarre, soupira Libby en se laissant tomber sur le canapé pour enfouir son visage dans ses mains. Dès que je l'ai aperçue, j'ai eu comme un flash. Ça marche, Rob ! Si je retournais à Rocky Point et que je revoyais ma galerie, je suis certaine que les souvenirs afflueraient.

Rob déglutit avec peine. Il n'avait aucun droit de la garder ici, mais il ferait tout pour la persuader de ne pas repartir au Mexique.

— Tu as conscience que te rendre à Rocky Point serait la décision la plus risquée que tu puisses envisager ? Je sais que c'est tentant, mais, en espérant retrouver tes souvenirs, tu te mettrais surtout en danger.

— Après le cirque avec Pablo, ils doivent avoir compris que j'ai oublié ce que je faisais dans cette voiture, avant l'accident. Je ne risque rien… pour l'instant. Viens t'asseoir, dit-elle en tapotant le canapé. Est-ce que je t'ai remercié pour m'avoir protégée de Pablo ?

Il s'installa à ses côtés.

— Tu t'en es très bien sortie toute seule.

— Uniquement parce que tu étais là, répliqua-t-elle en posant une main sur sa cuisse. Il n'aurait rien tenté en ta présence. Sinon…

Rob emprisonna ses doigts pour empêcher cette caresse.

— J'étais là. Je suis là. Et je vais t'aider à surmonter tout ça.

La lèvre inférieure de Libby se mit à trembler.

— Quelle chance que ce soit toi qui m'aies secourue. Tu imagines ? Si ça avait été quelqu'un d'autre, j'aurais eu ma tête affichée partout en ville. Ou bien je serais en prison, à cause de la drogue.

— Je ne le pense pas.

Il porta sa main à ses lèvres pour embrasser le bout de ses doigts et regretta aussitôt son geste. Quel genre d'homme profitait d'une femme qui avait perdu son identité ? Peut-être était-elle mariée… Il relâcha sa main, mais elle s'agrippa à son pouce.

— Pourquoi t'arrêtes-tu ? chuchota-t-elle.

— Tu sais bien. Ce n'est pas une bonne idée qu'on…

— Ça m'a l'air d'une très bonne idée, à cet instant, dit-elle en se rapprochant. Tu es mon roc, Rob.

— Je suis la seule personne que tu connaisses. C'est normal que tu ressentes ça.

Elle eut un petit rire.

— Je connais Rosie. Et April, maintenant. J'ai aussi passé une heure très intense en compagnie de Jennifer, aujourd'hui.

— Elles ne comptent pas. Ce sont toutes des femmes, et tu ne vis pas chez elles.

Il suivit la ligne de sa mâchoire du bout de son index

— Tu as besoin de réconfort. Je le comprends. Ce doit être terrifiant d'être dans ta situation. Je le comprends aussi.

Elle déposa un baiser sur sa main.

— Je crois que tu ne comprends rien du tout, au contraire. Je suis attirée par toi. Tu me plais. C'est vrai que ce serait super de me sentir connectée à quelqu'un, mais… pas à n'importe qui. Je suis sûre que Pablo aurait été ravi de se « connecter » à moi. Tu n'es pas juste un port dans la tempête. Tu es Rob Valdez, et c'est toi que je veux.

— Libby… Et si tu étais mariée ? demanda-t-il en se frottant la nuque. Tu as vu ce bébé, aujourd'hui. Et si tu avais un enfant ? Ou deux ? Un mari mort d'inquiétude ? Un petit ami désespéré ? Si c'était moi, je serais complètement paniqué de t'avoir perdue.

— Tu ne vas pas me perdre.

Elle posa une main sur sa joue.

— Je ne suis avec personne dans ma vraie vie, Rob. J'en suis persuadée. Tout comme je suis persuadée de m'appeler Libby James. Ou d'avoir été témoin d'un meurtre. Ou d'avoir vu une photo d'April Archer.

— Tes comparaisons ne valent rien. Tes souvenirs sont encore ténus, et tu n'as aucune preuve de leur véracité. Ce n'est pas parce que tu n'as pas eu de flashs concernant un mari et des enfants que ceux-ci ne t'attendent pas quelque part.

Elle ferma les yeux en soupirant.

— Tu refuses de faire l'amour avec moi parce que tu crains de tromper un inconnu sans nom ni visage, qui n'existe probablement pas ?

Avait-elle vu juste ? Il n'aimait guère commettre des

erreurs et avait toujours veillé à éviter le moindre faux pas. Tomber amoureux de la femme d'un autre ne figurait pas dans ses projets de vie. Cela dit, il n'avait jamais prévu non plus de voler au secours d'une inconnue étrange et de chercher à résoudre ses problèmes.

Il lui passa un bras autour des épaules et l'attira contre lui.

— On n'est pas pressés, non ? lui chuchota-t-il à l'oreille. Quand tu auras retrouvé la mémoire et que tu auras la certitude d'être célibataire, on aura tout le temps d'explorer cette possibilité, si c'est toujours ce que tu veux.

Elle se blottit contre son cou.

— Inutile de prendre des pincettes, Rob. Surtout pas avec moi. Je ne suis personne. Une femme sans passé et sans grand avenir.

— Tu es quelqu'un, pour moi, répondit-il en appuyant le menton sur le sommet de sa tête. Et tu vaux la peine qu'on te protège.

Elle remonta ses jambes sous elle et vint poser sa tête sur ses genoux. Rob saisit doucement une mèche de ses cheveux entre ses doigts. Son corps était tiède contre le sien et bientôt, sa respiration se fit plus profonde. Elle s'était assoupie. Le lit dans lequel elle avait dormi la veille était encore fait, mais il préféra ne pas la réveiller. Lui-même n'avait pas très envie de bouger.

Il la garda contre lui, osant à peine respirer, et observa son profil à la structure délicate. Dans le sommeil, son visage abandonnait cette expression anxieuse et hantée qu'elle conservait même quand elle souriait. C'était comme si elle devait découvrir qui elle était avant de s'autoriser à être elle-même.

Si Libby éprouvait ce désir pour lui, c'était simplement par besoin de se perdre dans des sensations, pour arrêter un instant de penser. À choisir, il préférait faire l'amour avec la véritable Libby James, une femme capable de se donner entièrement, sans réserve en sachant exactement qui elle était et ce qu'elle voulait. Connaîtrait-il jamais cette chance ? Libby James était-elle mariée ? Fiancée ? Amoureuse ? Il pouvait patienter pour le découvrir. Pour l'instant, cela lui suffisait.

Quand il lui caressa doucement le dos, elle se cambra comme un félin, puis se blottit davantage contre lui. Il aurait pu dormir ainsi toute la nuit. Il ferma les yeux et appuya sa tête contre le dossier du canapé.

Quelques minutes plus tard – ou peut-être quelques heures –, quelqu'un tambourina à la porte d'entrée et une voix de femme perça les brumes de son sommeil. Il se redressa brusquement, serrant instinctivement Libby contre lui. Alors que son pouls retrouvait un rythme normal, il entendit de nouveau une voix et des coups frappés.

Libby se réveilla en sursaut.

— Qu'est-ce que c'est ?

— Il y a quelqu'un à la porte.

Il mit un doigt sur ses lèvres et se leva en silence, dénouant leur étreinte. Encore à moitié endormi, il récupéra son revolver de service, posé sur le bord de la table basse.

— Sois prudent, chuchota Libby.

Rob s'approcha à pas de loup de la porte et se plaqua contre le mur. Son arme dressée, il écarta doucement le rideau de la fenêtre et étouffa un juron.

— C'est Teresa… Avec le bébé.

Libby se précipita.

— Pablo est avec elle ?

— Je ne crois pas.

— C'est une ruse, Rob, dit-elle en le retenant par le bras. Si tu ouvres, Pablo va surgir de l'ombre.

— Je ne pense pas, Libby. Regarde son visage. Elle a reçu des coups.

Il sursauta quand Teresa frappa à la fenêtre en bafouillant d'une voix suppliante.

— Et le bébé ?

C'en était trop pour Rob, qui tourna le verrou.

— Si Pablo traîne dans le coin et qu'il tente quoi que ce soit, c'est un homme mort. Recule, Libby.

Il entrouvrit la porte et saisit Teresa par le bras.

— Entrez vite !

La jeune femme manqua de tomber dans la précipitation, mais Libby la retint. Malgré ses lèvres tuméfiées, elle se mit à parler à toute vitesse en espagnol :

— Vous devez partir. Il a été envoyé pour vous tuer.

13

Libby passa rapidement un bras autour de Teresa et du bébé, tandis que Rob refermait la porte à clé. Quand il se tourna de nouveau vers elles, son arme à la main, la jeune Mexicaine laissa échapper un gémissement craintif.

— Est-ce qu'il est là ? demanda Rob. Il sait que vous êtes ici ?

Teresa, très pâle, le contemplait avec des yeux immenses. Libby lança à Rob un regard réprobateur et guida Teresa jusqu'au canapé.

— Rob ne va pas vous faire de mal, assura-t-elle en espagnol. Où est Pablo ?

La jeune femme expliqua alors que Pablo les avait fait monter, le bébé et elle, dans un car en partance pour le Mexique, mais qu'elle était descendue deux arrêts plus loin pour revenir.

— Pour avertir Libby ? interrogea Rob, à toute allure. Que savez-vous d'elle ? Qui est Pablo ? Qui l'a envoyé pour tuer Libby ?

Libby leva une main pour le faire taire.

— Une question à la fois, Rob. Tu lui fais peur… Et ton espagnol atroce n'aide pas beaucoup. Ni ce revolver que tu agites dans tous les sens.

Rob rangea son arme et s'accroupit près de la table

basse. Libby s'assit à côté de Teresa et caressa la joue de Luisa.

— Pablo n'a pas fait de mal au bébé ? s'enquit-elle, toujours en espagnol.

— Non. Il ne ferait pas ça. C'est sa fille. Mais il ne s'appelle pas Pablo Bustamante.

Libby pinça les lèvres. Il battait sa femme, mais pas sa fille ? Combien de temps cela durerait-il ?

— Pourquoi vous a-t-il frappée ?

— Il a dit que je n'avais pas fait assez d'efforts pour vous convaincre que Luisa était votre enfant.

— Je suis désolée, Teresa. Si j'avais su, j'aurais joué le jeu.

— Non, non. Il vous aurait fait du mal.

Rob se déplaça jusqu'au fauteuil et s'assit en face d'elles.

— Est-elle bien Libby James ? questionna-t-il.

— Oui, assura Teresa en prenant la main de Libby. Vous ne vous souvenez pas ? Vous êtes Libby James, l'artiste.

— Je tiens une galerie à Rocky Point ?

— Oui.

— Pourquoi Pablo, ou quel que soit son nom, me veut-il du mal ? Pourquoi ces deux autres hommes ont-ils aussi cherché à me tuer ? Est-ce qu'ils travaillent pour El Gringo Viejo ?

— Non ! s'écria Teresa en serrant Luisa si fort que la petite poussa un couinement. Je ne sais rien sur El Gringo Viejo !

— Mais il se trouve à Rocky Point, intervint Rob en se penchant vers elles.

— Je ne sais pas. Je ne sais rien du tout, bafouilla Teresa en secouant la tête avec vigueur.

Le bébé se mit à pleurer.

— Vous saignez de la lèvre, fit remarquer Libby. Rob, tu peux lui apporter un gant de toilette et de la glace ? De l'eau et un antalgique, ce serait bien, aussi.

Rob se leva.

— Demande-lui pourquoi elle est venue ici, si elle ne veut rien dire sur Pablo ou El Gringo Viejo et si elle ne peut rien t'apprendre que tu ne sais déjà.

Libby secoua la tête et passa le pouce en travers de sa gorge. En voyant ce geste, Teresa bondit.

— Ne vous inquiétez pas. Rien ne vous arrivera ici. Rob vous protégera.

Teresa se laissa retomber sur les coussins et remonta le bébé dans ses bras.

— Je suis désolée. Je ne peux rien vous dire de plus sur vous. Je sais que vous vous appelez Libby James, que vous êtes une artiste et que vous vivez à Puerto Peñasco. Rocky Point. Vous avez mis le cartel en colère, mais je ne sais pas pourquoi ni comment. Vous êtes partie de Puerto Peñasco en catastrophe, et ils se sont lancés à votre poursuite. Ils ont essayé de vous tuer, mais sans succès. Du coup, ils ont envoyé… mon mari. Il m'a emmenée, avec la petite, pour vous faire croire que c'était votre fille.

Rob réapparut avec un gant humide, un verre d'eau et deux cachets dans le creux de sa main.

— Pourquoi êtes-vous revenue ? demanda-t-il. Pourquoi ne pas avoir continué jusqu'au Mexique ?

Les yeux de Teresa se remplirent de larmes.

— J'ai peur qu'il me tue un jour. J'ai… J'ai de la famille au Texas. Je veux aller là-bas et… le quitter.

Vous avez aidé Libby. Peut-être que vous pourriez m'aider, moi aussi ?

— Donnez-moi le bébé un instant, le temps d'avaler ce médicament et de nettoyer le sang sur votre lèvre.

Libby prit la fillette épuisée dans ses bras et se mit à la bercer.

— Et moi, je suis quoi ? marmonna Rob en tendant le gant et les comprimés à Teresa. L'assistance publique ? Le sauveur des femmes perdues ?

— Peut-être qu'on a senti qu'on serait en sécurité ici, répondit Libby avec un clin d'œil.

— Elle est au courant que je bosse à la police des frontières, au moins ?

— Je ne crois pas, Rob. Et il est hors de question que tu le lui dises. Laisse-la rejoindre sa famille au Texas. Elle s'efforce de m'aider. Le moins qu'on puisse faire, c'est de lui porter secours en retour.

— Tu penses qu'elle fait ça pour t'aider ?

— Qu'est-ce que tu veux dire ?

Libby jeta un regard à Teresa, mais Rob et elle parlaient trop vite pour qu'elle parvienne à suivre leur conversation.

— Demande à Teresa comment elle a su où j'habitais. Qu'est-ce qui te dit que Pablo n'attend pas dehors ?

Libby interrogea Teresa, qui avoua que Pablo savait déjà que Libby logeait chez Rob et qu'il connaissait l'adresse. Ils étaient passés en voiture devant la maison, la veille. Pablo lui avait ordonné de noter le numéro et la rue, c'est comme ça qu'elle avait pu revenir.

— Il va falloir qu'elle nous en dise plus, Libby. Si on l'aide et qu'on ne signale pas sa présence dans le pays, elle doit nous donner plus que ton nom et cette histoire de méchants à tes trousses. On sait déjà tout ça. On l'a compris tout seuls.

Libby soupira. Comment convaincre une mère terrorisée, accompagnée de son bébé ?

— Nous voulons vous aider, Teresa. Nous allons faire le nécessaire pour que vous retrouviez votre famille. Mais je n'ai aucun souvenir, et cela me met dans une situation de grave danger. Si vous pouviez me dire quoi ce que soit… À quoi ressemblent les deux autres hommes qui me cherchent, pourquoi ils me cherchent ou si je peux contacter quelqu'un à Rocky Point qui me connaît…

Libby coula un regard en direction de Rob. Elle était persuadée qu'elle n'était pas mariée, mais peut-être qu'un membre de son entourage serait capable de l'aider à retrouver les pans entiers de mémoire qui lui manquaient encore. Teresa les observa tour à tour.

— Je ne vis pas à Puerto Peñasco. Je ne vous connais pas. J'ai entendu mon mari discuter, et ils veulent vous arrêter avant que vous ne vous souveniez de tout ce qui s'est passé. J'ignore de quoi il s'agit. Il ne l'a jamais évoqué devant moi. Je sais que quand vous êtes partie de Puerto Peñasco, c'était pour vous rendre à Paradiso.

— Rob ? Tu as compris ?

— Ça va, pas la peine de retourner le couteau dans la plaie. Vous parlez trop vite pour moi. Qu'est-ce qu'elle dit ?

— Elle a entendu des conversations de son mari et, d'après ce qu'elle a pu comprendre, Paradiso était ma destination.

Rob rangea son téléphone dans la poche arrière de son jean.

— C'est bizarre. Pourquoi viendrais-tu ici ? Peut-être

à cause du commissariat de la police des frontières. C'est le plus proche de la frontière.

— Et comment pourrais-je le savoir ? La plupart des gens normaux, qui mènent une vie tranquille, ne connaissent pas ce genre d'informations. Surtout quand ils vivent au Mexique.

— Demande-lui si elle a entendu autre chose et passe-moi un peu le bébé.

— Pourquoi ? Tu ne vas quand même pas la menacer de garder Luisa si elle ne coopère pas ?

Il eut l'air mécontent.

— Ça ne m'avait même pas traversé l'esprit. Mais… ravi de constater la haute opinion que tu as de moi.

— Tu fais partie des forces de l'ordre, Rob. Et parfois… tu as quelque chose de rigide. Je sais que tu veux faire ton travail et que tu veux m'aider.

— Oui et oui. Mais pas aux dépens d'une mère et de son bébé. Pose-lui la question, ajouta-t-il en désignant Teresa du menton. Elle commence à croire qu'on mijote quelque chose.

Libby tendit Luisa à Rob et se rapprocha de Teresa.

— C'est très important pour moi d'apprendre que Paradiso était ma destination originelle. Pouvez-vous m'en dire plus ? Savez-vous pourquoi je me rendais à Paradiso, par exemple ?

— Je l'ignore, désolée. Est-ce… Est-ce qu'il va m'aider ?

— Oui, on va vous aider, répondit Libby en lui touchant la main. Vous avez besoin d'argent pour prendre un bus pour le Texas ?

— Oui. El Paso.

— Tu as entendu ? fit Libby en se tournant vers Rob, qui jouait avec une Luisa ravie dans ses bras.

— Je ne suis pas complètement obtus. Elle veut aller à El Paso.

— *Muy bueno.* C'est possible ?

— Il faut d'abord qu'elle se rende à Tucson, expliqua Rob en chatouillant le menton de la petite. Ne me regarde pas comme ça, Libby, s'il te plaît.

— Comment ? demanda Libby d'un air innocent.

— Comme si j'étais le dernier espoir pour l'humanité tout entière.

— Mais c'est le cas ! Ou, du moins, le dernier espoir des femmes perdues. Tu pourrais conduire Teresa à Tucson demain matin ? Enfin… ce matin plutôt, reprit-elle avec une grimace.

— On y va tous. Pas question de te laisser seule ici. Et puis, cette demoiselle…

Il souleva Luisa dans les airs pour la faire planer comme un avion.

— … a besoin d'un siège auto.

— Où est-ce qu'on va trouver ça à cette heure ?

— Je vais en emprunter un à un collègue. Celui qui adopte un bébé avec sa fiancée.

Libby traduisit la conversation à Teresa, qui sembla enfin se détendre un peu. Rob lui rendit son enfant.

— Préparez-vous à partir. Je vais chercher le siège auto. N'ouvrez à personne. Si besoin, il y a un revolver chargé dans le tiroir de ma table de nuit.

Tandis que Rob se rendait chez Nash, avec une excuse quelconque pour expliquer ce brusque besoin d'un siège auto à 5 heures du matin, Libby monta la garde près de la fenêtre. Teresa en profita pour changer et allaiter Luisa. Rien ne bougea dehors jusqu'au retour de Rob.

— Tout va bien ? s'enquit celui-ci, à peine la porte franchie.

— Oui. Teresa et Luisa sont prêtes. Quelle histoire as-tu inventée pour le siège auto ?

— Par chance, mon collègue était seul. Sa fiancée était déjà partie. C'est elle qui aurait posé mille questions. Lui est beaucoup plus facile. Je lui ai simplement raconté que des amis de passage avaient besoin d'un siège auto pour la matinée. Il ne m'a pas cherché plus loin.

Libby attrapa son sac à main et se tourna vers Teresa :

— *Estás lista* ?

— Je suis prête, répondit la jeune femme.

Tandis qu'ils se dirigeaient vers le pick-up, Rob expliqua :

— Nash m'a bien précisé que si le bébé a moins d'un an, il faut placer le siège auto dos à la route. Il m'a aidé à l'installer. J'ignorais qu'il en savait aussi long sur la question

— Tu as l'air de bien te débrouiller aussi. Je t'ai vu jouer avec la petite. Elle semblait ravie.

— J'ai une ribambelle de neveux et nièces… dont certains ne croisent pas souvent ou pas du tout leur père. J'ai appris sur le tas.

Il ouvrit la portière pour Teresa, qui se faufila à l'intérieur pour installer sa fille.

— Asseyez-vous derrière avec elle. Ça va aller, maintenant. Votre mari sait que vous avez de la famille à El Paso ?

Teresa fit signe que non.

— Je m'arrêterai bien pour acheter un café, dit Rob en ajustant son rétroviseur, mais je pense qu'il vaut mieux filer.

— Tu crains que Pablo nous surveille ? demanda Libby à voix basse.

— Je ne sais pas. En revanche, je ne le laisserai pas nous suivre jusqu'à Tucson.

Rapidement, Teresa et Luisa s'assoupirent à l'arrière, mais Libby avait les nerfs trop à vif pour dormir. Elle vérifiait le rétroviseur extérieur presque aussi souvent que Rob, et la seule phrase qu'elle prononçait par intervalles était :– Tu vois quelque chose ?

Pour autant qu'elle sache – c'est-à-dire pas grand-chose –, elle n'avait jamais entendu parler de Paradiso, ne s'y était jamais rendue et n'y connaissait personne. Alors pourquoi était-ce précisément là qu'elle se dirigeait ?

Si elle avait eu de la famille en ville, on l'aurait certainement déjà reconnue. Ou alors… Rob lui avait expliqué que Paradiso était une petite bourgade, mais qui s'était beaucoup étendue depuis l'ouverture de l'usine de noix de pécan. Elle n'avait pas pu croiser tous les habitants en si peu de temps.

La seule personne qu'elle ait réellement envie de voir à Paradiso était assise à côté d'elle à cet instant même. Si Rob ne s'était pas montré aussi honnête, ils auraient fait l'amour, la veille au soir. Avait-elle simplement besoin de se sentir proche de quelqu'un ? Quelqu'un capable de combler ce vide en elle ?

Peut-être Rob avait-il raison. Même si elle découvrait qu'elle n'avait personne dans sa vraie vie, il se pouvait que ses sentiments à son égard changent complètement par la suite. Cela avait-il de l'importance, au final ? Il ne voulait pas souffrir, ce qu'elle comprenait parfaitement. Malgré son passé, malgré son physique d'athlète, Rob Valdez était un homme sensible. S'il tombait amoureux, c'était pour de bon et il ne lâchait plus. Un trait de caractère qui donnait à Libby encore plus envie de le découvrir, corps et âme. Avec l'amour d'un homme comme Rob, le monde pouvait bien s'écrouler.

— Plus que quelques kilomètres, annonça enfin Rob. Je vais me rendre directement à la gare routière du centre-ville. Teresa pourra acheter quelque chose à manger. Et on n'a pas été suivis, ajouta-t-il en désignant le rétroviseur central. J'en suis certain.

— Tant mieux. Pablo pense sans doute qu'elle est en route pour le Mexique, sage et soumise comme avant. Même si elle ne nous a pas donné beaucoup de renseignements, je suis contente qu'elle soit venue nous trouver. Te trouver, plutôt.

— Elle nous a fourni une nouvelle pièce du puzzle, quand même. On se demandait où tu te rendais, avant que ces deux brutes provoquent l'accident. À présent, on sait que tu étais presque arrivée à destination.

— Mais pourquoi ?

— On va découvrir cette pièce manquante aussi. Teresa, *estamos aquí*, annonça-t-il ensuite en tournant la tête vers la banquette arrière.

Libby se tourna sur son siège et toucha doucement le genou de la jeune femme endormie.

— *Estamos aquí.*

Dix minutes plus tard, Rob se garait le long du trottoir en face de la gare routière et aidait Teresa à sortir Luisa de son siège auto. Libby saisit le petit sac de la jeune femme et les rejoignit. La ville se réveillait à peine, et la plupart des commerces étaient encore fermés. Dans la rue, personne ne leur prêta attention. Rob et elle escortèrent Teresa et son bébé jusqu'au terminal où Rob vérifia le tableau des départs. Un car à destination d'El Paso partait trente minutes plus tard. Il tendit à Teresa quelques billets, afin qu'elle puisse payer son voyage et acheter de quoi manger pour le trajet.

Quand le car s'éloigna, ils regagnèrent la voiture. Rob poussa un long soupir.

— Une bonne chose de faite. Je mangerai bien quelque chose et je n'ai pas envie d'attendre qu'on soit rentrés à Paradiso. Ça te dit ?

— Allons prendre un petit déjeuner. J'ai l'impression de ne rien avoir avalé depuis des jours.

Rob fit rouler ses épaules et serra le volant.

— Je me demande s'il ne faudrait pas afficher ton portrait en ville, à présent. Si tu étais attendue, quelqu'un reconnaîtra la photo et se présentera.

— Quelqu'un comme Pablo Bustamante, rétorqua-t-elle en agrippant le bord de son fauteuil. Je n'en sais pas encore assez.

— Tu sais que tu t'appelles Libby James et que tu es une artiste de Rocky Point.

— Et si un autre Pablo sort du bois ?

— Je ne te laisserai pas t'enfuir avec le premier venu.

— Je vais réfléchir, dit-elle en bouclant sa ceinture. On va où ?

— Il y a un café au nord de la ville. Il paraît que c'est bien et ça ouvre tôt.

Rob navigua dans les rues de Tucson et finit par s'engager sur le parking d'un centre commercial.

— Ça a l'air d'être ouvert, déclara-t-il en désignant une devanture illuminée.

Quelques minutes plus tard, ils s'installaient à une table

près de la baie vitrée et commandaient du café. Quand ils furent servis, Libby but une gorgée et ferma les yeux.

— Ah ! J'en rêvais. On n'a pas beaucoup dormi, la nuit dernière, non ?

— Tu semblais plutôt bien partie, marmonna Rob, mal à l'aise.

Il trempa ses lèvres dans sa tasse et se réfugia derrière le menu que le serveur venait de déposer sur leur table. Libby toqua dessus.

— Pourquoi n'es-tu pas allé dans ta chambre ?

— Tu dormais tellement bien que je n'ai pas voulu te réveiller, répondit-il en risquant un regard par-dessus la carte. Je crois que je vais prendre une assiette complète.

— Je n'aurais sans doute pas bronché si tu t'étais éclipsé. Ça n'a pas dû être très confortable de dormir assis comme ça.

— Je me suis un peu avachi, ça allait. Tu as vu, ils ont des trucs plus équilibrés, si tu préfères : porridge, yaourt, granola…

— Depuis quand est-ce confortable de dormir avachi sur un canapé ?

— D'accord, soupira-t-il en faisant claquer son menu sur la table. Je voulais rester avec toi pour te tenir dans mes bras toute la nuit. C'est ça que tu as envie d'entendre ?

— C'est exactement ça, chantonna-t-elle avec un sourire, avant de s'intéresser à son tour au menu. Surtout après m'être fait jeter comme une chaussette.

— Libby, tu souffres d'amnésie. Il faut bien que l'un de nous deux garde les pieds sur terre.

Le serveur s'approcha.

— Vous avez choisi ?

Libby suivit les conseils de Rob et commanda du

fromage blanc, du granola et une salade de fruits. Quand l'employé s'éloigna de nouveau, elle se pencha en avant.

— Avoir envie d'être avec toi est la pensée la plus claire qui me soit passée par la tête depuis cet accident.

— Et si tu te souviens demain que tu as un mari ? Tu vas te sentir coupable. Moi aussi.

Il s'empressa de boire une gorgée de café et dut se brûler la langue, car il se précipita ensuite sur son verre d'eau.

— Rob…

Elle effleura du bout des doigts l'intérieur de son poignet.

— Libby James n'est pas mariée. Sinon, pourquoi son mari n'était-il pas avec elle dans la voiture ? Avec moi ? Réfléchis. J'ai été témoin de quelque chose, sans doute un meurtre, et j'ai fui. Mon mari ne serait-il pas la première personne vers qui je me tournerais dans une situation pareille ?

— Peut-être ton mari se trouve-t-il à Paradiso, répliqua-t-il sans toutefois retirer sa main. Tu y as pensé ? Peut-être est-ce lui que tu allais retrouver.

Elle se cala dans son siège.

— L'idée ne m'avait même pas effleurée. Preuve supplémentaire qu'il n'existe pas.

— Comment ça ? dit Rob en croisant les bras sur la table.

— Le fait que je n'y ai jamais pensé prouve que je n'ai pas de mari. Si je devais me souvenir de quelque chose sous hypnose, ce serait bien d'un mari. Un être cher vers qui me tourner.

— Pas nécessairement. Tu t'es souvenue de l'incident qui a provoqué ton départ de Rocky Point en premier. C'est logique.

— Rob…, soupira-t-elle en lui prenant le poignet. Je ne vois pas comment je pourrais t'oublier, toi. Ton visage. Jamais.

Ses yeux sombres brillèrent, et elle sut qu'il ressentait ce courant qui passait entre eux.

— Assiette californienne ! annonça le serveur en déposant la commande de Rob sur la table, avant de continuer avec plusieurs bols pour Libby. Désirez-vous autre chose, messieurs dames ?

— Du pain grillé, répondit Rob. Et encore un peu de café, s'il vous plaît.

Avec un petit sifflement, Libby s'empara de sa cuiller.

— Sauvé par le serveur…

— Moi non plus je ne pourrais pas t'oublier, Libby. Mais je ne veux pas me planter.

Rob avait visiblement connu trop de gens ayant commis trop d'erreurs, par le passé.

— Et si je ne retrouve jamais la mémoire ?

— Jennifer semble persuadée du contraire. D'ailleurs, tu as déjà commencé à te souvenir.

— J'ai hâte, chuchota-t-elle en goûtant son fromage blanc.

— Retrouver la mémoire est aussi une étape importante pour ta sécurité.

Pendant le reste du repas, ils s'efforcèrent d'éviter le sujet des ennuis de Libby et des sentiments de Rob. Elle l'interrogea sur sa famille, et comme c'était une conversation à sens unique, elle en apprit beaucoup sur Rob Valdez. Ce qui acheva de la convaincre. Après avoir terminé sa seconde tasse de café, elle posa sa serviette.

— Je passe aux toilettes avant qu'on reprenne la route pour Paradiso.

— Je vais payer, pendant ce temps.

Libby se faufila entre les tables en direction des sanitaires, situés près de l'entrée. La première porte étant fermée, elle se dirigea vers la seconde. À cet instant, elle sentit une présence derrière elle. Quand elle abaissa la poignée, la personne qui la suivait la poussa à l'intérieur et s'engouffra à sa suite.

Affolée, Libby vit volte-face et tenta de repousser l'homme qui lui barrait la route. Elle s'apprêtait à appeler à l'aide quand elle sentit le canon d'une arme lui mordre les flancs.

14

Un peu inquiet, Rob vérifia de nouveau l'heure sur son téléphone. Pourquoi Libby tardait-elle autant ? Il vida son verre d'eau, puis se dirigea vers le petit couloir qui menait aux sanitaires. Devant la première porte, il manqua de se heurter à une cliente qui sortait.

Il jeta un coup d'œil à l'intérieur ; c'étaient des toilettes mixtes et il n'y avait personne. Il s'approcha de la seconde porte et abaissa la poignée. Fermé.

— Libby ? lança-t-il en frappant au panneau. Tu es toujours là ?

Une voix d'homme répondit :

— Je suis toujours là. Mais ce n'est pas Libby.

Sentant son pouls s'accélérer, Rob fit volte-face pour retourner vers la sortie. Libby avait-elle décidé de l'attendre sur le parking ? À mi-chemin, il se figea brutalement et revint sur ses pas. De nouveau, il frappa quelques coups.

— Libby ? Tu es là ?

La porte s'ouvrit brusquement, et un client à l'air mécontent s'avança vers lui, les poings serrés.

— C'est quoi, votre problème ?

Rob s'écarta pour le laisser passer et se précipita dans les toilettes vides. Il examina un instant la fenêtre scellée au verre dépoli et secoua la tête. Pas moyen d'entrer ou de s'enfuir par là. Il ressortit en toute hâte et rattrapa le client par le bras.

— Qui occupait ces toilettes avant vous ? demanda-t-il.

L'inconnu se libéra avec un geste agacé.

— Je n'en sais rien, mon vieux, mais vous feriez mieux de me lâcher.

— Désolé, fit Rob en présentant son insigne. Police des frontières. Je dois savoir où est passée la femme qui se trouvait là avant vous.

— Je ne sais pas si c'était le type ou la fille qui était là avant moi. Ils étaient tous les deux dans le couloir quand je suis arrivé. Ils sont sortis.

— Elle portait un jean et T-shirt vert ? Elle avait des cheveux longs et châtains ?

— Je ne me souviens pas de ce qu'elle portait. Oui, sans doute un jean. Par contre, elle était sacrément bien roulée et le type avait l'air d'apprécier, parce qu'il était presque collé à elle et ne lui lâchait pas le bras.

Rob se mit à courir vers la sortie. Une fois sur le parking, il regarda autour de lui en appelant :

— Libby ! Libby !

— Rob ! Ro…

La voix de Libby venait de retentir sur sa gauche. Son sang ne fit qu'un tour, et il se rua dans cette direction. Il crut devenir fou de rage en apercevant Libby aux prises avec un inconnu au crâne rasé qui tentait de la faire monter de force à bord d'une vieille berline blanche. Elle s'agrippait à la portière de toutes ses forces, les pieds plantés dans l'asphalte, tandis que l'individu la tirait par la taille.

Il était armé.

Rob pointa son revolver vers sa carrure massive.

— Stop ou je vous abats sur place !

Il retint son souffle.

Si l'agresseur décidait de prendre Libby en otage, Rob n'aurait d'autre choix que de viser la tête. L'homme lâcha son arme et leva les mains.

— Calmez-vous, dit-il. Il y a des gens qui arrivent par ici, mais ils n'ont encore rien vu.

— C'est ça. Il ne faudrait surtout pas qu'on remarque que vous tentez d'enlever ma… cette femme.

— Ce n'est pas ce que vous croyez.

Il frotta son crâne rasé. Libby en profita pour lui envoyer un coup de pied dans les tibias et se réfugier auprès de Rob.

— Il m'a sauté dessus dans les toilettes et m'a forcée à le suivre jusqu'ici avec une arme. J'ai résisté quand il a essayé de me faire monter. J'ai dit qu'il faudrait d'abord me tuer… et il ne l'a pas fait. Pourquoi n'avez-vous pas tiré ?

— Je m'appelle Troy. Je ne vous veux aucun mal, Libby.

— Comment connaissez-vous son nom ? demanda Rob en passant un bras protecteur autour d'elle.

Il vibrait encore de fureur.

— Je l'ai contactée à Rocky Point. C'est moi qu'elle devait retrouver à Paradiso. Je vous le jure. J'ai des SMS et tout ce qu'il faut pour le prouver.

Libby s'était raidie.

— Dans deux minutes, vous allez m'annoncer que vous êtes mon mari et que je venais chercher de l'aide, c'est ça ? Tout ce qui vous intéresse, c'est qu'on rentre ensemble à Rocky Point pour filer le parfait bonheur ?

Rob se crispa, malgré lui.

— Oh non ! soupira Troy en crachant par terre. Je ne vous ai jamais rencontrée de ma vie et j'ai déjà été marié deux fois, merci bien. Je n'ai pas du tout besoin d'un troisième round… surtout avec une femme qui tape.

Rob sentit le soulagement l'envahir, et Libby s'appuya un peu sur lui.

— Que… Que voulez-vous, alors ? Qui êtes-vous et pourquoi avez-vous tenté de m'enlever ?

Troy désigna le restaurant derrière eux et dit :

— Est-ce qu'on peut retourner à l'intérieur pour discuter de tout ça ? Mon arme est par terre et vous pouvez la prendre. On va commencer à attirer l'attention, et je n'ai pas envie de devoir m'expliquer à la police. Vous non plus, d'ailleurs, si j'ai bien compris.

Rob se pencha pour chuchoter à l'oreille de Libby :

— Ne bouge pas.

Il s'approcha lentement de Troy et de la voiture, tenant toujours fermement son revolver.

— Envoyez votre arme dans ma direction avec votre pied. Et pas de blagues ! Sinon, une de vos ex-épouses va s'offrir de longues vacances avec votre assurance-vie.

— Aucune chance, répliqua-t-il. C'est ma fille qui récupère tout. Tenez, ajouta-t-il en poussant la crosse du pied. Prenez-la.

Sans le quitter des yeux, Rob se pencha pour ramasser le revolver. Puis, il s'approcha de l'homme, lui fit faire demi-tour et le poussa sans ménagement contre la voiture pour le fouiller. Il n'avait pas d'autre arme.

— Dirigez-vous vers le restaurant et n'oubliez pas…

— Oui, oui, marmonna-t-il en faisant un large détour

pour éviter Libby. Ma fille va s'offrir de longues vacances avec mon assurance-vie. J'ai compris.

Dans le restaurant, Rob s'avança vers un box et se glissa le premier sur la banquette, laissant l'extérieur à Libby, au cas où elle aurait eu besoin de prendre la fuite rapidement. Il fit signe à Troy de s'installer en face.

— Mon arme est pointée sur vous sous la table, avertit-il. Un geste, et votre fille sera condamnée à rester enfant unique.

Troy eut un petit rire.

— Vous n'êtes pas mal, pour un fédéral, Valdez. Vous me plaisez.

Rob tiqua.

— Comment connaissez-vous mon nom et comment nous avez-vous retrouvés ? Personne ne nous a suivis depuis Paradiso, j'en mettrais ma tête à couper.

— Je n'ai pas eu besoin de vous suivre, expliqua Troy en faisant craquer ses articulations. J'ai posé un mouchard GPS sur votre véhicule.

Rob maugréa un juron en tapant du plat de la main sur la table. Affolée, une serveuse accourut vers eux.

— Vous souhaitez commander, messieurs dames ?

— Trois cafés, répondit machinalement Rob, avec un geste circulaire.

— Je préférerais un thé, si c'est possible, intervint Libby.

— Ceylan ? Earl Grey ? Thé vert ?

— Earl Grey, merci.

Dès que l'employée se fut éloignée, Rob fusilla Troy du regard.

— Quand avez-vous fait ça ?

— Je ne vais pas vous dévoiler tous mes petits secrets,

mon poulet, minauda Troy en faisant mine de lui tirer dessus avec ses doigts.

— Arrêtez vos simagrées, Troy. Que voulez-vous ?

— Eh bien… J'attendais des informations, répondit-il en grattant son menton mal rasé. Libby James était censée me retrouver à Paradiso pour me les transmettre, mais j'ai l'impression que ce n'est pas près d'arriver. Comme vous m'avez posé un lapin, j'ai d'abord pensé que vous aviez changé d'avis ou qu'on vous avait fait une meilleure offre. Puis, quand je vous ai croisée dans la rue et que vous n'avez même pas bronché, j'ai commencé à soupçonner une histoire d'amnésie.

— Oh bon sang, murmura Libby en fermant les yeux. C'était vous, avec la casquette. Je m'en souviens, à présent.

— Oui ? Eh bien, j'aimerais que vous vous souveniez de plus de choses que de ça.

— Attendez, l'interrompit Rob en tapant du doigt sur la table. C'est bien joli, tout ça, mais pourquoi avoir menacé Libby d'une arme ?

— Vous ne m'auriez pas cru si je vous avais expliqué qui je suis. J'ai bien vu ce qui est arrivé au dernier qui a tenté sa chance ! ajouta-t-il avec un petit rire.

— Pablo Bustamante…, murmura Libby en frissonnant. Que savez-vous de lui ?

— *Nada*. À part qu'il travaille pour les méchants et qu'il ne s'appelle pas Pablo Bustamante. J'ai compris qu'il jouait au mari éploré et qu'il se servait du bébé comme accessoire à sa comédie. C'était bien ça, non ?

— Vous semblez avoir vu juste sur beaucoup de points, fit remarquer Libby en se reculant pour permettre à la serveuse de déposer son thé devant elle.

Elle la remercia d'un sourire, puis se tourna de nouveau vers Troy.

— Qui êtes-vous ? Et quel genre d'information espériez-vous obtenir de moi ?

— Mon mode furtif et mes ruses finaudes ne vous ont pas encore mis la puce à l'oreille ?

Rob poussa un grognement las.

— Un détective privé.

— Bingo, mon poulet.

Troy goûta son café, fit la grimace, puis versa un peu de sucre dedans.

— Détective privé ? demanda Libby en ouvrant son sachet de thé. Sur quoi enquêtez-vous ?

— Sur El Gringo Viejo. C'est un…

Rob le coupa d'un geste.

— On connaît le personnage.

— Je m'en doute bien, Valdez. Mais elle ? Je sais qu'elle le connaissait avant de perdre la boule, mais maintenant ? Bon sang, ça devient compliqué, cette affaire…

— Je suis au courant des activités d'El Gringo Viejo. La première fois que j'ai entendu son nom, c'était dans la bouche des deux hommes censés me tuer.

Troy écarquilla les yeux.

— C'est donc vrai, alors ! Il se trouve bien à Rocky Point, comme je le soupçonnais, et vous savez qui c'est !

Il fit la grimace.

— Pas étonnant qu'ils cherchent à vous faire la peau. Êtes-vous en mesure de les identifier ?

— Non, répondit Rob. C'est d'ailleurs pour ça qu'elle se méfie de tout le monde… Surtout des types qui tentent de l'enlever.

Rob n'avait pas lâché son arme sous la table. Pouvaient-ils faire confiance à cet homme ? À vrai dire, si Troy avait été à la solde d'un cartel, Libby serait sans doute déjà morte.

— Quelle info devais-je vous transmettre à propos d'El Gringo Viejo ? s'enquit Libby en contemplant son sachet de thé qui s'égouttait au-dessus de sa tasse. Est-ce que je le connaissais ? Était-ce un associé ?

— Nous n'avions aucune certitude que l'individu que vous connaissiez était bien El Gringo Viejo. Mais si les deux types dont vous avez parlé ont mentionné son nom, cela renforce nos soupçons.

— Je le connais ? demanda Libby en abandonnant le sachet sur la soucoupe. Pourquoi fréquenterais-je un homme comme lui ?

— Vous êtes une artiste, expliqua Troy. Vous tenez une galerie d'art très en vue à Rocky Point. Le type qui possède cette immense villa aux abords de la ville a la réputation d'être un amateur d'art. C'est lui qui vous a contactée. Avant moi.

— La grande villa au bord de la falaise qui surplombe la mer…

Le regard perdu dans le vide, Libby contempla sa tasse, comme si elle espérait y trouver des indices de son passé.

— Vous vous en souvenez ? lança Troy en se penchant vers elle.

— J'ai vu une hypnothérapeute.

Rob lui donna un coup de pied sous la table.

Si Libby semblait faire confiance à Troy, lui préférait faire quelques vérifications de son côté.

— Très malin, approuva Troy en claquant des doigts. Vous vous êtes souvenue d'autre chose ?

— La galerie. Mais Rob et moi avions déjà mené notre petite enquête et déduit que j'étais Libby James, artiste et propriétaire de la galerie de Rocky Point.

Libby jeta un regard en direction de Rob, qui secoua doucement la tête. Si Troy remarqua ce geste discret, il ne réagit pas. Rob ne voulait pas que Libby évoque le cadavre ni le reste, avant qu'il ait eu le temps de vérifier l'identité de Troy.

— Écoutez..., soupira Rob. Comment vous appelez-vous ? Votre nom de famille. Et pourquoi enquêtez-vous sur El Gringo Viejo ? Comment savez-vous qu'il réside à Rocky Point, alors que la police des frontières, la DEA, le FBI et les autres agences fédérales ne sont pas capables de le localiser ?

Troy plongea deux doigts dans la poche avant de sa chemise froissée et en sortit des cartes de visite.

— Une chacun. Comme ça, pas de jaloux.

Rob posa la carte à plat sur la table devant lui.

— Troy Paulsen, lut-il à voix haute. Détective privé. Il y a même votre numéro de licence et tout ce qu'il faut.

— Comme ça, vous n'aurez aucun mal à faire vos vérifications d'usage, mon poulet. J'ai bien sûr un permis en bonne et due forme pour ce joujou que vous pointez sur moi.

— Le permis ne vous autorise pas à menacer une innocente, grommela Libby.

— Je suis désolé, encore une fois. Il fallait que je vous parle et je savais que vous ne vous souviendriez pas de moi ni du rendez-vous prévu. Je ne vous veux aucun mal. C'était trop risqué de vous aborder dans Paradiso, avec le cartel qui surveille vos moindres faits et gestes.

Libby porta une main à sa gorge.

— Vous devriez envisager d'adopter des pratiques professionnelles un peu moins douteuses, Paulsen, intervint Rob. Vous ne m'avez toujours pas répondu : pourquoi fouinez-vous autour d'El Gringo Viejo et comment avez-vous réussi à en apprendre autant sur lui ?

— Les privés ne sont pas soumis aux mêmes règles et contraintes que les forces de l'ordre. On a le droit d'obtenir des informations par des biais qui vous sont interdits et auprès de personnes qui ne vous ouvriraient pas leur porte. J'ai des contacts dans... certains milieux. Contrairement à vous, mon poulet.

— Vous n'avez pas idée..., soupira Rob avec une moue dubitative. Qui vous emploie ? Je me doute que vous ne pourchassez pas un narcotrafiquant par simple bonté d'âme. Est-ce l'un des cartels, justement ? Parce que dans ce cas, cette conversation est terminée. Hors de question de mêler Libby à ça.

— Non, non ! Pas du tout. Je travaillais pour Adam Hart.

— Raté ! gronda Rob. Adam Hart est mort, et je connais la personne qui l'a tué.

— J'ai dit que je travaillais pour lui. Au passé. Je suis au courant de sa mort. Mais ce n'est pas parce qu'il cherchait El Gringo Viejo.

— Pas directement, répondit Rob en renvoyant la serveuse qui faisait mine de s'approcher avec la cafetière. Pourquoi continuez-vous l'enquête, si votre client est décédé ? Vous espérez toucher le gros lot en faisant tomber EGV ?

— C'est marrant que vous l'appeliez EGV. Elle utilise le même surnom.

— Qui ? demanda Rob, une boule dans la gorge.

— Ma nouvelle cliente. La sœur d'Adam Hart, April. Enfin, j'imagine qu'il faut dire April Archer, maintenant. C'est elle qui me paye.

15

Rob sentit son ventre se nouer. Libby poussa un cri étouffé et se pencha vers Troy pour chuchoter avec force :

— April vous emploie pour retrouver EVG parce qu'elle pense qu'il s'agit de son père.

— Oh la ! Comment êtes-vous au courant ? Ah, mais bien sûr ! ajouta-t-il en se frappant le front. Elle est mariée à un agent de la police des frontières. Donc, vous la connaissez et vous êtes au courant de ses soupçons.

— Vous l'avez avertie de tout ça ? demanda Rob en les désignant tous les trois. Sait-elle que vous êtes venu à Paradiso pour rencontrer une source de Rocky Point, susceptible d'identifier EVG ?

— Pas du tout. Je ne fonctionne pas comme ça. Ça ne plaisait pas beaucoup à son frère, mais je préfère ne pas trop dévoiler mon jeu. Je ne révèle rien à mes clients tant que je n'ai pas de résultats concrets à fournir. April ignore même à quoi je ressemble. Je suis entré en contact avec elle après la mort d'Adam, pour lui expliquer la situation et lui demander si elle voulait que jc poursuive l'enquête. Elle m'a donné le feu vert et elle me fait un virement tous les mois quand je lui envoie mon rapport et ma facture.

— Pas mal… pour vous.

— Hé, je fais mon travail ! se défendit Troy. Avec des résultats, s'il vous plaît. Je suis le premier à avoir su qu'EGV se trouvait dans le secteur de Rocky Point. Je m'y suis rendu pendant mes vacances, j'ai sorti mes antennes et j'ai découvert qu'un type très riche possédait une vaste propriété sur la côte. Avec clôtures électriques, vigiles, chiens de garde et tout le tralala. J'ai aussi appris que c'était un amateur d'art. Ensuite, la situation est devenue un peu tendue et j'ai dû plier bagage. Mais pas avant d'avoir compris que ce type s'intéressait particulièrement à l'art local. C'est comme ça que j'ai pris contact avec Libby James.

— Et que vous l'avez mise en danger, maugréa Rob en serrant le poing.

— Je ne vous ai jamais forcée, Libby. Quand je vous ai parlé de mes soupçons, vous étiez tout à fait disposée à m'aider. Vous n'avez pas hésité une seconde.

Il se frotta le crâne et ajouta :

— J'ignore les détails, mais visiblement vous aviez une raison précise pour vouloir faire tomber ce type, s'il était en lien avec les cartels. Vous n'avez aucune affinité avec eux. Vous avez été très claire sur ce point. Une vieille rancœur, sans doute.

Libby fronça les sourcils.

— Avez-vous eu l'impression qu'il s'agissait d'une motivation personnelle ? Je parle d'une haine plus grande que ce qu'un citoyen lambda pourrait éprouver à l'égard des cartels ?

— Oh oui. Mais je ne sais rien de plus. Et j'imagine que vous non plus, à présent. Vous savez ce qui m'échappe ?

— Non.

— Comment EGV a-t-il compris que vous représentiez

une menace et pourquoi a-t-il envoyé deux malabars à votre poursuite ? Notre rencontre devait être informelle. Vous m'aviez simplement expliqué que vous aviez quelque chose à me montrer. Ensuite, vous me posez un lapin, vous ne me reconnaissez plus dans la rue, et Paradiso grouille de gars du cartel qui veulent votre peau.

Libby sursauta si fort qu'elle renversa un peu de son thé dans la soucoupe.

— Désolé, marmonna Troy en lui touchant maladroitement la main. J'imagine que vous n'avez plus votre téléphone ? D'après ce que j'ai compris, ce que vous aviez prévu de me montrer se trouvait dessus, mais vous refusiez de me l'envoyer.

— Il a dû brûler dans la voiture, avec le reste. Mon sac. Ma carte d'identité. Ma valise. Ma vie.

— Et vous ? interrogea Rob. Votre téléphone ? Sur le parking, vous affirmiez être en possession de SMS échangés avec Libby, comme preuve. J'aimerais bien lire ces messages, pour savoir ce qu'elle vous a écrit, juste avant l'accident.

— Ici…, répondit Troy en fouillant dans sa poche.

Il en sortit un smartphone avec une coque rose à paillettes et déclara :

— Mince, ce n'est pas le bon. J'ai beaucoup de téléphones et j'en change souvent, par sécurité.

— Ben voyons…, fit Rob en lui arrachant l'appareil des mains. Mot de passe ?

Troy le récita à toute vitesse, et Rob déverrouilla l'écran d'accueil. De nombreux SMS achevèrent de le convaincre que Troy avait bel et bien des clients. Le numéro de Libby était également enregistré dans la liste des contacts. À tout hasard, il appela. En vain.

— Le smartphone de Libby a sans doute été détruit dans l'incendie.

— Vous pensez que je n'ai pas essayé avant ? grommela Troy. Cela dit, je comprends mieux pourquoi elle ne décrochait pas

Il se laissa retomber contre le dossier.

— Retour à la case départ, soupira-t-il. À moins que vous ne retrouviez la mémoire.

— C'est la case départ, mon vieux. Libby en a fini avec tout ça.

— Que nenni, mon poulet. Elle en aura terminé avec tout ça uniquement quand elle commencera à se souvenir de quelque chose. Ce ne sont pas les Pablo qui manquent, dehors. Et ils ont tous reçu l'ordre de se débarrasser d'elle avant que les souvenirs ne remontent à la surface.

Assise dans le pick-up de Rob, Libby se massait les tempes.

— Qu'est-ce que tu en penses ? demanda-t-elle à Rob en luttant contre un mal de tête sourd.

— Je pense que Troy Paulsen est une grande gueule. Il m'a épuisé.

— Tu crois que ce qu'il dit est vrai ? Moi, oui.

Rob aussi avait bien dû lui faire confiance, même en partie, car il lui avait rendu son arme.

— Je ne vois pas pourquoi il aurait menti à propos d'April Archer, affirma-t-il. C'est tout à fait le genre de délires dans lequel son frère se serait embarqué, et April a peut-être pensé que ça valait le coup de continuer pour voir si Paulsen pouvait dénicher quelque chose.

— Pourquoi April n'a-t-elle rien dit lorsqu'elle est

venue chez toi ? Elle ignorait que je débarquais du Mexique pour rencontrer Paulsen, mais quand le nom d'El Gringo Viejo a surgi dans la conversation, elle a tout de suite admis qu'elle le soupçonnait d'être son père.

— Je ne vois qu'une seule explication, répliqua Rob en démarrant. Son mari. Je suis prêt à parier mon dernier salaire que Clay n'est au courant de rien. Cela ne lui plairait pas du tout. Du coup… April n'allait pas en discuter avec moi.

Il sortit du parking.

— Pourquoi ne préférais-tu pas que j'évoque la question du cadavre ? lança Libby.

— Tu en as assez dit. Inutile de donner trop d'infos à Paulsen. Je veux d'abord me renseigner sur lui. Si ce qu'il a raconté tient la route, on pourra envisager une deuxième rencontre et tu pourras alors lui parler de l'homme mort. Il sait peut-être de qui il s'agit.

— Pourquoi aurais-je une rancune particulière envers les cartels ? demanda Libby en coinçant ses mains sous ses cuisses pour les empêcher de trembler.

— Pourquoi pas ? Ces types font la loi. Ils sèment la terreur là-bas et la misère ici. Moi, j'ai une dent contre eux. Et ça n'a rien à voir avec mon travail.

— Selon Troy, j'avais une raison personnelle de leur en vouloir, poursuivit Libby en se mordant la lèvre. Et si le cadavre était celui d'un proche ?

Rob serra si fort le volant que ses articulations blanchirent.

— D'après ce que j'ai compris, tes ennuis avec les cartels ont commencé avant et c'est pour ça que tu n'as pas hésité à aider Troy. Ne crois-tu pas plutôt que tu as fui à cause du cadavre ?

— Un proche ne signifie pas forcément un mari ou un petit ami, précisa-t-elle en effleurant le bras de Rob. D'ailleurs, Troy n'a pas laissé entendre que j'avais ce genre de personne dans mon entourage.

— Vraiment ?

Libby soupira.

— Bon, laissons tomber.

Elle retira ses sandales et posa ses pieds sur le tableau de bord.

— Un proche, ça peut être n'importe qui. Ça n'a pas nécessairement un caractère romantique.

— Laisse-moi me renseigner sur Troy et, s'il est clair, on lui parlera du cadavre. Il aura peut-être une piste. Si ses informations au Mexique sont bonnes, il devrait avoir une idée de qui pouvait se trouver en compagnie d'EGV dans cette propriété.

— Il faudrait sans doute avertir April qu'on a rencontré son détective privé.

— Mauvaise idée. Visiblement, Troy n'a pas l'intention de se faire connaître. Ce ne sont pas nos affaires.

— Pas nos affaires ? répéta Libby, bouche bée. On pourrait unir nos forces, réfléchir ensemble et dénoncer EGV au FBI ou à la DEA. Ce n'est pas important, pour toi ?

— Pour moi, ta sécurité est plus importante que d'attraper EGV.

Elle contempla son profil, stupéfaite.

— Tu plaisantes ?

— Pourquoi ? Est-ce que je n'ai pas complètement chamboulé ma vie depuis l'instant où je t'ai rencontrée ? À ce propos, je vais être en retard au travail, ajouta-t-il en désignant l'horloge de la voiture.

— Hum. Tu n'avais pas l'air si chamboulé que ça, hier soir.

— Il était question de sexe. Vouloir te protéger, c'est autre chose. Refuser tes avances, aussi difficile que cela puisse être, est une façon de te protéger.

— C'est bien gentil, Rob, mais il est autant question de te protéger toi-même.

— Moi ? Je sais qui je suis. Je ne suis pas marié ni lié à qui que ce soit. Je n'ai même pas de petite copine.

— Ce qui veut dire que tu es libre comme l'air. Attends… Tu n'es sorti avec aucune fille, récemment ?

— J'ai fait quelques rencontres, quand j'étais à Tucson, mais j'étais très occupé. Ensuite, j'ai acheté ma maison. Ma prochaine étape, c'est d'adopter un chien.

— Tu as un sacré sens des priorités, dit-elle en levant les yeux au ciel. Ce que je voulais dire, c'est que tu es libre comme l'air de tomber amoureux… de moi, par exemple. Si cela se produisait et qu'il s'avérait que j'étais mariée avec quatre enfants, que t'arriverait-il ? Je sais que tu te protèges, que tu protèges ton cœur. Et je ne t'en veux pas. Mais bon sang ! Quand même ! Tu ne peux pas nier qu'il se passe quelque chose entre nous !

Un tic nerveux agita la lèvre supérieure de Rob.

— Est-ce que l'amnésie te donne le droit de dire tout ce qui te passe par la tête ?

— À peu près, chantonna-t-elle en assénant un petit coup de poing dans son bras musclé. Est-ce que tu réfutes le fait qu'il se passe quelque chose entre nous ?

Rob s'était arrêté à un feu rouge. Il mit la voiture au point mort, se pencha par-dessus l'accoudoir central et déposa un baiser sur les lèvres douces de Libby. Quand elle répondit à son baiser, il glissa une main dans ses cheveux et l'embrassa avec plus de fougue.

Soudain, un klaxon retentit derrière eux et ils se séparèrent en sursautant. Le feu venait de passer au vert. Rob reprit sa route, le cœur affolé.

— Je ne nie rien du tout, dit-il enfin. J'ai même les lèvres en feu.

Elle ne put s'empêcher d'effleurer du doigt sa propre bouche, avec un petit soupir.

— Si on est capables de générer autant de passion avec un baiser rapide à un carrefour, dans une voiture, et avec nos ceintures de sécurité, alors… Pourquoi est-ce qu'on perd du temps comme ça ?

Rob s'engagea sur la voie express.

— J'ai déjà connu ça, Libby. Je suis sorti avec une femme qui me cachait qu'elle était mariée, il y a quelques années. Je refuse de recommencer le même cirque. C'était… épineux.

— Cela n'a rien à voir, Rob. Je ne te mentirais pas. Je ne t'ai jamais menti.

— Tu n'es pas en position de savoir si tu mens ou non. Ce qui serait encore plus… épineux.

Elle fit la moue. Le baiser qu'ils avaient échangé fourmillait encore sur ses lèvres. Comment quelque chose d'aussi épineux pouvait-il sembler aussi juste ?

Pendant le reste du trajet du retour, ils évitèrent d'aborder la question de leurs sentiments – et du baiser. Dès leur arrivée à Paradiso, Rob déposa Libby devant le Rosita's juste à temps pour son service. Alors qu'elle s'apprêtait à descendre, il la retint par le bras.

— Sois prudente. Ne reste jamais seule, même aux

toilettes. Vas-y quand il y a du monde, pendant l'heure du déjeuner.

— Ça va aller. Tu vas te renseigner sur Troy Paulsen ?

— Oui. Il a dit quelque chose qui m'a fait réfléchir.

— Il a dit beaucoup de choses qui m'ont fait réfléchir. À quoi tu penses ?

— À ton téléphone.

— Oui, je suis presque certaine qu'il a brûlé. Je ne l'avais pas sur moi et je n'ai rien aperçu dans la carcasse de la voiture. C'est pour ça que tu n'es même pas tombé sur la messagerie quand tu as essayé de m'appeler.

— Je n'ai rien vu non plus, mais Paulsen a dit que vous aviez échangé des SMS. Je voudrais accéder à tes données pour les lire, si c'est possible. On pourrait en apprendre beaucoup. Si seulement Paulsen avait eu le bon téléphone avec lui…

— Je n'y avais pas pensé. Ce n'est pas parce que l'appareil est détruit que ses archives disparaissent.

— Exactement, dit Rob en se frottant le menton. Cela va prendre un peu de temps, mais je suis certain que cela nous éclairera sur tes motivations et tes actions, avant que tu prennes le chemin de Paradiso.

— Tu vois ? Troy a servi à quelque chose, finalement.

Elle déposa un baiser du bout de ses doigts sur sa joue.

— C'est trop épineux, ça ?

Il toucha sa joue, à l'endroit du baiser.

— C'est parfait.

Libby sortit du pick-up. Une fois dans le restaurant, elle se plongea aussitôt dans le travail. Pendant son service, elle se repassa en boucle les paroles de Troy. Pourquoi une artiste calme et posée accepterait-elle d'infiltrer la propriété d'un homme soupçonné de fournir les cartels ? Se serait-elle mise en danger, sans une solide motivation ? Était-ce à cause du cadavre sur la pelouse ?

Non, Rob avait raison : si la découverte de ce corps était la cause de son départ précipité, alors il devait y avoir une autre explication pour son lien avec EVG.

Une explication antérieure.

Quelque chose… ou quelqu'un.

Après le coup de feu de midi, Libby mangeait rapidement un taco, debout dans la cuisine, quand Rosie passa la tête par la porte.

— Rob est venu te chercher, annonça-t-elle. Il a l'air pressé de te voir. Il sautille presque d'impatience.

— Je ne savais même pas qu'il venait… Sal ? Tu veux bien préparer un burrito pour Roberto Valdez ? *Carnitas*, je pense.

Sal lui fit un grand sourire.

— Je connais les habitudes de M. Rob.

Libby aurait aimé pouvoir en dire autant. Elle se recoiffa rapidement et regagna la salle où les derniers clients terminaient leur repas. Elle fit signe à Rob.

— Je t'ai commandé à manger. Tu as trouvé quelque chose sur mon téléphone ?

— Oui, répondit-il en l'entraînant vers la table la plus proche. Quand j'ai appelé Paulsen, il m'a dit qu'il avait rallumé l'appareil qu'il utilisait avec toi pour relire les SMS que vous aviez échangés.

— Alors ? Ça donne quoi ? demanda Libby.

— Il a refusé de m'en parler au téléphone. Il est en route, mais il préfère qu'on ne nous voie pas ensemble, au cas où tu serais surveillée.

Libby ne put s'empêcher de jeter un regard en direction de la porte d'entrée.

— C'est quoi, le plan ? s'enquit-elle avec un frisson.

— Il va venir ici, passer une commande et laisser son téléphone sur le comptoir, avec le SMS qu'il veut qu'on lise. C'est tout. Aucune autre communication. Il est devenu complètement parano.

— Je le comprends.

Sal s'approcha avec un sac en papier.

— Je ne savais pas que vous mangiez sur place, Rob, fit-il.

— Comment vont les petits-enfants, Sal ?

— Le plus grand est à l'université.

— Déjà ? Il est temps de penser à la retraite, *hombre*.

— Ma femme et moi, on a une petite maison sur le golfe du Mexique. On part dans quelques semaines.

Il regagna les cuisines après les avoir salués d'un sourire. Rob entrouvrit le sac contenant le burrito.

— Il va falloir que j'y goûte, au moins.

— Sal serait très déçu si tu ne faisais pas honneur à son travail, affirma Libby en tirant une serviette en papier du distributeur. Ne te retourne pas, mais Paulsen vient d'entrer dans le restaurant.

— Ne le quitte pas des yeux. Que fait-il ?

— Il est en train de commander. Il a sorti son téléphone. Il parle avec Rosie.

Rob eut un petit rire.

— Je n'ai pas besoin d'un rapport détaillé.

— Faudrait savoir..., marmonna-t-elle. Il vient par ici.

Troy passa près de leur table pour se rendre aux toilettes, sans leur accorder un regard.

— Il a laissé son téléphone sur le bar, chuchota Libby en donnant un coup de pied à Rob sous la table.

— Va parler à Rosie et ramène-le.

Il tourna rapidement la tête en direction du comptoir et ajouta :

— Je crois qu'il n'y a rien à craindre. Tous les clients qui restent sont là depuis un moment, non ?

— Oui. Mais comment être sûr que l'un d'entre eux n'est pas en train de me surveiller.

Elle se leva néanmoins et s'approcha du bar.

— Rosie ? On pourrait avoir encore un peu de *salsa*, s'il te plaît ? lança-t-elle en s'emparant nonchalamment du téléphone de Troy pour le glisser dans sa poche arrière.

Quelques secondes plus tard, Rosie revint avec une petite coupelle.

— C'est la pimentée, avertit-elle.

— Merci, Rosie.

Libby rapporta la *salsa* à leur table. Avant de s'asseoir, elle sortit le téléphone de sa poche et tapota sur l'écran. Une série de messages, alternativement en bleu et en gris, apparurent. En haut était inscrit « LJ », qui devait correspondre à Libby James. Elle les lut avant de le passer à Rob.

Où êtes-vous ?

Je viens de passer la frontière. Je devrais éteindre mon téléphone et m'en débarrasser.

Pourquoi ?

Je crois que je suis suivie. Peut-être qu'ils pistent mon téléphone.

Des infos dessus ?

Oui, mais j'ai autre chose à vous montrer.

Vous allez le planquer ?

Je connais un endroit sûr. C'est une sorte de campement dans le désert. Un genre de squat. Pas loin.

Compris. Soyez prudente.

L'échange se terminait ainsi. Rob fit tourner le téléphone sur la table.

— C'est tout, dit Libby. J'ai laissé mon téléphone dans un campement. Comment va-t-on faire pour le retrouver ?

Rob s'était figé, son burrito à mi-chemin entre le sac et sa bouche.

— Je sais exactement où il se trouve, annonça-t-il.

— Vraiment ?

À cet instant, Troy ressortit des toilettes en se frottant les mains.

— Ma commande est prête ? demanda-t-il.

— Dans quelques minutes, monsieur, répondit Rosie en se dirigeant vers l'entrée pour accueillir un couple.

Libby récupéra le téléphone sur la table.

— On a fini avec ça ? 'enquit-elle.

Comme Rob acquiesçait, elle prit la *salsa* et retourna au comptoir.

— Tiens, Rosie ! dit-elle en posant en même temps le bol et le téléphone sur le bar, à côté de Troy.

— Rob ! Tu as à peine mangé ! protesta Rosie.

— Il l'emporte chez lui, déclara Libby.

Quand elle rejoignit la table, Rob remballait son burrito dans le sac en papier.

— Prête ? fit-il en levant les yeux vers elle.

— Prête à tout.

Arrivée à la porte, elle lança :

— Au revoir, Rosie ! À demain !

— C'est repos, demain, ma belle. On est fermés le dimanche.

Rob et Libby sortirent et regagnèrent directement le pick-up. Mieux valait ne pas croiser Troy sur le parking. Rob démarra et prit la direction de sa maison.

— Est-ce que tu as l'intention de me dire où se trouve mon téléphone ?

— Je connais un campement sauvage avec des mobile homes, vers la frontière avec le Mexique. On y croise une faune un peu louche, en général. En revanche, j'ignore comment tu pourrais connaître l'existence de ce genre d'endroit et pourquoi tu déciderais d'y cacher ton téléphone.

— Tu penses qu'on peut débarquer là-bas, la bouche en cœur, et réclamer un téléphone ?

— Tu dois connaître quelqu'un, parce que je peux t'assurer qu'on n'y entre pas comme dans un moulin. Surtout pour demander à planquer un téléphone. Le mois dernier, un type a été assassiné là-bas, suite à un enlèvement d'enfant.

— C'est vraiment dangereux ? lâcha Libby.

— Un peu. Je préférerais y aller seul, mais il vaut mieux que tu m'accompagnes. En espérant que quelqu'un te reconnaîtra et te rendra ton téléphone.

— Enfin quelqu'un qui connaîtrait Libby James, tu imagines ? soupira-t-elle. Ce serait presque plus important que le téléphone.

— Mais pourquoi là-bas ? marmonna Rob en se mordant l'ongle du pouce.

— Arrête ça, dit Libby en lui donnant une tape sur la main. Tout ira bien… tant que tu es avec moi.

Rob se dépêcha de rentrer chez lui pour enfiler un

jean, un T-shirt noir et des baskets. En sortant de sa chambre, il contempla un instant le pantalon clair, la fine blouse et les sandales de Libby.

— Tu ferais peut-être mieux de te changer aussi. Il risque d'y avoir pas mal de poussière. Est-ce que tu as pu te trouver une paire de baskets ?

— Pourquoi ? Il va falloir courir ?

— On ne sait jamais, dans ce genre d'endroit.

Libby retira ses sandales et se dirigea vers la chambre d'amis pour enfiler des vêtements confortables. Quand elle revint dans le salon, Rob bouclait un petit sac à dos.

— On va passer près des lieux de l'accident, annonça-t-il. Ça ira ?

— Tu crains que j'aie des flashs traumatisants et que je devienne dingue ? Franchement… j'espère bien que oui. Si je pouvais me souvenir de l'accident, ça m'aiderait beaucoup.

Trente minutes plus tard, ils arrivaient en vue de la carcasse de sa voiture. Libby ferma les yeux et se répéta les paroles apaisantes que Jennifer avait utilisées pour la plonger en état d'hypnose, espérant ainsi aiguillonner sa mémoire.

— Peine perdue, soupira-t-elle au bout de quelques secondes.

Rob lui prit la main.

— Ça va revenir, assura-t-il. Tout ça va bientôt faire scns.

— Et alors, peut-être que toi et moi…

— Peut-être.

Elle embrassa ses doigts.

— C'est le seul espoir auquel je peux m'accrocher pour l'instant, Rob.

Lorsqu'il quitta la nationale pour s'engager sur un chemin de terre, Libby se crispa.

— Où est-ce que tu m'emmènes ?

— Au milieu de nulle part. Il s'agit d'une sorte de communauté qui vit à l'écart. En marge.

— Et je suis censée connaître quelqu'un là-bas. Suffisamment pour lui confier mon téléphone en tout cas.

Elle se frotta nerveusement les cuisses.

— J'espère que cette personne sera présente aujourd'hui.

Le désert ondulait devant eux, et le pick-up avançait cahin-caha sur la route incertaine.

— Tu es sûr que c'est la bonne direction ? s'enquit Libby en scrutant l'horizon. Il n'y a rien du tout.

Soudain, alors qu'ils franchissaient le sommet d'une colline, un agglomérat improbable de mobile homes, de camping-cars et de cabanes de fortune apparut comme un mirage.

— Ce n'est pas pour rien qu'ils ont choisi cet endroit, indiqua Rob. Ceux qui arrivent de la route ne remarquent rien avant d'arriver ici. Eux, en revanche, repèrent aussitôt quiconque franchit ce sommet.

Libby se lécha les lèvres nerveusement.

— Ils ne vont pas nous attaquer, quand même ?

— Non, répondit Rob, penché vers le pare-brise. Par contre, voici le comité d'accueil.

En effet, deux motos s'approchaient d'eux dans un nuage de poussière.

— Tu ne sors pas ton arme ? demanda Libby d'une voix tendue.

— Je l'ai sur moi, ne t'en fais pas.

Rob ralentit et baissa sa vitre. L'une des motos vira à droite, tandis que l'autre partait sur la gauche et, après avoir décrit un large arc de cercle, elles revinrent se positionner de chaque côté du pick-up. Rob s'arrêta.

Le premier motard arborait un tatouage de serpent qui lui remontait le long du cou. Il cria par-dessus le grondement sourd de sa moto :

— Qu'est-ce que vous venez faire par ici ?

— Récupérer un téléphone, expliqua Rob en désignant Libby.

L'homme se pencha pour mieux voir et hocha lentement la tête. Il adressa un signe à l'autre motard, puis fit rugir son moteur, projetant un flot de poussière dans le pick-up. Les deux motos les escortèrent jusqu'au campement.

— Ça n'a pas été trop dur, fit remarquer Libby en toussant. J'ai craint un instant qu'il n'y ait un duel.

— Ils t'ont reconnue et tu dois être la bienvenue, sinon ils nous auraient empêchés de passer.

— C'est plutôt bon signe, non ?

— Excellent. On a le feu vert.

Quand ils pénétrèrent dans l'enceinte du campement, les deux cerbères étaient déjà descendus de leur monture et se dirigeaient vers un camping-car en piteux état. Rob se gara juste à l'entrée et coupa le moteur.

— Il suffit de faire comme si tu étais chez toi, comme si c'était toi la patronne.

— D'accord, d'accord, marmonna Libby en rajustant la lanière de son sac à main sur son épaule. Tout à fait mon genre, quoi.

Pour une fois, elle attendit que Rob vienne lui ouvrir la portière. Il la prit par la main et lui chuchota à l'oreille :

— Ça va aller.

Lorsqu'ils arrivèrent au centre du campement, une femme aux cheveux gris coupés très court et aux bras couverts de tatouages s'approcha d'eux d'un pas tranquille. Elle serra Libby dans ses bras avec un soupir.

— Si tu savais à quel point je suis soulagée de te revoir saine et sauve, ma belle. J'ai ton téléphone.

Libby recula d'un pas, des larmes plein les yeux.

— Vous me connaissez ?

La vieille femme sembla interloquée.

— Comment ça ? Évidemment que je te connais, Libby. Ta mère était une de mes meilleures amies. Que se passe-t-il ?

— Madame, intervint Rob en lui tendant la main. Je m'appelle Rob. Rob Valdez. Libby a eu des ennuis. Elle venait de franchir la frontière quand des hommes ont provoqué un accident. Sa voiture s'est retournée, et elle a perdu la mémoire. Amnésie. Nous sommes parvenus à rassembler quelques pièces du puzzle, mais il reste de grands trous dans ses souvenirs. De plus, elle est en danger.

Au fur et à mesure que Rob parlait, la vieille femme semblait de plus en plus stupéfaite. Elle serra de nouveau Libby contre elle en s'écriant :

— Je savais que je n'aurais pas dû te laisser repartir ! Est-ce que tu sais au moins que tu t'appelles Libby James ?

— Oui, répondit Libby.

Elle huma le parfum de cette femme, un mélange de fleurs, d'épice et d'humus. C'était réconfortant. Un sentiment d'apaisement l'envahit. Elle connaissait cette personne.

— Luna, murmura-t-elle.

Rob redressa brusquement la tête.

— Tu te souviens d'elle ?

— C'est ça, ma belle. Je suis Luna. Tu te souviens de moi ?

— Je me souviens de ton odeur. Ton nom m'est revenu quand je t'ai sentie.

— On dit que l'odorat est le sens le plus puissant et peut faire surgir toute sorte de souvenirs.

Luna lui toucha la joue.

— Est-ce que tu as été blessée physiquement ?

— Une simple coupure à la tête.

Luna jeta un coup d'œil rapide autour d'elle.

— Venez chez moi. On attire les regards et je ne veux pas que d'autres se mêlent de nos affaires.

Passant un bras autour de la taille de Libby, elle les guida tous les deux jusqu'à son camping-car, l'un des plus récents du lot, avec un auvent coloré et, posés devant, des chaises et un petit brasero.

— Viens t'asseoir, Libby. Je vais tenter de t'aider. J'ignore pourquoi tu as fui Rocky Point – tu as refusé de m'en parler –, mais je peux t'aider pour le reste. Je n'ose imaginer l'angoisse que ce doit être d'avoir un trou noir à la place de ses souvenirs.

Libby se laissa tomber sur une chaise de camping et croisa nerveusement les jambes.

— C'est la folie. Et c'est encore pire à cause du danger. Mais Rob m'aide beaucoup.

— Quitte à faire vieux jeu, je pense que tout est mieux quand on a le bon partenaire à ses côtés, dit Luna en adressant un petit clin d'œil à Rob avant de l'inviter à s'asseoir à son tour.

Libby étouffa un cri.

— Mais oui ! Tu as un compagnon. Il vit ici avec toi.

— C'est exact, affirma Luna avec un grand sourire

qui dévoila des dents très blanches. Zeke. Il est parti récupérer de la ferraille dans le désert. J'ai toujours su que c'était un homme inoubliable. Tu vois ? Ta mémoire te revient déjà. Cela doit t'aider d'être entourée de personnes familières. Sans vouloir vous offenser, Rob.

— Pas de souci.

— Luna..., bafouilla Libby, soudain impatiente. Tu as dit que tu étais très amie avec ma mère. Où est-elle ? Aux États-Unis ? À Rocky Point ? Est-ce qu'elle s'inquiète ?

Une expression de tendresse infinie se dessina sur le visage de la vieille femme.

— Je suis désolée, Libby. Ta mère est morte.

Les paroles de Luna furent comme un coup de poing dans le ventre.

— Qu-quand ça ? Qu'est-il arrivé ?

— Il y a quelques mois, répondit Luna en croisant les mains sur ses genoux. Tandy a été assassinée, Libby.

Tandy ?

Rob laissa échapper un juron et s'exclama :

— Bon sang ! La mère de Libby était Tandy Richards ?

16

Libby le regarda avec des yeux ronds. Elle était devenue très pâle.

— J'ai déjà entendu ce nom. Mais où ?

— J'ai dû y faire allusion devant toi…

Rob se maudit intérieurement. Libby n'avait pas besoin de ce genre de détails. Pas maintenant. Si elle avait oublié cette conversation, mieux valait la laisser dans l'ignorance pour l'instant. Malheureusement, elle poussa soudain un long gémissement et se plia en deux, le front sur les genoux.

— Elle a été décapitée ! Ma mère était l'une des mules assassinées dans ce tunnel.

Luna lui caressa les cheveux et lança à Rob un regard lourd de reproches. Il avait suffi d'une phrase pour qu'il passe du héros au zéro.

— Je suis certaine que ce ne sont que des rumeurs, Libby. Des tas d'histoires sordides circulent des deux côtés de la frontière.

Libby se redressa en essuyant ses joues inondées de larmes.

— Non, tu ne comprends pas. Rob est agent fédéral à la police des frontières. Il a évoqué ces femmes, les deux mules qui ont été décapitées. Tandy Richards et Elena quelque chose.

Luna prit un air pincé.

— Vous êtes de la police des frontières ?

Rob bondit de sa chaise pour aller vers Libby. Il enserra sa taille et enfouit son visage contre son épaule.

— Je suis désolé, Libby. Jamais, au grand jamais, je n'aurais fait le lien entre toi et Tandy Richards. Je n'aurais pas dû évoquer cette enquête devant toi.

Elle glissa les doigts dans ses cheveux.

— Ma mère était une mule pour les cartels ? demanda-t-elle en levant les yeux vers Luna.

— Ta mère était une femme complexe, Libby. Mais elle t'aimait et elle avait un cœur grand comme ça.

— Et mon père ?

Rob se redressa, sans lui lâcher la main. Il aurait encore préféré découvrir que Libby était mariée.

— Inconnu au bataillon, soupira Luna. Tandy a déménagé au Mexique avec toi quand tu étais petite. Elle s'est mise à avoir de mauvaises fréquentations.

— C'est pour ça que j'ai accepté d'aider Troy, déclara soudain Libby, comme si c'était une certitude.

— Qui est Troy ? s'enquit Luna, un peu inquiète.

— Peu importe, Luna. Aussi douloureux que ce soit, savoir que ma mère est morte à cause des cartels explique beaucoup de choses.

Elle effleura la joue de Rob avec tendresse.

— Ce n'est pas ta faute. C'est ce que je craignais, avec le retour de mes souvenirs. J'avais sans doute commencé à faire mon deuil, mais cette nouvelle me tombe dessus comme un coup de massue.

— Je t'en prie ! s'écria Luna, une main sur le cœur.

Dis-moi que tu n'as pas pris la décision d'affronter seule les cartels pour venger la mort de Tandy.

— Pas seule. C'est… C'est compliqué, Luna.

Rob se tourna vers la vieille femme :

— Est-ce que vous avez le téléphone de Libby, Luna ? On espère en apprendre davantage grâce à ça.

— Il est dans le camping-car. Je l'ai laissé éteint, comme tu me l'as demandé. Il faudrait sans doute le recharger un peu.

Elle se leva et monta les deux marches qui menaient dans sa maison roulante. On l'entendit fouiller un instant à l'intérieur, puis elle lança par une des fenêtres :

— Voilà ! Je l'ai branché.

Libby prit le visage de Rob entre ses mains.

— Ça va. Vraiment. J'ai toujours senti qu'il y avait quelque chose dont je préférais ne pas me souvenir, mais qui n'avait rien à voir avec le cadavre de cet homme.

— Si ça peut te rassurer, l'enquête a permis de conclure que Tandy Richards ne semblait avoir aucun lien antérieur avec les cartels ou des dealers.

— Elle consommait en revanche, intervint Luna en redescendant les marches.

Elle tendit à Libby une des deux tasses fumantes qu'elle tenait à la main. L'infusion dégageait un parfum épicé, avec des notes de menthe poivrée.

— Vous en voulez aussi, Rob ? C'est pour aider Libby à se détendre un peu.

— C'est gentil, mais ça ira.

Rob déposa un baiser à l'intérieur du poignet de Libby et retourna s'asseoir sur sa chaise.

— Tandy se droguait ? demanda-t-il.

Luna but une gorgée de sa tasse avant de répondre.

— Oui. Quelqu'un a dû la convaincre de transporter de la drogue pour les cartels. À moins qu'elle n'ait accompagné l'autre fille pour la protéger. Elle était comme ça.

Libby huma son infusion, avant d'y goûter.

— Nous étions proches ? Fâchées ? Est-ce qu'on vivait ensemble ?

— Bois ta tisane, lâcha Luna en se levant. Il fait un peu plus frais ici qu'en ville, quand la nuit tombe. Un petit feu nous ferait du bien. Rob, ça vous embêterait de l'allumer ? Zeke a tout préparé avant de partir.

Rob rattrapa au vol la boîte d'allumettes qu'elle lui lança et se mit au travail. Tandis qu'il glissait des herbes sèches sous les bûches, la voix de Luna flotta jusqu'à lui :

— Te souviens-tu de ta mère, Libby ? Une belle femme, comme toi, mais qui n'a jamais eu ta force de caractère. Tandy avait tout misé sur son apparence et, quand sa beauté a commencé à se faner, cela lui a fait un peu perdre les pédales. Elle a toujours apprécié la compagnie des hommes. Elle aimait les compliments. Te souviens-tu, Libby ?

Libby ferma les yeux et but une nouvelle gorgée d'infusion.

— Elle n'était pas grande, murmura-t-elle soudain. Menue comme une fée. Son rire pétillait comme du champagne. Je l'adorais, mais en grandissant, j'ai compris qu'elle ne pourrait pas me protéger.

Rob tourna la tête vers Luna, qui posa un doigt sur ses lèvres, avant de poursuivre d'une voix monotone :

— C'est pourtant elle qui t'a aidée à ouvrir la galerie. Te souviens-tu ?

Le front de Libby se fit soudain soucieux.

— On s'est disputées. L'argent venait de son petit ami, un homme riche, très riche, et… marié. Je lui ai reproché de ne jamais avoir su vivre autrement qu'en se servant des hommes. Je refusais d'accepter l'argent pour la galerie, mais elle a pleuré en répétant que c'était la seule chose qu'elle m'ait jamais offerte. Je me suis sentie triste. J'ai cédé.

— Et ça a été un succès, grâce à toi.

— Je voulais que maman vienne vivre avec moi, à condition qu'elle arrête la drogue et l'alcool. Elle a refusé. On ne se voyait presque plus, à la fin. Elle refusait de changer. Elle en était incapable.

Elle ouvrit soudain les yeux, et son regard se posa aussitôt sur Rob.

— Elle connaissait l'homme qui possédait la grande propriété. J'ignore comment, mais elle le connaissait.

Rob craqua une allumette et enflamma la paille en plusieurs endroits d'une main qui tremblait légèrement. Il observa Libby à travers la fumée qui s'élevait doucement.

— Tu te souviens ? De tout ?

Elle fit signe que non.

— Pas de tout. Pas clairement. Je peux voir ma mère. Je sais qu'elle m'a parlé de l'homme qui habitait sur la falaise et de son intérêt pour l'art. C'est après son assassinat que Troy m'a contactée. J'avais la possibilité de pénétrer dans la propriété, parce que ma mère y connaissait quelqu'un. C'est lui qui l'a envoyée à la mort, n'est-ce pas ? El Gringo Viejo ?

— Non, Libby. Pas directement. C'était un petit dealer qui travaillait pour le cartel Las Moscas et qui a voulu se lancer en solo. C'est lui qui est responsable du décès de Tandy. Et il l'a payé de sa vie.

Rob s'écarta du feu qui crépitait à présent joyeusement.

— Je me demande si EGV est au courant de ce qui est arrivé à ta mère. Si tu étais en danger dès que tu as franchi les grilles de son domaine.

— Il manque toujours une pièce, Rob. Je ne me souviens pas de l'homme qui est mort.

— Quelqu'un d'autre est mort ? s'exclama Luna en jetant le fond de sa tasse dans le feu, qui siffla. Tu ne m'en avais pas parlé, Libby.

Libby brandit sa tasse.

— Qu'est-ce qu'il y a dans cette infusion ? Je me suis sentie comme lorsque j'étais sous hypnose.

— L'hypnose n'est qu'un état de relaxation profonde. Je n'ai fait que t'aider à t'y replonger et te lancer quelques suggestions.

— Ça a marché.

— Qui est El Gringo Viejo ? s'enquit la vieille femme.

— Il vaut mieux que vous restiez dans l'ignorance, intervint Rob en contournant Libby pour lui serrer les épaules. Ça va ?

— Ça va. J'ai l'impression que toutes les pièces sont en train de se mettre en place.

— Ton smartphone doit être suffisamment chargé, à présent. Vous permettez que j'aille le chercher, Luna ?

— Allez-y et profitez-en pour ramener les tasses, s'il vous plaît, répondit Luna. Et ne dérangez pas le chat ! J'ai posé le téléphone près de l'évier. Ce n'est pas grand, vous trouverez facilement.

Alors qu'il se dirigeait vers les marches, Libby le retint par la main.

— Une dernière chose, Luna. Je pense connaître la

réponse, mais… Je ne suis pas mariée ? Est-ce qu'il y a un petit ami dans les parages ?

Luna laissa échapper un gloussement joyeux.

— Tu es célibataire à cent pour cent. Ta mère se lamentait encore à ce propos, la dernière fois que je l'ai vue.

Rob fit volte-face et déposa un baiser sur les lèvres de Libby.

— Merci d'avoir posé la question, chuchota-t-il.

Il franchit les deux marches d'un bond et entra dans le camping-car. L'odeur des herbes de Luna était plus puissante à l'intérieur ; elle devait s'en servir également comme encens. Sur le lit, un gros matou l'observait, les yeux mi-clos. Rob repéra rapidement le portable, dont l'indicateur de charge affichait une batterie à moitié pleine. Il débrancha le cordon et ressortit du camping-car. Debout en haut des marches, il alluma l'appareil et attendit. Au bout de quelques secondes, un écran apparut.

— Il y a une bonne et une mauvaise nouvelle, annonça-t-il. Ça fonctionne, mais il y a un mot de passe.

— Laisse-moi regarder, proposa Libby.

Il lui tendit le téléphone. Elle hésita un bref instant, puis son pouce s'activa sur le clavier. Une seconde plus tard, l'écran d'accueil s'afficha.

— Je m'en souviens ! Ou mes doigts s'en souviennent.

— Vérifie les SMS.

Luna fit mine de se lever.

— Voulez-vous que je vous laisse tranquilles ?

— Non, reste, Luna. S'il te plaît. Je vais peut-être avoir besoin de ton aide.

Rob effleura l'écran.

— Voici ta conversation avec Troy.

— Mais je ne vois rien de plus pour compléter cette histoire. Attends…

Elle pianota encore un instant.

— Qu'est-ce que c'est ? demanda Rob en se penchant par-dessus son épaule.

— Des SMS échangés avec un certain Charlie.

Elle se tapota pensivement le menton. Rob se redressa, perplexe.

— Charlie…

Soudain, une sonnerie retentit.

— Regarde ! dit-elle Un nouveau SMS de Troy. Il veut savoir si j'ai retrouvé mon téléphone.

— Pas besoin de réagir tout de suite.

— Trop tard. Je viens de répondre que oui.

— Vérifie les photos, Libby. Tu as dit à Troy que tu avais quelque chose à lui montrer et tu as laissé ton smartphone ici par sécurité, quand tu as compris que tu étais suivie. Il doit contenir l'info en question.

Libby appuya sur l'icône de la galerie. Soudain, avec un cri étouffé, elle repoussa le téléphone loin d'elle.

— C'est… C'est Charlie. C'est lui, Rob. L'homme qui est mort. J'ai pris une photo de lui avant de m'enfuir.

Rob sentit son pouls s'accélérer et il s'empara de l'appareil pour étudier avec attention le visage d'un homme aux cheveux blancs étendu sur l'herbe, sa chemise maculée de sang.

— Charlie ? C'est le type que tu connaissais sous le nom de Charlie ?

— Oui. C'était l'ami ou le petit ami de ma mère. J'ai rencontré celui que Troy soupçonne d'être le père d'April, à propos d'une œuvre qu'il voulait acheter à la galerie.

C'est là que j'ai vu Charlie, étendu sur la pelouse. Et je me suis enfuie.

— Libby, le père d'April n'est pas El Gringo Viejo.

— Comment le sais-tu ? Comment peux-tu en être aussi sûr ?

— Parce que ton Charlie s'appelait en réalité CJ Hart, dit Rob en désignant la photo. C'est lui, le père d'April.

17

— Quoi ? s'écria Libby. Comment le sais-tu ?

— Il y a des photos de CJ Hart au commissariat. Il est toujours recherché. Même si Adam a avoué le meurtre de sa mère, CJ Hart reste un fugitif. Je peux donc t'affirmer que cet homme est CJ Hart.

— Oh ! mon Dieu ! gémit Libby. Qu'est-ce qui est pire : annoncer à April que son père est EGV, mais qu'il est bien vivant, ou que c'est Charlie Harper et qu'il est mort ?

— La seconde version est pire. Ainsi donc, il se cachait sous le pseudonyme de Charlie Harper…

Luna tendit ses doigts noueux vers les flammes.

— Tandy fréquentait un fugitif recherché, lui-même en lien avec un narcotrafiquant ?

— On dirait bien que oui, soupira Libby, tremblante. C'est probablement lui qui l'a convaincue d'emprunter ce tunnel.

Rob rendit le téléphone à Libby.

— Pas sûr. En revanche, c'est lui qui t'a aidée à pénétrer dans la propriété, de toute évidence. Il devait pourtant savoir ce qu'il risquait.

— Et il a payé le prix fort, quand EGV a découvert ce qu'il avait fait.

— Peut-être Charlie cherchait-il à venger lui-même l'assassinat de Tandy.

— Mais où se trouve notre preuve, alors ? interrogea Libby en passant en revue toutes les photos. Est-ce que je voulais juste montrer à Troy un cliché de Charlie mort ? Était-ce pour prouver que Charlie n'était pas EGV ? Je crois que c'est la première fois que j'entends le nom de CJ Hart…

— Pourquoi EGV aurait-il envoyé ses hommes à ta poursuite, si l'histoire s'arrêtait là ? demanda Rob en s'asseyant sur les marches du camping-car. À moins que… À moins qu'il n'ait eu vent des rumeurs selon lesquelles CJ Hart était EGV. Il pourrait même les avoir encouragées, pour brouiller les pistes.

— Il doit y avoir autre chose, Rob. Une photo de lui, je ne sais pas. Je dois être en mesure d'identifier EGV et c'est pour cela qu'il s'inquiète autant. C'est pour ça qu'il me cherche.

— Tu crois vraiment que ce type t'a laissée le prendre en photo ? Après avoir réussi à passer inaperçu durant toutes ces années ? Pourtant, tu l'as rencontré, c'est certain. Tu peux l'identifier.

Il claqua soudain des doigts.

— Tu es une artiste ! Pas besoin d'une photo. Si tu te souviens de son visage, tu dois être capable de le dessiner.

Libby le regarda, stupéfaite.

— Le bloc-notes, chez toi. J'ai peut-être déjà esquissé son portrait, tout comme j'ai fait celui de ma mère. Je l'ai représentée sous les traits d'une merveilleuse fée, parce que c'était comme ça que je voulais me souvenir d'elle, avant que l'amertume et la drogue ne lui volent sa beauté.

— J'ai examiné ce bloc-notes, dit Rob en secouant la tête. Il n'y avait que deux portraits masculins : le mien et une sorte de diable sans visage. Crois-moi, j'ai vérifié… pour d'autres raisons.

Il réfléchit un instant.

— Notre meilleure tactique, pour l'instant, serait de convaincre EVG que tu as retrouvé la mémoire. Entièrement. Et que tu as transmis son signalement aux autorités. Il n'aura plus aucune raison de te tuer, si tu as déjà révélé cette information à la police.

— Sauf pour se venger, glissa Luna. Désolée, mais… ces types sont capables de tout.

— Le dessin doit se trouver quelque part. Je l'avais sans doute avec moi dans la voiture quand je suis partie rejoindre Troy…

Soudain, elle poussa un cri :

— Rob ! Je sais !

— Tu as vu un dessin d'El Gringo Viejo ?

— Mais quelle andouille ! s'exclama-t-elle en tapant du poing sur l'accoudoir de son fauteuil. Il a échappé à l'incendie et je l'ai jeté.

— De quoi parles-tu ? Il y avait un portrait sur les lieux de l'accident ?

Elle se frotta les yeux.

— Lorsque j'étais assise derrière cet arbre en train d'attendre… ton arrivée, une feuille est passée à ma portée, poussée par le vent. Je l'ai attrapée et l'ai défroissée. C'était le visage d'un homme. Cheveux mi-longs, des lunettes… Je ne sais plus. J'ai pensé que c'était un vieux papier tombé par la fenêtre d'une voiture. Je n'ai pas imaginé que ça pouvait venir de la mienne. Ce devait être mon dessin d'EVG. C'était ça que je voulais montrer à Troy.

— Qu'est-ce que tu en as fait ?

— J'en ai fait une boule, que j'ai jetée. Il pourrait toujours s'y trouver, Rob. Ça serait peut-être plus rapide que d'attendre que ma mémoire revienne.

Luna toussota.

— Pas ce soir. Le soleil est presque couché.

Rob se frotta les mains.

— Rentrons à Paradiso. On reviendra demain matin. Si on emporte un peu du thé magique de Luna, ce sera peut-être même inutile. Tu pourrais retrouver la mémoire avant et refaire le dessin. On pourra entrer son portrait-robot dans la base de données, pour que lui et ses associés comprennent qu'on est sur ses traces. Ce sera trop tard pour eux, Libby. Ils te laisseront tranquille.

— Sauf s'ils veulent se venger, insista Luna en se levant. Zeke arrive. J'entends sa moto.

Au loin, on percevait en effet un vrombissement sourd.

— Est-ce que je peux emporter un peu de ton infusion ? demanda Libby. Rob plaisantait peut-être, mais je pense que c'est une bonne idée.

— Bien sûr.

Luna retourna dans le camping-car et en ressortit quelques instants plus tard avec un petit sachet. Au même instant, une Harley entra dans le campement. Le conducteur coupa le moteur et roula en silence jusqu'à eux ; c'était un vieil Indien arborant une longue tresse grise.

— Libby est de retour, déclara-t-il simplement en descendant.

Luna déposa un baiser sur la joue tannée de son compagnon, puis se tourna vers Libby.

— Tu te souviens de Zeke ?

Libby se leva, un peu chancelante. Elle hésitait. Devait-elle faire comme si elle reconnaissait cet homme ? Fallait-il lui serrer la main ? Le prendre dans ses bras ?

— Comment ça ? s'étonna Zeke. Je n'ai quand même pas vieilli autant en une semaine.

— Zeke..., dit Luna en posant une main sur l'épaule de son compagnon. Libby a eu quelques ennuis, depuis la dernière fois. Elle a eu un grave accident et a perdu la mémoire.

— C'est incroyable ! Comment as-tu fait pour retrouver ton chemin jusqu'à Luna ?

— C'est une longue histoire, Zeke. Je te la raconterai plus tard. Ils doivent retourner à Paradiso. Prends ça, ajouta-t-elle à l'adresse de Libby en lui jetant le sac d'herbes séchées. Détends-toi et ouvre ton esprit. Réfléchis.

Zeke s'approcha d'elle et la serra avec force dans ses bras.

— Sois prudente, Libby. Le désert n'est pas sûr, la nuit. J'ai encore vu un accident sur le bord de la route, pas très loin d'ici.

Luna eut l'air inquiet.

— Tu t'es arrêté, Zeke ?

— Une autre voiture s'était déjà garée juste derrière. Je me suis dit qu'un vieux comme moi, sans téléphone, ne leur servirait pas à grand-chose.

— Au fait, je te présente Rob Valdez, dit soudain Luna en désignant Rob. Il est de la police des frontières... mais il aide Libby.

Zeke serra la main de Rob.

— Tant que vous aidez Libby, ça me va. Elle a eu assez d'ennuis comme ça, ces derniers temps.

Luna se hissa sur la pointe des pieds pour embrasser la joue de Libby.

— Fais attention à toi et fais-nous signe si on peut faire quelque chose. Tu sais, je n'aime pas trop la façon dont ce campement est en train d'évoluer. Il y a trop de gens louches ou mal intentionnés. Cela dit, c'est aussi grâce à eux que personne ne peut entrer ici sans y être invité.

— On avait remarqué, marmonna Rob.

— On va partir, Luna, dit Libby. Merci pour ton aide. Je reviendrai… quand je me souviendrai de tout.

— Lorsque tu auras retrouvé la mémoire et que ce trafiquant sera arrêté, tu pourras retourner à ta vie magnifique… Car une vie magnifique t'attend, Libby, précisa-t-elle en jetant un coup d'œil en direction de Rob.

Zeke les raccompagna jusqu'au pick-up.

— Soyez prudent, jeune homme, lança-t-il à Rob en lui serrant de nouveau la main. Vous êtes bien placé pour connaître le genre de dangers qui rôdent par ici.

Après avoir de nouveau pris Libby dans ses bras, il les regarda partir, debout à l'entrée du campement.

— Peut-être devrais-je boire une tasse de cette potion avant ma prochaine séance avec Jennifer, murmura Libby en tapotant le sac. Je commence à comprendre un peu comment ça marche.

— C'est-à-dire ?

Le pick-up progressait de nouveau sur la route accidentée.

— Cette histoire de mémoire. Je pensais que tout me reviendrait d'un seul coup, mais en fait ça va se faire petit à petit, par à-coups. Une conversation par-ci, une scène par-là, un visage, des sensations…

Rob lui effleura la joue.

— Je suis désolé pour ta mère. Je me fiche de la vie qu'elle menait. Personne ne mérite ça. Peut-être essayait-elle de protéger Elena, l'autre femme.

— C'est ce que je m'efforce de croire, soupira Libby en s'appuyant contre la portière. Maintenant, il faut annoncer à April que son père est mort.

— Oui, mais on pourra également lui expliquer qu'il n'était pas EVG.

Rob rejoignit enfin la route et accéléra. La lueur de ses phares découpait un cône sur l'asphalte noir.

— Il était quand même lié à lui.

— April savait déjà que CJ n'était pas un ange. Certes, il n'est pas coupable de la mort de sa mère, mais si Adam a pu le manipuler aussi aisément et le convaincre de fuir, c'est justement parce qu'il trempait dans le narcotrafic. Ces gens ne comprendront donc jamais…

— C'est sans doute de l'argent facile, pour eux. Pense à ta propre famille. Est-ce cela qui les a motivés ? L'argent…

— Ça y a certainement contribué. Le pouvoir, le contrôle… Il y a beaucoup de choses en jeu.

— Mais tu ne t'es jamais laissé tenter.

— Toi non plus.

Ils roulèrent en silence pendant un moment, chacun réfléchissant de son côté à la façon dont il avait échappé à la malédiction familiale.

Au bout de quelques minutes, Libby saisit la main de Rob pour l'embrasser, savourant le contact de sa peau contre ses lèvres et l'odeur de feu de bois qui s'attardait sur ses doigts.

— Je suis tellement contente de t'avoir croisé, ce soir-là.

— Moi aussi.

Quand son regard se reporta sur la route, il freina avec force.

— Oh là ! Ce doit être l'accident dont a parlé Zeke. C'est bizarre que la voiture soit toujours là. Je croyais que quelqu'un avait appelé les secours.

Rob s'approcha au pas et se gara sur le bas-côté, juste devant l'autre véhicule, laissant ses phares allumés.

— Je vais aller vérifier. Reste ici.

Avant de sortir, Rob tira son arme de sous son siège et enfila son baudrier. Libby détacha sa ceinture et se pencha pour regarder par-dessus le tableau de bord. Un frisson d'appréhension lui parcourut la nuque en voyant Rob se diriger avec prudence de la voiture.

C'était une vieille berline blanche, avec un autocollant d'une équipe de football américain sur le pare-brise arrière.

Exactement comme celle de Troy, pensa-t-elle.

Elle étouffa un cri.

C'était la voiture de Troy !

Elle sortit en toute hâte, faillit déraper dans le gravier et s'approcha de Rob au moment où celui-ci se penchait vers la portière du conducteur. La fenêtre était en miettes.

— Rob ! gémit-elle d'une voix étranglée, sentant le sang battre à ses tempes.

Il fit volte-face, très pâle, et l'arrêta d'un geste.

— Reste où tu es, Libby.

Prise de panique, elle se précipita, comme si ses pieds réagissaient plus vite que son cerveau. Arrivée près de Rob, elle regarda par-dessus son épaule.

Troy Paulsen était assis sur le siège avant. On lui avait tiré une balle dans la tête.

18

Rob saisit Libby par les épaules et la força à reculer.

— Inutile de t'infliger ça. Retourne à la voiture. Vite.

Il regarda autour de lui le désert plongé dans l'obscurité. Les assassins de Paulsen se trouvaient peut-être encore dans les parages. Ils pouvaient être n'importe où.

— Va m'attendre dans le pick-up, répéta-t-il en la secouant pour la sortir de sa torpeur. Je vais sécuriser le périmètre, puis j'appellerai des renforts. Si la police de la route ne peut pas intervenir rapidement, on ne traînera pas. Il faut filer.

Libby redressa la tête.

— Ce sont eux, n'est-ce pas ? Les mêmes qui sont après moi ? Ceux qui essayent de protéger EVG ont tué Troy.

— Sans doute. C'est pour ça que tu ne peux pas rester. Retourne dans la voiture, verrouille les portières et baisse-toi. Les clés sont toujours sur le contact. S'il se passe quoi que ce soit, décampe d'ici.

— Pas question de t'abandonner ! Je préfère encore les faucher avec ton pick-up.

— Pas s'ils tentent de te tirer dessus, répondit-il en déposant un baiser sur son front. Va.

Elle courut en direction de la voiture. Rob écarta du bout de son pied la portière de Troy, laissée entrouverte.

Les coupables avaient veillé à ne pas commettre la même erreur qu'avec Libby en s'assurant que leur cible était bien morte.

Il se pencha dans l'habitacle, par-dessus le cadavre de Troy, afin d'observer l'accoudoir central. Dans l'un des porte-gobelets, il y avait une tasse à café ; dans l'autre, de la monnaie et quelques papiers froissés, dont Rob s'empara. Il ne voulait pas passer à côté de preuves potentielles.

Après avoir remis la portière dans sa position initiale, il contourna le véhicule et, une main en visière, jeta un regard en direction de son pick-up. Libby avait suivi son conseil, car il ne distinguait pas sa silhouette, à l'intérieur. Se couvrant les doigts avec le bord de son T-shirt, il ouvrit la portière côté passager et glissa de nouveau la tête dans la voiture. Encore une fois, l'odeur de mort et de sang lui fit froncer le nez. Il ne s'y habituerait sans doute jamais, mais au moins il ne vomissait plus, comme lorsqu'il avait vu ce cadavre décapité, près de la frontière. C'était le corps de la mère de Libby, se souvint-il soudain. Le ventre noué, il poursuivit son exploration, sans rien trouver. Le téléphone de Troy avait bel et bien disparu.

Il se décida enfin à appeler les secours.

— Je souhaiterais signaler un accident, à environ deux kilomètres au nord de la borne 9. Un seul véhicule est impliqué. Le conducteur est mort.

Quand il eut raccroché, il retourna à son pick-up et montra à Libby les morceaux de papier retrouvés dans la voiture de Troy.

— Est-ce que tu y comprends quelque chose ?

— Laisse-moi regarder.

Elle alluma le plafonnier et posa les papiers sur ses genoux.

— Tu as trouvé autre chose ? demanda-t-elle.

— Ils ont emporté le téléphone de Troy.

Libby se figea.

— Alors ils savent qu'on a échangé des SMS et ils savent que j'ai récupéré mon smartphone. Tu avais raison. Je n'aurais pas dû lui répondre.

— On n'est même pas certains que ce soit Troy qui t'ait répondu. C'était peut-être déjà eux, qui tâtaient le terrain. À quelle heure as-tu reçu le dernier SMS de Troy ?

Elle pianota un instant sur son téléphone.

— À 19 h 30.

Rob consulta l'horloge du tableau de bord.

— Il est presque 21 heures. On est partis depuis quarante-cinq minutes, ce qui veut dire qu'on a quitté le campement vers 20 h 15.

— Ça pouvait être Troy. Donc…

Elle se mit à compter sur ses doigts.

— Troy m'envoie un SMS à 19 h 30. Il se fait tuer environ dix minutes après, et Zeke aperçoit les deux voitures arrêtées sur le bord de la route en passant. Vers 19 h 40. Il rentre au campement trente minutes plus tard ?

— En conduisant très vite, alors.

— Il est à moto et il connaît le coin.

Rob posa une main sur le genou de Libby, qui tressautait nerveusement.

— Qui espères-tu convaincre, Libby ? Peu importe qui a envoyé ce SMS. Même si c'était Troy, ils ont son téléphone et ont lu vos échanges.

— Est-ce que je lui renvoie un SMS ? Pour faire

comme si je n'avais pas croisé la voiture accidentée et que je ne savais pas qu'il était mort ?

L'idée que Libby continue à discuter avec une bande de tueurs ne plaisait pas beaucoup à Rob.

— Qu'est-ce que tu voudrais écrire ?

— Que le téléphone ne contient aucune information, aucune photo, aucun nom, rien du tout. Qu'il ne sert à rien et que je ne me souviens de rien.

Rob poussa un soupir las.

— Vas-y.

Libby reprit son smartphone et tapa en lisant à voix haute son message.

J'ai le téléphone. Rien dessus. Je ne peux rien pour vous. Aucun souvenir.

Elle envoya le SMS. Rob retint son souffle et sursauta violemment quand une sonnerie retentit, quelques secondes plus tard.

— Déjà ?

Elle s'esclaffa. Juste « OK ». Absolument pas le genre de Troy Paulsen. Il ne se serait jamais contenté d'une réponse aussi laconique.

— Au moins, le message est arrivé, qu'ils y croient ou non. Tu entends ? dit-il soudain en tendant l'oreille.

— Des sirènes. Les secours approchent. Qu'est-ce qu'on leur raconte ?

Elle rangea son téléphone.

— On a remarqué la voiture, constaté que le conducteur était mort et on a appelé la police, répondit Rob en remettant son arme dans son baudrier. On ne le connaît pas, on ne l'a jamais vu nulle part et on n'a croisé personne.

— Et Zeke ? Est-ce qu'on leur dit que Zeke a aperçu la voiture en premier, avec un autre véhicule garé à côté ?

— Pas sans lui en parler d'abord.

Il pianota sur le tableau de bord un instant.

— D'ailleurs, j'ai bien envie de retourner chez Luna et Zeke pour leur poser des questions… et les avertir.

— Les avertir ?

— Si ceux qui ont tué Troy ont vu la moto de Zeke, il pourrait avoir des ennuis. Il devrait au moins savoir à quoi s'en tenir. Luna a mentionné qu'elle n'appréciait pas trop les nouveaux résidents du campement. C'est peut-être l'occasion pour eux de reprendre la route.

Libby se tordit nerveusement les mains.

— Je n'avais même pas envisagé que Luna et Zeke puissent être en danger.

— Ils n'ont pas de téléphone, j'imagine ?

— Non.

— Dans ce cas, il faut y retourner, quand on en aura terminé ici.

Il la saisit doucement par la nuque.

— Ça te va ?

— Bien sûr. Je ne voudrais pas qu'il leur arrive quelque chose. Les autres habitants du campement refuseront sans doute de les aider, par crainte de représailles du cartel. Ou s'ils ont été achetés. Les deux motards qui nous ont accueillis n'avaient pas vraiment l'air d'enfants de chœur.

Quand le premier véhicule de patrouille s'arrêta à leur hauteur, Libby fit mine de descendre, mais Rob la retint.

— Laisse-moi m'en occuper. Je leur expliquerai que tu n'as rien vu et que tu n'es même pas sortie du pick-up. D'accord ?

— Tu crois qu'ils vont vouloir m'interroger ?

— Pas si je leur montre ça, répondit-il en tirant son insigne de sa poche arrière. Dès que je leur aurai fait comprendre qu'on n'a rien vu, ils nous laisseront partir. Ensuite, on retournera chez Zeke et Luna. Plus vite on les avertira, mieux ça vaudra.

Rob descendit du pick-up. Une main en visière pour se protéger de la lueur des gyrophares, il se dirigea vers le premier policier pour lui expliquer la situation.

— À première vue, le gars a été abattu à bout portant, conclut-il quelques minutes plus tard.

Un second policier, qui examinait la voiture, se redressa soudain en brandissant un sac.

— De la drogue ! indiqua-t-il.

Rob étouffa un juron. Les types d'EGV devaient toujours avoir un stock sous la main pour salir des innocents qui ne se méfiaient pas… et des morts.

— Ah ! fit le premier policier avec un sourire. On dirait bien que c'est vous qui allez hériter de l'affaire, finalement.

— Peut-être. Dites… On peut y aller, maintenant ? Vous avez ma carte, si besoin. Et puis, comme vous l'avez dit, c'est peut-être bien la police des frontières qui va être chargée de l'enquête…

— Oui, oui, allez-y. C'est bon.

Le policier glissa la carte de visite de Rob dans la poche de sa chemise et retourna vers la voiture de Troy.

Rob rejoignit Libby dans le pick-up.

— Comme sur des roulettes, annonça-t-il.

— Solidarité professionnelle ?

— Quelque chose comme ça, répondit-il en démarrant. Ils ont trouvé de la drogue dans le coffre.

— Exactement comme pour moi ! s'exclama Libby, outrée. Ils font tout pour que la victime soit accusée à tort.

— Faire accuser la victime, remuer la vase, brouiller

les pistes, détourner les regards du vrai mobile. J'espère que la police de la route va nous renvoyer l'affaire. Comme ça, je pourrais rétablir la vérité pour Troy. C'est le moins qu'on puisse faire pour lui.

Ils roulèrent un moment en silence, puis Libby se retourna plusieurs fois sur son siège.

— Rob ?

— Quoi ? demanda-t-il en ajustant son rétroviseur.

— J'ai aperçu des lumières, derrière nous. Tu… Tu crois que la police nous suit ?

— Aucune chance. Ils ont mon numéro, s'ils ont besoin de me parler.

Lorsqu'il jeta un nouveau coup d'œil à rétroviseur, il remarqua à son tour une lueur au loin. Il écrasa la pédale de son accélérateur, et le pick-up bondit comme un fauve.

— Qu'est-ce que c'est ? demanda Libby en s'agrippant à la portière ? Il y a quelqu'un derrière nous ?

— Quelqu'un qui vient juste de couper ses phares.

Libby se tourna de nouveau dans son siège.

— Pourquoi éteindre ses phares en plein désert ? Je sais qu'il n'y a jamais grand monde, mais quand même… C'est dangereux.

— Sauf si on préfère rester discret.

— Tu veux dire qu'on nous suit ? Pourquoi ? Ils ne connaissent pas le campement, sinon ils auraient déjà été y faire une petite visite pour récupérer mon téléphone.

Rob serra le volant avec force et poussa un juron.

— Ils ont le téléphone de Troy…

— Et alors ? Je n'ai pas dit à Troy où se trouvait le mien. Ils ne pourraient pas retrouver l'emplacement du campement d'après la description que j'ai envoyée à Troy.

Rob éteignit à son tour ses phares, et l'obscurité les enveloppa.

— Tu te souviens de la manière dont Troy nous a retrouvés à Tucson, quand on a déposé Teresa ?

— Il a placé un mouchard GPS sur ton pick-up. Mais je ne vois toujours pas le rapport.

— Libby, l'application GPS se trouve sur le téléphone de Troy. Ils ont récupéré l'appareil après l'avoir tué et ont découvert l'appli.

Il donna un coup de poing sur le volant.

— J'aurais dû exiger qu'il l'enlève dès que j'ai été au courant !

— Tu ne peux pas le faire maintenant ?

— Avec ces types qui nous suivent ? Je ne préfère pas prendre le risque.

— On vient de quitter une escouade de véhicules de secours. On n'a qu'à faire demi-tour pour leur demander de l'aide.

— Pour ça, il faudrait d'abord croiser nos poursuivants, qui nous canarderaient avant même qu'on ait eu le temps de rejoindre la voiture de Troy. Tu sais de quel genre d'arsenal disposent les cartels ? En plus, pas question que je mette en danger les ambulanciers et les policiers. Ce serait un massacre.

— Ton téléphone. Je vais contacter la police des frontières. Tu pourras les avertir, et ils se tiendront prêts. J'imagine que tes collègues sont mieux armés ?

— Tu peux essayer, mais en général il n'y a pas beaucoup de couverture réseau par ici. Un SMS, peut-être.

Elle s'empara de son téléphone et l'approcha de la fenêtre.

— Pourtant, tu t'en es servi quand on a vu la voiture de Troy.

— C'était un appel d'urgence.

— Un SMS, alors ?

— Pas pour la police des frontières.

— Et sur le portable d'un de tes collègues ?

— Je ne veux pas qu'ils tombent dans une embuscade.

D'un geste rageur, Libby rangea le téléphone de Rob dans le porte-gobelet.

— Où est-ce qu'on va, Rob ? On ne peut pas retourner voir Zeke et Luna. On ne peut pas les mettre en danger.

— Je suis d'accord. Il faut qu'on se débrouille tout seuls.

Il ralentit.

— Qu'est-ce que tu fais ? Accélère !

— Je ne veux pas prendre le prochain virage à cette vitesse. On risque de déraper.

— Le prochain virage ?

Rob braqua brusquement à gauche pour s'engager sur une route de terre. Les pneus du pick-up crissèrent, et Libby se retrouva projetée contre la portière.

— Désolé. Ça va ?

— Non, ça ne va pas. Qu'est-ce que tu fabriques ? Ils nous pistent grâce à un GPS. On n'a aucune chance.

— On peut y arriver, Libby. Il faut juste que tu me fasses confiance. C'est possible ?

— Je te fais confiance depuis le moment où tu m'as sauvée dans le désert. Ou plutôt, depuis l'instant où j'ai baissé mon couteau.

— On va abandonner le pick-up.

— Quoi ? Tu as perdu la tête ou quoi ? Si on laisse

le pick-up, ils ne pourront plus savoir où on est, mais on sera à pied ! En plein désert. Au milieu de la nuit.

— Tu as l'habitude, non ?

Penché en avant, il scrutait l'obscurité pour mieux distinguer la route. Il voulait abandonner son véhicule, pas entrer en collision avec un cactus.

— Et puis, tu l'as dit toi-même : sans le pick-up, ils ne peuvent plus nous suivre.

— Pourquoi se donneraient-ils cette peine ? Ils n'auront plus qu'attendre quelques jours pour cueillir deux cadavres.

— On a une longueur d'avance. Ils gardent leurs distances parce qu'ils ont le GPS.

Il quitta la route de terre.

— On abandonne la voiture au fond de cette ravine et on sort.

— Tu ne préfères pas trouver le mouchard, l'enlever et repartir avec le pick-up ? C'est plus sûr, non ?

— Non, au contraire. La voiture serait une cible plus visible, même si je suis content d'avoir choisi un modèle noir. Et on n'a pas le temps de chercher le mouchard. On ne peut rien faire dans la nuit et impossible d'allumer une lampe.

Il s'arrêta et coupa le moteur.

— Allons-y.

— C'est de la folie, marmonna-t-elle en s'agrippant à sa ceinture, comme pour le mettre au défi de la sortir de force du véhicule. Je croyais que c'était moi qui avais l'esprit dérangé.

Rob se retourna pour attraper son sac à dos sur la banquette arrière.

— Je suis parti avec mon sac à malices, parce que

je ne savais pas à quoi m'attendre, une fois qu'on aurait retrouvé ton téléphone. Qui aurait pensé qu'on en aurait besoin pour… ?

— Survivre, c'est ça ? C'est une question de vie ou de mort ?

Il posa son sac sur l'accoudoir central et embrassa Libby.

— Exactement. En route.

Ils sortirent en prenant bien soin de ne pas claquer les portières.

— Je t'ai pris une arme, annonça Rob en fouillant dans son sac à dos. C'est celle que tu avais chez moi, quand je t'ai laissée seule avec Teresa. Tu sais toujours t'en servir ?

— Je vise et je tire. Je préfère ne pas rester les mains vides en cas de problème. J'ai aussi mon couteau, dit-elle en tapotant la poche de son pantalon.

Il lui prit la main.

— Suis-moi. J'ai une lampe torche dans mon sac, mais il vaut mieux ne pas l'utiliser.

— Est-ce qu'ils ne verront pas les traces de nos pas dans le sable ? répliqua Libby, inquiète, en regardant le sol.

— Peut-être, mais ce sera toujours plus difficile que de suivre un GPS. Et puis… J'ai un plan.

— Ravie de l'apprendre. C'est quoi ? On ne doit pas être très loin de la frontière.

— Exactement. C'est bien pour ça que je suis venu ici. Je connais mieux le terrain qu'eux.

Elle poussa un soupir.

— Il y a des serpents et des tarentules et… d'autres trucs par ici, non ? J'ai aperçu quelques vilaines bestioles, la nuit qui a suivi l'accident.

— Les animaux les plus dangereux, pour l'instant, sont les fauves qui nous poursuivent. Et je peux t'assurer que rien ne les arrêtera. S'ils se rendent compte qu'on a quitté la route, ils sauront qu'on les a repérés.

— Et eux n'auront pas besoin de sortir de leur voiture. Ils pourront nous rattraper plus vite, maintenant. Où est-ce qu'on va ? On ne peut pas se cacher toute la nuit en plein désert. Crois-moi, j'ai essayé.

— On ne va pas n'importe où, annonça-t-il en désignant un buisson touffu qui poussait au sommet d'une petite colline.

— Ça n'a pas l'air génial…, répondit-elle, essoufflée.

— Si tu ne remarques rien, tant mieux. Ça veut dire qu'eux non plus. C'est un tunnel, Libby. Un tunnel qui passe sous la frontière.

— Un tunnel ? Celui où ma mère a été assassinée ? s'écria Libby en se laissant tomber à genoux dans le sable. Je ne peux pas, Rob. Je ne peux pas entrer là-dedans.

19

Libby tenta de se remettre debout, mais le sable lui mordait cruellement la paume des mains. C'était trop pour elle. Elle ne pouvait s'engager dans le tunnel où sa mère avait trouvé la mort. Rob s'agenouilla à ses côtés.

— Ce n'est pas le même tunnel, Libby. Il a été fermé, comme presque tous les autres. Il en reste trois ouverts, dont celui-ci.

— Je ne vais pas y arriver, Rob.

— Ta mère aurait voulu que tu survives. Elle a tout fait pour t'aider. Ne gâche pas ça.

Libby s'assit sur ses talons et s'épousseta les mains.

— D'accord, soupira-t-elle.

— Pour commencer, on va tenter d'effacer nos traces. Balaye le sable du bout de ton pied derrière toi.

Ils perdirent quelques précieuses minutes ainsi, puis Rob s'approcha d'un rocher.

— À présent, suis-moi. À partir d'ici, on va jouer à chat perché. Ensuite, il faudra entrer dans le tunnel à plat ventre, mais, si je me souviens bien, celui-ci est bétonné et s'élargit après. On pourra se tenir debout. Enfin, toi surtout.

Rob bondit sur le premier roc, puis se retourna.

— Dès que j'aurai sauté sur ce buisson, tu montes à

ton tour. Tout ce qui est au-dessus du sable et ne gardera pas une trace de notre passage peut faire l'affaire.

Ils sautèrent donc de perchoir en perchoir en direction de la colline. Au dernier rocher, Libby se figea.

— Rob ! murmura-t-elle. J'entends un bruit de moteur.

— J'ai entendu aussi. Ils arrivent.

Il lui tendit la main.

— Viens. On y est presque.

— Je suis prête.

Elle sauta dans les bras de Rob. Elle aurait voulu rester contre lui et oublier ces hommes qui les poursuivaient, le tunnel qui les attendait.

— On va s'accroupir. L'entrée se trouve entre ces deux rochers. Le passage est assez large pour un adulte, donc tu n'auras aucun problème. Tu vas y arriver, assura-t-il en la prenant par les épaules. Je reste derrière toi.

— Derrière moi ? hoqueta-t-elle. Tu veux dire que j'entre la première ?

— Pas question de te laisser seule dehors. Tu seras en sécurité à l'intérieur. Dépêche-toi !

Libby s'accroupit – elle avait les genoux raides – et suivit les instructions de Rob. Pas étonnant que les cartels et les passeurs s'échappent de cette façon. Elle ne distinguait toujours pas l'entrée du tunnel alors qu'elle se trouvait juste devant. Lorsqu'elle s'engagea enfin dans le boyau, elle ne put s'empêcher de penser à sa mère, qui avait dû se retrouver dans la même situation, quelques semaines plus tôt.

— Pourquoi, maman ? chuchota-t-elle dans les ténèbres.

Après quelques secondes de panique claustrophobe, durant lesquelles elle eut l'impression que la terre allait l'avaler, elle inspira profondément et se rendit compte que ses mains ne prenaient plus appui sur du sable, mais sur un ciment lisse. Elle se redressa pour se mettre à genoux. À cet instant, Rob se glissa derrière elle et se cogna dans son dos.

— C'est toi ? souffla-t-il.

— J'espère bien.

Toujours à genoux, Libby étira ses bras vers le plafond.

— C'est immense, ici. C'est incroyable.

— Tu serais surprise, répondit Rob en passant à côté d'elle à quatre pattes, avant de se redresser. Certains tunnels sont très sophistiqués. Tu peux te tenir debout ?

— Presque. On peut allumer les lampes de nos téléphones portables ou bien ils risquent encore de nous repérer ?

— Ils ne peuvent rien voir à l'intérieur.

Libby sortit son smartphone de son sac et activa la lampe. Elle éclaira un instant Rob.

— On a réussi. Et maintenant ?

— Ils vont nous chercher. Ils se douteront peut-être qu'on s'est réfugiés dans un tunnel, mais je leur souhaite bonne chance pour découvrir l'entrée.

Il retira son sac à dos et se mit à fouiller dedans.

— Donc, on attend qu'ils partent, c'est ça ? Ils ne renonceront jamais. On pourrait traverser la frontière et trouver un endroit d'où on pourrait passer un coup de téléphone.

Rob ne répondit rien, trop occupé à sortir des affaires de son sac : des jumelles, des câbles, un autre revolver, une corde.

— On va avoir besoin de tout ça ? demanda Libby, intriguée.

— Oui, si on espère survivre.

Il s'empara d'une sorte de casque

— Ce sont des lunettes infrarouges qui permettent de voir la nuit. Il faut qu'on soit en mesure de repérer nos ennemis, si on veut leur régler leur compte.

— Leur… Leur régler leur compte ? bredouilla Libby en tirant sur un nœud dans ses cheveux. On ne va pas simplement se cacher et attendre la cavalerie ? Je n'avais pas compris qu'on allait les affronter.

— Eux n'hésiteront pas, tu peux me croire. Chut, ajouta-t-il avec empressement, un doigt sur ses lèvres.

Libby resta immobile, l'oreille aux aguets. Des cris retentirent dehors. Elle se rapprocha de Rob.

— Tu les entends ? murmura-t-elle. Ils parlent anglais ou espagnol ?

— Anglais. Si je comprends bien, ils nous conseillent de sortir de notre cachette.

— Sinon quoi ?

Elle tira son revolver de son sac à main.

— Dis-moi où je dois viser et j'appuie sur la gâchette.

— Je n'en doute pas une seconde, mais ne t'emballe pas.

Soudain, un tonnerre de coups de feu retentit à l'extérieur du tunnel. Libby sursauta violemment.

— Qu'est-ce qu'ils fabriquent ? maugréa-t-elle, terrifiée.

— Ce sont des armes automatiques. Ils tirent au hasard sur la colline en espérant avoir de la chance.

— On ne risque rien, ici ?

— Éloigne-toi de l'entrée et couche-toi au sol quand ils font feu.

— On dirait que ça ne va jamais s'arrêter, dit Libby en s'accrochant à la ceinture de Rob.

Soudain, le silence revint et ce fut encore pire que le bruit des balles.

— Qu'est-ce qu'ils font ? lança Libby.

Rob enfila ses lunettes à infrarouge et rampa jusqu'à la bouche du tunnel, son arme au poing. Il se hissa au sommet du rocher qui bloquait l'ouverture et risqua un coup d'œil dehors.

— Ils sont sur la gauche, chuchota-t-il. Je ne vois pas ce qu'ils font.

À peine eut-il terminé sa phrase qu'une énorme explosion ébranla les parois. Libby se plaqua au sol. Elle avait les oreilles qui sifflaient et de la terre plein la bouche. Le souffle avait projeté Rob en arrière.

— Ça va ? demanda-t-il.

— Ça va, dit-elle en s'efforçant de ne pas tousser. Ils essayent de nous débusquer, c'est ça ? Ils ont des explosifs et ils vont continuer à nous bombarder jusqu'à ce qu'on meure... ou qu'on sorte pour qu'ils puissent mieux nous tuer.

— Personne ne va mourir. En tout cas, pas nous.

Il essuya la poussière sur son visage et ajusta ses lunettes.

— Ils descendent petit à petit. Il va y avoir une nouvelle explosion. Accroche-toi. Ils vont bien finir par s'arrêter devant nous... à portée de tir.

Libby se plaqua au sol et se couvrit les oreilles. Malheureusement, cela ne servit pas à grand-chose, car la seconde déflagration fut encore plus forte que la première. La suivante risquait de faire s'écrouler le tunnel. Lorsque la poussière fut retombée, Rob reprit sa position et marmonna :

— Allez, avancez, bande de...

En le voyant se crisper soudain, Libby se prépara à l'explosion fatale, mais ce fut Rob qui tira plusieurs fois.

Puis, il se tourna vers elle – il avait l'air d'un extraterrestre, avec ses lunettes.

— Je les ai eus ! annonça-t-il en se précipitant dehors. Reste ici !

Quelques secondes plus tard, il l'appela et elle le rejoignit en toute hâte. Ébahie, elle déboucha hors du tunnel et contempla l'étendue des dégâts. On se serait cru sur un champ de bataille. Elle détourna le regard de l'homme qui gisait au sol, mais eut le temps d'apercevoir les boucles argentées de ses bottes luire dans la nuit.

— Il est mort, mais celui-ci respire encore, grommela Rob. J'en suis presque heureux.

Libby s'approcha de Rob, accroupi près de l'autre homme. Celui-ci se tenait le ventre à deux mains, comme pour tenter de contenir le sang qui en coulait. À côté de lui, un engin explosif rudimentaire était posé dans le sable. Rob éclaira son visage, mais Libby ne le reconnut pas. Elle n'avait jamais vu ces deux hommes… Du moins, pas depuis qu'elle était en mesure de se souvenir de quelque chose.

Rob se pencha sur le blessé, colla sa bouche à son oreille et chuchota d'une voix dure :

— Nous savons qu'El Gringo Viejo se trouve à Rocky Point. Libby est en mesure de l'identifier. Tu devrais être content de mourir ce soir, parce que c'est grâce à ton *compadre* et toi qu'on va l'arrêter. Il est fini.

L'homme toussa en crachant du sang, puis un sourire horrible se dessina sur ses lèvres.

— El Gringo Viejo est parti. Vous ne l'attraperez jamais.

Épilogue

Libby lissa le morceau de papier sur lequel elle avait dessiné le visage d'El Gringo Viejo. Les autorités n'avaient plus besoin de ce portrait, à présent, car elle avait été en mesure de leur parler du propriétaire de la villa sur la falaise, un homme qu'elle avait connu à Rocky Point sous le nom de Ted Jessup.

La police avait mené un raid, mais l'homme tué par Rob dans le désert avait vu juste : à l'arrivée des autorités, El Gringo Viejo s'était envolé depuis longtemps.

— Tu ferais mieux de surveiller ton dessin, Libby, sinon Denali va s'en saisir, avertit April en tirant sur le collier du husky pour l'éloigner. Clay, tu pourrais apprendre les bonnes manières à ton chien.

Clay Archer siffla Denali.

— Je vois… Quand il fait des bêtises, c'est mon chien. Par contre, quand il joue aux héros, c'est le tien.

— C'est à peu près ça en effet, répondit April, avec un clin d'œil.

Libby avait également pu aborder avec la police la question de l'assassinat de Charlie Harper, alias CJ Hart.

— Je suis désolée pour ton père, dit Libby, avant de boire une gorgée de vin. Je crois qu'il essayait vraiment de se racheter une conduite, après toutes ces années passées à travailler pour EVG. Il était prêt à le dénoncer en révélant son identité à Troy.

— Un pansement sur une jambe de bois, soupira April en écrasant une larme sur sa joue. Et toujours un train de retard. Tout à fait mon père.

— Rob, est-ce que tu as prévu quelque chose pour la protection de Libby ? demanda Clay en prenant Libby par les épaules. Tant qu'EGV est en cavale, elle est en danger. Je suis désolé, Libby. Tu nous as appris tout ce que tu savais, mais ce type pourrait chercher à se venger.

Rob s'approcha.

— Maintenant que ma période de probation à la police des frontières est terminée, je vais prendre quelques jours de congé… avec Libby. Elle sera en sécurité avec moi. Pour la suite… on a le temps de voir venir.

— Hawaï est un bon endroit pour voir venir, intervint April avec un sourire en faisant tourner son vin dans son verre. Est-ce que ta mémoire est complètement revenue, maintenant ?

— Presque. Le plus important en tout cas. Ma thérapeute, Jennifer, pense que le reste refera surface petit à petit. Je me souviens de ma mère. De l'annonce de sa mort. Je me souviens être allée dans la propriété d'EGV pour lui montrer des œuvres. Je me rappelle la rencontre avec ton père. Ted… Je veux dire EGV… avait l'intention de nous tuer tous les deux, mais ton père m'a sauvé la vie.

— Tant mieux, affirma April, les yeux brillants de larmes. Vraiment.

— Je voulais m'assurer que tu comprennes bien ce que ton père a fait pour moi, dit Libby en mêlant ses doigts à ceux de Rob.

Ce dernier déposa un baiser sur son front, et elle se blottit contre lui.

— Bon, le message est clair, déclara Clay en se levant. Viens, Denali !

April vida son verre et se leva à son tour.

— Ne partez pas comme des voleurs, hein ? Dites-nous où vous allez.

— Promis, répondit Libby.

Ils raccompagnèrent Clay et April dehors. Quand leur voiture se fut éloignée, Rob passa un bras autour des épaules de Libby et ils rentrèrent dans la maison.

— Hawaï… Ce n'est peut-être pas une mauvaise idée.

— Et ensuite ? s'enquit-elle en glissant une main dans sa poche arrière. Je reste au paradis, tandis que tu retournes à Paradiso ? Je ne pourrais pas tenir longtemps loin de toi, Rob. Je viens juste de te trouver.

Il la serra contre lui pour l'embrasser, un baiser qui la fit vibrer jusque dans ses orteils. Quand ils reprirent leur souffle, il posa un doigt sur ses lèvres tremblantes.

— On peut arrêter de discuter ? Ça fait un bon moment que j'attends de faire l'amour à Jane Doe.

— Jane Doe ? répéta-t-elle en s'écartant de lui.

Elle souleva le bord de son T-shirt, révélant ses abdominaux bien dessinés et sa peau dorée. Elle ne put s'empêcher d'y laisser courir ses doigts.

— Devrais-je être jalouse de cette Jane Doe ?

— Peut-être bien, répondit-il en retirant son T-shirt pour le jeter derrière lui. La première fois que je l'ai vue, j'ai perdu la tête, alors même qu'elle me menaçait d'un couteau.

— On dirait que cette Jane Doe n'est pas faite pour

toi, murmura Libby en effleurant son menton du doigt. Tu serais bien mieux avec Libby James.

— Qu'a donc de plus cette Libby James ? demanda-t-il en l'attirant de nouveau contre lui.

— Libby est déjà à moitié amoureuse de toi, expliqua-t-elle en prenant son visage entre ses mains pour l'embrasser.

— Seulement à moitié ?

Il la souleva dans ses bras et la porta jusqu'à sa chambre. Assis sur le bord de son lit, il l'installa sur ses genoux.

— Bon… Ce n'est pas tout ça, mais j'ai du travail qui m'attend. J'ai l'intention de te faire vivre une nuit que tu n'oublieras pas de sitôt.

Libby éclata de rire.

— Comme si j'étais du genre à oublier quoi que ce soit…

Vous avez aimé *Les mystères du désert* ?
Découvrez la suite et fin de votre série
« Patrouilleurs en mission » dès le mois prochain,
dans votre collection Black Rose.

NICOLE HELM

Pour secourir un enfant

Traduction française de
CAROLE PAUWELS

BLACK ROSE

HARLEQUIN

Titre original :
ISOLATED THREAT

1

L'appartement était plongé dans l'obscurité.

Brady Wyatt se demandait s'il n'allait pas se prendre une bonne cuite.

Ce n'était pas dans ses habitudes. Autant que possible, il évitait de sombrer dans les extrêmes. S'il buvait de l'alcool, il se limitait à deux bières. Il n'avait jamais fumé une cigarette, ni consommé de drogue.

Globalement, il se considérait comme un type correct. Il croyait au bien et au mal…

En tout cas, il s'estimait largement plus intelligent, plus honnête et plus fort que son père, qui venait d'être transféré dans une prison fédérale de haute sécurité, du fait d'un nombre considérable de charges pesant sur lui, dont une tentative de meurtre.

Quand Brady pensait à Gage, son frère jumeau, qui avait failli mourir étranglé par Ace, ça lui donnait encore plus envie de boire.

Si seulement il parvenait à se convaincre qu'Ace Wyatt ne représentait plus une menace…

Son père n'avait pas de pouvoirs surnaturels, il le savait. Mais parfois, même s'il se disait que ce n'était pas possible, Brady avait l'impression qu'Ace exerçait toujours sur lui une emprise bien réelle.

Une fois qu'il aurait repris le travail, ça irait mieux. Les pensées moroses, cette impression d'être perpétuellement environné de ténèbres menaçantes... Tout ça disparaîtrait dès qu'il pourrait sortir d'ici.

Le fait d'avoir été blessé par balle était un sacré contretemps mais, en acceptant le poste de shérif adjoint de Valiant County, dans le Dakota du Sud, il savait que cela faisait partie des risques du métier.

On lui avait tiré dessus alors qu'il se portait au secours de sa future belle-sœur. Il n'y avait ni honte ni regret à avoir.

Mais la blessure s'était infectée et ne cicatrisait toujours pas normalement, contrairement à ce que lui avaient promis les différents médecins qu'il avait consultés.

Ça le déprimait, et il lui arrivait de plus en plus souvent de se laisser envahir par de sombres pensées.

Lorsqu'on frappa à la porte de son appartement, son soulagement lui fit comprendre à quel point il avait fini par s'isoler.

Il ferait peut-être mieux de retourner s'installer au ranch familial, de laisser Grandma Pauline le gaver de nourriture comme une oie, et de supporter les jérémiades de son frère Dev.

Être seul ne lui réussissait pas.

Pourtant il n'aimait pas la foule, le bruit. En outre, il n'était pas du genre à se complaire dans l'apathie.

Il regarda dans l'œilleton, et fut plus qu'un peu surpris et choqué de découvrir Cecilia Mills sur son seuil.

Le soulagement qu'il avait éprouvé spontanément à l'idée d'avoir de la compagnie s'évanouit aussitôt.

Cecilia n'était pas une présence bienvenue dans sa vie en ce moment. En fait, elle avait cessé de l'être le jour de l'an, quand elle avait soudain décidé de l'embrasser à pleine bouche.

Cecilia avait grandi chez les Knight, dans le ranch voisin de celui de sa grand-mère. La nièce de Duke et Eva Knight était entrée dans sa vie quand il était venu vivre chez Grandma Pauline, à l'âge de onze ans, après que son frère aîné l'eut sorti des griffes du gang de son père, les *Sons of the Badlands.*

Alors que Brady s'entendait bien avec toutes les filles Knight, Cecilia avait toujours eu le don de l'irriter. Pas toujours de façon délibérée, d'ailleurs. Il se trouvait simplement qu'ils étaient diamétralement opposés.

Bien qu'appartenant à la police tribale de la réserve voisine, Cecilia passait son temps à contourner les lois. Elle voyait gris quand il disait noir, et gris foncé quand il disait blanc.

Bref, elle était compliquée, et ils ne s'accordaient pas sur grand-chose.

Sauf que leur rôle consistait à aider les gens. Et c'était sans doute ce qui en faisait quand même de bons amis, en dépit de leurs chamailleries.

Jusqu'à ce qu'elle l'embrasse et gâche tout.

Elle n'avait même pas essayé de prétendre qu'il s'agissait d'une plaisanterie quand il avait exprimé son épouvante.

Malgré tout, il lui ouvrit la porte. Il ne réussit cependant pas à grimacer ne fût-ce qu'un sourire poli.

Il ne fallait pas trop lui en demander quand même.

Elle était trempée jusqu'aux os et serrait contre elle une couverture sommairement enroulée.

Une sorte de faible miaulement s'échappa de la couverture, et Cecilia força le passage.

Ce n'était pas juste une couverture. Il y avait un bébé là-dedans.

— Ferme la porte, ordonna-t-elle.

Il haussa un sourcil mais obtempéra. Entendons-nous bien, c'était uniquement parce qu'elle avait l'air complètement paniqué.

Ses longs cheveux noirs étaient nattés, comme elle en avait l'habitude quand elle travaillait, mais elle ne portait pas son uniforme de la police tribale. Son ample T-shirt et son jean étaient trempés, et ses chaussures de tennis couvertes de boue et déchirées.

— Tu m'expliques ce qui se passe ? lança Brady, sans chercher à dissimuler son agacement.

Il vit que Cecilia avait les bras couverts de chair de poule, tandis qu'elle commençait à démailloter le bébé.

Même avec la pluie qui n'avait cessé de tomber toute la journée, il faisait chaud dehors, et Brady avait laissé tourner la climatisation.

Il se déplaça pour aller l'éteindre.

— Tu n'aurais pas quelque chose de sec pour lui ? demanda-t-elle.

Brady voulait des explications, mais il voyait bien à quel point la femme et le nourrisson étaient trempés tous les deux. Il se dirigea donc vers sa chambre et fouilla dans ses affaires, en quête d'une tenue pour Cecilia, avant d'aller chercher des serviettes dans la salle de bains.

Lorsqu'il revint dans le salon, Cecilia s'agenouilla et déposa délicatement le bébé sur le tapis. Tout en lui parlant avec une grande douceur, elle le déshabilla et lui enleva sa couche. Brady tiqua un peu quand elle enveloppa les petites fesses nues du bébé à même une des serviettes, plutôt que de lui mettre une couche propre, mais elle ne semblait pas avoir avec elle de quoi le changer.

Une fois qu'elle eut enveloppé le nourrisson dans un épais et moelleux drap de bain, il insista.

— Tu devrais enlever tes vêtements, toi aussi.

Elle l'observa d'un air narquois, comme si elle sous-entendait qu'il venait juste de lui faire des avances.

Une bouffée de chaleur inexplicable envahit Brady.

Non, il n'avait pas rougi. Ce n'était pas son genre.

Sa réaction était probablement à mettre sur le compte de cette fichue infection qui lui donnait à nouveau de la fièvre.

— Détends-toi, dit-elle. Je ne vais pas te sauter dessus.

Comme à son habitude, elle avait ce petit ton désinvolte que Brady trouvait particulièrement agaçant.

— L'occasion s'est présentée. Tu l'as laissée passer. Tant pis pour toi, ajouta-t-elle.

Il n'avait jamais apprécié l'irrespect de Cecilia à l'égard des règles du savoir-vivre. Ou, en tout cas, de ses propres règles de conduite. Parmi celles-ci, il y en avait une essentielle : rien de romantique avec aucune des filles Knight.

D'accord, certains de ses frères avaient franchi cette ligne, et ça avait marché, mais Brady avait ses propres règles.

Lorsque Cecilia l'avait embrassé par surprise, il y avait peut-être eu une brève seconde de confusion où il s'était demandé pourquoi il s'était imposé ce genre d'interdits. Finalement, il avait mis sa réaction sur le compte d'un moment de faiblesse et avait décidé de ne plus y penser.

Il n'empêche que Cecilia qui ne faisait jamais rien comme tout le monde, avait eu le toupet de l'embrasser.

Sur la bouche.

Contre sa volonté.

Et elle avait ri quand il lui avait fait la leçon.

— Va te changer dans ma chambre, marmonna-t-il. Je vais surveiller…

Il désigna le bébé.

— Il s'appelle Mak, dit Cecilia.

Le regard attristé, une expression de peur sur le visage, elle caressa la joue du nourrisson avec la douceur d'une mère. Mais Brady savait que Cecilia n'avait pas secrètement donné naissance à un enfant. Il la voyait si régulièrement qu'il s'en serait rendu compte si elle avait été enceinte.

Il soupira, gagné par la sympathie.

— Que se passe-t-il, Cecilia ?

Elle commençait à frissonner. Dehors, sous l'averse, il faisait chaud, mais l'appartement de Brady était glacial. D'un moment à l'autre, elle allait claquer des dents, même si elle faisait tout pour s'en empêcher.

Faire preuve de faiblesse devant Brady Wyatt était vraiment quelque chose qu'elle ne pouvait pas se permettre. Si elle voulait que ça marche, il fallait qu'elle garde le contrôle de la situation.

— D'accord, je vais me changer, déclara-t-elle. Tu peux le laisser par terre, ou le prendre dans tes bras. Mais garde un œil sur lui.

Elle attrapa les affaires que Brady lui avait apportées et se dirigea vers sa chambre. Dès qu'elle eut refermé la porte, elle s'affaissa contre le battant.

Cela faisait sept ans qu'elle avait intégré la police tribale, et il lui était déjà arrivé de craindre pour sa vie.

Elle avait vraiment fait des efforts pour agir de façon juste et équilibrée au regard de lois qui n'étaient pas toujours justes.

C'était difficile, angoissant, parfois véritablement douloureux, et elle connaissait intimement la peur.

Mais ce qui se passait maintenant était nouveau. Plus fort et différent.

Elle n'avait pas envie de mourir et, par conséquent, elle craignait pour sa vie quand elle était au travail. Mais elle avait conscience qu'elle pouvait perdre la vie en sauvant quelqu'un, et elle l'acceptait. Elle avait choisi d'intégrer les forces de l'ordre et elle souscrivait aux risques du métier.

À présent, elle était responsable d'un minuscule bébé sans défense.

Pauvre petit Mak. Il ne méritait pas de vivre l'angoisse et la panique engendrées par cette folle course-poursuite, mais elle ne savait pas quoi faire d'autre.

Si Elijah mettait la main sur lui…

Cecilia secoua la tête.

Elle avait besoin d'aide.

Elle avait besoin…

Oh ! Seigneur non ! Elle n'avait pas besoin de Brady Wyatt. Mais elle n'avait pas d'autres options à ce moment précis, et le temps lui était compté.

Elle ôta ses vêtements trempés, puis elle enfila ceux déposés par Brady. Elle marqua un temps d'arrêt. Brady avait porté ces vêtements sur son corps…

Et il les avait lavés, espèce d'idiote.

Ce n'était pas sa faute si elle craquait pour lui. Et le baiser qu'elle lui avait volé au nouvel an n'avait pas arrangé les choses.

Heureusement, le souvenir de la leçon de morale faite après coup par Brady la faisait toujours rire.

Il était tellement coincé !

Ça la rendait folle. Mais il y avait aussi ce truc physique, qui lui inspirait un tout autre genre de folie.

En fait, elle croyait fermement que tout cela tenait à sa personnalité ambivalente. Il était couru d'avance qu'elle soit attirée par quelqu'un qui lui mettait les nerfs en pelote.

C'était l'histoire de sa vie.

Mais ce n'était pas sa préoccupation majeure pour le moment.

Le plus important, c'était de trouver un moyen de protéger Mak.

Cela faisait six mois qu'elle aidait son amie Layla à combattre une dépression post-partum, mais une tentative de suicide avait conduit Layla à l'hôpital, et les services de protection de l'enfance envisageaient de lui retirer son bébé.

Layla l'avait suppliée de cacher Mak, de peur qu'il ne soit confié à son père, un membre du gang des *Sons of the Badlands.*

Le fait que le gang d'Ace Wyatt ait commencé à infiltrer la réserve, où Cecilia vivait et travaillait, l'endroit où elle était née, l'emplissait d'une rage folle.

Elle n'en comprenait que davantage la nécessité de veiller sur Mak jusqu'à ce que Layla aille mieux.

Elijah avait déjà menacé plusieurs fois de prendre son fils, ce qui n'empêchait pas Layla de continuer à le défendre, tant elle était persuadée qu'elle pouvait arracher à ses démons l'homme qu'elle aimait.

Cecilia n'en croyait rien.

Pour elle, le monde était uniformément gris. Ceux qui croyaient au blanc et au noir se faisaient des illusions. Quelqu'un qui faisait partie d'un gang comme celui des *Sons of the Badlands* était parti trop loin du côté du mal pour revenir parmi les bons.

Elle sauverait cet innocent bébé, qui avait eu la malchance de naître d'un père monstrueux et d'une mère fragile et victime d'abus émotionnels.

Elle avait été ce bébé, plus ou moins, et sa tante et son oncle l'avait sauvée. Ils lui avaient montré ce qu'étaient l'amour et la tendresse, et ils l'avaient prise avec eux quand sa mère était morte. Elle avait six ans.

Aujourd'hui, tante Eva n'était plus parmi eux, mais elle avait toujours oncle Duke, et les quatre filles qu'il avait élevées, et qu'elle considérait comme ses sœurs, indépendamment des liens du sang.

Cecilia resserra autour de sa taille les cordons du pantalon de sport en molleton. Il était beaucoup trop long et elle roula l'ourlet. Elle fit pareil avec les manches du sweat-shirt. Puis elle emporta au salon son baluchon de linge mouillé.

Elle s'arrêta net.

Brady tenait Mak au creux de son bras valide. Dans l'encolure de son T-shirt, elle pouvait apercevoir un bout du bandage enserrant son épaule opposée. La blessure par balle qu'il avait essuyée en voulant sauver Felicity avait du mal à cicatriser.

Les frères Wyatt étaient six. Elle aurait pu demander de l'aide à quelqu'un d'autre.

D'ailleurs, ça aurait été plus facile. Ils comprenaient tous qu'il était parfois nécessaire de contourner la loi pour sauver les gens des griffes des *Sons of the Badlands*.

Brady était le seul à ne pas vouloir l'accepter. Seulement, il ne travaillait pas en ce moment et il vivait seul. C'était idéal pour s'occuper d'un bébé.

Elijah penserait peut-être à jeter un œil au ranch Wyatt, mais il ne viendrait pas chez Brady.

Pas tout de suite, en tout cas. Ce qui lui laisserait le temps d'élaborer un plan…

— Je peux mettre ça au sèche-linge ?

Brady inclina la tête, tout en berçant doucement Mak dans le creux de son bras, comme s'il avait une grande expérience des bébés.

Elle était déjà venue plusieurs fois chez lui. Au cours des deux mois qui venaient de s'écouler, tout le monde avait fait en sorte de l'aider. Un soir, elle était venue avec Felicity et Gage, et avait préparé son dîner. De temps en temps, elle lui apportait des fruits et légumes de la part de Grandma Pauline. Et une fois, même si le fait de rester seule avec lui la mettait dans tous ses états, elle lui avait proposé de transférer son linge de la machine à laver au sèche-linge, afin qu'il ne fatigue pas trop son épaule.

Elle jeta ses vêtements dans l'appareil et sélectionna un programme de séchage. Puis elle réfléchit à ce qu'elle allait dire.

Elle s'était entraînée en chemin.

« Brady, j'ai besoin de ton aide. Je sais que tu n'approuveras pas, mais tu es le seul à pouvoir protéger ce pauvre petit enfant des *Sons of the Badlands.* Je sais que tu feras ce qui est juste. »

C'était simple. Direct. Elle n'avait qu'à s'en tenir à cela.

Mais quand elle retourna au salon, et vit cet homme

à la silhouette athlétique tenant un si petit bébé contre lui, d'autres mots franchirent ses lèvres.

— Son père est un membre des *Sons of the Badlands*.

Brady eut aussitôt cette expression qui la fascinait.

Il ne blêmit pas. Il ne rougit pas. C'était comme si, quelque part en lui, un interrupteur avait basculé sur la position *off*, et son expression se fit totalement impassible et indéchiffrable.

Elle enviait cette capacité.

— Sa mère est à l'hôpital, continua-t-elle. Les services d'aide à l'enfance vont le confier à son père. Je ne peux pas laisser faire ça.

— Ça ne dépend pas de toi, Cecilia.

Il avait dit ça avec tellement de calme, de détachement. Elle avait envie de crier, de lui envoyer un bon coup de poing, comme Brady le lui avait appris quand elle avait treize ans et qu'un garçon à l'école n'arrêtait pas de l'embêter.

Mais la rage et les coups ne servaient à rien avec Brady Wyatt. Mieux valait être direct et impitoyable, comme il l'était toujours lui-même.

— Tu veux que ce bébé connaisse la même enfance que toi ?

Brady avait passé onze ans avec les *Sons of the Badlands*, à tenter de survivre aux mauvais traitements que lui infligeait son père, le chef de ce terrible gang.

Quelque chose passa dans son regard, mais son intonation resta inchangée.

— Il n'est pas le fils d'Ace.

— Il pourrait l'être.

Cecilia s'efforçait de copier son absence d'émotion.

— Depuis qu'Ace n'est plus là, Elijah essaye de prendre le commandement. Il recrute du monde à la réserve.

— Elijah Jones, dit Brady, d'un ton détaché.

— Tu le connais ?

— J'ai entendu parler de lui. Il a un casier. Les services d'aide à l'enfance ne confieraient pas un enfant à quelqu'un qui…

— Tu sais quoi ? Laisse tomber.

Bon sang, il la rendait folle.

Après tout ce qu'il avait vu comme policier, tout ce qu'il avait vécu étant enfant, il continuait à croire que l'administration était capable d'agir avec justice et équité.

Elle avança vers lui d'un pas décidé.

— Je n'ai pas besoin de ton aide. Ni de ta confiance aveugle dans le système. Donne-le-moi.

Elle tendit les bras.

Mais Brady pivota légèrement pour mettre Mak hors de sa portée.

— Non, dit-il, d'un ton ferme.

2

Brady avait déjà vu Cecilia en colère des quantités de fois. C'était une femme qui passait d'un extrême à l'autre. Calme et posée, ou bien… ça. Une fureur qui semblait irradier autour d'elle par vagues.

S'il n'avait pas tenu un bébé, il était certain qu'elle l'aurait bourré de coups. Sans doute sur son épaule blessée…

— Si tu l'as amené ici, c'est bien qu'il y a une raison, dit-il.

Il avait employé le ton qu'il utilisait depuis des années dans ses fonctions de policier. Calme, mais pas condescendant. Autoritaire sans être agressif. Souvent, ça apaisait les gens.

Mais pas Cecilia.

— Oui, et c'est une raison vraiment stupide, rétorqua-t-elle, entre ses dents.

Il avait l'impression de voir tourner les rouages de son cerveau, tandis qu'elle réfléchissait à un moyen de lui prendre le bébé des bras.

— Et si tu te calmais…

Elle brandit son poing serré, et il comprit qu'il avait fait une erreur tactique en lui demandant de se calmer.

— Je te jure que…

Mak commença à pleurer.

Brady baissa les yeux vers le nourrisson qui s'agitait contre son bras. Il s'était déjà occupé de bébés. Pas souvent, mais il savait comment les porter. Et aussi comment les calmer après un accident de voiture ou pendant un différend familial.

Mais Mak était si petit. Son visage minuscule était tout fripé de détresse tandis qu'il pleurait en agitant ses petits membres, visiblement perturbé par les éclats de voix.

Cecilia tendit les bras, en lançant un regard d'avertissement à Brady. Mais il se contenta de bercer le bébé jusqu'à ce qu'il se calme.

Il y avait quelque chose de réconfortant à sentir le poids de ce petit être contre lui. Quelque chose de réel et de... lourd, même si Mak était aussi léger qu'une plume. Cela faisait des semaines que Brady avait l'impression de flotter, et le fait de tenir Mak lui donnait l'impression d'une ancre le fixant au rivage.

Cecilia se rembrunit, et son front se plissa un peu comme celui de Mak. Mais elle ne protesta pas davantage. Il y avait comme de l'angoisse sur son visage, et Brady en eut le cœur serré.

Il désigna le canapé.

— Assieds-toi. Raconte-moi toute l'histoire.

— Je n'ai pas envie de m'asseoir, rétorqua-t-elle.

Si on lui avait demandé de définir son intonation, il aurait dit « grincheuse. » Évidemment, elle n'aurait pas apprécié cette évaluation.

Les bras croisés sur sa poitrine, Cecilia se mit à faire les cent pas.

Elle était grande et mince et, comme toutes les femmes policières qu'il connaissait, elle prenait soin de gommer tout ce qui pouvait la faire paraître féminine. Ses longs cheveux noirs étaient nattés. Elle n'avait aucun maquillage, et le jean et le T-shirt qu'elle portait en arrivant étaient suffisamment amples pour qu'on ne puisse pas distinguer ses formes.

Mais elle était capable de se métamorphoser quand elle le voulait, d'enfiler une robe, et de sublimer son visage avec quelques touches de maquillage.

C'était ce qu'elle avait fait pour le nouvel an, tout en paillettes, paupières charbonneuses et lèvres brillantes. Elle avait même eu l'air de trouver ça agréable.

Ou alors, elle avait tout simplement pris plaisir à le perturber.

Avec Cecilia, il parierait plutôt sur la deuxième hypothèse.

— La mère de Mak est à l'hôpital. Elle…

Cecilia finit par se laisser tomber sur le canapé.

— C'est une de mes plus anciennes amies à la réserve. Ça fait des années qu'elle traîne avec Elijah Jones. Je ne savais pas comment lui dire que c'était de la mauvaise graine, tu comprends ?

Elle leva les yeux vers lui, d'un air implorant qui ne lui ressemblait pas, et qui mit Brady mal à l'aise.

— Si tu dis qu'ils sont mauvais, les gens s'accrochent encore plus à eux. Ils veulent les sauver. Les remettre sur le droit chemin. Mais certains sont des causes perdues.

Cecilia soupira.

— Je sais que c'est dur à entendre. Certains ne veulent pas l'admettre…

Brady hocha la tête. Son expérience des cas de violences domestiques lui avait appris que les personnes des deux sexes étaient souvent aveuglées par ce qu'elles pensaient être de l'amour. Au point de croire qu'elles pouvaient changer le mal en bien.

Cecilia sembla trouver un certain soulagement dans le fait qu'il la comprenne.

— J'ai essayé d'être subtile, reprit-elle. De lui parler de ce qu'elle méritait, de ce qu'elle pourrait avoir si elle ne s'accrochait pas à ce type.

Elle secoua la tête.

— Quand elle a découvert qu'elle était enceinte, elle était folle de joie. Elijah a passé plus de temps avec elle. Il s'est mis à faire des projets. Mais ils étaient tous liés au gang des *Sons of the Badlands*.

Le ton de Cecilia se fit amer.

— Après la naissance de Mak, Elijah lui a dit qu'il reviendrait quand l'enfant serait sorti de ses couches et qu'il pourrait le prendre pour l'éduquer.

Elle bondit brusquement.

— Le prendre ! Comme si c'était une pêche qu'il fallait laisser mûrir avant de la manger. Le prendre, comme s'il en avait le droit.

Elle secoua vigoureusement la tête.

— Layla avait déjà commencé à se rebeller un peu, mais c'est ce qui l'a vraiment décidée à agir. Je l'ai aidée à fuir, mais je l'ai suppliée de consulter. Je voyais bien que quelque chose n'allait pas. Finalement, je l'ai conduite moi-même chez un médecin, et on lui a diagnostiqué une dépression post-partum.

— C'est assez fréquent.

— Bien sûr. Depuis, j'ai fait de mon mieux pour l'aider. Je l'ai conduite à ses rendez-vous médicaux. Je me suis occupée de Mak. Mais c'était compliqué. Son assurance maladie ne prend pas tout en charge, et elle avait déjà de gros problèmes d'argent. Elle n'a pas non plus de soutien de la part de sa famille, et j'ai essayé d'être là pour elle.

— Une personne à elle toute seule ne peut pas tout faire, Cecilia.

Il avait parlé plus gentiment qu'il n'en avait l'intention, et l'anxiété qui se lisait sur le visage de Cecilia lui serra le cœur.

Elle se laissa à nouveau tomber sur le canapé.

— Une personne ou dix, peu importe. La nuit où je suis venue à l'hôpital pour prendre des nouvelles de Felicity et Gage, cette nuit où tu as été blessé, elle a pris des cachets. En grande quantité. Elle m'a appelée pour me le dire. J'ai tout de suite fait envoyer une ambulance chez elle, et les secours sont arrivés à temps. Mais…

— Tu ne vas quand même pas te faire de reproches.

— Tu crois ?

— Tu ne devrais pas.

Il s'efforçait de parler gentiment, même s'il avait envie de répliquer sèchement. Cecilia aurait dû avoir un peu plus de bon sens que ça et ne pas venir pleurnicher chez lui. Il savait qu'elle ne voulait pas de sa compassion et il n'avait pas non plus envie de la lui donner.

— Eh bien, c'est comme ça. Je me fais des reproches, et c'est mon droit.

Cecilia avait répliqué d'un air ironique qui ne tarda pas à s'évanouir.

— Je sais aussi que, si je n'avais pas été là, Layla n'aurait eu personne à prévenir et elle serait morte. Quoi qu'il en soit, on m'a laissée la voir, et elle m'a suppliée de prendre Mak. Il était chez une voisine, et Layla avait peur qu'elle le confie à Elijah.

Cecilia reprit son souffle.

— Layla a besoin d'aide pour surmonter cette épreuve. Elle n'y arrivera pas si Mak est avec son père, ou s'il est placé en famille d'accueil.

— Il y a des lois, des procédures à respecter…

— Je ne pouvais pas agir autrement. Je devais le faire pour elle. Je sais qu'il n'y a que ta précieuse loi qui compte pour toi, mais…

— C'est la loi qui fait la différence entre des personnes comme nous et des hommes comme Elijah.

Et Ace.

Même s'il ne l'avait pas dit à voix haute, Brady avait la désagréable sensation que Cecilia l'avait compris quand même.

— Sauf si cette loi risque de porter préjudice à un bébé innocent. Si les services d'aide à l'enfance confient Mak à Elijah, tu sais comme moi qu'il sera maltraité par les membres du gang. C'est ça que tu veux ?

Bien sûr que non. Il ne souhaitait cela à personne.

Certes, il savait que la loi n'était pas infaillible, qu'il était possible de jouer sur certaines failles, qu'aucune règle ne pouvait s'appliquer à tout le monde et en toutes circonstances. Mais ce qui le préoccupait n'était pas tant de suivre à la lettre l'esprit de la loi, que les conséquences qui pouvaient s'abattre sur vous si vous ne la respectiez pas.

— Nous pourrions tous les deux être renvoyés pour ça. Tu risques plus gros que moi, mais quand même… Nous avons prêté serment de faire respecter la loi, même si nous ne sommes pas toujours d'accord avec.

Cecilia ferma les paupières, puis enfouit son visage dans ses mains.

Brady se retrouva sans voix quand il la vit commencer à sangloter.

C'était la première fois qu'il la voyait pleurer. À treize ans, elle était tombée d'un arbre et s'était cassé le bras, et n'avait pas pleuré. Elle avait juré comme un charretier, mais elle n'avait pas pleuré. En tout cas, pas durant le temps où il était resté avec elle, tandis que Gage allait chercher de l'aide.

— Arrête ça, fut tout ce qu'il trouva à lui dire.

Elle releva la tête et le regarda tristement, le visage baigné de larmes.

— Tu es tellement réconfortant, Brady, répliqua-t-elle, d'une voix éraillée.

Il ignorait quoi répondre à cela. Et pourtant d'habitude il savait comment réconforter les gens. Il savait quels mots employer pour apaiser, de façon qu'il puisse faire son travail.

Si elle avait été quelqu'un d'autre, il se serait assis à côté d'elle sur le canapé et il lui aurait tapoté l'épaule ou la main. Il aurait su comment réagir face à ses larmes.

Mais, quand il s'agissait de Cecilia, toutes ces options semblaient dangereuses, et il n'avait pas envie de se demander pourquoi.

Tout ce qu'il voulait, c'était garder ses distances.

— Je suis désolée, dit-elle, en soupirant.

— Tu n'as pas à t'excuser parce que tu pleures.

Elle leva les yeux au ciel et s'essuya les joues d'un revers de main.

— Je ne suis pas désolée de pleurer. Je suis désolée parce que je n'avais pas à débarquer ici avec mes problèmes. Seulement, j'avais besoin d'un endroit auquel Elijah ne penserait pas spontanément. Il va se douter que j'ai quelque chose à voir avec la disparition de Mak. La voisine de Layla va sûrement lui dire que je l'ai emmené, même si je l'ai payée pour qu'elle ne dise rien. Donc, il ira directement au ranch. Et il pensera aussi forcément à Nina et Liza.

Elle faisait allusion aux jeunes femmes avec qui elle avait grandi dans sa famille d'accueil, et qu'elle considérait comme ses sœurs. Elles avaient toutes les deux la garde d'un enfant. Pour Liza, il s'agissait de sa demi-sœur, et pour Nina de sa fille.

— Mais toi, tu n'es rien d'autre qu'un célibataire qui vit en appartement.

— Rien d'autre qu'un célibataire, répéta Brady.

Et il fut surpris de constater à quel point cette remarque le blessait.

— Tu as très bien compris ce que je voulais dire. De plus, tu es en convalescence. À cause de ça, Elijah réfutera l'hypothèse que Mak puisse être chez toi. Il pensera que je me suis réfugiée chez quelqu'un qui pourra le protéger.

Brady eut une conscience encore plus aiguë de tout ce qui avait mal tourné depuis qu'il avait été blessé.

D'un geste du menton, il désigna son épaule invalide.

— Je ne peux pas le protéger.

Cecilia se leva à nouveau. Même si son visage conservait des traces de larmes, il y avait une certaine assurance dans sa façon de se tenir, bien campée sur ses jambes, et de le toiser.

— Je préfère un Wyatt blessé à n'importe qui d'autre. Tu seras parfait.

Brady ne voulait pas qu'on lui fasse porter le poids d'une telle responsabilité, alors qu'il était si mal en point, et physiquement, et moralement. Il ressentait au fond de lui un malaise profond et, s'il était tout à fait honnête avec lui-même, il devait reconnaître que ça avait commencé avant qu'il soit blessé.

— Il faut que j'y aille, maintenant, dit Cecilia. Je ne pense pas qu'Elijah m'ait suivie jusqu'ici mais, plus je reste, plus je prends des risques. Il faut que je retourne à la réserve.

— Tu vas partir en me laissant le bébé ?

Cecilia grimaça, puis son expression se radoucit quand ses yeux se posèrent sur la silhouette endormie de Mak.

— Malheureusement, je risque de le mettre en danger. Il faut que je le laisse avec quelqu'un de confiance.

— Ils pourraient suivre ta voiture.

Elle secoua la tête.

— Je suis venue à pied.

— Tu as marché sous cette pluie ?

— Il le fallait. Je n'avais pas le choix.

Elle se prit à nouveau la tête entre les mains, mais elle ne pleura pas cette fois. Dieu, merci.

— Je ne voulais pas t'en parler, reprit-elle, après un temps d'hésitation. Ce n'est pas juste. Mais je ne veux pas garder cette préoccupation pour moi, alors que la vie de Mak est entre mes mains.

Cecilia leva les yeux vers lui, désolée, s'excusant…

Le cœur de Brady se serra, même s'il faisait tous les efforts possibles pour s'endurcir contre ça. Contre elle.

— Elijah idolâtre Ace, ajouta-t-elle. Il le vénère. Mais pas comme le faisaient les membres du gang, qui étaient prêts à faire tout ce qu'Ace leur demandait. Elijah veut être lui. Il veut prendre sa place et il ne se met aucune limite pour y arriver.

Brady ne ressentit ni surprise ni blessure. Et pourtant, il aurait dû.

Il ne lui restait plus maintenant qu'à dire toute la vérité.

— Je sais.

— Tu sais ?

Cecilia battit des paupières, ébahie.

— Mais comment…

Il avait les mâchoires serrées, et son visage ne reflétait aucune émotion. Mais une lueur angoissée ternissait son regard. Avait-elle jamais vu chez Brady quelque chose qui ressemblait à de l'anxiété ?

— Ça fait huit ans que je suis en conflit avec Elijah, dit-il.

Il ne donna pas d'explications sur la nature de ce conflit.

— Huit ans ?

Si elle parvint à contrôler son intonation, ce fut uniquement par égard pour Mak, qui s'était rendormi.

— La première fois, c'était une coïncidence.

— La première fois ? Mais… Que s'est-il passé ?

— Je l'ai arrêté. C'était ma première arrestation, en fait. Quand il a réalisé qui j'étais, c'est devenu une sorte de jeu pour lui. Il s'arrangeait pour se faire arrêter par moi. Pour me narguer, je pense. Et pour prouver qu'il pouvait s'en sortir facilement. D'ailleurs, il n'a jamais écopé de la moindre peine de prison.

Il soupira.

— C'est sa façon de me faire comprendre qu'il est la réplique exacte de mon père, et que je ne peux rien faire pour empêcher cela.

— Comment se fait-il que personne parmi vous ne m'en ait parlé ?

Brady lui tourna le dos, Mak toujours endormi au creux de son bras, comme si le bébé y avait trouvé sa place.

— Je suis le seul à savoir.

— Brady…

Elle ne savait pas quoi ajouter.

Brady faisait des cachotteries à ses frères. Elle n'aurait jamais cru cela possible. Oh ! il y avait bien des blessures émotionnelles qu'ils se cachaient les uns les autres… Quiconque avait grandi dans cette famille si particulière le savait. Mais il n'y avait pas de vrais secrets entre eux.

Enfin, c'était ce qu'elle pensait jusqu'à aujourd'hui.

— Ce que tu veux dire…

— Ce n'est pas le sujet pour le moment. Si je te comprends bien, tu ne veux pas qu'on sache que tu as volé ce bébé.

— Je ne l'ai pas volé.

— Quoi qu'il en soit, tu ne peux pas rester. Est-ce que tu as des affaires pour lui ? Des couches ? De la nourriture ?

— Pas encore, mais j'ai un plan.

— Un plan ?

Elle l'observa un bref instant, essayant de comprendre ce qui se jouait à cet instant. Ce qu'elle demandait, et ce qu'il disait.

Elle savait que Brady la suivrait en partie dans cette histoire, parce qu'il comprenait ce que c'était d'être un enfant au milieu du gang des *Sons of the Badlands*. Mais elle ne se doutait pas qu'il avait un lien avec Elijah. Ni que sa vie, qui venait de prendre un tour complexe, serait compliquée un peu plus par l'homme qui se tenait en face d'elle – un homme qu'elle avait toujours considéré comme étant plutôt rationnel.

— Tu ne peux pas me dire que tu caches quelque chose à tes frères, en lien avec cet enfant, et ensuite changer de sujet.

— C'est pourtant ce que je viens de faire.

— Tu es né avec ce caractère exaspérant, ou tu as dû travailler vraiment dur pour l'acquérir ?

— La remarque est savoureuse, venant d'une femme qui débarque chez moi avec un enfant volé.

— Il n'est pas volé, répliqua Cecilia, entre ses dents serrées.

Elle était persuadée d'avoir pris la bonne décision. Dans son esprit, il n'y avait pas la moindre place pour le doute. Et pourtant Brady réussissait à la faire culpabiliser de ne pas avoir trouvé un moyen légal.

— Qu'aurais-tu fait de différent ?

C'était plus fort qu'elle. Il avait fallu qu'elle pose la question, mais elle redoutait la réponse de Brady. Et elle était persuadée qu'il en avait une excellente.

Baissant les yeux, il observa un instant le bébé endormi et soupira.

— Je ne sais pas.

Dieu, merci ! C'était un miracle.

— Comment comptes-tu t'organiser pour les affaires du bébé ?

— Felicity et Gage vont t'apporter ce qu'il faut.

— Et pourquoi ne leur as-tu pas confié Mak directement ?

— Comme tu le sais, Felicity a déjà eu affaire au *Sons of the Badlands*. De plus…

Cecilia ne termina pas sa phrase. D'habitude, elle était plutôt douée pour garder les secrets, mais celui-ci avait failli lui échapper.

Brady haussa un sourcil, attendant la suite.

— Elle a un travail. Je sais que tu aimerais bien retrouver le tien, mais ce n'est pas possible pour le moment. Crois-moi, si je pouvais le confier à Liza ou Nina, je le ferais. Mais je pense qu'Elijah s'y attend. Il va d'abord penser à mes sœurs, avant de s'intéresser aux Wyatt.

Le visage de Brady était inexpressif.

— Il s'intéressera à nous aussi.

— Probablement. Mais je n'ai confiance en personne d'autre.

Ça l'ennuyait d'être aussi directe avec lui. Et, surtout, elle avait honte d'avoir pleuré devant lui. Mais elle le referait si cela pouvait sauver Mak. Et elle savait que Brady était trop chevaleresque pour ne pas tout mettre en œuvre afin d'assurer la protection du bébé de Layla.

— Je dois y aller. Gage et Felicity ne vont pas tarder à arriver. Je reste en contact.

Observant Mak, elle songea aux supplications de Layla, et à la responsabilité qu'elle avait endossée.

Cette petite vie sans défense était entre ses mains, mais elle devait maintenant confier le bébé à quelqu'un d'autre.

Elle leva les yeux vers Brady, dont le visage était trop proche pour qu'elle se sente à l'aise.

La nuit où elle l'avait embrassé, elle avait bu quelques verres. Pourtant, elle se rappelait parfaitement ce baiser. L'impulsion. Le besoin. Cette seconde où le choc avait laissé place à une réponse de la part de Brady, avant qu'il ne la saisisse fermement par les épaules pour la repousser. Il semblait tellement furieux…

Mais il s'était passé quelque chose, c'était indéniable. Et ça lui avait fait peur.

À cet instant, le regard plongé dans les prunelles noisette de Brady, elle ressentait la même chose.

Elle recula, puis fit demi-tour et se dirigea vers la porte.

Tant pis pour ses vêtements dans le sèche-linge. Elle ne pouvait pas rester une seconde de plus, ni se risquer à jeter un coup d'œil par-dessus son épaule.

Elle devait suivre sa route.

3

Cecilia avait dit vrai. Felicity et Gage se présentèrent peu de temps après qu'elle eut quitté l'appartement.

Brady ouvrit la porte, en gardant hors de vue le bébé endormi au creux de son bras.

Il avait encore un peu de mal à réaliser que son frère jumeau était fiancé avec Felicity. Pour lui, elle avait toujours été comme une petite sœur. Personnellement, il respectait trop Duke Knight pour s'intéresser à l'une de ses filles adoptives.

Gage n'avait jamais eu ces réserves. Il ne lui avait pas fallu plus de quelques semaines de relation avec Felicity pour la demander en mariage.

— Nous t'avons apporté le dîner, déclara Felicity, en brandissant deux grands sacs.

Ils entrèrent et refermèrent avec soin la porte derrière eux.

Sans hésiter, Felicity traversa la pièce et se dirigea vers le comptoir qui séparait la cuisine du salon et commença à vider les sacs.

— Des couches, du lait maternisé, des biberons… Nous avons encore des choses dans la voiture. On ira les chercher tout à l'heure quand je m'en irai.

— Tu veux dire, quand vous vous en irez tous les deux ?

— Non, je m'incruste, répondit Gage.

Aussi à l'aise que s'il était chez lui, il s'installa sur le canapé.

— Tu n'envisageais quand même pas de t'occuper d'un bébé tout seul ?

— Je ne m'attendais pas non plus à ce que tu t'en mêles.

— On va se débrouiller comme des chefs, dit Gage, tout sourire.

Gage aimait toujours alléger l'atmosphère par une plaisanterie, mais ce sourire était différent. Il était adressé à Felicity. Et c'était de l'amour.

— J'en suis certaine, répondit-elle.

Gage tapota le coussin à côté de lui, et Felicity vint s'asseoir. Puis ils regardèrent Brady avec une excitation impatiente, comme s'il avait la moindre idée de ce qui se tramait.

— Qu'est-ce qui vous arrive, tous les deux ?

Gage passa un bras autour des épaules de Felicity.

— Nous allons avoir un bébé, annonça-t-il, avec un immense sourire.

Ce n'était pas son sourire habituel, celui qui lui permettait de dissimuler ce qui se passait dans sa tête. Non, c'était un vrai sourire de pur bonheur.

Brady cilla. Il lui fallut un moment pour comprendre que son frère ne s'était pas exprimé dans une langue étrangère.

— Un bébé ? répéta-t-il.

— Aussi réel que celui que tu tiens.

— Mais… Vous n'êtes pas encore mariés.

Gage ricana, tandis que Felicity souriait avec indulgence.

— Tu veux que je te raconte des histoires de choux et de roses ? demanda Gage, d'un ton ouvertement moqueur.

— Non, ça va. Un bébé… Eh bien, toutes mes félicitations, alors.

— J'espérais que tu serais capable de le dire, et surtout de le penser, dit Felicity.

Brady s'avança vers eux, agacé de ne pas savoir comme appréhender la situation.

— Je suis content pour vous, mais je suis sous le choc.

Baissant les yeux vers le bébé qui n'était pas le sien, mais dont il avait la responsabilité, il ajouta :

— En plus, la journée n'a pas été facile…

Mak commença à gigoter, puis il se mit à pleurer tout doucement.

Felicity se leva aussitôt et tendit les bras.

— Je peux ?

Brady lui donna le bébé et fit rouler son épaule engourdie. Tandis que Felicity berçait l'enfant, en lui chantonnant des mots apaisants, Brady observa à la dérobée son frère jumeau.

Ils avaient tout partagé. Ou presque. Pas la manière très différente dont leur père les avait maltraités. Pas Elijah Jones.

— Tu vas être père, dit-il, avec quelque chose dans la voix qui semblait dire qu'il n'y croyait pas.

— Je sais que je n'ai pas eu le bon exemple. Mais je ferai de cette paternité quelque chose de différent.

— J'en suis persuadé.

Bizarrement, cette nouvelle donna à Brady un nouveau sens des responsabilités. Mak n'était pas son fils, mais il savait maintenant ce qu'il devait faire pour lui.

Il avait grandi parmi les *Sons of the Badlands*. Grâce

à son frère aîné, qui avait la notion du bien et du mal, il avait pu faire la part des choses. Jamison avait consenti à beaucoup de sacrifices pour sortir Brady et Gage des griffes du gang. Il leur avait offert un cadeau inestimable, celui de l'espoir.

Ça expliquait pourquoi Brady croyait si fort dans les lois et les règlements, et dans la nécessité de les appliquer coûte que coûte.

Il croyait au bien. À la chose juste. Et il ne changerait jamais.

Cela, il le devait bien sûr à Jamison, mais aussi à Grandma Pauline, qui lui avait offert un véritable foyer, où grandir et s'épanouir.

Mais, s'il voulait être à la hauteur de l'exemple fourni par Jamison, il ne pouvait pas être question uniquement de respecter la loi.

Il s'agissait aussi de soustraire une vie innocente à la brutalité des *Sons of the Badlands.*

Ce qui signifiait qu'il devait accepter de contourner la loi.

— Gage, je t'ai caché quelque chose, annonça-t-il, tout de go.

Son jumeau haussa les sourcils.

— Du genre ?

— Du genre *Sons of the Badlands.*

On l'observait.

Cecilia le percevait et en distinguait les signes.

Cependant, elle accomplit sa journée de travail comme si de rien n'était. Elle répondit aux appels, elle patrouilla à travers la réserve… Et, ce faisant, elle se tint en alerte, prête à se battre s'il en était besoin.

Mais elle ne cessa pas de faire ce qu'elle aimait. Faire partie de la police tribale était tout pour elle. Et même le fait d'être sous surveillance ne l'empêcherait pas d'assumer ses responsabilités.

Elle ne se rappelait pas ses jeunes années ici, avec sa mère. Vaguement, comme dans une sorte de brume, elle avait quelques souvenirs d'elle. Essentiellement parce que tante Eva lui en avait parlé.

Après le décès de sa mère, Eva Knight lui avait fait quitter la réserve et avait fait en sorte qu'elle soit hébergée chez elle, au ranch. Dans cette grande famille, constituée d'enfants adoptés, Cecilia avait été aimée. Elle y avait gagné des sœurs, et aussi la stabilité que sa mère n'aurait jamais pu lui apporter.

Tante Eva était morte à son tour quelques années plus tard, et ça avait été difficile. Mais elle avait pu compter sur Duke et sur celles qu'elle considérait comme ses sœurs.

Cependant, le sentiment d'appartenir à une communauté lui avait manqué.

En tant que policier, elle voyait essentiellement les mauvais côtés de la réserve. Mais elle avait besoin de retrouver ses racines, d'appréhender en tant qu'adulte l'histoire de son peuple.

Ces derniers temps, elle pensait avoir compris d'où elle venait, qui elle était… Mais la situation avec Layla et Mak remettait en question tout ce qu'elle avait appris depuis qu'elle avait intégré la police tribale, il y avait de cela sept ans.

Il était évident qu'elle serait sous surveillance, car Elijah savait qu'elle avait emmené Mak. Ce qui voulait dire qu'il ne fallait pas compter sur la possibilité de se glisser subrepticement chez Brady ce soir, afin de prendre des nouvelles du bébé.

Mais elle pouvait appeler, malgré tout. Elijah n'avait pas les moyens d'intercepter ses communications. Donc, elle se contenterait de passer un coup de fil…

Cette idée la contrariait, toutefois. Elle avait laissé cet adorable petit garçon avec un inconnu. Même si elle savait que Brady était un type bien, Mak ne le savait pas, et ce changement dans ses habitudes pouvait le perturber.

Cecilia emprunta à pied la route qui menait chez elle. Elle agita la main à l'intention de sa voisine âgée, qui aimait lui raconter des anecdotes à propos de sa mère. Elle ignorait si tout ce que lui disait la vieille dame était vrai, mais ça lui faisait plaisir d'entendre ces histoires du passé.

Lorsqu'elle vit que sa porte était ouverte derrière l'écran de moustiquaire, son cœur s'emballa, et elle en oublia toute velléité de papoter avec sa voisine.

La main sur la crosse de son arme, elle entra.

Mais il ne s'agissait pas d'un intrus.

Cecilia laissa retomber sa main.

— Rachel ?

Sa cousine était en train de préparer le thé. Elle lui adressa un grand sourire.

— Salut. Tu rentres tôt.

— Qu'est-ce que tu fais là ?

Il n'était pas inhabituel que sa cousine lui rende visite, ou reste dormir chez elle. Rachel était institutrice sur la réserve, et elle se partageait entre la communauté et le ranch des Knight, afin de pouvoir s'occuper de son père quand elle ne travaillait pas.

Normalement, Cecilia adorait l'avoir auprès d'elle.

Mais Rachel souffrait de déficience visuelle depuis l'enfance, ne percevant que des silhouettes. D'habitude, elle n'y pensait même pas. Sa cousine était capable de se débrouiller. Elle gérait son handicap depuis toute petite et à présent elle était une adulte qui savait prendre soin d'elle.

Seulement, aujourd'hui, avec quelqu'un qui surveillait ses moindres faits et gestes, Cecilia ne voulait faire courir aucun risque à Rachel, en sachant que cette dernière serait d'autant plus vulnérable qu'elle pourrait ne pas voir venir une attaque.

— Rach, je…

Rachel était la seule fille biologique d'oncle Duke et tante Eva. D'une certaine façon, Cecilia avait un lien plus proche avec elle, du fait de leur parenté. Ce n'était pas qu'elles ne considéraient pas les filles adoptives d'Eva et Duke comme leurs sœurs, mais plutôt que ces dernières ressentaient une certaine forme de jalousie en raison de ces liens du sang.

Heureusement, cela n'avait jamais impacté leur affection réciproque, et l'âge adulte avait effacé les anciens ressentiments qui avaient pu exister. Cecilia donnerait sa vie pour chacune d'entre elles. Les quatre autres filles Knight étaient vraiment ses sœurs. Mais son attachement à Rachel était plus profond, et elle éprouvait le besoin viscéral de la protéger.

— Tu ferais mieux de t'en aller.

— Pourquoi ?

Cecilia ne pouvait pas lui dire la vérité, même si elle en trépignait d'envie. Elle avait déjà impliqué Gage, Felicity et Brady.

Mettre d'autres personnes au courant ne ferait qu'augmenter le danger. Pour eux.

Les Wyatt et les Knight avaient traversé suffisamment d'épreuves au cours des derniers mois.

Et que se passait-il quand une fille Knight demandait de l'aide à un des frères Wyatt ?

Cecilia s'efforça d'oublier cette idée qui la mettait mal à l'aise.

Liza avait demandé de l'aide à Jamison, et ils étaient sur le point de se marier. En attendant, ils s'étaient installés ensemble et élevaient la demi-sœur de Liza, qui était encore une toute petite fille. Mais ils étaient ensemble depuis le lycée.

C'était la même chose pour Cody et Nina, qui s'étaient mariés secrètement et vivaient à Bonesteel avec leur fille, après une romance de jeunesse qui avait été brisée par les *Sons of de Badlands* et avait repris quelques années plus tard.

Quant à Felicity et Gage, eh bien, ça avait été une surprise, et le couple pouvait sembler mal assorti à première vue. Mais ils étaient heureux ensemble, et cela seul comptait.

C'était une suite de coïncidences qui n'avait rien à voir avec Brady et elle, voulut se convaincre Cecilia.

— Cee, que se passe-t-il, insista Rachel.

Cecilia se força à sourire.

— La journée a été difficile.

— Et tu espérais être seule ?

— Oui. Enfin, non. Peu importe.

Ceux qui la surveillaient savaient que Rachel était là. Il l'avait vue entrer, et la renvoyer maintenant ne rimait à rien. Autant faire avec.

Il n'empêche qu'elle avait envie d'aller dans sa chambre, de se jeter sur son lit et de pleurer. Ou, mieux encore, elle rêvait de se réfugier au ranch des Knight et de rester cachée jusqu'à la fin des temps.

Mais elle n'était pas une mauviette. Elle ne pouvait pas se permettre la moindre faiblesse, que ce soit pour Layla comme pour elle-même.

Elle n'était pas devenue policière parce que c'était facile. Elle ne voulait pas aider les gens seulement quand il n'y avait aucun risque.

Cependant, c'était le plus grand défi de sa carrière. De sa vie. Ça expliquait les doutes, les peurs, et l'envie de pleurer. Seulement, il ne fallait pas qu'elle y cède, ni qu'elle montre à Rachel ce qu'elle ressentait.

— Tu vas me faire à dîner ? demanda-t-elle, en s'efforçant d'alléger son intonation.

— C'est ma destinée, répondit Rachel, d'un ton amusé. Je suis venue sur terre pour nourrir les filles Knight, qui sont totalement incompétentes en cuisine.

— Incompétentes, c'est un peu violent. Et Sarah ne serait pas d'accord.

Sarah était la seule à s'être intéressée au travail du ranch et elle gérait le domaine agricole d'une main de maître. En bonne fille de la campagne, elle était solide, travailleuse, et têtue.

— Je te ferai remarquer qu'elle n'est même pas capable de faire cuire des pâtes, protesta Rachel. Il serait temps qu'elle s'y mette. Je ne serai pas toujours là.

Cecilia ressentit un élan de panique, mais elle s'efforça de ne rien laisser paraître.

— Tu as l'intention de partir ?

Rachel haussa les épaules.

— Tu l'as bien fait, toi. Maintenant, tu as ta vie.

— Toi aussi.

— Tu parles. Quand je suis au ranch, je dois rendre des comptes à mon père ou à Sarah. Le reste du temps, je vis dans mon logement de fonction à la réserve, ou je suis chez toi. Je sais que tu apprécies cette vie en communauté, mais je ne suis pas sûre que ça me convienne. Ce n'est pas comme ça que je vais rencontrer quelqu'un.

— Tu n'as qu'à te mettre en danger, comme Felicity, et Brady suivra les traces de son frère, en tombant amoureux d'une demoiselle en détresse.

Rachel plissa le nez.

— Felicity n'était plus vraiment une demoiselle. Et Brady est tellement pénible…

— Pas du tout !

Cecilia se tut à temps. Ce n'était pas à elle de défendre Brady. Et ça pourrait lui attirer des commentaires.

Heureusement, un coup frappé à la porte lui offrit une diversion bienvenue. C'était probablement Mme Eldridge qui avait envie de papoter.

— Je reviens, dit-elle, en se dirigeant vers l'entrée.

Elle ouvrit la porte et ne vit personne. Surprise, elle regarda aux alentours. Ce devait être des enfants qui s'amusaient à tirer les sonnettes. Pourtant, elle n'entendait aucun ricanement, aucun bruissement de feuilles dans les buissons environnants.

Il n'y avait qu'un silence étrange… Angoissant.

Elle s'apprêtait à refermer quand elle remarqua la flèche plantée dans la rampe du perron.

Un bout de papier y était attaché, avec deux mots tracés en lettres capitales.

À BIENTÔT

Elle fixa les lettres jusqu'à ce que sa vision se brouille et ne fut tirée de sa torpeur que par la voix de Rachel.

— Qui est-ce ?

— Personne. C'est juste une blague. Je reviens tout de suite.

Elle ferma la porte, descendit les marches et récupéra la flèche. Puis elle regarda dans la rue. Tout était calme. Il n'y avait personne dehors.

Plus maintenant.

Elle allait raccompagner Rachel au ranch Knight, puis elle entrerait dans le jeu d'Elijah, puisque c'était ce qu'il voulait.

De toute façon, c'était la seule manière de l'éloigner de Mak.

4

Brady avait du mal à garder les yeux ouverts.

Mak n'avait pratiquement pas dormi depuis que Felicity avait quitté l'appartement. En conséquence de quoi, il avait passé une grande partie de la nuit à se tourner et se retourner dans son lit, quand il ne se levait pas pour aller vérifier que tout allait bien.

Gage et lui avaient une liste d'instructions longue comme le bras en ce qui concernait les soins à donner au bébé, mais ils avaient dû regarder un tutoriel en ligne sur la façon de changer une couche, et ils s'y étaient repris à trois fois avant d'obtenir un résultat satisfaisant. Préparer les biberons et nourrir Mak avait été un peu plus facile, mais Brady était ravi de la présence de son frère jumeau. Il n'aurait pas survécu sans aide à cette nuit.

Il s'inquiétait de ne pas avoir eu de nouvelles de Cecilia. Pas même un texto.

Comment se faisait-il qu'elle ne prenne pas de nouvelles du bébé ? Qu'était-il supposé faire toute la journée ? Il ne pouvait faire venir personne chez lui. Si quelqu'un surveillait son appartement, les allées et venues paraîtraient suspectes.

Pour le moment, Mak dormait paisiblement dans le

lit pliant apporté par Gage, et Brady savait que le plus sage serait de tenter de dormir quelques heures.

Mais son épaule lui faisait trop mal pour trouver le repos.

Il se dirigea vers la cuisine et fit du café. Puis il prit deux comprimés d'ibuprofène et ses derniers antibiotiques, même s'il doutait de leur efficacité. La perspective de devoir essayer un nouveau traitement le déprimait. Il en avait tellement assez des hôpitaux et des médecins…

Gage sortit de la chambre d'amis, vêtu de son uniforme. C'était la dernière semaine qu'il le porterait. Il avait obtenu sa mutation de Valiant County à Rapid City, afin d'être plus près du travail de Felicity, qui était employée au Parc national, et Brady n'avait toujours pas assimilé l'idée qu'il ne ferait plus équipe avec son jumeau.

— Je sais que ça te manque, dit Gage.

Ou bien il ne comprenait pas la tristesse que ressentait Brady, ou bien il s'efforçait de faire diversion.

Brady désigna son épaule d'un geste résigné.

— Qu'est-ce qui tu veux que je fiche avec ça ?

— Ce n'est pas définitif.

— Non.

C'était pourtant ce qu'il ressentait.

Il aurait déjà dû avoir repris le travail maintenant et il serait en train de faire ses dernières patrouilles avec Gage.

Mais Gage n'avait plus que trois services à faire avant de changer de vie. Il allait épouser Felicity, avoir un enfant, et être flic ailleurs…

Si Brady y regardait de trop près, il trouverait la source de sa déprime.

Il décida donc de ne pas y regarder de trop près.

— Café ? proposa-t-il.

— Je vais en prendre un au poste. Je veux passer voir Felicity avant de commencer mon service. Elle se sent un peu barbouillée le matin.

— Vous allez bien ensemble, tu sais. Je n'aurais pas parié sur votre couple, mais ça fonctionne.

Gage esquissa un sourire.

— Oui, je sais.

Son humeur s'assombrit soudain.

— À propos d'Elijah… Qu'est-ce que je dis aux autres ?

Brady aimait tous ses frères. Il était prêt à se battre à leurs côtés et à donner sa vie pour n'importe lequel d'entre eux. Mais Gage et lui avaient fui ensemble le gang des *Sons of the Badlands*. Ils étaient inséparables depuis le début, et leur lien resterait toujours plus fort, parce qu'ils étaient des jumeaux.

— Je pense que je devrais tout leur dire. Et je pense aussi que Mak et moi ne devrions pas rester ici. Nous devrions nous cacher. Il faut juste que je trouve comment l'emmener sans me faire repérer. Et il faut que Cecilia soit d'accord.

— Tu as eu de ses nouvelles ? demanda Gage.

Brady secoua la tête.

— Ça ne me plaît pas. Je sais qu'elle est capable de prendre soin d'elle, mais je n'aime pas ça.

— Moi non plus. Mais tu sais à quel point elle peut être têtue.

Brady ne comprenait pas pourquoi elle s'opposait toujours à ce qu'il disait ou faisait, mais c'était ainsi.

— Organisons un dîner de famille, proposa Gage. Cecilia vient et tu viens. Nous trouverons un moyen de dissimuler Mak. Si tout le monde débarque au ranch, et qu'il n'y a pas de bébé, ça déstabilisera ceux qui nous surveillent.

Brady hésita.

— Ça m'ennuie de vous impliquer tous.

— Tu sais bien que nous serons tous heureux de pouvoir arracher un enfant aux griffes des *Sons of the Badlands.*

Brady hocha la tête. Il savait que c'était vrai, mais cela ne cadrait pas avec cette boussole morale qu'il avait toujours suivie : ne jamais mettre quiconque dans la ligne de mire des *Sons of the Badlands.*

— Oui, mais comment faire pour qu'on ne remarque pas la présence de Mak ?

— Gigi a une poupée qu'elle promène partout dans un petit landau.

Gigi, la demi-sœur de Liza, avait quatre ans et, jusqu'à ses trois ans et demi, elle avait vécu sur le camp des *Sons of the Badlands*, avant que Liza et Jamison ne la sortent de là.

— Mak est à peine plus grand que la poupée, mais ça pourrait marcher, continua Gage, d'un ton pensif.

Ce qu'il y avait de bien dans la présence de Rachel, c'était que Cecilia s'inquiétait tellement pour sa cousine qu'elle en oubliait de se faire du souci pour elle-même.

Elle n'avait pas fermé l'œil de la nuit, passant son temps à vérifier et revérifier portes et fenêtres pour s'assurer que tout était bien fermé.

Ce matin, elle avait du mal à garder les yeux ouverts et ne tenait debout que grâce au café, qu'elle ne buvait pas d'ordinaire.

Lorsqu'elle revint de son tour d'inspection dans le

jardin, Rachel traînait dans la cuisine en bâillant. Sa cousine n'avait jamais été matinale, et Cecilia se demandait pourquoi elle avait choisi d'être institutrice, alors que ce travail exigeait de se lever tôt. Mais il fallait croire qu'elle aimait l'enseignement.

Quand Rachel était chez elle, elle allait à l'école et en revenait à pied, avec sa canne blanche. Cecilia se serait sentie plus rassurée si elle avait eu un chien guide, mais le sien était mort l'année dernière, à un âge avancé, et Rachel n'avait pas l'énergie de se lancer dans un long et complexe processus d'attribution d'un nouvel animal.

— Je vais te conduire, aujourd'hui.

— Pour quelle raison ?

Cecilia s'était préparée à cette question et pourtant elle tiqua. Elle détestait tellement mentir à Rachel.

— Il se passe des trucs en ce moment. Juste des petites incivilités, mais ça pourrait dégénérer.

Rachel plissa le front.

— C'est vague.

— Oui, je n'ai pas trop d'informations. Tu ne risques probablement rien à te déplacer à pied, mais ça me rassurerait de te conduire.

— Il est trop tôt pour se disputer, décréta Rachel, en bâillant à nouveau. Mais je rentrerai à pied cet après-midi.

Cecilia essaya de ne pas s'exclamer qu'il n'en était pas question. Le plus simple aurait été que Rachel rentre chez elle. Mais, quand on s'adressait à une tête de mule comme l'étaient toutes les filles Knight, mieux valait trouver un compromis. Et elle était bien placée pour le savoir.

— Tu ne peux pas revenir avec quelqu'un ? Peut-être une de tes collègues ?

— Si tu penses vraiment que c'est nécessaire.

— Oui.

Rachel haussa les épaules et but son café.

— Je serais prête dans une vingtaine de minutes.

Tandis qu'elle attendait, Cecilia fit à nouveau le tour de la maison pour s'assurer que tout était bien verrouillé. Elle appela par radio le poste de police pour prendre son service, puis elle conduisit Rachel à l'école.

La matinée était ensoleillée, avec une légère brise. La campagne était verte encore, avec çà et là quelques taches rousses annonciatrices de l'automne.

D'habitude, c'était l'époque de l'année que Cecilia préférait. Ce ne serait pas le cas cette fois, avec Layla à l'hôpital et la nécessité pour elle de protéger Mak.

Elle s'arrêta devant l'école, essaya de tenir sa langue et n'y parvint pas.

— N'oublie pas de demander à quelqu'un en qui tu as confiance de te raccompagner.

Rachel, qui s'apprêtait à sortir de la voiture, marqua une pause.

— Cette fois, tu vas me dire ce qui se passe.

— Quand j'aurai plus d'informations. C'est promis.

Rachel eut un clappement de langue dubitatif, puis elle ferma la portière et se dirigea vers l'école. Cecilia la suivit des yeux jusqu'à ce qu'elle ait disparu à l'intérieur du bâtiment.

Sa journée de travail s'achevait, et Cecilia n'avait pas remarqué la moindre filature. Elle prit en charge un dernier appel, concernant un conflit de voisinage. C'était agaçant et sans intérêt, mais cela faisait partie de ses attributions.

Il lui fallut presque une heure pour que les voisins parviennent à un semblant d'accord et, quand elle regagna sa voiture de patrouille, Cecilia avait un terrible mal de tête.

Elle regarda sa montre. Rachel était probablement rentrée à la maison maintenant.

Le tambourinement dans sa tête cessa, tout comme son souffle… et peut-être même son cœur, quand elle vit le papier glissé sous son essuie-glace.

Il pouvait s'agir de n'importe quoi… une publicité. Mais Cecilia savait ce que c'était.

Un nouveau message.

S'équipant d'un gant en latex, elle récupéra le papier et le lut.

Elle est jolie.

Cecilia s'efforça de ne rien laisser paraître. Dedans, elle n'était que terreur et panique, le cœur comme serré dans une gangue de glace. Mais, dehors, ses mains ne tremblaient pas, et son regard était assuré.

Elle se mit au volant et déposa le message sur le siège passager, avant d'enlever son gant.

Elle tourna calmement la clé de contact, enclencha la position *Drive* de la boîte automatique.

Partageant son attention entre la route et son téléphone, elle appela le numéro de Rachel.

Les sonneries s'égrenaient sans fin.

— Décroche, dit-elle entre ses dents.

Finalement, la messagerie s'enclencha, et Cecilia laissa échapper un juron.

Elle était tentée d'appuyer sur l'accélérateur, de traverser la réserve à toute allure pour atteindre la maison de Rachel, à la frontière est.

C'était forcément à elle que le message faisait allusion. C'était une menace contre Rachel, et cette dernière était toute seule chez elle.

Elle aurait dû s'en douter. Elle aurait dû demander à Rachel…

Quoi ? De ne pas faire la classe ? De se cacher ? Ça n'aurait pas été juste. Il n'empêche qu'elle aurait quand même dû faire quelque chose.

Finalement, Cecilia respecta la limitation de vitesse, observant son environnement au cas où il s'agirait d'un piège, d'une embuscade. Elle avait parfaitement conscience que menacer Rachel était un moyen détourné de l'atteindre elle. Sa cousine ne savait rien.

Mais peut-être Elijah pensait-il le contraire ?

N'y tenant plus, Cecilia accéléra et s'arrêta devant chez elle dans un crissement de pneus. Si quelqu'un l'avait suivie ou l'observait quelque part dans la rue, elle avait fait voler en éclats son calme apparent.

Puisque le mal était fait, elle se rua à l'intérieur, la main sur la crosse de son arme. Mais Rachel était parfaitement en sécurité, pelotonnée sur le canapé, ses écouteurs dans les oreilles.

L'apercevant, elle ôta un des écouteurs et haussa les sourcils.

— Tout va bien ?

Cecilia relâcha son souffle.

Ça ne pouvait pas continuer comme ça.

— Je vais te reconduire au ranch.

— Cee, tu es vraiment bizarre en ce moment. Tu vas devoir m'expliquer ce qui se passe.

— Je sais, je sais. Écoute, je t'expliquerai tout quand nous serons à la maison. Avec tout le monde.

Elle devait mettre toute la famille au courant. C'était la seule façon d'assurer la sécurité de Mak et Rachel.

— Allons au ranch.

— Je peux demander à papa…

— Non, non. C'est moi qui t'emmène.

— C'est vraiment grave, n'est-ce pas ? demanda Rachel, en se tordant les doigts.

Cecilia n'était pas choquée de devoir mentir aux gens qu'elle aimait si c'était pour leur conserver la vie sauve. Mais elle n'était pas certaine d'avoir encore ce luxe.

— Ça pourrait l'être, si je ne fais pas attention.

Rachel se leva du canapé, traversa la pièce et vint prendre la main de Cecilia dans la sienne.

— Dans ce cas, il faut que tu fasses très, très attention.

5

Brady avait affronté sans broncher des personnes armées, des types baraqués sous influence de stupéfiants, et quantité de situations dangereuses.

Il avait été blessé par balle en essayant de sauver Felicity des griffes de son père.

Il avait arpenté à moto le territoire des Badlands pour retrouver son frère avant qu'Ace ne le tue.

À onze ans, Gage et lui avaient failli se faire prendre en s'évadant du camp des *Sons of the Badlands*.

Et pourtant aucune de ces situations n'avait provoqué en lui la panique qu'il ressentait aujourd'hui.

Il ne comprenait pas ce qui le faisait réagir ainsi.

Liza était en train de sangler Mak dans le landau de poupée avec lequel Gigi était entrée dans l'appartement. La fillette de quatre ans faisait des grimaces à Mak pour essayer de le faire rire.

Brady ne pouvait pas dire qu'il avait vu d'un bon œil le retour de Liza dans leurs vies. Après avoir vécu quelque temps avec Jamison, Liza lui avait brisé le cœur en se laissant séduire par un membre du gang des *Sons of the Badlands*.

La série noire avait continué quand Nina, la petite

amie de Cody, une autre des filles adoptives des Knight, avait disparu.

Quelques mois plus tôt, Liza était réapparue, réclamant l'aide de Jamison pour arracher au gang sa demi-sœur, Gigi. Peu après, Nina avait à son tour refait surface, blessée, et avait demandé à Cody de l'aider à protéger leur fille.

Et pour finir, ils avaient tous été réunis, et ravis de l'être. Comme si le temps écoulé ne signifiait rien.

— Ça va aller, lui assura Lily. Gigi fera très attention.

Brady n'en doutait pas. Malgré son jeune âge, la fillette avait déjà traversé des épreuves qu'aucun enfant ne devrait connaître.

— Mak pourrait faire du bruit.

— C'est possible. Mais Gigi et moi parlerons fort pour éviter qu'on l'entende.

Brady observa le bébé d'un air dubitatif. Il avait entendu Mak hurler plutôt efficacement pour quantité de raisons. Mais il venait d'être nourri et changé, et semblait de bonne composition pour le moment.

— Je ne voulais pas t'entraîner là-dedans.

— Tu as l'air d'oublier que je connais les *Sons of the Badlands* aussi bien que toi. Même Gigi sait ce que ça fait de vivre au camp. Je serai toujours prête à aider quiconque voudra leur échapper.

— Très bien. Allons-y.

Liza et Brady soulevèrent le landau pour descendre les marches du perron, puis Gigi le poussa sur le trottoir en chantant à tue-tête une comptine.

Tandis qu'ils avançaient jusqu'à la voiture aux vitres teintées empruntée pour l'occasion, Brady s'efforçait de surveiller le périmètre sans attirer l'attention. Il ne vit personne, mais ça ne signifiait pas qu'ils n'étaient pas surveillés.

Liza installa Gigi dans son siège pour enfant.

— Il faut aussi attacher ma poupée, dit Gigi, d'une voix de stentor.

Liza soupira, comme si c'était une demande stupide.

— Les poupées ne peuvent pas être blessées, voyons.

— Mais il faut l'attacher quand même.

Levant les yeux au ciel, Liza replia les roues du landau, le transformant en couffin, et arrima celui-ci avec la ceinture de sécurité.

— Voilà. Tu n'as plus qu'à bien surveiller ta poupée pour qu'il ne lui arrive rien.

Mak commença à faire des petits bruits, et Gigi se mit à réciter son alphabet à plein volume.

— Installe-toi sur le siège passager, cow-boy, déclara Liza, en refermant la portière arrière.

— Je peux conduire.

— Non, tu ne peux pas. Qui plus est, il s'agit de ma voiture. Donc, c'est moi qui conduis. Mais tu peux aussi bien rester ici. Ce serait dommage, remarque. Grandma Pauline a fait son gratin de pommes de terre…

Brady s'installa, ferma la portière et laissa échapper un soupir. Jusqu'ici, ils ne s'en sortaient pas trop mal. En grande partie grâce à l'adorable fillette assise sur la banquette arrière.

Il se tourna et lui sourit.

— Tu es une vraie star, Gigi.

— J'aime bien faire semblant. Et je suis contente d'aider Mak. Je ne veux pas que les méchants hommes le prennent.

Ils roulaient depuis un moment sur l'autoroute, quand Brady repéra dans le rétroviseur un énorme pick-up. Quelque chose lui parut aussitôt suspect.

— Accélère, ordonna-t-il.

— Parle-moi sur un autre ton, protesta Liza.

Brady n'avait pas le temps de prendre des gants.

— Pas une vitesse folle. Juste assez pour voir si ce pick-up nous suit.

Cette fois, elle ne fit pas de commentaire et obéit.

Quand le pick-up accéléra à son tour, Brady jura en son for intérieur. Mais, lorsqu'il parla, son intonation ne trahit rien de son agitation.

— Nous sommes suivis.

— Ça ne veut pas dire qu'il sait que nous avons Mak.

Les yeux rivés sur son rétroviseur, Cecilia franchit les limites de la réserve. Jusqu'à présent, personne ne la suivait.

Mais elle ne pouvait se résoudre à baisser sa garde. Elijah ne renoncerait pas aussi facilement, ce qui signifiait qu'il avait autre chose dans sa manche.

Si elle réussissait à arriver jusqu'à la maison, elle y trouverait de l'aide. Un soutien.

Elle ne voulait pas entraîner sa famille là-dedans, mais celle-ci était déjà en danger. Et cependant elle n'en éprouvait pas de culpabilité. Si elle avait fait cela, c'était pour Layla, dont la vie était devenue un enfer.

Elle l'avait tellement suppliée. Jamais elle n'aurait pu lui tourner le dos. Et elle savait que sa famille, parce qu'elle avait déjà traversé quantité d'épreuves, ne lui reprocherait pas d'avoir fait ce choix.

Ils voudraient eux aussi participer à la lutte. Tant d'entre eux avaient été impactés par les *Sons of the Badlands*...

Les Knight n'étaient pas du genre à fuir le danger pour sauver leur peau. Les Wyatt encore moins.

Elles n'étaient plus très loin de la bretelle de sortie vers la maison quand le portable de Rachel et celui de Cecilia bipèrent à l'unisson.

Rachel soupira et plongea la main dans son sac.

— Je déteste les textos groupés. Ce n'est jamais bon.

Elle enclencha la transcription vocale, pour que son téléphone lui lise le message.

De Gage Wyatt.

Dîner au grand complet chez Grandma Pauline. Présence requise.

— Ils ont besoin d'être aussi autoritaires ? marmonna Cecilia. En plus, Brady ne pourra pas y aller.

— Pourquoi ? Et comment le sais-tu ?

— Je t'expliquerai plus tard. Réponds que nous sommes en route.

Rachel utilisa la transcription vocale pour envoyer sa réponse.

Quelques minutes plus tard, Cecilia s'engagea dans l'allée gravillonnée du Reaves Ranch, l'exploitation agricole de Grandma Pauline.

Au moment où elle tournait, elle entendit un bruit sec, puis la voiture tangua et le volant enregistra des secousses. Cecilia faillit le lâcher, mais réussit à s'y agripper à la dernière minute.

Elle freina un peu trop tard. La voiture dérapa et se mit en travers, avant de s'immobiliser.

Cecilia n'était pas certaine de ce qui venait de se

passer, mais le bruit qu'elle avait entendu ressemblait à un coup de feu.

— Ne bouge pas, dit-elle à Rachel.

Son cœur battait à tout rompre, mais sa voix était calme et ferme

Elle se glissa hors de la voiture, en tirant son arme de son holster, mais en la dissimulant dans son dos tandis qu'elle observait les alentours.

Un énorme pick-up ralentit sur la route principale et s'arrêta à sa hauteur.

Elle continua à dissimuler son pistolet tandis que le conducteur se penchait par sa vitre.

— Vous avez besoin d'aide ?

Cecilia était certaine de l'avoir déjà vu en compagnie d'Elijah. Cela faisait longtemps, probablement un an, mais elle n'oubliait jamais un visage.

Elle afficha un sourire reconnaissant.

— Oh ! ce serait formidable. J'ai une roue de secours dans le coffre, mais c'est tellement compliqué à changer.

L'homme sourit et ouvrit sa portière.

Cecilia avait l'impression qu'il y avait un passager dans la voiture et que celui-ci essayait de se cacher. Elle fit mine de ne rien avoir remarqué.

Lorsque l'homme descendit de voiture, il tenait un pistolet à la main.

Cecilia n'hésita pas. Elle donna un coup de pied directement dans l'arme, la faisant voler hors de portée de l'homme. Puis elle pivota et lui asséna un coup de coude dans la mâchoire. On entendit un craquement, et du sang jaillit.

Quelqu'un approchait maintenant.

Sans avoir le temps de reprendre son souffle, Cecilia

donna un coup de genou dans le bas-ventre de son assaillant, qui ahana avant de tomber.

Elle pivota pour affronter l'autre homme.

Il pointait une arme sur elle, et elle tira, visant le bras pour le désarmer.

Elle les voulait vivants.

Il se pouvait qu'ils aient des informations à lui fournir. Mais, s'ils cherchaient à s'en prendre à Rachel, elle n'hésiterait pas à les éliminer.

L'homme hurla et laissa tomber son arme. Du sang coulait de son avant-bras, et il le soutint de son autre main, le plaquant contre son torse pour soulager la douleur.

Le premier qui l'avait attaquée rampait vers l'arme, mais elle fut plus rapide à la ramasser.

Une arme braquée sur chaque homme, elle les toisa avec dégoût.

— C'est Elijah qui vous envoie ?

— Et il enverra d'autres, dit avec un sourire ensanglanté l'homme qu'elle avait frappé à la mâchoire.

— Et je continuerai à leur mettre une raclée, répliqua Cecilia.

Puis elle s'adressa à sa cousine.

— Rach ? Ça va ?

— J'ai appelé Gage.

Apparemment, elle était sortie de la voiture durant la bagarre, mais Cecilia était trop occupée pour s'en rendre compte.

— Il n'est pas de service, mais il a appelé le régulateur pour nous.

Au loin, le bruit assourdi des sirènes annonçait que les secours étaient déjà en route.

— On dirait bien que vous allez vous retrouver en

prison, dit Cecilia, avec un sourire narquois. Vous n'avez rien de spécial à me dire ?

Celui qu'elle avait blessé au bras avait cessé de gémir et la regardait froidement.

— Il t'aura. Il te fera payer.

Un frisson glacé traversa Cecilia, mais elle ne laissa rien paraître.

— Il essayera et il échouera. Comme vous.

6

Brady faisait les cent pas dans le salon de Grandma Pauline, Mak niché au creux de son bras valide. Le bébé se mettait immédiatement à pleurer dès qu'il essayait de le poser ou de le donner à quelqu'un d'autre.

À cet instant, il ne dormait pas et fixait Brady de ses grands yeux bruns, une expression terriblement sérieuse sur son petit visage.

Pendant ce temps, Gage s'entretenait avec les policiers qui avaient arrêté les agresseurs de Cecilia. Il ne savait pas si c'étaient les mêmes hommes qui les avaient suivis. Le pick-up avait poursuivi sa route quand Liza avait bifurqué dans l'allée gravillonnée menant au ranch.

Dès que Gage entra dans la pièce, Brady le bombarda de questions, sans même le laisser parler.

— Marque et modèle ?

— C'est le pick-up qui t'a suivi. Ils ont dû faire demi-tour et attendre Cecilia.

Brady jura.

— Ce n'est peut-être pas une mauvaise chose.

— Comment cela ?

— Eh bien, s'ils ont décidé que tu n'étais pas une cible intéressante, c'est qu'ils ne savent pas que Mak est avec toi.

— Je ne pense pas que ça en soit une bonne que Cecilia soit dans leur collimateur.

— Ce n'est pas ce que j'ai dit. J'ai dit que ce n'était pas si mal car ils ne savent pas où est l'enfant. Et, vu l'état dans lequel se trouvent les deux agresseurs, nous n'avons pas à nous inquiéter pour Cecilia.

Brady grommela.

Il savait que Cecilia était parfaitement capable de se défendre toute seule. C'était un bon flic, même s'il n'était pas toujours d'accord avec ses méthodes. Mais il suffisait d'une seconde pour tomber. Vu qu'il souffrait d'une blessure par balle qui ne voulait pas guérir, il pensait avoir assez de recul sur la question.

Mais il ne servirait à rien de discuter de cela avec Gage.

— Tu veux que je le prenne un peu ? proposa son frère, en désignant le bébé.

— Il a l'air bien comme ça. Où sont Cecilia et Rachel ?

— Elles finissent de donner leur témoignage. Elles ne devraient pas tarder.

Comme un fait exprès, ils entendirent du bruit dans la cuisine et s'y précipitèrent.

Mak commença à s'agiter quand il reconnut la voix de Cecilia, alors que Brady s'immobilisait en la voyant.

Grandma Pauline s'agitait autour d'elle, tandis que Duke exigeait de savoir ce qui s'était passé. Tuck conduisait Rachel à la table, où Dev était déjà assis avec Felicity. Les garçons Wyatt et les filles Knight – aujourd'hui des adultes – étaient toujours réunis pour s'entraider.

— Viens, installe-toi, dit Grandma Pauline, en écartant une chaise pour Cecilia.

— Je vais bien.

Mais elle s'assit quand même, car tout le monde

savait qu'il valait mieux ne pas essayer de tenir tête à Grandma Pauline.

— Donne-moi le bébé, dit Cecilia, en tendant les bras.

Brady sortit de son hébétude, et constata que tous les regards étaient tournés vers lui.

Il dut se pencher pour déposer délicatement l'enfant dans les bras de Cecilia. Et ça l'obligea à sentir son shampooing, à frôler sa main…

Il eut une brève vision de ce fichu baiser du nouvel an. Elle se moquait de lui, le narguait… et elle l'avait embrassé comme un défi qu'elle se serait lancé à elle-même.

C'était ce qu'il avait toujours cru.

Mais quelque chose avait changé quand elle avait pressé ses lèvres sur les siennes. Ça avait été comme un séisme en lui. La découverte d'un sentiment auquel il n'avait jamais pensé avant… Oui, c'était probablement à ce moment-là qu'une digue avait cédé…

Cecilia l'observait étrangement, comme si elle pouvait lire dans ses pensées. Comme si elle en était tout aussi choquée que lui.

Il s'écarta et enfouit ses mains dans ses poches. Il était en train de perdre la tête…

Mais il y avait une explication : c'était le manque de sommeil qui lui donnait des hallucinations.

Voilà tout.

— Je pense que des présentations s'imposent, dit Cecilia, en regardant Mak.

Elle prit une profonde inspiration.

— Je voulais attendre…

La porte s'ouvrit, et Jamison entra avec Cody, Nina et leur fille Brianna.

— Le contingent Bonesteel, déclara Cecilia.

Si Brady devinait juste, elle semblait un peu surprise que tout le monde soit venu aussi vite. Mais il n'était plus temps de tergiverser.

— Tu vas expliquer ta partie, et j'expliquerai la mienne, décréta Brady.

C'était peut-être un peu autoritaire, mais il n'était pas d'humeur à se montrer accommodant.

— Ta partie ? demanda Cecilia, d'un ton suffisamment narquois pour achever de l'agacer.

De toute sa vie, Brady n'avait caché qu'une seule chose à sa famille. En aurait-il parlé si Cecilia n'avait pas sollicité son aide ? Si son problème n'avait pas été lié à Elijah ?

Mais la situation n'était pas aux vaines interrogations.

— Oui, ma partie. Mon lien avec Elijah, et pourquoi je pense que nous devons disparaître.

Cela fit l'effet d'une bombe. Le premier moment de stupeur passé, tout le monde se mit à parler en même temps.

Un sifflement strident fit taire les protestations.

Grandma les toisa tous avec sévérité.

— Écoutons ce qu'ils ont à dire. Nous commenterons après. Vas-y, mon garçon.

— Cecilia d'abord.

D'habitude, Cecilia trouvait amusant que Grandma persiste à traiter les frères Wyatt de garçons, ce qu'ils n'étaient plus depuis longtemps, sans qu'aucun d'eux ne proteste.

Mais elle n'avait pas l'esprit à sourire présentement. Mak était sur ses genoux, gesticulant et babillant heureusement dans son langage de bébé, ses grands yeux bruns emplis de confiance.

Et elle savait, sans l'ombre d'un doute, qu'elle allait encore devoir l'abandonner.

Mais d'abord elle devait tout expliquer aux Wyatt et aux Knight. Ensuite, elle réfléchirait à une façon de disparaître et de détourner l'attention d'Elijah.

— Commençons par une question simple, dit Grandma Pauline. À qui est ce bébé ?

Cecilia expliqua qui était Mak et pourquoi elle avait dû le soustraire à Elijah.

— Elijah sait que je l'ai emmené, mais il ne sait pas où. Notre priorité est donc de garder le secret sur sa présence parmi nous.

— Je peux compter sur vous tous ? demanda Brady, d'un ton sévère.

Il avait un air sombre, presque menaçant, qui ne lui ressemblait pas. Brady avait toujours été un négociateur, un pacificateur, un homme de compromis…

Elle n'aurait jamais pensé qu'il pouvait être comme ça, brutal, en colère, contenant à peine son irritation, et c'était plutôt déstabilisant.

Finalement, elle ne le connaissait pas aussi bien qu'elle le pensait.

— Je voulais tous vous prévenir pour éviter que Rachel ne soit prise entre deux feux…

Rachel voulut protester, mais Cecilia ne lui en laissa pas l'occasion.

— Il y avait une vague menace à la réserve, et j'ai estimé qu'elle n'y était pas en sécurité. Quiconque l'accompagnera deviendra une cible aussi. Elijah sait que j'ai emmené Mak, et s'il ignore pour le moment où il est, tout mon entourage sera suspecté. Donc, vous devez tous être au courant. Mais il faut que je retourne travailler et, si Elijah veut me suivre, grand bien lui fasse.

— Non ! dit Brady, comme s'il avait son mot à dire sur le sujet.

— Je crois que je suis assez grande pour prendre mes propres décisions.

— Non, répéta Brady.

— Et pour quelle raison, je te prie ?

— Elijah Jones est un sociopathe. Et aussi un meurtrier, même si je n'ai jamais réussi à le prouver. Il est le fils spirituel d'Ace, et ça fait huit ans qu'il me nargue, en particulier parce que j'ai été le premier Wyatt à avoir la malchance de l'arrêter.

— Tu le connais donc, dit Jamison, d'un ton parfaitement placide.

Cecilia ne crut pas une seconde à cette apparence de calme.

— Un membre des *Sons of the Badlands*, qui idolâtre notre père, t'a pris pour cible, et c'est la première fois que nous en entendons parler ? Huit ans après ?

Brady garda le silence un moment, et une partie de son stoïcisme naturel reprit le dessus. Mais son poing était toujours serré le long de son corps.

— Je pense qu'il se serait accommodé de n'importe quel Wyatt, finit-il par déclarer, ignorant délibérément la question de Jamison. J'ai eu de la chance.

— Comment cela ? demanda son frère aîné.

— C'était surtout de mauvaises blagues. Des menaces, parfois. Rien de concret ni de dangereux. C'était juste pour me narguer. C'est pour cette raison que je ne vous en ai pas parlé.

— Mais quelle est sa motivation ? Ace est en prison. Il n'a pas besoin d'essayer d'attirer ses faveurs en rendant la vie impossible à un de ses fils.

Cecilia n'aurait pas pu dire qui avait posé la question. Elle était trop occupée à regarder Brady.

— Je n'en sais rien. Si j'avais compris, j'aurais déjà réglé le problème.

Il retrouvait peu à peu son calme. La flamme dans ses yeux s'était éteinte, la tension dans ses bras avait disparu. Il était toujours sur le qui-vive, mais la colère s'en était allée.

Ou alors, il la cachait bien…

— Il n'a pas rendu visite à Ace, dit Jamison. Si c'est son protégé, ils n'ont pas communiqué depuis qu'Ace a été incarcéré.

Cecilia soupira.

— Elijah se moque de l'approbation d'Ace. Il ne veut pas être à son service. Il veut le remplacer. Il veut diriger les *Sons of the Badlands.*

Du bout des doigts, elle caressa la petite joue de Mak, creusée par une adorable fossette.

— S'il vise un Wyatt, c'est que votre famille est l'ennemi des *Sons of the Badlands.* Vous êtes leur plus grande menace, à présent. Vous avez fait tomber Ace et Tony.

— Oui, mais ça a commencé, il y a huit ans, remarqua Jamison.

— C'est vrai. Il y a peut-être une autre raison… J'ignore laquelle. Je ne savais pas non plus qu'il harcelait Brady. Tout ce que je peux affirmer, c'est qu'Elijah veut diriger le gang. C'est pour ça qu'il recrute dans la réserve. Plus il aura de partisans, plus aura de pouvoir.

— Il pourrait créer son propre gang, suggéra Dev.

— Pourquoi se donner cette peine, quand il a à sa disposition la plus grande et la plus dangereuse organisation criminelle de la région ? Je ne dis pas qu'il l'a toujours envisagé. Je dis que les choses ont changé quand Ace a été arrêté. Elijah a changé depuis quelque mois. Il a toujours eu son propre petit groupe, mais ce n'est pas suffisant pour lui. Il veut les *Sons of the Badlands.*

Cecilia baissa les yeux vers Mak, qui s'était endormi dans ses bras, indifférent à ce qui se jouait autour de lui.

— Mais surtout, il veut son fils.

— Eh bien, c'est réglé, alors, déclara Jamison.

Insensiblement, presque malgré lui, il avait endossé le rôle du chef de famille.

— Tout le monde se tient tranquille jusqu'à ce que nous en sachions plus sur les intentions d'Elijah. Ou, mieux encore, jusqu'à ce que nous ayons un motif pour l'arrêter.

Cecilia détacha les yeux de Mak et croisa le regard de Brady.

La colère était de retour. Mais il n'affronta pas Jamison. Il se contenta de la regarder elle, comme s'il savait ce qu'elle mijotait.

Mais c'était impossible. Et, quand bien même il en aurait été capable, il ne pourrait jamais la stopper.

Personne ne le pouvait.

7

— Elle va filer.

Brady faisait les cent pas. Cela faisait des mois qu'il ne se sentait plus lui-même, mais ces derniers jours avaient mis à mal ses mécanismes de survie, tous ces filtres qu'il entassait pour masquer ses véritables sentiments.

Il n'était pas comme son père.

Voilà ce qu'il voulait absolument prouver. Aux autres comme à lui-même.

Ce matin, c'était pire. Tout le monde semblait se satisfaire de traîner autour de Grandma Pauline, d'écouter attentivement les mesures de sécurité prises par Cody et d'attendre.

Mais lui ne pouvait pas attendre. Il savait que Cecilia allait faire quelque chose de stupide. Elle était trop impulsive, trop à fleur de peau. Elle allait essayer de lancer Elijah sur une fausse piste, et il semblait être le seul à le comprendre.

— Cecilia est plus intelligente que ça, affirma Tucker, en enfournant une fourchette d'œufs brouillés.

Il était assis à la table de la cuisine, vêtu d'un des costumes qu'il portait pour son travail d'inspecteur, et prêt à partir pour le commissariat. Même s'il ne vivait pas habituellement au ranch, il avait décidé de s'y installer quelque temps pour protéger Mak.

— Absolument pas ! protesta Brady. On dirait que tu ne la connais pas.

— Elle est flic.

— C'est un électron libre.

Elle l'avait toujours été.

— Je crois que tu la sous-estimes, rétorqua Tucker.

Et sa condescendance le fit grincer des dents, mais Brady prit sur lui. Répliquer que c'était plutôt Tucker qui la sous-estimait aurait été puéril. Et pourtant, c'était vrai.

Si personne ne voulait l'écouter, il allait devoir prendre les choses en main.

Il avait à moitié envisagé de faire diversion lui-même, mais il ne pensait pas qu'Elijah tomberait dans le piège. Sa cible, c'était Cecilia.

— Comment va ton épaule ? demanda Tucker.

— Mieux, répondit Brady, sans y penser.

Il avait un peu moins mal dernièrement. Peut-être la troisième tournée d'antibiotiques avait-elle fait effet, cette fois.

— Quand as-tu rendez-vous chez le médecin ?

Brady s'étonna de cet intérêt nouveau pour sa santé.

— La semaine prochaine.

Tucker hocha la tête.

— Je veillerai à ce que tu ne le rates pas.

Il se leva, alla déposer son assiette dans l'évier et quitta la pièce sans rien ajouter.

Médusé, Brady le suivit des yeux. C'était une façon pas très subtile de lui faire comprendre qu'il ne devait pas quitter les parages.

Grandma Pauline entra d'un pas alerte, un panier d'œufs arrimé à son bras.

Elle enveloppa Brady d'un regard observateur.

— Tu as meilleure mine.

— Je me sens mieux.

— Bien. Quand pars-tu ?

— Qu'est-ce qui te fait croire que je vais partir ?

— Ne t'imagine pas que je ne suis pas capable de lire en toi, mon garçon. Et je devine aussi ce que Cecilia a en tête. Vous avez chacun l'intention de filer en douce et de partir en cavale. Alors, c'est prévu pour quand ?

— Je…

Il ne pouvait pas mentir à sa grand-mère. Il avait déjà essayé, et ça ne marchait pas. En outre, elle semblait approuver sa décision.

— Je voulais intercepter Cecilia, puis la convaincre que nous pourrions tous les trois…

— Non ! Tu laisses le bébé ici.

— Mais…

— L'endroit le plus sûr pour lui, c'est ici. Surtout si Cecilia et toi partez ensemble. Nous avons fait la même chose avec Brianna, quand Cody et Nina étaient absents.

— Uniquement parce qu'ils ont été pris dans une embuscade en revenant de la prison, tint à rappeler Brady. Ils n'auraient pas laissé Brianna par choix.

Quand Ace avait envoyé des hommes menacer Nina, cette dernière avait appelé Cody à l'aide. Ils avaient été séparés de leur fille et avaient tenté de survivre aux multiples agressions dont ils avaient été victimes.

— Ils auraient fait le choix de me la laisser, affirma Grandma Pauline. Et ils le referaient si c'était nécessaire. Et tu oublies que ce petit ne peut pas se cacher ou se taire sur commande. Et vous serez retardés si vous devez transporter des couches, du lait et un lit pliant.

La vieille dame posa son panier et frappa dans ses mains.

— Au lieu de perdre ton temps à discuter avec moi, tu ferais mieux de surveiller ce que fait Cecilia.

— Pourquoi ?

Grandma Pauline leva les yeux au ciel.

— Tu ne crois quand même pas qu'elle va attendre la nuit pour filer ? Elle l'aurait fait hier, si ça avait été son intention. À mon avis, elle va trouver un prétexte pour aller en ville. Elle insistera pour ne pas se faire accompagner et elle disparaîtra dans la nature.

Brady resta sans voix quelques instants. Évidemment, c'était très exactement ce que Cecilia allait faire. Il s'attendait à un subterfuge plus élaboré, mais elle n'en avait pas besoin, puisqu'elle était une adulte libre d'aller et venir sans surveillance.

— Je t'ai préparé un sac de voyage.

Brady dévisagea sa grand-mère avec stupeur.

— Pourquoi tu ne t'es pas énervée, la nuit dernière, en disant à tout le monde que leur plan n'était pas le bon ?

— À quoi bon discuter avec vous ? Vous finissez toujours par faire ce que vous voulez, de toute façon. Prends la voiture que Liza a empruntée. Le coffre est déjà rempli de victuailles et de fournitures. Ne laisse pas cette fille échapper à ta surveillance. Vous êtes assez grands pour vous débrouiller tout seuls, c'est vrai. Mais la situation est dangereuse, ce qui veut dire que vous devez prendre soin l'un de l'autre. Et soyez sûrs que nous nous occuperons bien du petit.

Brady embrassa affectueusement sa grand-mère,

même s'il savait qu'elle détestait les effusions et les attendrissements.

— Je sais que tu n'aimes pas l'entendre, mais nous aurions tous été perdus sans toi. On nous aurait séparés, et nous nous serions retrouvés comme ce pauvre bébé.

Grandma Pauline marmonna et le chassa d'un geste impatient de la main.

— File, maintenant.

Le timing était tout quand une personne planifiait son évasion.

Bon, le terme d'évasion était peut-être un peu exagéré. Cecilia n'était pas retenue prisonnière. Elle essayait seulement d'échapper aux conseils et admonestations de sa famille.

Ce matin, elle avait attendu que Duke et Sarah soient partis s'occuper du bétail. Cody, Nina et Brianna avaient passé la nuit au ranch des Knight, mais Nina avait emmené Brianna au ranch des Wyatt pour les cours à domicile de la fillette. Cody installait une caméra de surveillance et une alarme sur le portail. Il ne restait plus à Cecilia qu'à entendre que Rachel fasse couler l'eau de la douche pour filer en catimini.

Ils avaient décidé qu'il était plus sûr que Mak reste au ranch des Wyatt, d'autant qu'ils avaient déjà le lit pliant, la nourriture et les couches que Brady avait apportés. Il n'y avait rien chez les Knight, et il aurait fallu transporter des affaires de bébé, ce qui aurait pu attirer l'attention.

Cecilia aurait pu passer la nuit chez les Wyatt, mais elle avait préféré rentrer hier soir. Elle avait besoin de ça pour reprendre ses esprits et se préparer à affronter la journée qui s'annonçait.

Un petit mot laissé à l'intention de sa famille, un circuit discret à travers le domaine pour emprunter l'ancien chemin d'accès, en évitant soigneusement les pâtures où officiaient Duke et Sarah, et elle serait libre comme l'air.

Son cœur se serra à l'idée de causer de l'inquiétude à sa famille, mais elle n'avait pas le choix. Aucun argument ne leur ferait accepter qu'elle fût la cible principale d'Elijah, et qu'elle devait s'en aller pour leur éviter de courir un danger.

C'est pourquoi, comme elle avait appris à le faire quand elle était adolescente, au lieu de se battre contre le front uni Wyatt-Knight, elle avait choisi un moyen détourné.

Cecilia rédigea son message et décida de ne pas le laisser dans la cuisine, car l'alerte serait donnée trop vite.

Elle avait besoin d'une longueur d'avance.

La boîte aux lettres.

Parfait. Elle y glisserait son message en partant. Duke et Sarah ne relevaient jamais le courrier avant la fin de la journée.

Ça lui laissait tout le temps…

Satisfaite de son plan, elle balança son sac à dos par-dessus son épaule et fourra le message dans sa poche. Si elle se faisait prendre, elle dirait qu'elle allait porter quelques affaires pour Mak au ranch Wyatt. Puis elle ferait une autre tentative le lendemain.

Quand elle entendit gargouiller la robinetterie, tandis que Rachel commençait à se doucher, elle inspira profondément et se dit qu'elle avait pris la bonne décision.

Elle faisait cela pour Mak, et c'était tout ce qui comptait.

Ouvrant la porte aussi doucement que possible, elle

inspecta les environs, redoutant de voir Sarah ou Duke rentrer à l'improviste.

Rien. La voie était libre.

Elle se déplaça rapidement et en silence de l'autre côté de la maison, où sa voiture était garée, à l'abri des regards.

Elle s'arrêta net quand elle tourna à l'angle de la façade et découvrit Brady, nonchalamment appuyé contre le capot de sa voiture.

Il abaissa ses lunettes de soleil sur le bout de son nez et fixa son sac.

— Tu vas quelque part ?

Cecilia resta quelques instants sans voix. C'était forcément une coïncidence… Il n'était pas là parce qu'il savait ce qu'elle mijotait.

Elle continua à avancer, en affichant un air détaché.

— Je vais faire quelques courses.

Brady désigna la voiture aux vitres teintée que Liza avait empruntée la veille, et qu'il avait garée derrière la sienne pour la bloquer.

— Je vais te conduire.

Elle fronça les sourcils, crispant les doigts autour de la bandoulière de son sac.

— Pour quelle raison ?

— Tu ne pourras pas aller très loin avec ce pneu galette, et j'ai dans l'idée que tu vas faire quelques kilomètres.

Cecilia avait oublié qu'elle avait été victime d'une crevaison la veille, et que la roue de secours d'épaisseur réduite n'était pas faite pour les longs trajets. Zut ! Voilà qui n'arrangeait pas ses affaires.

— Je ne vois pas ce que tu veux dire.

— Bien sûr. Mais je vais te conduire quand même.

— Je n'ai pas besoin d'un chauffeur, Brady. Retourne au ranch et repose ton épaule.

Il fit rouler l'épaule en question.

— Je suis en pleine forme. Je pense que l'infection a disparu, cette fois. Ça tombe à pic, non ?

Cecilia ne savait pas à quoi il jouait, mais elle commençait à perdre patience.

— Fiche le camp, Brady. J'ai des choses à faire, et ça ne te concerne pas.

— Nous savons tous les deux que c'est faux.

— Si tu le dis, marmonna Cecilia.

Elle n'avait pas envie de perdre son temps à se disputer avec lui.

Comme elle se dirigeait vers sa portière, Brady lui barra le chemin.

Elle s'énerva et lui donna une bourrade dans le torse.

Il ne bougea pas.

— Je n'ai pas peur de te faire mal, Brady.

— Essaye toujours.

Son arrogance la mit hors d'elle, et elle frappa, sans calculer ni l'angle ni la portée de son coup.

Brady intercepta le coude qu'elle s'apprêtait à enfoncer dans son estomac, lui replia le bras dans le dos et la plaqua contre la voiture, comme s'il voulait la menotter.

Le souffle court, elle tourna la tête vers lui.

— Avec ta mauvaise épaule, je pourrais me libérer en cinq secondes, si j'en avais envie.

Même s'il commençait à cicatriser, un coup bien placé sur sa blessure le mettrait à genoux.

Il ne cilla même pas.

— Vas-y, ne te gêne pas.

Cecilia se contenta de ricaner. Le corps de Brady

était beaucoup, beaucoup trop près du sien. Elle sentait sa chaleur. Et il n'avait pas besoin de la toucher ailleurs qu'au bras pour qu'elle ait conscience de sa force.

Et ce n'était vraiment pas le moment de se demander ce qu'elle ressentirait s'il la touchait ailleurs.

— Elijah sait que tu as Mak, dit-il, d'une voix aussi tranchante que la lame d'un rasoir. Il ne renoncera pas tant qu'il n'aura pas découvert ce que tu en as fait. Et il m'en veut à moi aussi. Nous sommes dans le même bateau. En restant ici, on fait venir Elijah jusqu'à Mak. Mais, si on part ensemble, on l'envoie vers une fausse piste.

Cecilia dut reprendre son souffle avant de parler.

Elle avait déjà bien du mal à se concentrer sur ce que disait Brady, alors qu'une troublante chaleur l'envahissait, et qu'un vide étrange creusait son ventre.

— Qu'est-ce que tu suggères ? parvint-elle finalement à répliquer.

Cependant, sa voix n'était pas sans évoquer le coassement d'une grenouille.

— Que nous fassions ça ensemble.

8

La tête lui tournait légèrement, et Brady avait du mal à ne pas se laisser submerger par cette sensation.

Qu'est-ce qui lui avait pris de plaquer Cecilia contre la voiture ?

Était-ce une façon de prouver qu'il était physiquement plus fort qu'elle ?

Il savait très bien de quoi était capable Cecilia. Elle ne s'était pas donnée à cent pour cent dans cette bagarre à cause de son épaule blessée. Tout comme il s'était retenu parce qu'il ne voulait pas lui faire de mal.

Alors, pourquoi s'obstinait-il à se coller à elle, au risque d'éveiller ses sens ?

La chaleur qu'il ressentait dans le bas du ventre aurait dû lui tenir lieu d'avertissement.

Il ne devait pas y céder, y trouver satisfaction.

Et pourtant il se grisait de son parfum, du contact avec son corps…

Après tout, était-ce si grave ?

Non, ce n'était pas possible. Il n'était pas ce genre d'homme.

Il la libéra brusquement.

Ce n'était pas très malin. Ça en disait beaucoup plus que ce qu'il était prêt à admettre.

Il se retint de passer la main sur son visage. D'inspirer profondément, comme il en avait envie. Il essaya de s'imaginer pris dans une gangue de glace, pour bloquer toute réaction intempestive.

Que lui arrivait-il ? Il avait l'impression qu'un monstre s'était libéré, refusant de rester en cage.

Il n'était pas attiré par Cecilia.

Elle l'agaçait. Elle le défiait. Elle le poussait dans ses retranchements… Ça n'avait rien à voir avec de l'attirance.

C'était une aberration. Une hallucination.

— Monte dans la voiture, Cecilia, ordonna-t-il, sans rien laisser paraître de ce qu'il ressentait.

Elle s'était retournée mais, contre toute attente, elle restait collée à la voiture, comme si elle avait peur de bouger.

C'était ridicule. Cecilia n'avait jamais peur. Et surtout pas de lui.

Mais il voyait son pouls battre à la base de son cou. Sa respiration était irrégulière, ses lèvres entrouvertes…

Brady eut conscience que quelque chose vibrait en lui, qu'il se refusait à reconnaître ou à nommer.

— Quelqu'un d'autre sait ? demanda-t-elle finalement.

Sa voix n'était qu'un murmure.

Brady s'efforça de retrouver son calme. Quand il parla, sa voix était sous contrôle.

— Grandma Pauline. C'est elle qui m'a convaincu de t'accompagner. Elle pense que nous devrions laisser Mak ici.

Cecilia hocha la tête.

— Il y sera plus en sécurité qu'avec moi.

Brady voyait bien que ça lui faisait de la peine. Il en

était lui-même attristé. Le fait de s'occuper de Mak avait éveillé en lui un instinct paternel dont il se croyait dénué.

— Il sera plus en sécurité loin de nous, corrigea Brady. Moi aussi, je suis la cible d'Elijah.

Cecilia s'écarta de la voiture et se dirigea vers celle aux vitres teintées.

Ils s'y installèrent silence.

Brady jeta un coup d'œil à Cecilia tandis qu'il mettait le contact.

Elle avait les mains croisées sur ses genoux et regardait droit devant elle.

De longues mèches de cheveux noirs qui s'étaient échappées de sa natte encadraient son visage.

Il avait l'impression de la connaître depuis toujours. Elle lui était aussi familière que ses frères.

Mais il réalisait qu'il était en train de la dévisager, ce qu'il n'avait pas à faire. Il n'avait pas non plus à en être affecté.

— Tu sais, ça lui apporterait le respect. À Elijah. De s'en prendre aux frères Wyatt.

Brady s'efforça de suivre le fil des pensées décousues de Cecilia. Ça avait au moins le mérite de faire diversion à des considérations qui commençaient à le déranger.

— Les frères Wyatt qui ont quitté le camp, continuait-elle. Qui sont passés du bon côté de la loi. Qui ont trahi leur père et le gang. Qui ont envoyé Ace en prison. Je suis sûre qu'il y a plein de types là-bas qui l'admirent. Si Elijah s'en prend à nous, je suis certaine qu'il gagnera le respect de ceux qui suivent Ace, encore aujourd'hui.

Brady manœuvra la voiture et s'engagea sur l'ancien

chemin d'accès au ranch, où poussaient maintenant des herbes folles.

— C'était si difficile que ça, De grandir au milieu des *Sons of the Badlands* ? demanda soudain Cecilia.

Elle avait les mains tellement crispées que ses jointures avaient blanchi. Si Brady ne l'avait pas mieux connue, il aurait pu penser qu'elle avait peur.

Fermant un instant les paupières, elle secoua la tête.

— Je ne sais même pas pourquoi je pose la question. Bien sûr que ce doit être affreux de grandir dans un gang.

— Je ne l'aurais pas réalisé si je n'en étais pas sorti. Je savais que c'était…

Il marqua une hésitation.

— Mal n'est pas vraiment le mot. Quand tu n'as aucun élément de comparaison, tu ne sais pas ce qui est bien ou mal. Mais je ne me sentais pas à ma place. Ce qu'ils faisaient me mettait mal à l'aise. Et Jamison se rappelait l'époque où il vivait avec maman et Grandma Pauline.

Brady resta un instant silencieux, les yeux perdus dans le vague.

— Il pouvait faire la part des choses. Il nous a permis de croire qu'il y avait un autre genre de vie, et que nous la méritions. S'il était confié à son père maintenant, Mak n'aurait pas cette chance.

— Tu crois que tu aurais réagi différemment si Jamison n'avait pas été là ?

Il s'était souvent posé cette question. Aurait-il choisi la voie du mal si son frère ne l'avait pas aidé à y voir clair ?

— Je ne le saurai jamais.

Le silence s'installa dans la voiture pendant les dix minutes du trajet jusqu'à l'entrée de l'autoroute.

— Où allons-nous ? demanda Cecilia.

À son grand soulagement, elle était redevenue elle-même. Calme et prête à se battre contre l'adversité.

— C'est une excellente question. Tu as des suggestions ?

Elle ouvrit de grands yeux.

— Pardon ? Tu n'as rien prévu ?

Elle s'efforça de respirer calmement et de ne pas céder à la panique, même si c'était précisément cette sensation qui lui nouait la gorge.

— J'avais un plan, dit-elle, d'un ton de reproche. Tu t'en es mêlé et tu as tout gâché.

Elle soupira.

— Je n'arrive pas à croire que tu n'aies rien prévu. Ça ne te ressemble tellement pas.

— On trouvera un endroit où faire étape. Nous contacterons alors Elijah et nous verrons s'il essaye de s'en prendre à nous.

Cecilia s'énerva.

— « Un endroit », ce n'est pas un plan. « Nous verrons », ce n'est pas un plan.

Brady leva les yeux au ciel.

— On va s'en occuper. Que penses-tu de mon appartement ?

— Pas assez loin. Et ça mettrait trop d'innocents en danger. Pareil chez moi. Il pourrait s'en prendre à mes voisins.

— Où pensais-tu aller ?

— Dans des motels, ici et là. Je voulais donner l'air d'être aux abois, d'essayer de le semer…

Elle jeta à Brady un regard condescendant qu'il ne vit pas, car il avait les yeux rivés sur la route.

— Tu ne peux pas prendre contact avec lui. Ce serait trop évident.

Brady haussa négligemment les épaules.

— Je pense qu'Elijah aime l'évidence.

— Peut-être. Mais il aime surtout inspirer la peur.

Cecilia regarda défiler l'autoroute devant eux, les collines où l'automne imprimait déjà sa marque rougeoyante sur les feuillages…

Peu à peu, le paysage se transformait en désert rocheux, annonçant les territoires arides des Badlands.

— Si nous faisons mine de fuir, il nous poursuivra, reprit-elle. Il a l'instinct du chasseur. Comme tu l'as dit, c'est un sociopathe.

Elle resta pensive un moment.

— Ce que je me demande, c'est comment des gens peuvent avoir envie de suivre des types comme lui ou comme Ace.

— En se regroupant, ils normalisent leurs déviances et leur absence d'empathie. C'est comme ça que des bandes comme les *Sons of the Badlands* se forment. Des personnes avec toutes sortes de problèmes mentaux trouvent une justification à leur comportement et y laissent libre cours, poussés par une sorte d'émulation.

Brady tourna brièvement la tête vers elle.

— On leur dit que tout ce qui est hors du groupe est l'ennemi. S'ils sont pauvres, s'ils ont souffert, c'est à cause des autres. Et s'ils s'en prennent à eux, alors ils finiront par être heureux…

— Ce n'est pas dénué de sens…

— Mais ne te trompe pas, Cecilia. Les types comme Elijah ou Ace sont pires. Ils savent ce qu'ils font. Ils savent comment manipuler les gens. Ils ne méritent aucune compassion.

— Est-ce que j'ai l'air d'une fille compatissante ?

— Tu ne manques pas d'empathie.

— Bah, tu sais ce que c'est. Quand tu fais ce métier depuis longtemps, ça finit par t'endurcir. C'est difficile de regarder les gens prendre sans cesse les mauvaises décisions, sans développer une certaine forme de cynisme.

Cecilia ne savait pas trop pourquoi elle avait dit ça.

Ce n'était pas dans ses habitudes de reconnaître qu'elle était devenue cynique. Mais elle savait que Brady comprendrait, même s'il n'envisageait pas son métier tout à fait de la même façon qu'elle.

— Je pense que ce que tu as fait pour ton amie et pour Mak, que ce que tu peux parfois ressentir les mauvais jours, ne correspond pas à ce que tu es vraiment.

Il parut hésiter, avant de poursuivre.

— Ce n'est pas une critique, mais… Si tu perds toute ton humanité, insigne ou pas, tu deviens comme Ace ou Elijah.

La façon dont il le dit noua l'estomac de Cecilia.

— Tu as peur que ça t'arrive ?

Il avait les yeux rivés sur la route, les doigts crispés autour du volant.

— Parfois.

— Tu ne devrais pas. Je ne connais pas de meilleur homme quc toi, Brady.

— Duke, répondit-il, spontanément.

Cecilia comprit qu'il essayait de détourner l'attention.

— Duke est un homme merveilleux.

Elle n'aimait pas s'attendrir. Il lui semblait que c'était une faiblesse. Mais c'était Brady qui avait abordé le sujet.

Et, vraiment, elle était intimement convaincue qu'il était le meilleur de tous.

— C'est une formidable figure paternelle. Mais c'est un vieux cow-boy un peu misogyne, avec un caractère de chef de clan, qui n'a pas compris que ses filles étaient adultes.

Elle observa Brady du coin de l'œil.

— Jamison est un peu comme ça. Il s'occupe de vous tous comme si vous étiez encore des enfants. Ça n'en fait pas de mauvaises personnes, mais… tu n'es pas comme ça.

Brady s'agita nerveusement sur son siège, comme s'il était gêné par le compliment.

Les frères Wyatt n'avaient sans doute pas l'habitude qu'on leur dise des choses gentilles. Grandma Pauline était extraordinaire, mais elle avait un caractère bien trempé et détestait les minauderies et les attendrissements.

— Je crois que c'est parce que je suis l'enfant du milieu. Un pied chez les jeunes, et un pied chez les plus âgés. Je suis un peu obligé de comprendre tout le monde.

Il lui glissa un regard.

— Remarque, ma théorie ne vaut pas pour toi. Tu es au milieu aussi et tu traites quand même Rachel et Sarah comme des bébés.

Cecilia se rembrunit.

— Pas du tout !

— D'accord.

Elle le dévisagea avec exaspération.

— Ne me dis pas d'accord sur ce ton-là. Je ne les traite pas comme des bébés !

Elle essayait d'être gentille et réconfortante, et il lui faisait la leçon. Quel crétin !

— OK. Tu ne les traites pas comme des bébés, mais carrément comme des nourrissons tout juste nés.

Elle resta bouche bée.

Incroyable ! Il osait la critiquer. Et sur sa façon de se comporter avec ses sœurs, qui plus est.

D'abord, ça ne le regardait pas, et il ne pouvait pas se prévaloir d'une quelconque expérience en la matière.

— J'étais aimable avec toi.

— Oui, et je te dis la vérité.

Il employait un ton parfaitement détaché, comme s'ils n'étaient pas du tout en train de se disputer.

— D'ailleurs, tu sais que c'est vrai, sinon ça ne t'énerverait pas autant.

D'un geste du menton, il désigna le panneau routier répertoriant les trois prochaines villes.

— Tu as un motel en tête ?

Cecilia croisa les bas sur sa poitrine et s'efforça de se calmer.

Elle ne traitait pas du tout ses sœurs comme des bébés. Elle les protégeait, tout simplement. Parce qu'elle savait combien le monde était dangereux et laid.

Tant pis pour Brady s'il était incapable de comprendre ça.

Ils n'allaient pas passer la journée là-dessus. Ils avaient d'autres problèmes plus importants à régler.

— L'Oiseau moqueur à Dyner, proposa-t-elle.

Brady tiqua mais hocha la tête.

— Très bien.

— J'espère que tu as emporté ta combinaison de décontamination.

9

Brady prit la direction du motel minable cité par Cecilia.

Il n'aurait pas fait ce choix, mais il comprenait pourquoi elle l'avait choisi. Ils devaient donner l'air de vouloir éviter de se faire remarquer.

Un motel où on pouvait louer une chambre à l'heure, et où il fallait payer uniquement en espèces, était l'endroit idéal.

Tant pis pour son confort.

Le plus compliqué serait d'inciter Elijah à se lancer à leur poursuite. Il avait probablement une longue liste d'hommes prêts à exécuter ses ordres… Bien sûr, Cecilia et lui avaient les moyens de les combattre, mais ce serait une inquiétude constante et envahissante.

Brady s'arrêta à une centaine de mètres de l'Oiseau moqueur et se tourna vers Cecilia, qui boudait toujours.

Il ne savait pas pourquoi ça l'amusait autant. Il aurait dû ressentir de l'irritation, ou de la frustration, mais il avait plutôt envie de rire.Toutefois ce n'était vraiment pas l'endroit ni le moment pour ça, et il s'exhorta à se concentrer sur leur affaire.

— Je crois que tu devrais y aller seule. Nous devrions

essayer de faire croire que tu fuies seule. Ce sera plus facile de le piéger ainsi.

Cecilia le regarda avec surprise.

— C'est exactement ce que j'allais dire.

— Alors, nous sommes sur la même longueur d'onde.

Elle se tourna sur son siège pour le dévisager, comme si elle était surprise qu'ils parviennent à tomber d'accord.

— Tu ne vas pas jouer les machos et prétendre que j'ai besoin d'un homme pour me protéger ?

— Non. D'abord parce que tu n'as pas besoin d'un homme. Il te faut juste un coéquipier. Et ensuite, parce que, si Elijah est vraiment comme Ace, alors il sous-estime les femmes. Ce qui veut dire que, s'il croit que tu es seule, il ne pourra pas résister. Ce n'est pas dans son schéma de pensée d'imaginer qu'il puisse être battu par une femme.

Elle hocha la tête, l'air sombre.

— Alors, quoi ? Je fais les derniers mètres à pied et tu attends ici.

— Exactement, dit-il.

Mais cette perspective le rendait nerveux.

— Surveille si quelqu'un te suit. Garde ton téléphone et ton arme à proximité.

Elle leva les yeux au ciel.

— Tu me prends pour une débutante ?

— Excuse-moi.

Elle secoua la tête, avant de fouiller dans son sac à dos. Elle en sortit un holster, dans lequel elle glissa son arme.

— Je pense que tu devrais attendre jusqu'à la tombée de la nuit, pour éviter que quelqu'un te voie.

Brady consulta sa montre.

Non. Ça ferait trop longtemps à attendre.

— Envoie-moi le numéro de la chambre par texto et laisse-moi décider de la suite.

— On veut que tout le monde pense que je suis seule. Donc, aucun employé ne doit pouvoir vendre la mèche auprès d'Elijah ou ses hommes. Le problème, c'est que tu ne passes pas inaperçu.

— Comment ça ?

— Tu es…

Elle agita la main, le désignant de la tête aux pieds.

— Grand.

Il haussa un sourcil.

— Allons, tu es typiquement Wyatt : grand, baraqué… Et il n'y a pas besoin d'être un génie pour comprendre. On ne peut pas te confondre avec quelqu'un d'autre.

Elle avait probablement raison. Même s'il lui en coûtait de l'admettre, ses frères et lui ressemblaient à Ace.

Cecilia se glissa hors de la voiture.

— Attends qu'il fasse nuit, insista-t-elle, avant de refermer tout doucement la portière.

Brady n'aimait pas qu'on lui dise ce qu'il devait faire. Et il aimait encore moins la façon dont Cecilia avait mis fin à la conversation, comme s'il fallait absolument qu'elle ait le dernier mot.

Ils étaient supposés être des coéquipiers, travailler ensemble…

Il pourrait très bien sortir de la voiture et la suivre. Il pourrait aussi aller se garer sur le parking du motel… Il y avait des quantités de choses qu'il pouvait faire. Ce n'était pas elle qui menait les opérations.

Mais ils étaient tombés d'accord sur ce plan, et il savait que c'était le meilleur.

Il n'empêche que ça l'ennuyait qu'elle marche toute seule dans la rue. Qu'elle prenne une chambre toute seule…

Il ne saurait même pas si elle avait été interceptée.

Les doigts crispés autour du volant, il essaya de ne pas envisager les pires scénarios.

Mais le décor en lui-même les inspirait.

Il s'était garé le long du trottoir d'une rue passablement désertée. Des magasins vides. Certains avec des vitres cassées dans les étages supérieurs. Deux voitures rongées par la rouille, dont l'une avait un pneu à plat.

S'il faisait marche arrière, il trouverait une ruelle pas très large, mais suffisamment pour y engager la voiture. De là, il pourrait se faufiler jusqu'au motel et y accéder par la cour arrière.

Ensuite, il pourrait vérifier si tout allait bien, et si personne n'avait approché Cecilia.

Durant le trajet, il n'avait remarqué aucune filature et il était à peu près sûr qu'on ne les avait pas encore trouvés.

Le motel était une vieille bâtisse tout en longueur, adossée à un petit bois.

Vu de derrière, ce n'était qu'un bloc de béton, percé de minuscules fenêtres qui ne semblaient pas avoir été lavées depuis des décennies. Un passage couvert séparait le bâtiment en deux zones distinctes.

Il sortait du couvert des arbres quand un texto lui communiqua le numéro de la chambre.

Ouvre. Je suis là, dit-il.

La réponse fut conforme ce qu'il attendait.

Je t'avais dit de ne pas bouger.

Il réitéra sa demande.

Ouvre.

Elle ne répondit pas cette fois. Il se dirigea alors vers sa chambre et découvrit qu'elle n'avait pas seulement déverrouillé, mais laissé la porte entrebâillée.

Il se glissa dans la pièce.

Elle ferma la porte derrière lui et la verrouilla.

— Je t'avais dit d'attendre !

Ses yeux lançaient des éclairs.

— Ça aurait été trop long. Et puis, on aurait pu me repérer dans la voiture. Tu as identifié des signes de filature ?

— Non. Et toi ?

Il secoua la tête.

— Ils ne sont pas encore sur nos traces.

— Ça veut dire qu'ils rôdent autour des ranchs. Je n'aime pas ça.

— Moi non plus, mais tu as dit toi-même qu'on ne pouvait pas prendre contact directement avec Elijah.

Brady regarda autour de lui. La pièce sentait le tabac froid et l'humidité. Il était certain que la literie n'avait pas été changée depuis les années 1990 au moins. Tout avait l'air sale.

— J'ai donné un faux nom à l'accueil. On ne m'a pas demandé de pièce d'identité.

Les bras croisés autour de sa taille, Cecilia arpentait la moquette usée jusqu'à la corde.

— Ça m'angoisse d'attendre ici qu'on nous trouve, pendant qu'Elijah risque de s'en prendre à nos familles.

— Cody s'en occupe.

Cecilia ne répondit rien à cela, mais Brady voyait bien qu'elle avait des doutes.

Il n'en était pas exempt lui-même. Même si Cody s'était entraîné avec la CIA, et faisait partie d'une unité secrète dont la mission était de faire tomber les *Sons of the Badlands*, aucun dispositif de sécurité n'était fiable à cent pour cent.

— Demain, nous irons vers l'est, dit-il. C'est moi qui m'enregistrerai dans un motel, et tu attendras dans la voiture. On alternera ainsi, en allant dans des directions différentes, en réservant pour deux ou trois jours en n'y restant qu'un. Je pense qu'il ne suivra que toi. Mais, s'il envoie aussi des hommes après moi, ça va réduire ses ressources.

— Ce n'est pas toi qui assures le commandement. Tu ne peux pas tout décider dans ton coin et me donner des ordres.

— Ce n'était pas un ordre.

Les bras croisés, elle redressa le menton, d'un air de défi.

— Ah, non ?

— Mon plan ne te plaît pas ?

Elle faisait la grimace, les lèvres pincées, le nez plissé.

— Là n'est pas la question.

— Et alors, quoi ?

— Tu m'énerves.

— Je ne vois pas pourquoi.

— Forcément, tu es un Wyatt.

Elle se laissa tomber sur le lit et continua à bouder.

Impossible de lutter contre Brady quand il avait raison. Personne ne les suivait pour le moment, donc il était normal qu'il l'ait rejointe sans attendre.

Changer de motel dès le lendemain était logique aussi…

Ça fonctionnerait encore mieux s'ils se séparaient, mais le danger serait plus grand. Autant qu'ils fassent équipe.

Mais bon sang, ce qu'il pouvait l'agacer !

Eh bien, puisque c'était comme ça, elle allait tout faire pour l'agacer aussi.

Alors, elle lui sourit.

— Je suppose que nous allons devoir partager le lit ?

S'il y avait une façon de mettre Brady vraiment mal à l'aise, c'était de reconnaître cette petite étincelle de désir entre eux.

— Non.

— Tu as peur que j'abuse de toi ? demanda-t-elle, d'un ton doucereux.

Le regard de Brady s'assombrit, et elle ne put retenir un frisson.

— Nous ne devrions pas dormir en même temps, Cecilia. C'est une question de bon sens.

Oh ! comme elle détestait ce ton condescendant !

Elle devait réellement avoir un problème pour le trouver aussi attirant, alors qu'il l'agaçait prodigieusement.

Et, franchement, n'était-ce pas pitoyable de chercher à tout prix à le faire sortir de ses gonds ?

— Tu veux appeler le ranch et vérifier si tes bébés vont bien ? Enfin, je veux dire, tes sœurs.

— Je t'ai déjà dit que je ne les traitais pas comme des bébés. Mais je devrais peut-être le faire avec toi, étant donné que tu te comportes comme un gamin de cinq ans.

— C'était juste une plaisanterie, Cecilia, dit-il, d'un ton ennuyé. Laisse tomber.

Chose qu'elle ne pouvait évidemment pas faire.

— Si je suis un peu protectrice envers mes sœurs, c'est parce que je suis flic.

Il leva les yeux au ciel.

Et puis quoi encore ? Pour qui se prenait-il ?

Elle se redressa d'un bond.

— Tu ne peux pas comprendre parce que vous êtes tous des flics, et vous n'avez pas besoin d'être protégés.

— Qu'est-ce que ça change, ce que je pense de ta façon de te comporter avec tes sœurs ?

Elle avait bien conscience qu'il la provoquait délibérément. Et elle devait se montrer plus intelligente que lui. Elle n'avait qu'à laisser tomber.

— Rien. Rien du tout, en fait.

— Eh bien voilà ! On y arrive enfin.

Et il lui tapota le dessus de la tête.

Elle enfonça son index dans son torse. Et elle prenait vraiment sur elle.

Parce que, en réalité, elle avait envie de lui envoyer son poing dans la figure.

— Ne me tapote pas la tête, espèce de crétin arrogant.

— Ne me plante pas ton index dans le torse.

Il lui saisit le poignet et écarta sa main.

Une onde de chaleur courut tout le long du bras de Cecilia, jusqu'à sa poitrine, et son cœur se mit à battre plus vite.

C'était ridicule et tellement puissant, cette chose entre eux.

Et ça n'allait pas en rester là.

À travailler ensemble, à passer toutes les nuits dans la même chambre… Les disputes allaient forcément laisser place à autre chose

L'attirance allait continuer à rôder autour d'eux, jusqu'à ce qu'ils règlent le problème. D'une façon ou d'une autre

Elle chercha son regard.

— On ne peut pas prétendre que ça n'existe pas, Brady.

Il laissa retomber son poignet et se renferma dans sa coquille.

— Regarde-moi faire.

10

Prétendre que ça n'existait pas…

Brady n'avait pas à faire comme si ça n'existait pas. Parce que ce… truc entre eux n'était qu'une illusion forgée par la frustration, la peur et le danger.

S'il y avait la moindre étincelle d'attirance, il était facile de l'éteindre.

Une fois qu'elle aurait cessé d'enfoncer son index dans son torse.

Mais Cecilia n'était pas du genre à reculer devant un défi. Elle affrontait tout bille en tête.

Prétendre que ça n'existait pas…

Visiblement, elle ne savait pas à qui elle s'adressait. Parce qu'il pouvait ignorer des quantités de choses. À commencer par ça.

Il sortit son téléphone de sa poche et appela Cody.

— Il faut que je fasse le point, marmonna-t-il, sans regarder Cecilia.

S'il y eut une réponse, elle n'était pas verbale.

Lorsque Cody répondit, il alla droit au but.

— État de la situation ?

— Tu n'es pas sérieux.

— Pourquoi ?

Cody soupira.

— Vous venez de partir. Nous étions d'accord pour…

— Pour rien du tout. Tu as noté un incident quelconque ?

— On a eu de la visite, mais c'était plutôt discret. Ils doivent savoir que vous n'êtes plus là, et ils ne soupçonnent pas que vous avez laissé Mak avec nous.

— Des nouvelles d'Elijah ?

— Non. Il se fait discret. Où êtes-vous ?

— Il vaut mieux que tu ne le saches pas.

— Je suis passé par là. Ce serait mieux de travailler tous ensemble, plutôt que de faire cavalier seul.

— On verra plus tard. Pour le moment, on s'en tient à cette stratégie.

Avant que Cody ait pu répondre, le téléphone lui fut arraché de la main.

Il se tourna vers Cecilia, l'air sévère.

Elle avait le téléphone collé à l'oreille et ne le regardait pas.

— Cody ? Ouais. Écoute… Tiens-toi à l'écart d'Elijah. Ta priorité, c'est Mak. Pour tout le monde là-bas, il n'y a que Mak qui compte.

La réponse de Cody ne dut pas lui plaire, car elle coupa brusquement la communication et jeta le téléphone sur le lit, d'un grand geste agacé.

— C'est très adulte, Cecilia !

— Je fais ce que je veux et je n'ai pas besoin de l'approbation de ton petit frère.

Elle croisa les bras sur sa poitrine.

— Nous devons faire en sorte qu'Elijah nous suive. C'est tout.

— Il ne t'est pas venu à l'idée que je ne cherchais pas une quelconque approbation, mais que je cherchais plutôt à obtenir diplomatiquement que tout le monde soit sur la même longueur d'onde, sans aboyer des ordres ?

Elle balaya cette remarque d'un revers de main.

— Nous n'avons pas le temps pour ces subtilités.

— Et s'ils essayaient eux-mêmes de traquer Elijah ? Tu n'es pas la seule à faire quelque chose uniquement parce que quelqu'un t'a dit de ne pas le faire.

— Ils ne le feront pas, déclara-t-elle.

Et elle avait l'air d'y croire.

— S'ils font ça, nous serons bien plus en danger. Elijah rassemblera ses troupes pour un assaut spectaculaire. Alors que, s'il pense que nous sommes livrés à nous-mêmes, nos chances seront meilleures. Tes frères ne sont pas stupides. Ils y auront pensé…

Elle n'avait pas tort. Même si ses frères désapprouvaient leur plan, ils ne prendraient pas le risque de leur faire courir un plus grand danger encore.

— Tu peux admettre que j'ai parfois raison.

Elle lui adressa un sourire très satisfait.

Puis elle se rapprocha de lui, avec le même regard qu'elle avait eu le soir du nouvel an.

Et elle fit la même chose. Elle posa les mains sur ses épaules, comme si c'était là leur place.

Mais, cette fois, il savait ce qu'elle avait en tête. Elle n'avait pas bu. Elle ne plaisantait pas.

C'était probablement pour affirmer sa supériorité. Pour achever de l'irriter.

Mais rien ne l'obligeait à réagir. En fait, il ne ferait rien. Il resterait parfaitement impassible.

Seulement, elle ne fit pas que laisser ses mains à plat sur ses épaules. Elle les noua autour de son cou, en glissant les doigts dans ses cheveux.

Et elle se plaqua contre lui, provoquant une réaction immédiate de son corps.

Pourquoi cette accélération de son sang dans ses veines ? Pourquoi cette brutale chaleur dans son ventre ?

Il ne voulait pas réagir. Il ne le devait pas.

— Ce n'est que de l'attirance.

Il fallait qu'il le dise à voix haute. Il devait entendre les mots.

Cecilia écarquilla les yeux, faussement innocente.

— Oh ! je croyais que c'était chaste. Sans désir. Juste un conte de fées, avec plein de petits cœurs.

Il soupira et lui attrapa les mains pour les détacher de son cou.

Elle ne se laissa pas repousser, se plaquant de plus belle contre lui, et Brady sentit s'enflammer ses sens.

— Il n'y a pas de raison d'en faire tout un plat, dit-elle, d'une voix enjôleuse. Considère ça comme une façon de faire diversion au stress. Et ne me dis pas que tu ne ressens rien du tout.

— Tu penses que c'est aussi facile que ça ?

Il eut un rire sans joie.

— Qu'est-ce que tu peux être naïve !

Elle semblait un peu choquée. Mais il devait frapper fort pour lui faire entendre raison.

— Tu as oublié le baiser du nouvel an, Cecilia ?

— Non.

— Tu t'es dit que ça ne signifiait rien et tu n'as jamais eu envie de recommencer ?

— Si, mais…

— Tu ne peux pas oublier un simple baiser, mais tu crois que nous pouvons coucher ensemble et ne plus jamais y repenser ?

— Ce n'est pas pareil. C'est juste du sexe.

Il la repoussa et, cette fois, elle ne résista pas.

— Ah bon ? Ça t'est déjà arrivé de coucher avec un homme sans éprouver aucun sentiment, aucune attache ?

— Bien sûr.

— Bien sûr ? Tu dois avoir une vie sexuelle très débridée.

Elle haussa les épaules.

— Tu n'as pas la moindre idée de ce à quoi ressemble ma vie sexuelle.

— En effet. Et je ne préfère pas. Mais le sexe fait changer les choses. Il y a la nudité, l'intimité. C'est sans conséquence quand tu choisis quelqu'un au hasard dans un bar. Par contre, ça pose problème quand on est presque de la même famille.

— Ah bon ? C'est toi qui décides ce qui est bien et ce qui est mal en matière de sexe ?

Bon sang, ce qu'elle pouvait être agaçante ! Il ne savait pas pourquoi, mais il avait terriblement envie de prendre son visage entre ses mains, et de lui montrer ce qu'un vrai baiser, long et passionné, pouvait faire.

Heureusement, il fut distrait par l'alarme de son téléphone.

— Je dois changer mon bandage, dit-il d'un ton sec.

Il prit son sac de voyage et se dirigea vers la salle de bains, en espérant laisser tout cela derrière lui.

Cecilia n'aimait pas particulièrement qu'on lui fasse la morale, ni que quelqu'un d'autre ait raison, et la façon dont Brady s'était comporté avec elle l'exaspérait au plus haut point.

Elle avait envie de bouder mais, surtout, elle se sentait triste.

Elle s'assit sur le lit et posa son menton entre ses mains.

Au fond, Brady n'avait pas vraiment tort. Mais ça lui faisait du bien de se disputer avec lui, de lui tenir tête, parce que ça ne laissait pas beaucoup de place à l'inquiétude. Et Dieu sait qu'elle était rongée par l'anxiété.

« Tu dois avoir une vie sexuelle très débridée. »

Mais, qu'est-ce qu'il en savait ? Il était tellement coincé, pétri de préjugés !

D'accord, il était sexy. Mais il n'avait même pas l'air de s'en rendre compte. Ce baiser échangé avec lui au nouvel an avait été électrique, mais il n'y avait aucune raison de penser que Brady était autre chose qu'un type casanier et dépourvu d'imagination.

Dans ce cas, ça devait vouloir dire qu'elle aimait les types casaniers et dépourvus d'imagination.

Elle entendit bougonner dans la salle de bains et se pencha pour essayer d'apercevoir quelqu'un dans l'entrebâillement de la porte.

Brady était en train de se débattre avec son bandage.

Quelle tête de mule !

Elle se leva et se dirigea vers la minuscule salle de bains.

— Oh ! bon sang, dit-elle, en poussant la porte. Laisse-moi t'aider.

Dans le miroir au-dessus du lavabo, elle vit qu'il grimaçait.

— Je peux me débrouiller tout seul.

— Non.

Elle lui arracha des doigts le flacon de solution antiseptique et commença à désinfecter la plaie, en s'efforçant d'ignorer qu'il était torse nu.

Elle était folle de rage contre lui et elle n'allait certainement pas se pâmer devant sa peau ferme et ses muscles impressionnants.

Elle était au-dessus de ça.

— Ça a l'air d'aller mieux…

Elle toussota.

— Ta blessure.

— Les antibiotiques ont dû faire effet, cette fois.

Il avait cette voix détachée, presque robotique, qui lui donnait envie de hurler.

Elle finit de nettoyer la zone.

— C'est bien.

— Oui.

Cette conversation ridicule lui fit lever les yeux au ciel. Elle sortit une bande neuve de la trousse à pharmacie et lui désigna le lit.

— Va t'asseoir, bon sang.

Il grommela mais obéit.

Elle le suivit et remarqua son dos balafré.

— Où as-tu eu toutes ces cicatrices ? demanda-t-elle.

Pour toute réponse, il se contenta d'un haussement d'épaules.

Cecilia se plaça entre ses jambes pour mieux accéder à son épaule et entreprit de la bander.

La peau de Brady était incroyablement douce, et elle s'amusa du contraste de sa main brune sur l'épaule livide, qui n'avait pas vu le soleil depuis longtemps.

Et puis soudain, quelque chose se passa.

Ce n'était pas l'envie de le narguer.

Ce n'était pas de la gêne, parce qu'elle se trouvait

entre ses cuisses écartées et le frôlait à la faveur des mouvements qu'elle faisait pour lui bander l'épaule.

Ce n'était même pas de l'attirance.

Il s'agissait d'un sentiment plus doux, plus tendre… Elle avait envie de lui caresser les cheveux…

Il leva les yeux, et son expression stoïque laissa filtrer quelque chose.

Ce n'était pas de la colère, comme d'habitude.

Ce n'était pas de l'agacement…

Il s'agissait de quelque chose de profond, de sérieux…

Cecilia sentit son cœur s'emballer.

Elle avait envie…

De quoi, exactement ? Elle l'ignorait.

En tout cas, elle n'avait pas envie de lui tenir tête, ou de le narguer, ou de démarrer une dispute. Elle ne voulait même pas essayer de tirer parti de leur attirance réciproque.

— Je sais ce que tu ressens, dit-il, d'une voix posée, réfléchie. Tu as peur pour Mak. Tu t'inquiètes pour ton amie Layla. Ce serait formidable de tout oublier pendant un moment. Mais ça changerait tout entre nous. Que nous le voulions ou non, plus rien ne serait comme avant.

Il avait raison. C'était parfaitement vrai.

Et il y avait une infime partie d'elle qui avait envie de ce changement…

— Cecilia…

— Chut !

Elle prit le visage de Brady entre ses mains et refusa toutes les mises en garde, toutes les barrières qu'elle s'imposait habituellement.

Elle fit quelque chose sans préjugé, sans certitude.

Quand elle posa ses lèvres sur celles de Brady, ce fut avec douceur, avec timidité.

Ce baiser n'avait rien à voir avec celui du nouvel an, provoqué par l'alcool et l'envie de se comporter scandaleusement, de choquer Brady.

Sa motivation était différente. Elle cherchait le réconfort, la compréhension qu'elle n'avait jamais pu trouver.

Personne ne l'avait jamais comprise. Ni sa famille ni ses amis, et encore moins ses ex.

Tout le monde pensait qu'elle était forte et n'avait peur de rien.

Mais Brady venait de dire qu'elle avait peur pour Mak, et c'était vrai.

Et c'était pour ça qu'elle l'embrassait avec une douceur dont elle ne se serait jamais crue capable.

Il lui rendit son baiser. Pas en réaction, par automatisme, sous l'effet de la surprise. Non, c'était un vrai baiser, tendre et sensuel, sans être véritablement passionné.

C'était doux, réconfortant…

Mais elle ne tarda pas à se sentir vulnérable. Son cœur s'amollissait. Elle commençait à ressentir un lien… Elle entrevoyait ce que Brady prophétisait en disant que les choses changeraient entre eux.

Le désir était une chose. Coucher avec Brady suffirait à l'assouvir, et elle pourrait passer à autre chose.

Mais, à cet instant, il ne s'agissait pas uniquement de désir. Quelque chose lui disait que son cœur était en jeu et qu'elle risquait de se laisser attirer dans des contrées dont elle ne reviendrait jamais.

Elle laissa retomber ses mains et recula.

— Tu as raison, c'est une mauvaise idée. J'arrête.

Elle avait du mal à retrouver son souffle et elle tremblait.

Il la regarda avec indifférence.

Sa voix était tout aussi impassible.

— Très bien.

Son stoïcisme lui fit mal, même si elle n'aurait pas dû s'en offusquer. Elle bouillait intérieurement, et il se comportait comme un robot.

— Super, marmonna-t-elle.

Et c'était très bien comme ça.

Non, vraiment.

Il n'était pas question qu'elle entame une relation sérieuse avec Brady Wyatt. Or, c'était précisément le message que ce baiser venait de lui communiquer.

Ça ne pouvait pas fonctionner entre eux.

Pour une fois, elle devait écouter Brady, au lieu de lui tenir tête et de faire l'inverse de ce qu'il préconisait.

Faute de quoi, elle risquait d'y laisser son cœur et sa raison.

11

Même quand ce fut son tour de dormir, Brady ne réussit pas à trouver le sommeil.

Entre l'odeur de moisi des draps, leur contact légèrement poisseux et le sifflement de la climatisation, qui semblait ne brasser que de l'air chaud, on ne pouvait pas dire que le confort était au rendez-vous.

Et puis, il y avait son propre état.

Quand Cecilia l'avait embrassé au nouvel an, il avait été capable de transformer son attirance en colère indignée. Il était alors persuadé qu'elle avait tort, et qu'il avait raison.

Mais après le baiser de la veille, tellement empli de gentillesse, et de quelque chose de plus profond qu'il ne parvenait pas à déterminer, il n'éprouvait plus de colère.

Il lui restait seulement une grande confusion.

Et l'impression d'avoir perdu un combat.

Cela n'avait absolument aucun sens, et il s'efforça de se concentrer sur ce qu'il avait à faire.

C'était toujours ainsi qu'il avait avancé dans la vie. Il n'y avait aucune raison que ce soit différent cette fois-ci.

Le lendemain, ils changèrent de motel, s'installant cette fois du côté est du comté. Une autre nuit passa, inconfortable. Un autre point fut fait avec les Wyatt et les Knight, sans que rien de notable ne soit signalé.

— Je n'aime pas ça, marmonna Cecilia.

Elle roulait vers un nouvel hébergement miteux. Ils avaient décidé qu'elle prendrait le volant quand ce serait son tour de réserver la chambre, et vice versa.

— Ça ne devrait pas prendre autant de temps pour nous repérer. Et il ne se passe rien non plus au ranch…

Elle eut un clappement de langue réprobateur.

— Ce n'est pas normal.

— S'il s'inspire vraiment d'Ace, il sait que la patience est la meilleure des armes. Et, s'il ne cherche pas du côté du ranch, Mak est en sécurité.

Cecilia lui glissa un regard en coin, avant de se concentrer à nouveau sur la route.

— Que sais-tu à propos d'Elijah que tu ne m'aurais pas dit ?

— Rien.

Il veilla à conserver un visage impassible et fit un effort pour ne pas se tortiller d'embarras sur son siège.

— Je pense que ce n'est pas vrai.

Brady hocha les épaules et garda le silence.

La tension entre eux n'avait pas disparu, mais elle avait changé de nature.

Avant, ils étaient indéniablement dans l'antagonisme et l'argumentation. Maintenant, c'était timide, embarrassé… Comme s'ils marchaient sur la pointe des pieds autour d'une bombe prête à exploser.

Lorsque Cecilia atteignit Frisco, une petite ville au nord de Valiant County, elle fit comme à l'accoutumée, trouvant un endroit désert pour garer la voiture, à une centaine de mètres du motel. En l'occurrence, il s'agissait d'une aire de repos à l'abandon, envahie par la végétation.

Mais, au lieu de sortir tout de suite de la voiture et d'aller réserver la chambre, elle se tourna vers Brady, l'air grave.

— Je veux que tu me dises tout ce que tu sais, ou ce que tu crois savoir. Garder des secrets à propos d'Elijah ne nous aidera pas.

— Je ne sais rien, Cecilia. Rien du tout. Tout ce que je pourrais dire ne serait que des suppositions.

— Eh bien, j'ai envie que tu m'en parles. Je pense que nous devons tout mettre à plat. Je t'ai dit ce que je savais à propos de sa relation avec Layla.

Elle se fit insistante.

— Je t'ai parlé de toutes les fois où j'ai eu un échange avec lui à la réserve, ou entendu quelqu'un rapporter quelque chose sur lui. Tu connais mon point de vue, mais je ne connais pas le tien. Je sais seulement que tu l'as arrêté une fois, et qu'il te nargue dès qu'il en a l'occasion.

Même s'il répugnait à l'admettre, elle n'avait pas tort. Le seul point positif, c'était que, pendant qu'il le narguait lui, il ne cherchait pas de noises à ses frères. Mais ça risquait de ne pas durer. Et, s'il gardait ce secret…

Il n'avait pas envie d'en parler. Il espérait toujours que ses craintes seraient infirmées. Mais peut-être avait-il été le jouet d'Ace depuis le début.

Que risquait-il à se confier à Cecilia ? Elle y réfléchirait et se ferait sa propre opinion.

Et cependant, les mots restaient coincés dans sa gorge. Il n'avait jamais exprimé ses pensées. Mais il en avait besoin à présent, pour assurer la sécurité de Mak et de Cecilia.

Elle tendit le bras et posa la main sur son genou. Tout en elle était solennel, intense, presque suppliant. Et ça ne ressemblait pas du tout à Cecilia.

Les mots sortirent tout seuls.

— Je pense qu'Ace pourrait être le père d'Elijah.

— Quoi ? s'écria Cecilia, d'une voix étranglée. Mais, comment… Oh ! bon sang ! Qu'est-ce qui te fait penser ça ?

— Je ne sais pas.

Il ressentait une frustration dont il ne parvenait pas identifier l'origine.

— C'est juste une sorte d'intuition…

Cecilia avait raison. Tout savoir leur donnait plus d'atouts. Ils n'en étaient que mieux armés. Ace avait toujours aimé garder des secrets. Ça lui servait à manipuler les gens.

Mais il n'était pas comme son père.

Pour autant, ça ne lui était pas facile d'expliquer ce qu'il ressentait confusément.

— Il ne l'est peut-être pas. Mais leur relation va au-delà d'un rapport entre chef et subordonné. En plus, Elijah m'a dit quelque chose de bizarre quand je l'ai arrêté. « Nous nous ressemblons plus que tu ne l'imagines. » Ça m'a fait réfléchir.

Brady soupira.

— Je ne vois pas un homme comme Ace être fidèle à ma mère. Surtout vers la fin, quand elle s'arrangeait pour être enceinte de façon à ce qu'il ne la tue pas.

— Tu crois qu'il l'a tuée ?

La question était simple, directe. Il n'y avait pas d'apitoiement dans le ton de Cecilia.

— Je ne peux pas le prouver.

— Mais c'est ce que tu penses.

Il haussa les épaules.

— Le penser ne suffit pas. Il faudrait des preuves.

Cecilia garda le silence un moment.

— Je ne sais pas quoi te dire, reprit-elle. Si Elijah était le fils d'Ace, tu ne crois pas qu'on le saurait ?

— Pas forcément.

— Elijah ne voudrait pas garder ça secret. Il voudrait que tout le monde sache qu'il est le fils du chef. Il l'aurait déjà remplacé, d'ailleurs.

— Sauf si Ace lui a demandé de garder le secret.

Brady se tortilla sur son siège, regrettant de ne pas avoir tenu sa langue.

— Comme je l'ai dit, la meilleure arme d'Ace, c'est sa capacité à se montrer patient. Admettons qu'il veuille utiliser Elijah au moment où ça fera le plus de dégâts…

— Tu crois ?

— Je dis juste qu'il y a une raison de garder ça secret. Et ça expliquerait pourquoi il m'a donné un indice, seulement à moi. Pourquoi il se concentre sur moi. S'il s'en prenait à tous mes frères, ça nous mettrait la puce à l'oreille. Mais, tout seul, je ne peux rien prouver.

— Elijah a toujours vécu à la réserve. Ça se serait su si Ace avait une liaison avec sa mère…

Soudain, c'était trop pour Brady. C'était pour cette raison qu'il n'avait jamais voulu aborder le sujet avec ses frères. Ça ne servait à rien, s'il ne pouvait pas le prouver.

— Je ne te demande pas de remettre en question mon hypothèse, Cecilia. J'évoque juste une idée que j'ai eue, et à laquelle je ne crois pas totalement, d'ailleurs.

— Tu n'as pas besoin d'être aussi susceptible. J'essaye seulement de réfléchir. Elijah a toujours vécu à la réserve, mais je réalise que je ne sais pas qui est son père. J'ai toujours cru qu'il était mort avant sa naissance…

— Écoute, je n'ai plus envie d'en parler. Va plutôt réserver la chambre.

Elle pinça les lèvres, mais finit par hocher la tête.

— Très bien.

Elle se glissa hors de la voiture, le laissant seul avec ses pensées.

Et ce n'était pas une situation particulièrement confortable pour lui.

Les pensées menaient une folle sarabande dans la tête de Cecilia, tandis qu'elle marchait à grands pas vers le motel.

Et si Elijah était vraiment le fils secret d'Ace ? Ce n'était pas dénué de logique.

Elle avait beau retourner le problème dans tous les sens, elle en concluait toujours que c'était possible. Et même probable.

Le danger n'en était que plus grand pour Mak. D'ailleurs, cela faisait de lui un parent des Wyatt.

Si c'était vrai.

Elle comprenait l'hésitation de Brady à croire une telle chose. Il n'y avait aucune preuve. Et ça semait le doute sur le pourquoi de ce secret.

Ça incitait aussi à se demander si Ace n'avait pas eu d'autres enfants. Des enfants qui n'avaient pas eu la chance d'échapper au gang des *Sons of the Badlands*, comme Brady et ses frères.

Cecilia entra dans le bureau de l'hôtel. Une pièce minuscule et encombrée.

— Vous avez une chambre ? demanda-t-elle, d'un ton plus agressif qu'elle ne l'aurait voulu.

La réceptionniste la détailla de la tête aux pieds.

— Vous êtes flic ?

Ça lui apprendrait à entrer d'un pas décidé, et avec un air fureteur.

— J'en ai l'air ? Merci du compliment !

La femme, qui ressemblait vaguement à une vieille gloire de la country, avec sa poitrine surdimensionnée, sa tignasse blonde et son maquillage appuyé, ne se laissa pas impressionner.

— Vous avez une pièce d'identité ?

— Bien sûr.

Le cœur de Cecilia commençait à s'accélérer. L'intérêt appuyé de la réceptionniste était peut-être un signe de professionnalisme… Mais elle en doutait.

Elle fit mine de palper ses poches.

— J'ai dû l'oublier dans la voiture.

— Dans ce cas, je vous suggère d'aller la chercher, si vous voulez vraiment prendre une chambre ici.

Cecilia leva les yeux au ciel.

— Si mon argent n'est pas assez bon pour vous, très bien. J'irai le dépenser ailleurs.

La femme derrière le comptoir ne dit rien. Elle se contenta de croiser les bras sur sa poitrine, ce que Cecilia prit comme le signe évident qu'elle ne lui tendrait pas de clé sans carte d'identité en échange.

Un petit frisson de malaise courut le long de sa colonne vertébrale.

Les hommes d'Elijah étaient-ils passés avant elle, pour dissuader la réceptionniste de lui donner une chambre ?

Ou alors, ils avaient posé des questions, et ça avait éveillé ses soupçons ?

Mais la femme ne semblait pas effrayée. Méfiante et un peu discourtoise, oui. Mais pas effrayée.

Cecilia sortit du bureau et fut momentanément aveuglée par le soleil. Puis elle repéra deux hommes, qui semblaient occupés à tout autre chose, mais elle savait bien que ce n'était pas le cas. Elle ne les reconnaissait pas sur un plan personnel, mais elle savait qu'ils étaient les messagers d'Elijah.

Elle pouvait lutter contre deux assaillants. Malheureusement, elle avait le sentiment qu'ils étaient plus nombreux.

Elle traversa quand même le parking, comme si de rien n'était.

Elle n'avait pas besoin de regarder derrière elle pour savoir qu'ils la suivaient.

Elle avait peut-être fait cinquante mètres, et l'aire de repos n'était pas encore en vue, quand un homme sortit de derrière un immeuble, juste devant elle.

Elle plongea la main dans sa poche et empoigna son téléphone. Brady et elle avaient un accord. Si elle n'envoyait pas un texto au bout de vingt minutes, il viendrait à son secours. Ça ne faisait pas plus de dix minutes. Si elle pouvait lui envoyer un message…

— À ta place, je ne ferais pas ça.

Un quatrième homme venait de jaillir à sa droite.

Contrairement aux autres, qui étaient probablement armés, mais n'avaient pas sorti leurs armes, celui-ci pointait un pistolet sur elle.

12

Brady observait la White River au loin.

Le cours d'eau n'était pas très large, et ses berges restaient verdoyantes, alors qu'une grande partie du paysage alentour commençait à se parer des couleurs de l'automne.

Il essayait de se concentrer sur l'eau vive qui s'écoulait, sur le chant des oiseaux et les jeux d'ombre et de lumière du soleil à travers les feuilles, plutôt que sur les minutes qui s'écoulaient.

Il avait promis à Cecilia qui ne débroulerait pas comme un fou, ainsi qu'il l'avait fait la dernière fois. De toute façon, ils s'étaient mis d'accord sur une procédure. En l'absence de texto au bout de vingt minutes, cela voudrait dire qu'il y avait un problème.

Il n'empêche que le temps s'écoulait comme au ralenti.

Brady sortit de la voiture. Pas pour partir à la recherche de Cecilia. Pour se dégourdir les jambes. Pour prendre l'air quelques minutes.

Il vérifia sa montre. Douze minutes.

En fait, si on comptait vingt minutes depuis le moment où ils s'étaient garés, il ne restait plus que trois minutes.

Et il lui faudrait précisément trois minutes pour marcher

jusqu'au motel. Par conséquent, il pouvait très bien commencer à se diriger par là, sans rompre leur pacte.

Verrouillant la voiture, il se mit en chemin.

Il n'avait fait que quelques pas quand il entendit un drôle de bruit.

Quelqu'un criait.

Il avait dû l'imaginer… Oui, mais il était flic, et son devoir était de vérifier ce qui se passait.

Il allongea la foulée, la main sur la crosse de son pistolet.

Il entendit à nouveau le cri. Pile dans la trajectoire entre l'aire de repos et le motel.

Repoussant les scénarios catastrophe, il se concentra sur ce qu'il avait à faire.

Approchant l'angle d'un immeuble, il vit bientôt qu'une bagarre était en cours.

Quatre hommes. Un à terre. Les trois autres étaient regroupés autour de quelque chose.

Ou peut-être de quelqu'un. C'était difficile à dire, de là où Brady se trouvait.

Il se pencha, l'arme braquée dans leur direction. S'il se signalait, les hommes s'enfuiraient probablement, et il voulait d'abord évaluer la situation.

Celui qui était à terre commençait à ramper vers un pistolet. S'il se mettait à courir, Brady pourrait s'emparer de l'arme avant lui. Mais l'homme était peut-être une victime…

Brady reporta son attention sur le trio. L'un des hommes laissa échapper un hurlement de douleur et se plia en deux, lui donnant l'occasion d'apercevoir sur quoi ils étaient penchés.

Aussitôt, Brady point son arme sur l'homme qui

rampait. Personne ne l'avait remarqué pour le moment et, s'il tirait les autres seraient aussitôt en alerte. Mais il ne pouvait pas laisser Cecilia dans cette situation.

Il tira, visant le bras qui se tendait vers le pistolet.

L'homme roula sur le dos, en se prenant le bras, tandis qu'il hurlait de douleur.

Les trois hommes regroupés autour de Cecilia sursautèrent.

Cecilia se releva. Un bout de corde pendait autour de son poignet. Il y avait du sang sur son visage.

En dépit du fait qu'elle était visiblement blessée, elle donna un coup de pied dans le dos de l'un des hommes, qui s'affala.

Brady chargea, tandis qu'un des assaillants brandissait un couteau. Il trouvait étrange qu'aucun des trois n'ait de pistolet, mais il n'avait pas le temps d'y réfléchir.

Il évita le premier coup, envoya un uppercut qui fit tomber son assaillant en arrière.

Quelqu'un derrière lui asséna un méchant coup dans les reins, mais il l'encaissa sans broncher et pivota pour décrocher une manchette. On entendit un craquement, suivi d'un cri de douleur.

Un éclair métallique passa dans son champ de vision, et il se rejeta en arrière, évitant la lame de quelques centimètres à peine.

Tandis que le couteau manquait sa cible, et que son assaillant, déséquilibré, plongeait en avant, Brady lui décocha un violent coup de coudre.

L'homme tomba à quatre pattes, et Brady lui envoya un coup de pied dans les côtes, qui le fit basculer sur le flanc. Il lui bloqua ensuite le poignet avec son pied et récupéra le couteau.

Puis il se tourna vers Cecilia. Elle avait du sang partout. Sa chemise était déchirée, et ses cheveux détachés formaient une masse poisseuse et emmêlée autour de son visage. Elle vacillait un peu sur ses jambes, et il s'empressa de la soulever dans ses bras avant qu'elle ne tombe.

Elle s'agita vaguement tandis qu'il l'emmenait d'un pas pressé vers la voiture. Il n'était pas question qu'ils restent ici, dans cette ville, ou dans ce motel. Il avait besoin d'un endroit à l'hygiène irréprochable pour inspecter ses blessures.

— Je peux marcher, protesta-t-elle.

— Je dois dire que je me moque de savoir ce que tu peux ou ne peux pas faire,

Arrivé à la voiture, il posa délicatement Cecilia sur ses pieds, tout en gardant un bras passé autour de sa taille pour supporter son poids.

— Je vais bien, marmonna-t-elle, tandis qu'il ouvrait la portière.

Il ignora ses protestations et la souleva pour la déposer sur le siège. Il boucla même sa ceinture de sécurité, en dépit du fait qu'elle essayait de repousser ses mains.

— Ne bouge pas, dit-il.

Et il s'inquiéta qu'elle obéisse aussi facilement.

Cecilia n'écoutait que d'une oreille tandis que Brady parlait au téléphone. Le premier appel avait été pour signaler l'agression à la police et donner le signalement des hommes.

À présent, il parlait avec quelqu'un d'autre, tout en conduisant trop vite sur une autoroute déserte. Au début, elle avait cru qu'il s'agissait d'un de ses frères, mais il avait évoqué une cabane de pêche, et elle avait perdu le fil.

Elle ferma les paupières, luttant contre la nausée.

Quatre contre un, ce n'était pas un jeu d'enfant et, même si elle avait bien tenu le choc, elle était quand même un peu sonnée. C'était sans doute la pire bagarre à laquelle elle avait pris part. En tout cas, c'était la première fois qu'elle prenait un coup de couteau.

Elle ne le reconnaîtrait jamais devant Brady, parce qu'il ferait tout un cinéma, mais elle n'était vraiment pas en forme. Elle avait mal partout et elle se retenait de gémir chaque fois que la voiture passait dans une ornière. Mais, si elle montrait le moindre signe de douleur, Brady la cajolerait comme une vraie mère poule.

Déjà qu'il l'avait portée jusqu'à la voiture !

C'était gentil de sa part, mais elle ne voulait pas encourager ce genre de comportement.

En tout cas, elle ne savait pas comment elle allait pouvoir lui cacher sa blessure. S'il l'apprenait, Brady voudrait la conduire à l'hôpital, et ce serait beaucoup trop dangereux. Elle pourrait sans doute s'en sortir avec quelques sutures adhésives et un bandage…

La voiture était arrêtée. Cecilia ne savait pas si elle s'était endormie, ou si elle avait perdu conscience. En tout cas, Brady n'était plus dans l'habitacle.

Elle essaya de se redresser sur son siège, mais le geste lui arracha un gémissement de douleur.

Elle se ressaisit juste au moment où Brady ouvrait sa portière.

— Où sommes-nous ? demanda-t-elle.

Elle regarda autour d'elle, mais rien ne lui était

familier. Il y avait un chalet, adossé à la forêt, et un lac flanqué de gros amas de roches, dont la surface bleutée scintillait au soleil.

Elle en fut suffisamment distraite pour que Brady réussisse à défaire sa ceinture de sécurité et la soulève dans ses bras avant qu'elle ait eu le temps de réagir.

— Je peux marcher, Brady.

— Mais tu ne le feras pas tant que je n'aurais pas vérifié ton état.

Il commença à marcher, comme si elle ne pesait rien et que son épaule ne le faisait pas souffrir depuis des mois. Il monta les quelques marches jusqu'au chalet sans même reprendre son souffle.

— Ça appartient à un de mes amis, dit-il.

Il parlait d'un ton détaché, mais son expression était… tendue, déterminée, féroce.

— Ou, plus exactement, à un ami de Gage. Je me suis fait passer pour lui. Je n'avais pas fait ça depuis le lycée. Lui aussi se faisait passer pour moi.

— Il est pourtant impossible de vous confondre pour quelqu'un qui vous connaît.

— Tu serais surprise.

Il la posa à terre, avec le même soin qu'il aurait pris pour une centenaire. Puis il souleva un pot de fleurs et récupéra une clé en dessous.

Il déverrouilla la porte, la poussa et se tourna vers elle.

Cecilia leva les mains pour le mettre en garde.

— Si tu essayes encore de me porter, je te frappe.

D'un geste rapide, il repoussa ses mains et la souleva dans ses bras.

Pourquoi fallait-il que son estomac se noue chaque

fois qu'il faisait ça ? Et pourquoi ne trouvait-elle pas l'énergie de le frapper vraiment ?

Il se dirigea vers le fond du chalet en quelques enjambées et ouvrit la porte d'une salle de bains.

— Enlève tes vêtements, dit-il, après l'avoir déposée à terre.

Elle le regarda d'un air outré.

— Certainement pas !

— Tu saignes. Il faut te nettoyer et te faire des pansements. Allez, hop ! Chemise. Pantalon. Je veux voir à quel genre de blessures nous avons affaire.

— J'ai dit non.

Elle était absolument furieuse, mais elle n'avait pas l'énergie suffisante pour passer à l'action.

Elle s'assit sur le rebord de la baignoire, en s'ingéniant à ne pas montrer qu'elle avait besoin d'un appui.

— Déshabille-toi, bon sang ! Tu sais que j'ai été secouriste. J'ai besoin de voir tes blessures pour savoir ce qu'il convient de faire.

— Je vais très bien. Je vais prendre une douche. Toute seule, merci beaucoup. Et, si j'ai besoin d'un bandage, je ferai appel à tes services d'expert.

Ça n'eut pas l'effet désiré, qui était de le faire battre en retraite. Elle s'était imaginé que ça blesserait un peu son amour-propre si elle critiquait ses talents de secouriste. Elle savait qu'il prenait cela très au sérieux, et qu'il avait rêvé de devenir médecin.

Mais il l'observa d'un air soupçonneux.

— Qu'est-ce que tu essayes de me cacher ?

— Rien.

— Menteuse ! Puisque tu fais des manières, je vais le faire moi-même.

Il s'avança vers elle. Si elle avait été à cent pour cent de ses capacités, elle se serait débattue. Elle aurait fait ce qu'il fallait pour qu'il ne pose pas les mains sur elle.

Mais elle était mal en point. Elle n'avait plus aucun ressort. Il ne lui restait plus que la peur et l'envie de pleurer.

Elle finit par se résoudre à enlever sa chemise. Son soutien-gorge de sport était plus couvrant qu'un haut de maillot de bain, et ce n'était pas l'idée de s'exposer qui la gênait.

Elle redoutait plutôt la réaction de Brady quand il découvrirait sa blessure.

Il jura et plongea dans le petit placard sous le lavabo.

En cinq secondes, elle se retrouva avec une serviette de toilette pressée sur sa plaie. Elle n'avait pas osé regarder.

Peut-être aurait-elle dû, à en juger par l'air furieux de Brady.

— Ce n'est pas si grave, dit-elle, d'une voix faible.

Elle cilla, dans un effort désespéré pour contenir ses larmes. Elle ne voulait pas craquer devant lui. C'était déjà arrivé une fois chez lui, à cause de Mak. Mais là, ce serait pire.

Parce qu'elle n'était pas triste ou perturbée. C'était l'adrénaline de la bagarre qui s'évanouissait. C'était le besoin de se laisser aller. Elle n'avait pas besoin qu'on prenne soin d'elle.

Elle avait envie d'être seule. De se débrouiller par ses propres moyens.

Elle leva les yeux vers le plafond, cilla et cilla encore, ne répondit pas à ses questions et ne prit pas le risque de le regarder.

Il ne fallait surtout pas qu'elle pleure.

13

Au premier coup d'œil, Brady avait compris qu'il allait falloir à Cecilia des points de suture. Il avait déjà recousu ses frères mais, à l'hôpital, cette pratique était réservée aux médecins.

Et Cecilia n'avait pas qu'une blessure à l'arme blanche. Elle était couverte d'hématomes, et il allait devoir vérifier qu'elle n'avait rien de cassé. Il devait aussi tester ses fonctions cognitives, parce qu'elle s'était endormie dans la voiture. Était-ce la fatigue ou une perte de connaissance ? Il ne pouvait pas en être sûr avant de l'avoir examinée.

Mais, pour commencer, elle devait se débarrasser de tout ce sang et de cette saleté. Elle pouvait se tenir debout et elle était lucide. Une douche rapide était donc la meilleure option.

Ce qui l'étonnait, c'était que Cecilia n'avait manifesté aucune douleur. Pourquoi lui avait-elle caché la gravité de sa blessure ?

Il ne s'était même pas rendu compte de son état. Elle semblait tellement pétulante.

— Tu crois que tu vas réussir à prendre une douche ?

— Oh ! mais non. Tu vas devoir me laver à l'éponge.

Elle leva les yeux au ciel.

— Évidemment, que je peux prendre une douche ! À condition que tu me laisses un peu d'intimité.

— Désolé, mais je ne te quitte pas d'une semelle tant que je ne serai pas certain que tu ne souffres pas d'une commotion cérébrale.

— Ce n'est pas le cas.

— Qu'est-ce que tu en sais ?

— Je n'ai pas reçu de coup sur la tête.

— Je fermerai les yeux.

— Ne te donne pas cette peine. À moins que la vue d'un sein ne te plonge dans une frénésie sexuelle irrépressible.

Il lui tourna quand même le dos et réfléchit à la suite.

Il avait une trousse de premiers secours dans son sac de voyage. Il y avait du désinfectant, mais rien pour anesthésier la zone à recoudre. Ce serait un problème car, même s'il savait Cecilia capable de supporter la douleur, il répugnait à la lui infliger.

— Euh… J'aurais besoin d'aide avec mon soutien-gorge. Il se ferme dans le dos, et ce n'est pas évident.

Elle ne dit pas qu'elle était blessée au bras, mais c'était ce qu'il fallait en déduire.

— Tu dois avoir mal, dit-il, en se tournant vers elle.

Elle tenait toujours la serviette appuyée sur son flanc.

— Je suis en vie. C'est le plus important. J'ai réussi à tenir tête à quatre types, dont un avec un pistolet et un avec un couteau. Je peux supporter la douleur, ne t'inquiète pas.

Elle plissa le front.

— C'est bizarre. Qui vient enlever quelqu'un avec un seul pistolet pour quatre ?

— Des types qui ne sont pas autorisés à tuer, répliqua Brady.

Il lui fit signe de se tourner, de façon à pouvoir dégrafer son soutien-gorge.

— Elijah veut s'occuper de toi lui-même. Fais-moi confiance. C'est pour ça que mes frères et moi sommes encore en vie.

Cecilia frissonna.

— Et alors, qu'est-ce qu'il attend pour nous attaquer ?

Brady laissa retomber ses mains et pivota à nouveau sur ses talons.

— Je n'en sais rien. Tu as besoin d'aide pour autre chose ?

— Non, merci. Ça ira.

Brady s'occupa à trouver une serviette de bain, plutôt que de prêter l'oreille au ruissellement de la douche, et d'imaginer un corps nu couvert d'une mousse parfumée.

La petite salle de bains était emplie de vapeur, et une odeur fleurie l'enveloppait, troublant sa réflexion.

Il ferait peut-être mieux de la conduire à l'hôpital. Ils auraient moins de contrôle sur la situation, mais Cecilia bénéficierait d'examens plus complets. Ça valait peut-être la peine de prendre le risque.

L'eau s'arrêta, et il entendit les anneaux du rideau de douchc glisscr sur la tringlc.

Il tendit la serviette, en prenant soin de ne pas la regarder.

La serviette lui fut arrachée des doigts.

— Bon sang, tu as besoin d'être aussi chevaleresque ? demanda-t-elle, d'un ton irrité, comme si c'était un défaut.

— Je ne sais pas quoi répliquer à ça.

— Évidemment ! Et tu vas me laisser marcher, ou je vais encore avoir droit au traitement de princesse ?

— Fais pression sur ta plaie, dit-il, ignorant sa question. Je crois que nous devrions…

— Si tu parles d'aller à l'hôpital, je ne répondrai plus de mes actes. Bon sang, Brady, tu as été secouriste. Tu sais ce qu'il faut faire.

— Tu as besoin de points de suture.

— Et alors ? Oh ! et puis tourne-toi. J'ai la serviette sur moi.

— Un médecin ferait du meilleur travail que moi.

Brady s'était retourné, mais ne détachait pas le regard de ses yeux.

Il n'était pas question de regarder plus bas.

— Ce n'est sûrement pas si méchant que ça.

Il s'efforça de contenir son irritation.

— Ce n'est pas bon non plus. Et je n'ai pas ce qu'il faut pour te recoudre.

— Je me contenterai de sutures adhésives.

Elle agita la main, d'un geste insouciant.

— Fais ce que tu peux.

— Je vais déjà commencer par trouver un endroit où t'examiner. Reste là.

Cecilia fut presque tentée d'obéir, tandis que Brady sortait en trombe de la petite salle de bains, mais elle ne put résister à l'envie de visiter le chalet.

Le séjour/salon, flanqué de sa cuisine ouverte, offrait une ambiance chaleureuse avec ses fauteuils en cuir râpé encadrant une cheminée en granit, son ancien bureau à cylindre appuyé contre un mur, son tapis orné de motifs ethniques dont les teintes s'étaient fanées, sa table de ferme et ses chaises à barreaux tournés de style Far -West.

Juste à côté de la salle de bains se trouvait une autre porte.

Elle était ouverte, et Brady étendait un drap blanc sur le lit. Il avait déjà disposé du matériel médical sur le plateau de la table de chevet.

Il ne regarda pas la porte, même s'il avait probablement remarqué que Cecilia se tenait sur le seuil.

— Allonge-toi. Je vais t'examiner.

— Je n'ai pas de fracture, Brady. Pas de commotion cérébrale. J'ai déjà eu les deux et je sais ce qu'on ressent. En dehors de cette plaie, je n'ai que des égratignures et quelques bleus.

— Allonge-toi, s'il te plaît.

Le ton exagérément doucereux la fit grommeler, mais elle s'exécuta. Brady enfila des gants en latex, puis il écarta les pans de sa serviette et inspecta son corps centimètre par centimètre, sans montrer le moindre trouble ni intérêt.

Sérieusement, avait-il besoin de se comporter en robot ? Ça le tuerait de laisser filtrer une émotion ?

Examinant sa blessure au flanc, il soupira et secoua la tête.

— C'est trop profond pour cicatriser sans points de suture. Il faut aller à l'hôpital.

— Non.

— Ça risque de s'infecter.

— Attendons un jour ou deux. Tu désinfectes, tu fais un bandage, et on voit ce qui se passe.

— Je sais ce qui se passe quand on laisse une plaie

comme celle-ci cicatriser toute seule. Ce n'est pas beau à voir. C'est douloureux. Et ça peut mal tourner.

— Comment sais-tu ça ?

Il prit un flacon de désinfectant et un carré de gaze, et Cecilia se crispa aussitôt, s'attendant à la douleur.

— Que crois-tu qu'il arrive quand tu grandis dans un gang ?

Évidemment. Elle oubliait parfois qu'il avait passé plusieurs années chez les *Sons of the Badlands*. Des années innocentes, vulnérables…

— Qui t'a donné des coups de couteau ? D'autres enfants ?

En silence, il désinfecta sa plaie, puis il ôta de leur emballage un lot de sutures adhésives.

— Brady ?

D'un geste précis, il commença à appliquer les sutures adhésives sur la peau entaillée, en veillant à bien rapprocher les bords.

— Ace avait instauré un petit jeu. Rien que pour moi. La plupart du temps, il manquait sa cible…

Cecilia sentit son sang se glacer.

— Quel genre de jeu ?

— Il aimait lancer des couteaux. Prétendument pour m'apprendre à rester sur le qui-vive et à prévoir l'imprévisible.

— Il jetait des couteaux sur toi ?

Brady haussa les épaules, avant de croiser son regard.

— Je suis en vie, Cecilia. J'ai survécu. Mais je préfère ne pas évoquer le passé. Tu peux t'asseoir ?

Elle se redressa, et il posa plusieurs carrés de gaze sur ses sutures, avant d'enrouler une bande autour de sa taille.

— C'est stupide. Tu as besoin de points. Les risques

d'hémorragie, d'infection, d'absence de cicatrisation sont trop grands.

Elle entendit l'épuisement dans sa voix. L'inquiétude. Et entr'aperçut peut-être aussi le fantôme d'un petit garçon malheureux.

Sa propre enfance n'avait pas été aussi difficile. Elle avait toujours pensé qu'il n'y avait pas plus misérable qu'elle, mais c'était faux.

En revanche, elle était persuadée qu'ils avaient besoin de la même chose. Ce qui l'avait toujours aidée, c'était d'affronter l'adversité, de prendre à bras-le-corps ce qui se présentait, et d'en sortir victorieuse.

— On ne va pas attendre qu'Elijah vienne à nous, décréta-t-elle. Nous allons aller le chercher.

— Nous ne savons pas où il est.

— Moi, je le sais. Et je pense que tu le sais aussi.

Brady prit une profonde inspiration.

— Je me suis fait une promesse, il y a longtemps. Celle de ne jamais retourner là-bas.

Il chercha son regard.

— Jamais, répéta-t-il.

Cecilia avait terriblement envie de pleurer, mais elle ne détourna pas les yeux.

— Il le faut.

14

Brady n'était pas réellement d'accord avec Cecilia, mais il ne chercha pas à argumenter.

Il l'avait soignée du mieux qu'il le pouvait, lui donnant de l'ibuprofène pour la douleur, une poche de glace pour la vilaine boursouflure sous son œil, et des vêtements propres.

Ne prêtant pas attention à ses propres douleurs, il prit une douche. Ils étaient convenus de passer la nuit au chalet et de repartir du bon pied demain matin.

Il aurait en effet besoin de toutes ses forces pour affronter l'épreuve qui l'attendait.

Retourner au camp des *Sons of the Badlands.*

Il s'était promis qu'il ne le ferait jamais, à une exception près : s'il en allait de la vie de ses frères.

Ni Cecilia ni Mak n'étaient de sa famille. Mais n'était-ce pas la même chose ? Il y retournerait s'il devait protéger les personnes qu'il aim… auxquelles il tenait.

Brady se sécha, examina ses blessures et constata que son épaule continuait à bien cicatriser, ce dont il se réjouit. Il était couvert d'hématomes sur le torse et les bras, mais c'était prévisible après les coups qu'il avait essuyés. En tout cas, il était en bien meilleur état que Cecilia.

Il avait pensé à emporter des vêtements, mais avait oublié de constituer un stock de bandages, et il allait bientôt en manquer.

Prenant un moment pour se regarder dans le miroir couvert de buée, il se demanda à quoi il s'attendait quand il avait commencé à emprunter cette voie. Il n'avait rien planifié réellement. Il voulait seulement protéger.

Pourtant, il avait plutôt mal réagi quand ses frères s'étaient tour à tour lancés tête baissée pour affronter ce qu'ils avaient tous laissé derrière eux.

Bien sûr, il comprenait que Jamison ait ressenti le besoin d'aider Liza à secourir sa demi-sœur, prisonnière du réseau clandestin d'adoptions qu'administraient les *Sons of the Badlands*.

Personne ne pouvait rester indifférent devant une telle horreur.

Et oui, il le reconnaissait, Cody ne pouvait pas faire autrement que de sauver des griffes d'Ace son ex-petite amie, et l'enfant qu'elle avait secrètement mis au monde.

Et, quand Gage avait commencé à enquêter sur le meurtre pour lequel Felicity avait été accusée à tort, le lien avec les *Sons of the Badlands* avait vite été établi.

Tout était toujours lié à eux.

Quant à lui, il pressentait qu'Elijah avait un lien personnel avec son père. En conséquence de quoi, retourner sur les terres des *Sons of the Badlands* était inévitable.Néanmoins, il y répugnait.

Avec un soupir, il se passa la main sur le visage. Après une bonne nuit de sommeil, il y verrait sans doute plus clair. Il serait capable de compartimenter ses émotions et de prendre du recul, comme il le faisait toujours.

Mais il y avait quelque chose dans cette situation qui

compliquait le problème. Il avait soigné les blessures effrayantes de Cody. Il avait porté secours à Gage, après que celui-ci eut été cruellement torturé par Ace.

Mais il s'agissait d'interventions après coup. Réparer les dégâts causés, ce n'était pas la même chose que d'être plongé au cœur de la tourmente avec une femme pour qui il s'inquiétait.

Il ne comprenait pas pourquoi il ressentait les choses ainsi. Il avait toute confiance en Cecilia pour s'occuper d'elle-même. C'était une femme forte, débrouillarde, et elle lui avait démontré bien des fois qu'elle était capable de se battre aussi bien que ses frères. Peut-être s'était-il affaibli mentalement, après tout ce temps passé en convalescence ?

Il sortit de la salle de bains, bien décidé à balayer ce sentimentalisme incongru.

Cecilia était assise dans le lit, alors qu'il lui avait conseillé de s'étendre et de se reposer. Ses cheveux étaient trempés et avaient laissé des taches humides sur son T-shirt. Elle avait un hématome impressionnant sur la joue.

Ce n'était pas une femme faible, ni même douce. Elle était tout en angles et en muscles, avec un esprit vif et une langue aiguisée. Elle savait s'assumer et se défendre. Ça ne faisait pas de doute.

D'où lui venait alors cette envie de l'envelopper dans un cocon de douceur et de la tenir à l'écart de tout danger ?

Il ressentait le besoin de protéger ses frères, bien sûr. Et aussi les filles Knight. Il aurait risqué sa vie pour chacun d'entre eux.

Mais c'était différent. Ce qu'il ressentait pour Cecilia

n'avait rien à voir. Et même si ça l'agaçait, même s'il ne voulait pas y penser, ça ne changeait rien à l'histoire.

Lorsqu'elle regarda de son côté, elle repoussa aussitôt la couverture et voulut se lever.

— Mon Dieu, Brady, regarde-toi !

— Ne sors pas du lit. Tu dois bouger le moins possible, avec ta plaie.

— Tu es couvert de bleus !

Elle était outrée, mais elle se retint quand même de quitter le lit.

— Tu n'as pas dit que tu avais été blessé.

— Je ne suis pas blessé. Je sais ce que c'est qu'une blessure grave, et là ce sont juste quelques égratignures.

— Elles ne sont pas si petites que ça, et il y en a beaucoup.

— Tu veux vraiment avoir cette conversation, alors que je peux encore te charger dans la voiture et t'emmener à l'hôpital ?

Il se dirigea vers son sac et en sortit l'antiseptique et les bandages dont il avait besoin pour son épaule.

— Et c'est toi qui m'as fait tout un cinéma, parce que je ne t'ai pas dit que j'avais reçu un coup de couteau ?

— Un coup de couteau, tu fais bien de le préciser. Une plaie profonde qui a besoin d'être recousue. Ça n'a rien à voir.

— Tu m'énerves !

Elle lui tendit la main quand il s'assit sur le rebord opposé du lit.

— Donne-moi ça.

— Tu dois bouger le moins possible.

— Donne-moi ce fichu bandage et rapproche-toi, si tu ne veux pas que je bouge.

Il grommela, mais finit par faire ce qu'elle demandait.

Tout en déroulant la bande autour de son épaule, elle effleura ses cicatrices plus anciennes, réminiscences des coups de couteau qu'il avait reçus.

— Je ne sais pas comment tu as pu survivre à tout ça, et être devenu l'homme que tu es.

Il haussa les épaules, en essayant d'ignorer l'effet que lui faisait le contact de ses doigts.

— On se débrouille, c'est tout.

Il attrapa sa chemise, avec des mouvements plus gauches qu'à l'accoutumée. Peut-être était-il plus troublé qu'il ne voulait l'admettre par la caresse des doigts de Cecilia sur sa peau.

— Je sais que tu n'as pas envie de retourner là-bas, dit-elle, d'un ton compréhensif. Et je ne veux pas t'y obliger.

— Si tu t'apprêtes à suggérer que tu veux y aller seule…

— Non, non. Je ne suis pas si bête, contrairement à ce que tu as l'air de croire. Nous devons faire ça ensemble, nous protéger l'un l'autre. À un moment, nous devrons peut-être nous séparer, mais pas maintenant.

— Jamais.

Elle étudia son visage, comme si elle cherchait quelque chose. Une réponse. Un indice. Une vérité.

Elle posa une main en coupe sur sa joue, et il se tint immobile, essayant de rassembler tous les arguments qu'il avait contre un rapprochement plus intime entre eux.

Mais il ne s'agissait pas de cela.

— Brady, j'ai vraiment cru que j'allais mourir. Peut-être pas sur le moment mais, s'ils m'avaient enlevée, conduite à Elijah… Je savais que je ne m'en sortirais pas.

La rage explosa en lui.

— Je ne le laisserai pas faire.

— Allons, allons, dit-elle,

Délicatement, elle lui caressa la pommette du bout des doigts.

— Je ne le souhaite pas, mais je suis prête à mourir si ça peut sauver Mak. Je pense que nous ressentons tous cela pour nos familles. Bien sûr, je ne me suis jamais trouvée dans une telle situation.

Peut-être n'accepterait-elle pas de l'entendre, mais Brady ferait tout pour empêcher que cela se produise.

— Je ne veux pas qu'il me prenne quoi que ce soit. Je me battrai jusqu'à mon dernier souffle pour faire en sorte que toi, moi et Mak nous en sortions en un seul morceau. Je ne suis pas fataliste. Je te dis seulement…

Elle prit son autre joue dans sa main et se déplaça jusqu'à ce qu'ils soient genoux contre genoux.

Il aurait pu la réprimander parce qu'elle avait bougé, mais le corps de Cecilia frôla le sien, et ce fut comme un coup de tonnerre. Ce qu'il ressentait soudain était au-delà du désir ou de l'envie.

— Je sais que ça va tout changer, dit-elle, mais c'est peut-être nécessaire. D'ailleurs, le changement a peut-être déjà commencé…

Brady dut s'éclaircir la gorge avant de parler.

— Ça ne changerait pas que nous. Nos familles aussi en seraient affectées. Duke n'est pas particulièrement ravi d'avoir mes frères pour gendres.

Le sourire de Cecilia était doux, et la caresse de ses mains sur son visage plus douce encore.

— Duke n'approuve jamais rien de ce que je fais.

Entrer dans la police… Vivre sur la réserve… Mais il m'aime quand même.

Elle laissa courir le bout de ses doigts sur sa mâchoire.

— Tu n'étais pas obligé de te laisser entraîner là-dedans. J'ai débarqué chez toi. Je t'ai mis Mak dans les bras.

— Elijah avait déjà commencé à…

— Tais-toi et écoute-moi, Brady. Je suis venue te voir, et j'ai voulu me convaincre que c'était parce que tu étais le seul à avoir le temps. Mais en fait, c'était parce qu'il n'y avait que toi en qui j'avais vraiment confiance.

Elle se mit à énumérer, en comptant sur ses doigts.

— J'aurais pu m'adresser à Jamison ou Cody. Ils ont de l'expérience pour soustraire des enfants aux *Sons of the Badlands.* J'aurais pu demander à Tucker. Il est inspecteur de police, quand même. Ils auraient tous accepté de m'aider. Mais, c'est toi que je suis venue voir.

Brady ne savait pas comment réagir à cela, ni comment appréhender le flot d'émotions qui le submergeaient.

L'espoir était la plus grande de toutes.

Mais il n'eut pas à réfléchir, car Cecilia l'embrassa.

C'était doux et tendre, et il lui semblait qu'ils avaient manqué tous les deux de douceur et de tendresse dans leur vie.

Peut-être était-ce pour cela qu'ils ressentaient le besoin de se le montrer l'un à l'autre.

S'il avait fait tant d'efforts pour l'éviter, peut-être était-ce parce qu'il ne voulait pas s'autoriser cela. Et, d'ailleurs, il n'était pas à l'aise avec cette idée.

Mais Cecilia en avait besoin. Et comment pourrait-il résister à lui donner ce qu'elle voulait ?

Cecilia ne savait pas vraiment ce qui avait changé en elle. Mais quelque chose s'était ouvert, comme une vanne libérant des eaux tumultueuses. Une place s'était libérée pour ça. Et maintenant que c'était fait, elle ne pouvait plus l'ignorer.

Au nouvel an, elle avait embrassé Brady parce qu'il lui avait fait ressentir quelque chose qu'elle ne voulait ni ne pouvait identifier.

Mais ça n'avait pas disparu. Alors elle s'était persuadé que c'était seulement de l'attirance. Et elle avait fait machine arrière quand Brady lui avait fait comprendre que ça ne pouvait pas être que cela.

Et maintenant elle l'embrassait. Elle lui disait que les choses avaient déjà changé.

Les mains de Brady étaient douces. Son baiser était renversant. Et c'était comme si en elle de minuscules pièces de puzzle, qui avaient toujours été éparses, s'emboîtaient parfaitement dans leur emplacement, et que tout prenait son sens.

S'il n'y avait pas eu les événements de cet après-midi, la crainte du changement aurait continué à dominer, et elle aurait persisté à se tenir éloignée de Brady.

Mais la peur de mourir lui avait fait ouvrir les yeux.

Accepter le changement, c'était difficile. Mais les regrets représentaient un prix trop lourd à payer.

Quel serait l'intérêt de cette vie si elle n'acceptait pas toutes les émotions qu'elle avait en elle ?

Elle n'était pas parfaite. Mais ce qu'elle ressentait pour Brady était réel. Ils étaient là.

Pourquoi avait-elle cherché à éviter cela ? Pour ne pas être embarrassée ? Pour ne pas être blessée ? Cela semblait tellement stupide en regard de ce qui aurait pu être son dernier jour sur la terre. Sans doute était-ce dramatique, mais ça l'avait menée là.

Personne ne l'avait jamais embrassée ainsi. Comme si elle était à la fois fragile et essentielle.

Mais il n'y avait pas que le baiser.

Personne, pas même Duke – le seul homme dans sa vie qu'elle s'était autorisée à aimer véritablement, à la fois comme oncle et comme figure paternelle – ne lui avait jamais donné l'impression qu'elle était comprise.

Personne n'avait jamais su voir qu'elle était un mélange de force et de faiblesse.

Elle ne voulait pas qu'on la protège, mais parfois elle avait envie qu'on la console. Elle n'avait besoin de personne pour mener ses propres combats, mais parfois elle avait besoin de quelqu'un pour panser ses blessures. Au propre comme au figuré.

Brady était tout cela, rien qu'en étant lui-même.

Il crispa les doigts dans ses cheveux, et le tendre baiser du début se fit plus passionné.

Quelque chose s'enflamma en elle, une faim dévorante dont elle ignorait l'existence. En tout cas, elle ne s'était encore jamais réveillée.

Mais à présent elle voulait se laisser envelopper par cette chaleur. C'était nouveau, c'était entêtant, et c'était meilleur que tout ce qu'elle avait connu avant.

Mais elle sentait que Brady commençait à se mettre en retrait.

— Tu es blessée, murmura-t-il contre sa bouche, comme s'il voulait mettre fin à leur baiser, mais ne pouvait s'y résoudre.

Elle ressentait vaguement que son corps était endolori, mais la douleur était étouffée par l'énergie explosive de son désir. Elle ne voulait pas seulement un baiser. Elle voulait sentir le corps de Brady sur le sien, la caresse de ses mains…

Le serrant dans ses bras avec passion, elle chercha à éveiller en lui la violence d'un désir qu'il s'acharnait à refouler.

— Je survivrai, dit-elle.

Oublier qui ils étaient, et ce qu'ils avaient à accomplir, tel était leur mot d'ordre. Dans cet endroit isolé, le monde extérieur lui semblait loin, et elle préférait ne pas penser aux conséquences de ce qu'ils allaient faire.

— J'en ai envie, Brady. Je te veux.

Il commença à la déshabiller, et elle avait conscience qu'il faisait attention à ses blessures. Mais ça ne la gênait pas.

Elle se sentait vénérée, et entourée par quelque chose d'immense qu'elle ne pouvait pas décrire. Une lumière, une chaleur, une renaissance.

Elle glissa les doigts dans ses cheveux, se concentra sur le plaisir et se donna comme elle ne l'avait jamais fait.

Pourquoi tant de craintes, alors que c'était si bienfaisant, si réconfortant et si juste ?

Elle avait une confiance absolue en Brady. C'était la personne vers qui elle allait quand elle avait des problèmes insurmontables. C'était avec lui qu'elle voulait être dans les situations dangereuses.

Toujours.

15

Lorsque le téléphone de Brady sonna, le tirant d'un profond et reposant sommeil, il sursauta.

Son intention n'était pas de s'endormir. Il n'avait pas non plus prévu de coucher avec Cecilia. Mais les deux s'étaient produits et lui laissaient une sensation d'apaisement. Au lieu de la sempiternelle panique qui le faisait sauter d'un problème à un autre, il avait l'esprit très clair.

Mais la culpabilité n'était pas loin. Ce n'était pas le bon moment… Et ce n'était pas particulièrement approprié.

Mais il avait trouvé ça juste. Bien plus juste que la plupart des choix qu'il avait faits au cours des dernières années.

Il avait passé beaucoup de temps à se convaincre que personne ne pouvait le comprendre comme le faisaient ses frères. Tous ensemble, ils avaient vécu une tragédie, quelque chose que personne d'autre ne pouvait imaginer.

Mais Cecilia ne le traitait pas comme un garçon qui avait passé ses jeunes années dans un gang.

Il bâillait quand son téléphone sonna à nouveau. Il avait presque oublié que c'était ce qui l'avait réveillé en premier lieu.

Un appel répété, quand le monde était encore plongé dans l'obscurité, ne présageait rien de bon.

Il attrapa son téléphone et vit le nom de Cody affiché sur l'écran.

— Il y a eu un incendie chez Duke, dit son frère, dès qu'il prit l'appel. Tout le monde va bien, mais c'était intentionnel. On a voulu nous faire peur.

Brady repoussa aussi doucement que possible Cecilia, qui dormait, blottie contre lui, et s'assit dans le lit.

— Tu es sûr que personne n'a rien ?

— Les chiens ont aboyé avant même le départ de feu. Ils ont dû entendre les rôdeurs. Au début, je me suis dit que c'était une ruse pour nous faire tous sortir, mais il ne s'est rien passé.

— Que se passe-t-il ? marmonna Cecilia, en se redressant.

Brady l'ignora.

— C'est sûrement Elijah.

— Je le pense aussi. Mais je ne comprends pas quel est son but. Toutes ces actions manquées, ça n'a pas de sens.

— Tu as raison. Écoute, j'explique à Cecilia, et on se met en route. Sois prudent. S'il se produit quoi que ce soit d'autre, appelle-moi.

— Qu'est-ce qui se passe ? demanda Cecilia, avant même qu'il ait appuyé sur le bouton de fin d'appel. C'est Mak ? Il lui est arrivé quelque chose ?

Il lui prit les mains.

— Mak n'a rien. Tout le monde va bien. Il y a eu un incendie chez Duke, mais tout le monde est sain et sauf.

Aussitôt, Cecilia repoussa le drap et commença à ramasser ses vêtements.

— Nous devons y aller.

— Non.

Il se leva à son tour et enfila son boxer, avant de faire le tour du lit.

— Assieds-toi. Ne te fais pas mal. Écoute-moi.

— Écouter ? Écouter ! On a brûlé leur maison. Que vont-ils devenir ? Je veux les voir.

— Ce n'est pas possible. C'est ce qu'il attend de nous. De toi. Réfléchis un peu.

— Je m'en fiche. Je ne vais pas rester assise là à attendre sans rien faire. C'est ce que tu attends de moi, Brady ? Eh bien, non ! Je refuse.

— Nous ne devons pas céder à la panique. C'est ce qu'il veut. C'est leur monde de fonctionnement à tous. Quand la peur gagne, ils gagnent aussi.

Il n'avait jamais été question pour lui de laisser gagner Elijah. Mais, aujourd'hui, ça semblait encore plus impératif pour apporter une conclusion à cette histoire. Pour le bien de tout le monde. Ensuite, Cecilia pourrait guérir. Duke pourrait reconstruire. Ils pourraient tous vivre normalement…

— Mais j'ai peur, Brady, avoua-t-elle, dans un murmure.

Il savait quel effort ça représentait pour Cecilia d'admettre cela.

C'est pourquoi il se livra lui aussi à une confidence.

— Je sais. Moi aussi. C'est normal de ressentir de la peur. Simplement, nous ne pouvons pas la laisser emporter toutes les décisions. Quand tu as récupéré Mak, tu n'as pas paniqué. Tu n'es pas venue me voir immédiatement. Tu as élaboré des plans, tu as été prudente. Et, jusqu'à maintenant, Mak est toujours en sécurité. Il faut que nous procédions de la même façon.

Cecilia reprit son souffle et hocha la tête.

— D'accord. Tu as sans doute raison.

— Nous ne pouvons pas tomber dans le piège tendu par Elijah. Nous allons faire exactement le contraire de ce à quoi il s'attend.

Il soupira.

— Ça va tout changer. Mais, avant, nous devons aller sur le territoire des *Sons of the Badlands*. Elijah ne s'y attend pas, et l'élément de surprise jouera en notre faveur. Nous allons frapper quand il s'y attend le moins. C'est notre seule façon de gagner.

Cecilia scruta le visage de Brady, cherchant un doute, une trace de réticence… Comme à son habitude il ne laissait rein paraître.

Elle hocha la tête une seule fois.

— Bien. Rassemblons nos affaires.

Ils n'avaient dormi que quelques heures, mais ils allaient devoir vivre sur ce capital de sommeil pendant un moment.

Brady lui expliqua où se situait le chalet. Ce n'était pas très loin du camp des *Sons of the Badlands*. Ils allaient devoir réfléchir à une stratégie pour entrer dans la zone, mais le trajet jusque-là ne serait pas trop long. En tout cas, Cecilia avait envie d'y être avant le lever du soleil, même si ça pouvait prendre des allures de mission suicide.

— Même si le gang est plus vulnérable qu'il ne l'a été, le fait qu'ils vivent toujours à Flynn et n'envisagent pas de se regrouper dans un camp plus petit prouve qu'ils ne sont pas en train de se démanteler. Ça reste un emplacement historique, là où l'histoire d'Ace a commencé. Là où il s'est mis en tête de faire de ses fils des hommes.

— Si Elijah est le fils d'Ace, c'est peut-être lui qui assure la cohésion du groupe.

— Sans doute.

Brady était stoïque. Il s'appliquait à évaluer au plus juste la situation. Il élaborait des plans. Mais le poids de ce qu'il allait devoir affronter planait entre eux.

— Je sais que c'est difficile pour toi, dit Cecilia.

Brady haussa les épaules.

— Jamison l'a fait pour sauver Gigi. Je peux le faire aussi.

— La capacité à faire quelque chose, et l'épreuve que ça représente, ce n'est pas du tout pareil.

Il croisa son regard, depuis le côté opposé du lit.

— Si tu essayes de me dissuader d'agir, tu ne me connais pas très bien.

— Si la situation était inversée, tu ferais la même chose, mais tu te justifierais en disant que c'est pour me protéger.

— Ce n'est pas ce que tu tentes de faire ?

Elle haussa légèrement les épaules.

— Peut-être.

L'idée semblait un peu saugrenue. Après tout, Brady était plus grand et plus fort qu'elle, et il savait mieux qu'elle de quoi les *Sons of the Badlands* étaient capables. Même avec son expérience de policier, il y avait quelque chose d'un peu ridicule à penser qu'elle pourrait le protéger.

Mais plus elle en apprenait sur son effroyable enfance, plus elle avait envie de le mettre à l'abri au moins de ça.

— Ça n'affectera pas ma capacité à régler le problème, dit-il.

Cecilia se retint de lever les yeux au ciel. Tous les hommes étaient-ils aussi stupides, ou seulement les frères Wyatt ?

— Je m'inquiétais peut-être d'autre chose.

— Du genre ?

— Tes sentiments, Brady.

Il fronça les sourcils, comme s'il ne comprenait pas en quoi ça pouvait être une source d'inquiétude.

Elle en fut tellement irritée qu'elle révéla quelque chose qu'elle avait prévu de garder pour elle.

— Quand on tient à quelqu'un, on s'inquiète qu'il soit contraint de revivre ses traumatismes d'enfance.

Il la fixa un moment, puis il contourna le lit et vint lui caresser la joue.

— Je suis prêt à les revivre cent fois, pour cet innocent bébé. Pour mes frères. Pour les Knight.

Cecilia se sentit à la fois blessée et outragé. Il ferait cela pour beaucoup de gens. Formidable ! Tout à fait savoureux ! En matière de gifle en pleine face, on ne faisait pas mieux !

— Ce serait mon devoir, et il n'y aurait pas à tergiverser. Mais je ne le fais pas uniquement pour ça, Cecilia. Pas non plus parce que tu le ferais sans moi. Je le fais parce que tu as besoin que quelqu'un s'assure que tu fais attention à tes blessures et que tu te ménages.

Du bout des doigts, il lui caressa la mâchoire, lui arrachant un frisson.

— J'aime mes frères et je me sens tenu de les protéger, à cause de ce que nous avons vécu ensemble. Je sais qu'il en va de même pour eux. Mais, ce n'est pas la même chose avec toi.

— Où veux-tu en venir ?

— Eh bien, c'est qu'il n'y a pas d'obligation, cette fois. Pas vraiment. Je veux simplement me ranger à tes côtés, t'aider à mener tes combats. Et j'ai envie que tu sois dans mon camp.

Cecilia restait rarement sans voix. C'était pourtant le cas à cet instant. Les grands discours n'étaient pas le fort de Brady, elle le savait. Ça ne l'avait pas empêché de se livrer comme jamais.

Elle s'éclaircit la gorge.

— Quand ce sera terminé…

Elle ne savait pas ce qu'elle essayait de dire.

Ou alors, elle le savait mais elle ne voulait pas se l'avouer.

Elle avait la gorge sèche, et les mots avaient du mal à franchir ses lèvres.

Brady déposa un chaste baiser sur son front.

— Réglons d'abord le problème avec Elijah.

Ce n'était pas la réponse qu'elle voulait. Ça ne la rassurait pas.

— Sache seulement que, si tu retires tout ce que tu as dit, je te fiche la raclée de ta vie et je dis à ta famille que tu es un crétin.

Un sourire étira les lèvres de Brady, en dépit de la menace qui planait sur eux.

— Marché conclu.

16

Il faisait encore nuit quand ils arrivèrent aux abords du campement. À l'est se dessinaient les premières lueurs de l'aube, mais le ciel d'un noir d'encre scintillait d'étoiles.

C'était beau, mais Brady se sentait oppressé. Son père pensait que cette terre lui avait délivré une sorte de pouvoir divin, et il n'avait jamais pu s'y attacher.

Pourtant il est resté, n'est-ce pas ? Il aurait pu quitter le Dakota du Sud, mais il vivait toujours à quelques minutes de route de l'endroit où étaient nés ses cauchemars.

Il n'était pas certain de ce que cela disait de lui et savait qu'il n'avait pas le temps d'essayer de le découvrir maintenant.

— Jamison et Liza m'ont fait un plan détaillé du campement. Ça n'a pas tellement changé depuis mon enfance. Quelques résidences permanentes avaient été ajoutées, mais elles ont été détruites par North Star.

North Star était une organisation secrète qui travaillait à faire tomber les *Sons of the Badlands*. Un grand coup avait été frappé avec l'arrestation d'Ace et l'élimination de quelques-uns de ses membres les plus influents. Mais le gang continuait à exister, et à causer du tort.

— D'après ce que je sais, ils se sont regroupés. L'habitat est plus resserré qu'avant. Ça va nous aider. Mais je ne sais pas quel rang Elijah occupe dans la hiérarchie. Ace dirigeait encore le gang quand Liza s'y trouvait.

— Il a des hommes à son service, qu'il peut envoyer contre nous. Ça le place quand même assez haut.

— Je le pense aussi. Et tu sais, je type au pistolet, hier ? Je l'ai reconnu. Je ne connais pas son nom, mais son visage m'est familier. C'est un ancien du gang. Ce qui veut dire qu'Elijah doit avoir un peu d'autorité pour que des vétérans exécutent ses ordres.

— À moins qu'il ne cherche à renverser Ace. Il recrute parmi les *Sons of the Badlands*, comme il essaye de recruter chez les jeunes de la réserve.

— Pourquoi pas… Ce que nous savons, c'est que les fondations sont fragilisées par l'incarcération d'Ace. Il y a quelques mois, Cody les a entendus parler de vacance du pouvoir.

— Elijah y a peut-être remédié.

— C'est possible.

Brady prit une grande inspiration.

— Je vais travailler sur cette hypothèse, et il se trouve que je sais où se réunissent les puissants du groupe.

Cecilia se tortilla sur son siège. Ils étaient assis dans le noir, et il ne pouvait pas voir son visage. Mais il n'en avait pas vraiment envie. Il ne tenait pas à ce qu'on lui rappelle l'ancien statut de son père et il ne voyait pas non plus comment Cecilia pourrait être à l'aise avec cette situation.

— Tu sais, dit-elle, j'ignore tout de mon père. Il pourrait être le chef d'une autre bande quelque part. Il pourrait être un assassin, avoir fait des choses horribles…

— La différence, c'est que moi je sais, l'interrompit

Brady. J'apprécie ton effort pour me réconforter, mais je sais parfaitement qui est mon père, et ce qu'il a fait.

Probablement pas tout, mais suffisamment pour que ça le hante.

— Et moi, rétorqua-t-elle, je sais exactement qui tu es, et ce que tu vas faire.

La main de Cecilia trouva la sienne dans le noir.

Il la pressa et la garda un moment dans la sienne.

— Je veux que tu me promettes d'être honnête avec moi sur l'état de ta blessure. Si tu as mal, si ça saigne, tu dois me le dire, pour que nous nous arrêtions et remédions à cela.

Elle resta silencieuse quelques instants, et il attendit un mensonge ou des protestations.

— D'accord, dit-elle, d'un ton grave. Je te le promets.

Il lui pressa à nouveau la main.

— Bien. Allons-y.

Ils sortirent de la voiture, arrimèrent leur sac sur le dos et s'aventurèrent dans une zone rocailleuse qui s'étendait devant eux.

Brady avait mis son téléphone en mode silencieux, même si le réseau était aléatoire dans cette zone.

L'endroit n'avait pas tellement changé depuis qu'il avait dû y mettre à l'épreuve ses capacités de survie, alors qu'il n'était qu'un enfant.

Il détestait les Badlands et il avait horreur de la randonnée. Il préférait les collines verdoyantes autour du ranch, ou les pâtés de maisons des villes dessinés au carré.

Là, dans l'obscurité, dans ce paysage façonné par les méandres de la rivière et par le vent, il savait que le danger les attendait.

L'aube se levait dans un camaïeu de roses évanescents et de gris perle. Un timide rayon de soleil tentait de percer derrière l'écran cotonneux des nuages.

Une impression de sérénité accompagnait le lever du jour, mais Cecilia savait qu'elle était trompeuse.

Elle avait conscience que Brady marchait lentement pour lui permettre de suivre sans trop d'efforts. En temps normal, elle l'aurait sermonné pour ça, mais elle avait tellement mal…

Ses pieds, son corps, ses blessures, surtout le coup de couteau au flanc… Tout se rappelait douloureusement à elle.

Ses tempes battaient avec une régularité lancinante, et il lui semblait que sa boîte crânienne se contractait à chaque battement, lui broyant le cerveau. Et, même si Brady l'obligeait à faire des pauses régulières pour boire un peu d'eau, elle avait la bouche terriblement sèche.

Elle avait faim, mais elle se sentait aussi nauséeuse et totalement misérable. Elle continuait à avancer malgré tout, parce que Elijah avait fait incendier la maison de son enfance, et mis en danger les personnes qu'elle aimait le plus au monde.

Elle regarda l'homme qui marchait devant elle, baigné par les rayons d'or du soleil levant.

L'amour était une chose compliquée…

Elle rajusta son sac à dos, ravie de se concentrer sur le poids, qui lui semblait phénoménal en dépit du fait que Brady avait pris soin de le charger le moins possible, sur les bandoulières qui lui cisaillaient les épaules.

Tout valait mieux que de penser à l'amour.

— Tu as besoin d'une pause ?

— Non. Finissons-en plutôt.

— Nous sommes presque arrivés. En grimpant sur cette butte, nous pourrons voir le campement.

Il désignait une pente aride, parsemée des roches affleurantes.

— Je vais y aller. Tu n'auras qu'à rester en bas faire le guet.

Cecilia mit une main en visière au-dessus de ses yeux.

L'ascension semblait difficile, même pour une personne en pleine possession de ses moyens physiques. Cependant, elle n'avait pas envie de rester toute seule en bas, éventuellement prise en défaut par un assaillant sorti de nulle part.

— Voyons ce que je peux faire.

— Essaye de ce côté-là.

Il était évident qu'il n'avait pas envie de lui imposer l'ascension, mais il ne tenait pas non plus à la laisser seule.

Ils commencèrent à monter, et Brady ne cessa de la soutenir et de la guider.

Elle aurait voulu s'en irriter, mais elle savait qu'elle n'y serait pas arrivée sans lui.

Et, même avec son aide, elle se sentait à bout de forces quand ils arrivèrent au sommet.

Le territoire des Badlands s'étendait jusqu'aux abords du Parc national, tout en pics impressionnants et canyons vertigineux, avec ici et là un pan de verdure. Dans la plus basse vallée, à quelque distance de là, on voyait distinctement un campement.

Et, s'ils étaient seuls pour le moment, il était évident que ce promontoire était parfois utilisé. Il y avait une casemate en planches grossièrement assemblées, à demi dissimulée sous une élévation rocheuse, et des traces de pas.

— Un poste de guet, commenta Cecilia, à voix basse.

— On aurait pu tomber sur une relève de la garde, dit Brady, les yeux rivés vers la vallée. Mais ils ne sont pas toujours à l'affût. Étant donné qu'ils sont moins nombreux, ils ne montent sans doute la garde que lorsqu'il y a une menace.

— De quel ordre ?

— Flics. Agents fédéraux… Quelques mois avant que Jamison ne fasse sortir Cody, il y a eu une vaste enquête du fisc. Ils étaient sur les nerfs ici. Il y avait toujours quelqu'un qui faisait le guet.

Cecilia ne pouvait s'empêcher de dévisager Brady avec étonnement quand il lui livrait comme ça des informations sur son enfance. Il ne l'avait jamais fait avant et, s'il se décidait à se confier maintenant, c'était parce que…

Eh bien, peut-être parce qu'il avait décidé qu'il pouvait lui faire confiance. Ou parce qu'il se souciait d'elle… Ou autre chose…

Il désigna le campement en contrebas.

— Si Elijah a vraiment une position importante, ce que je crois, sa tente doit se trouver là-bas, au nord.

— Donc, on redescend et on fait route vers le nord ?

— Non. Cette zone est beaucoup plus surveillée que les autres. Des gardes sont positionnés tout autour du périmètre pour s'assurer que personne ne tente quoi que ce soit.

— On ne peut pas non plus traverser tout le campement.

— Non. Je serais reconnu immédiatement. De toute façon, je ne crois pas qu'Elijah soit ici en ce moment. Pour moi, il se trouve soit à la réserve, soit du côté des ranchs, où il pense que nous allons revenir illico.

Donc, notre objectif est de lui barrer la route quand il reviendra ici, après avoir réalisé que nous ne sommes pas retournés à la maison.

Il désigna cette fois le côté sud.

— C'est l'entrée principale. Si tu regardes les traces de pneus, tu vois qu'il n'y a pas d'autre accès pour les véhicules.

— Il ne sera pas seul.

— Non. Et nous ne pouvons pas leur tendre une embuscade. Ça se terminerait en bagarre générale, et nous ne sommes pas de taille.

— Que proposes-tu, alors ?

Brady détacha son regard du campement et se tourna vers elle.

— Tu sais comment Jamison a organisé une diversion pour nous faire sortir, Gage et moi ?

Cecilia n'était pas certaine de vouloir le savoir. Chaque fois que Brady lui racontait une des anecdotes horribles de son enfance, elle avait envie de le serrer dans ses bras.

Ce n'était pas une réaction qui la mettait très à l'aise. Même si elle commençait à se faire à l'idée de... Eh bien, qu'elle ressentait quelque chose de spécial pour Brady.

— Il a fait sortir Cody deux ans avant nous. Puis ça a été le tour de Tuck. Ace était persuadé que Jamison avait tout orchestré, mais il n'a jamais pu le prouver. Il est entré dans une rage folle. Il a interrogé ses hommes, il a menacé la famille... Bref, pour en revenir à Gage et moi, il a coincé un type dont il savait qu'il était un indic des flics, et a appelé Ace pour lui dire qu'il avait trouvé le traître qu'il recherchait.

Cecilia écarquilla les yeux, sous le choc.

— Il a livré un homme à la vindicte d'Ace ?

Elle pouvait comprendre que Jamison soit prêt à tout pour sauver ses frères, mais ça la surprenait quand même.

— Pas exactement. Le type travaillait pour les flics, mais il avait retourné sa veste et avait fini par en tuer un. Donc, tout en organisant le rendez-vous avec Ace, il a aussi réussi à envoyer des preuves à la police et à les faire venir au campement.

— Ça semble plutôt alambiqué.

— Ça l'était. Et je ne sais pas combien de semaines il a travaillé sur son plan, à calculer minutieusement chaque détail. Et il a fait ça absolument tout seul.

Il marqua une courte pause, songeur.

— Enfin, je pense que Liza l'a aidé. Malgré tout, nous avons failli nous faire prendre. Toute cette organisation, et ça a quand même failli échouer.

Brady secoua la tête, comme pour se débarrasser de vieux souvenirs encombrants et douloureux.

— Bref, il nous faut une diversion de ce genre. Quelque chose pour occuper Elijah pendant que nous œuvrons à son arrestation.

— Comment allons-nous bien pouvoir faire ça ?

— Eh bien, il nous veut tous les deux pour des raisons différentes. S'il en capturait un…

— Tu ne penses pas sérieusement que l'un de nous pourrait servir de diversion ?

— C'est logique, pourtant. Un pour détourner l'attention, et un pour se charger de l'arrestation.

— Et, laisse-moi deviner, tu penses que tu pourrais être l'appât ?

— En fait non. Je pense qu'il serait préférable que ce soit toi.

17

Cecilia ouvrit de grands yeux.

Elle avait interrompu sa descente périlleuse le long de la butte parsemée de roches affleurantes, certaines pointues et aiguisées comme des lames.

Brady ne pouvait pas dire qu'il aimait cette idée, mais c'était la plus logique. Il pensait que Cecilia s'en serait rendu compte toute seule, mais ce n'était apparemment pas le cas.

— Ça prend pourtant tout son sens. Tu es blessée, donc c'est plus compliqué pour toi de passer inaperçue. Moi, je me peux me déplacer plus facilement sans attirer l'attention. En plus, je connais le campement comme ma poche. Et tu ne peux pas procéder à une arrestation, puisque ta juridiction se cantonne à la réserve. Étant donné que nous sommes encore dans les limites de Valiant County, j'ai plus de légitimité que toi. Surtout devant un tribunal.

Elle cilla, toujours muette.

Quand elle prit enfin la parole, ce fut pour répéter ce qu'il venait de dire.

— Un tribunal…

— Il faut que ce soit légal, Cecilia.

— Tu veux que je serve d'appât ? Alors que tu as

toujours dit que nous ne devions nous séparer sous aucun prétexte ?

— Il ne s'agira pas vraiment d'une séparation, mais d'une illusion de séparation Et je ne ferai rien avant d'être absolument sûr que je pourrai vous suivre, vous observer et procéder à l'arrestation d'Elijah.

Cecilia se remit finalement en marche, acceptant qu'il la soutienne et la soulage ainsi d'une partie de son poids.

Lorsqu'ils atteignirent une zone plus plate, où les cailloux cédaient leur place à une maigre prairie, il détailla son plan.

— Il faut que nous restions sur la route, un peu à l'écart du campement. Le plus grand défi, pour le moment, est de trouver un moyen d'attirer l'attention d'Elijah avant qu'il n'y entre. Une fois qu'il t'aura attrapée, il faudra tout faire pour le tenir éloigné de ses troupes.

— Tu vas le laisser m'attraper !

— Tu peux refuser, Cecilia. Je ne t'oblige à rien. Si tu ne veux pas le faire, nous trouverons un autre plan.

Et il avait presque envie qu'elle refuse, même s'il savait qu'il n'y avait pas vraiment d'autre moyen.

— On ne peut pas faire ça à deux. C'est impossible. Ils sont des centaines ici pour soutenir Elijah.

— Et à trois ?

Au son d'une autre voix, Bradley se retourna, son pistolet à la main. Il n'avait pas entendu un bruit.

Il avait failli tirer sans sommation, mais la voix lui était familière.

Brady dévisagea son frère pendant une bonne vingtaine de secondes, avant de réagir.

— Tucker. Mais, comment... Qu'est-ce que tu fiches ici, bon sang ?

Tucker afficha un grand sourire.

— Je suis inspecteur. J'inspecte.

Cela n'avait aucun sens. Brady considéra son frère avec un froncement de sourcils.

— Ce n'est pas ta juridiction.

Tucker haussa les épaules.

— C'est une opération complexe, impliquant différentes agences fédérales, ainsi que la police locale.

Tucker enquêterait donc sur les *Sons of the Badlands* sans que personne ne soit au courant ?

Voilà qui était pour le moins étrange.

— Et tu es tombé sur nous par hasard, au milieu de nulle part ? s'étonna Cecilia.

Elle ne cherchait même pas à dissimuler sa suspicion.

— Ce n'est pas n'importe quel endroit, répondit Tucker, sans paraître offensé. Il s'agit du poste de guet des *Sons of the Badlands*, qui surplombe tout le campement. Et comme il se trouve que je suis là, je peux vous aider.

— Comment nous as-tu trouvés ? demanda Brady.

— Je ne suis pas ici pour vous. Ça concerne mon enquête. Je vous ai entendus et je me suis approché. Au fait, j'ai entendu ce que vous projetiez, et c'est totalement suicidaire sans renfort.

— Je ne dirai pas qu'une personne de plus constitue un renfort, rétorqua Cecilia.

— Elijah a établi un campement entre les deux ranchs. Il n'a que deux hommes avec lui. Ceux qui ont mis le feu sont partis. Donc, on peut dire qu'il voyage léger. Trois contre trois, ce n'est pas si mal.

Brady voulut dire que Cecilia était blessée et qu'elle ne comptait pas pour une personne entière. Mais il réalisa que c'était insultant pour elle.

— Tu plaisantes, dit Cecilia. Tu ne peux pas croire qu'on puisse avoir le dessus dans une situation comme celle-ci.

La jovialité forcée de Tucker s'évanouit.

— Vous ne me faites pas confiance pour vous aider ?

Brady n'avait jamais remis en question l'honnêteté ou la loyauté de son frère. Même quand ils étaient enfants, Tucker était la probité même.

— Bien sûr que si, dit-il.

— Parle pour toi, objecta Cecilia. Ses explications sont suspicieuses en diable. Je n'y crois pas une seconde.

— Cecilia ! protesta Brady, entre ses dents.

— Ce n'est rien, dit Tucker. Rien ne l'oblige à me faire confiance. Mais toi, tu me crois, n'est-ce pas ?

Pas une fois sans sa vie il n'avait hésité à faire confiance à l'un de ses frères. C'est pourquoi il éprouvait une sorte de malaise à tergiverser maintenant.

Mais il avait l'intuition que quelque chose ne tournait pas rond. Et ça l'agaçait prodigieusement de ne pas réussir à déterminer de quoi il s'agissait.

Cecilia sentait monter des larmes de frustration derrière ses paupières. Tucker Wyatt n'était pas un espion des *Sons of the Badlands*. Elle le ressentait au plus profond de son cœur.

Mais son esprit lui soufflait qu'il se comportait comme tel.

Il n'était pas besoin de bien connaître Brady pour voir qu'il hésitait aussi, et que cette réaction lui coûtait. Lui faisait du mal.

D'où l'envie de pleurer. Parce que l'idée que la

trahison potentielle rongeait le cœur de Brady lui faisait terriblement mal.

Comment pourraient-ils confier leur vie à Tucker, quand il était évident qu'il ne disait pas la vérité ?

— Je te fais confiance, Tuck.

Le ton de Brady était très solennel, comme s'il pesait chaque mot un à un.

— Tu ne m'as jamais donné de raisons de douter de toi.

Cecilia tint sa langue, même si le fait d'apparaître subrepticement au beau milieu de nulle part était hautement suspicieux.

— Ma théorie est qu'ils rentreront au campement cet après-midi, expliqua Tucker. Ils ne vont pas traîner trop longtemps autour des ranchs, à attendre que vous vous montriez. Parce que, si vous n'êtes pas revenus précipitamment à l'annonce de l'incendie, rien ne vous fera revenir.

— Tu étais là quand Cody m'a appelé pour me prévenir qu'il y avait eu le feu ?

— Dans la pièce avec lui ? Non. Dev et moi étions en train d'inspecter les lieux, pour trouver des signes de présence d'Elijah et ses hommes.

— Mais tu étais au ranch quand le feu a démarré ?

— Eh bien… Oui. Nous y venions à tour de rôle. Si nous avions tous été rassemblés, ça aurait paru bizarre. Donc, Jamison et Liza sont retournés à Bonesteel avec Gigi. Cody fait des travaux chez lui et il s'est installé chez les Knight avec Nina et Brianna pour la durée des travaux. Quant à moi, je vais et viens comme j'en ai l'habitude. Même si j'essaye de rester un peu plus longtemps, sans attirer l'attention.

Tucker regarda tour à tour Brady et Cecilia.

— C'est bien ce que nous avions décidé au départ, non ?

Tout était crédible, et Tucker semblait à l'aise avec les questions et ses réponses.

Cecilia se dit qu'elle n'avait aucune raison de continuer à douter.

Et pourtant, c'était bien le cas.

— Nous avons quelques heures pour mettre en place une sorte de piège. Quelque chose qui empêchera Elijah de se rapprocher du campement. Bien sûr, le problème majeur est qu'il pourrait facilement envoyer un message pour demander du renfort…

Brady aida Cecilia à franchir un passage particulièrement périlleux, où elle avait du mal à trouver son équilibre. Elle se laissa faire sans commenter.

Tucker suivait, apparemment enchanté de ce silence, et de l'absence de réaction à sa proposition.

— On va provoquer une crevaison, expliqua-t-il. Puis, un peu plus loin sur la route, on va l'attirer dans une embuscade.

Brady se retourna.

— Ils ne vont pas immédiatement appeler à l'aide s'ils ont eu crevaison ?

— Ça dépend s'ils sont pressés. Les crevaisons ne sont pas inhabituelles dans le coin. Ils en ont sûrement l'habitude. Pas la peine d'appeler quelqu'un s'ils peuvent changer rapidement la roue eux-mêmes.

— C'est ridicule ! décréta Cecilia. Elijah ne va pas perdre son temps à ne rien faire pendant que ses sbires changent la roue.

Tucker ne protesta pas. Il ne se précipita pas non plus pour approuver sa remarque.

Alors, elle continua à argumenter.

— Ça ne peut pas être une situation qui réclame une aide extérieure. Il faut que la décision de sortir de la voiture vienne d'eux. Et ça ne doit pas non plus éveiller leurs soupçons.

Tucker et Brady réfléchirent à cela tandis qu'ils poursuivaient leur descente vers la vallée.

Quand elle souffla entre ses dents, parce qu'elle avait atterri trop brusquement sur ses jambes déjà douloureuses, provoquant une douleur vibrionnante, Brady tendit la main pour l'aider.

Elle remarqua que Tucker avait observé l'échange avec intérêt, et elle réalisa que Brady n'avait pas dit à son frère qu'elle était blessée.

C'était une information pertinente, au moment où ils élaboraient une stratégie d'attaque. Pourtant, il avait éludé le sujet.

Peut-être n'avait-il pas non plus entièrement confiance en Tucker.

Le cœur de Cecilia se serra, parce qu'elle savait que ça devait le ronger de douter ainsi d'un de ses frères.

Et si sa première intuition était finalement la bonne ? Si Tucker mijotait quelque chose ?

Le clan Wyatt serait dévasté.

Ils continuèrent à marcher en silence.

Cecilia gardait un œil sur Tucker. Il avait une idée derrière la tête. Elle ne voulait pas penser que ça puisse être criminel. Mais de quoi d'autre pouvait-il s'agir ? Si ça avait été anodin, il le leur aurait dit.

Ils approchaient à présent du chemin menant à l'entrée du campement.

— Puisque je dois être faite prisonnière, pourquoi

ne pas m'utiliser comme diversion dès maintenant ? demanda-t-elle.

— Il va peut-être se méfier, s'il tombe comme ça sur toi, répondit Brady.

Ils s'arrêtèrent, et Brady lui tendit une bouteille d'eau, ce qui lui valut à nouveau l'attention de Tucker.

Croisant ses yeux dubitatifs, Cecilia haussa un sourcil, le mettant silencieusement au défi de faire un commentaire.

Tucker se contenta de regarder ailleurs.

Décidément, quelque chose clochait.

— Il faut le mettre en scène, suggéra-t-elle. Disons que j'essaye de me rendre au campement, que je fais tout pour ne pas être vue et, manque de chance, Elijah m'aperçoit.

Brady étudia l'environnement.

— C'est trop à découvert. Que ferais-tu ici, alors que tu pourrais passer par la colline ?

Cecilia hésita. Le plus logique était de mettre en avant ses blessures, de faire valoir qu'elle recherchait un terrain plat pour plus de confort. Mais Brady n'avait pas évoqué ses blessures.

Elle adressa un sourire forcé à Tucker.

— Tu nous accordes un instant ?

Tucker eut une moue perplexe.

— Hein ?

— Je veux parler à ton frère en privé. Tu peux t'éloigner un peu ?

Elle désigna une grosse roche plate à distance.

— Tu n'as qu'à t'asseoir là-bas.

— Tu n'es pas sérieuse ? répliqua Tucker.

Et son humiliation ne semblait pas feinte. C'était même

la seule réaction véritable qu'il leur offrait depuis qu'il était « tombé sur eux par hasard ».

En tout cas, il était bon de voir que quelque chose pouvait provoquer une réponse sincère de sa part.

— Je suis très sérieuse. Ce que j'ai à dire à Brady est personnel. Alors…

D'un geste impatient de la main, elle lui fit signe de s'éloigner.

Tucker tourna un regard indigné vers Brady.

Ce dernier soupira.

— Laisse-nous quelques minutes, Tuck. Ça ne te concerne pas, de toute façon.

Tucker pinça les lèvres, mais il finit par obtempérer.

Il n'était vraiment pas content, ce qui pouvait tout aussi bien s'expliquer par l'envie d'aider envers et contre tout, ou par des velléités de sabotage.

Elle reporta son attention sur Brady et fut surprise par le brusque élan de tendresse qui l'envahit. Il lui fallait absolument l'évacuer et se concentrer sur la situation.

— Je ne voulais pas le dire devant lui mais, si je surjoue la douleur causée par mes blessures, ce serait une raison plausible pour qu'Elijah croie que j'ai choisi la route la plus facile.

— Peut-être. Mais seulement s'il faisait nuit. Il n'y croira pas si tu le fais en plein jour. Il n'y a aucune raison.

Cecilia grimaça. C'était assez vrai. Mais, si Elijah revenait cet après-midi, ils n'avaient pas le temps pour organiser ça.

— Pourquoi tu as demandé à Tucker de s'éloigner pour me dire ça ? s'enquit Brady.

— Pourquoi tu ne lui as pas dit que j'étais blessée ?

Brady se passa une main sur le visage.

— Je ne sais pas.

— Moi, je sais, Brady. Tu n'as rien dit, parce que nous ne pouvons pas lui faire confiance pour le moment. Quelque chose cloche dans son histoire.

Le front plissé par la perplexité, Brady jeta un coup discret à Tucker, qui leur tournait le dos.

— Je ne peux pas m'autoriser à ne pas faire confiance à mon frère. Pas Tuck. Il ne ferait jamais rien contre notre famille... Il est évident qu'il se passe quelque chose dont il ne veut pas nous parler. Mais ça ne veut pas dire que c'est illégal ou criminel.

Cecilia était partagée.

Elle comprenait sa loyauté, le besoin qu'il avait de conserver sa confiance à son frère.

Mais elle ne pouvait pas se laisser piéger dans le feu croisé d'une loyauté mal placée.

18

Brady se sentait écartelé entre deux directions. Mais ce n'était pas une situation en noir et blanc. De subtiles nuances existaient.

Rien n'était clair. Il n'y avait pas de bonnes réponses.

Il devait faire confiance à son frère. Son cadet, qui avait toujours été gentil, droit, et dévoué à sa carrière au service de la loi. C'était lui qui avait fait tomber Ace et une partie de son état-major. Il devait absolument croire en lui. C'était la juste chose à faire.

Mais lui aussi avait fait une belle carrière dans la police, en étant attentif aux faits, bien sûr, mais en sachant aussi écouter son intuition. Or, son intuition s'époumonait à l'avertir que quelque chose n'allait pas.

Et puis, il y avait Cecilia. Il l'avait invitée à s'asseoir parce qu'elle était livide. À cet instant, ses yeux lançaient des éclairs dans la direction de Tucker, qui revenait vers eux.

— J'ai une idée, dit-il, d'un air morose. Elle ne va probablement pas vous plaire.

— Ah, tu commences à comprendre, marmonna Cecilia.

Tucker ne releva pas.

— Voilà ce que je me suis dit : Elijah s'attendait à

ce que vous reveniez illico au ranch des Knight, après l'incendie. Il se dit que vous êtes en colère, d'accord ? Donc ce ne serait pas tout à fait anormal que vous veniez au camp réclamer des explications.

— Ce serait suicidaire, protesta Brady.

— Pas forcément. Nous n'avons aucune preuve qu'Elijah ait déjà tué quelqu'un.

— On pourrait dire la même chose à propos d'Ace, rétorqua Brady, d'un ton amer.

Tucker secoua la tête.

— Ce n'est pas du tout le même cas de figure. C'est vrai qu'Elijah pourrait se servir de ses sbires pour faire le sale travail. Ace a usé et abusé de cette méthode. Mais Elijah n'est pas Ace. Il n'est pas le chef des *Sons of the Badlands.*

Brady voulut l'interrompre, mais Tucker semblait avoir deviné ce que son frère allait dire.

— Il aimerait prendre la place, c'est vrai, et il va peut-être y arriver. Mais il a passé une grande partie de sa vie en dehors du camp. Il n'a pas tous les automatismes du gang, ni sa culture du crime.

Cecilia ne put s'empêcher d'intervenir.

— Moi, ce que je crois, c'est qu'Elijah nous prend pour des imbéciles. Il se croit beaucoup plus malin que nous. Et je suis persuadée qu'il rêve d'un face-à-face. Il veut parler. Il ne tirera pas sans sommation.

— Mais il pourrait le faire, insista Brady. Imaginons que nous laissions Cecilia toute seule ici au milieu de la route… Il pourrait l'éliminer en deux secondes.

Il secoua vigoureusement la tête.

— Je ne suis pas d'accord.

— Je suis la seule à savoir où se trouve Mak. Il a

besoin de moi. La preuve, ses sbires ne m'ont pas tuée. Ils ont seulement essayé de m'enlever.

Impatient, Tucker s'adressa à son frère.

— De toute façon, tu serais un meilleur appât. Tu es un Wyatt. Le fils d'Ace. Même si ce dernier est en prison, nous savons qu'il a encore du pouvoir. Elijah ne parviendra peut-être pas aussi facilement à prendre la place tant convoitée du chef. En plus, tu représentes une menace pour lui. Il pourrait prétendre que tu cherches à l'éliminer et te ramener au camp pour faire un exemple.

— Non, dit Cecilia, en se levant. On a décidé que je serais l'appât, pour une bonne raison. On ne va pas changer de plan sans arrêt.

— Mais vous n'êtes plus seuls, objecta Tucker. Je suis là aussi.

— Si ce n'est pas moi qui vais affronter Elijah, alors ce ne sera personne.

— Dis donc, vous avez l'air de veiller de près l'un sur l'autre.

— Et alors ? répliqua-t-elle. Ça te dérange, Tucker ? Tu as un problème avec les gens qui veulent que les autres restent en vie ?

Sans penser à ses blessures, elle se rua vers Tucker, prête à le frapper, mais la brusquerie de son geste lui arracha une grimace de douleur.

Tucker l'ignora et tourna les yeux vers son frère.

— Tu le ferais ?

Cecilia se retourna, folle de rage.

— Fais bien attention à ta réponse, Brady.

Brady s'accorda quelques secondes de réflexion.

Il n'aimait pas spécialement qu'on lui donne des

ordres avec cet air arrogant. Mais il avait compris que Cecilia n'était motivée que par l'inquiétude qu'elle se faisait pour lui.

Elle tenait à lui. Elle ne voulait pas le voir prendre des risques inconsidérés. Et il était dans le même état d'esprit.

Voyant que Tucker attendait une réponse, il se décida à reprendre la parole.

— Si nous l'attirons dans une embuscade, il nous verra comme des agresseurs. Et, même s'il pense que nous sommes stupides, il soupçonnera que nous ne sommes pas seuls.

Le visage de Tucker était impassible, et cet horrible sentiment qu'il ne devait pas lui faire confiance continuait à ronger Brady.

Le bruit d'un moteur les fit soudain se retourner. Le véhicule n'était pas encore visible, mais le vent charriait les sons jusqu'à eux, à travers la vaste étendue à découvert.

Tucker jura.

— Nous n'avons plus le temps de penser à un plan. Cachez-vous.

Il regarda hâtivement autour de lui.

— Là, dit-il, en désignant un amas de roches qui formaient comme une petite hutte.

— On ne tiendra pas à trois, mais je vais remonter un peu. J'ai repéré un autre abri à quelques mètres de celui-ci.

Il n'attendit pas de voir si Brady était d'accord et se mit à courir.

Brady ne pouvait que lui donner raison. Ils n'avaient pas le temps de se disputer. Il prit la main de Cecilia et l'entraîna vers le tas de pierres.

— Installe-toi au fond, lui dit-il, et essaye de trouver une position confortable pour tes blessures.

Elle marmonna avec irritation, mais se glissa dans l'anfractuosité, et il se recroquevilla devant elle.

Normalement, ils étaient suffisamment bien cachés pour que personne ne puisse les voir…

Le bruit de moteur s'entendait plus distinctement, mais il était difficile de déterminer à quelle distance le véhicule se trouvait. Dans la vallée, les bruits étaient déformés, se répercutant en écho sur les parois rocheuses, portés par un vent violent.

La seule chose que pouvait faire Brady, c'était se tenir le plus immobile possible, en s'efforçant de ne pas écraser de son poids Cecilia.

Les secondes s'écoulaient avec une lenteur insupportable, mais il avait été entraîné à affronter ce genre de situations.

Il ne pouvait pas perdre son temps à faire des suppositions. Il ne pouvait pas laisser son esprit divaguer.

La bonne méthode était de respirer, de s'apaiser, et attendre avec confiance le passage de la voiture.

Tout allait se dérouler parfaitement bien.

Il savait que le véhicule approchait, mais il ne parvenait pas à estimer la distance exacte.

Il ne saurait qu'il les avait dépassés que lorsqu'il ne l'entendrait plus du tout.

Une portière claqua.

Cecilia et Brady sursautèrent. Leur entraînement de policiers leur permettait de tempérer des réactions normales, mais il ne pouvait supprimer totalement certains réflexes.

La main de Cécilia trouva son bras et le pressa.

Leur respiration s'était accélérée, mais ils s'efforçaient tous deux de la contrôler.

Inspirer. Expirer. Lentement. En douceur.

Le cœur de Brady battait si fort à ses oreilles qu'il n'entendait rien.

Ou alors, il ne se passait rien du tout. La voiture s'était peut-être déjà éloignée…

— J'ai vu quelque chose.

La voix était parfaitement distincte, proche… et Brady l'identifia comme étant celle d'Elijah.

Il tendit l'oreille et perçut des bruits de pas. Il semblait que les hommes à qui Elijah s'était adressé se séparaient pour aller dans des directions opposées.

Brady était tenté de jeter un coup d'œil, mais Cecilia lui pressait à nouveau le bras, comme pour l'en dissuader.

De temps en temps, le silence était brisé par des voix étouffées, des bruits de pas, ou des éboulis de cailloux.

Puis on entendit les sons caractéristiques d'une bagarre. Des coups portés. Des grommellements de douleur.Et une voix que Brady ne connaissait pas s'éleva.

— J'ai trouvé un Wyatt.

Les ongles de Cecilia s'enfoncèrent dans la chair de Brady, comme si elle voulait le clouer sur place.Il savait qu'il devait rester en place. Aussi, il s'accrocha à l'idée que Tucker pouvait se débrouiller tout seul. Il était intelligent. Et, en tant que Wyatt, il avait plus de valeur vivant que mort.

— Je dois dire que ce n'est pas le Wyatt auquel je m'attendais, commenta Elijah.

Il était surpris de découvrir Tucker. Donc la raison

de la présence de Tucker sur le territoire des *Sons of the Badlands*, n'avait peut-être pas de rapport avec eux.

À moins que seul Elijah ne soit pas concerné…

— Bien sûr, reprit le malfrat, quand il y en a un, il peut y en avoir d'autres.

— Ouais, probablement, répondit Tucker, d'un ton enjoué. Quel bonheur de revenir à la maison !

Cecilia reprit son souffle, surprise, et Brady lui prit la main pour la rassurer. Tucker n'était pas en train de les trahir. Il bluffait.

— Frappez-le jusqu'à ce qu'il parle, ordonna Elijah, d'une voix morne, comme si tout cela l'ennuyait profondément.

L'ordre fut aussitôt suivi de bruits de coups.

Brady ferma les yeux, même s'il ne voyait rien depuis sa cachette.

Tucker pouvait le supporter. Il pouvait gérer la situation.

Quant à lui, il ne fallait pas qu'il bouge. Il devait protéger Cecilia. Tucker était un grand garçon. Il s'en sortirait.

Mais, après quelques secondes de ce traitement, Brady n'y tint plus. Il ne pouvait pas rester sans rien faire pendant que son frère se faisait massacrer par trois hommes.

Il essaya de bouger, mais Cecilia le retint.

— Laisse-les le capturer, chuchota-t-elle. Nous irons le secourir plus tard.

Brady secoua la tête et libéra son bras. Puis il se redressa et se défit de son sac à dos, qu'il posa à côté de Cecilia.

— Je ne peux pas. Je suis désolé.

Il déposa un bref baiser sur ses lèvres.

— Si tu avais été à la place de Tucker, comme nous

l'avions prévu, je n'aurais pas pu le supporter non plus. Pardonne-moi.

Puis il la laissa. Elle avait des armes, un téléphone portable, quelques vivres, et une chance de s'échapper.

Tucker n'était pas aussi bien loti, et il ne pouvait pas l'abandonner à son triste sort.

Sous le choc, Cecilia resta immobile presque une minute. Toutes ces discussions et ces accrochages à propos de leur plan… Et voilà que ça partait en fumée.

Brady était parti, fort de ses convictions.

« Je n'aurais pas pu le supporter non plus. »

Cette déclaration tournait en boucle dans son esprit.

Il avait prévu qu'elle se fasse capturer, mais il n'aurait jamais pu aller jusqu'au bout de leur plan.

Elle aurait voulu se mettre en colère, courir après lui et le ramener à l'abri de leur petite hutte de pierres.

Mais elle comprenait très bien ce qu'il avait voulu dire. Même elle, qui était à demi convaincue que Tucker avait basculé du mauvais côté, trouvait douloureux d'entendre un ami d'enfance se faire rosser.

S'il s'était agi d'une de ses sœurs, elle n'aurait même pas attendu aussi longtemps.

Il n'empêche que c'était suicidaire. Brady et Tucker étaient probablement capables de lutter contre trois hommes, mais les sbires d'Elijah devaient être armés.

Peut-être Brady et Tucker étaient-ils protégés par leur nom de famille, mais, s'ils ripostaient trop fort, Elijah ne serait-il pas tenté de les éliminer ?

Et que pouvait-elle faire ? Il n'y avait pas de réseau de téléphonie mobile ici. Elle pourrait ouvrir le feu, mais ça ferait d'elle une cible.

Et si elle se faisait capturer, comment sortiraient-ils de ce bourbier ? Il fallait bien que quelqu'un aille chercher de l'aide…

Les bruits de bagarre résonnaient cruellement à ses oreilles, et elle essaya de contrôler sa respiration pour se calmer.

Elle devait réfléchir posément, sans que les sentiments ne viennent corrompre son jugement.

L'émotion était mauvaise conseillère et pouvait conduire à les faire tuer.

Brady parlerait-il sous la torture ? Révélerait-il où se trouvait Mak ? Elle ne le pensait pas. Elle était quasi certaine qu'il mourrait sans rien dire.

Mais Tucker ?

Autrefois, elle aurait placé toute sa confiance en lui, mais plus maintenant. Son comportement était par trop étrange.

Elle ne pouvait pas les laisser se faire capturer. Ou en tout cas, pas pour une trop longue durée.

Mais, avant de prendre une décision, elle devait regarder ce qui se passait.

Peut-être lui serait-il possible de tirer et d'abattre les trois hommes à la suite, mettant un terme à la situation…

Elle ne le saurait que si elle prenait le risque de voir et d'être vue.

Elle sortit son pistolet de son holster et reprit une dernière fois son souffle, apaisant son rythme cardiaque, réprimant le tremblement de ses membres.

Puis, lentement, elle avança la tête hors de l'anfractuosité.

Tucker et Brady tenaient bon, travaillant en équipe

pour prendre le dessus sur les deux autres hommes, qui agissaient individuellement.

Les sbires d'Elijah frappaient, mais ils semblaient retenir leurs coups, comme s'ils ne voulaient pas neutraliser leurs adversaires.

De plus, ils portaient des armes à leur ceinture, mais ne les utilisaient pas. Pourquoi ?

Rien de ce qui se déroulait sous ses yeux n'avait de sens.

Elle leva son arme et essaya de tester si elle pouvait faire feu à deux reprises et abattre les deux hommes sans qu'ils aient le temps de riposter.

La bataille était trop serrée. Elle risquait de toucher Brady ou Tucker.

Soudain, une pensée la traversa. Pourquoi n'y avait-il que deux hommes ?

Où était passé Elijah ?

Elle regarda vers la voiture que le malfrat et ses hommes avaient abandonnée au beau milieu du chemin.

Le moteur tournait toujours, mais elle ne voyait personne.

Elijah était-il parti à pied vers le camp, laissant ses subordonnés régler le problème ?

Non, il n'aurait jamais fait cela.

Il y eut un craquement derrière elle. Comme un pistolet qu'on armait. Puis elle sentit le contact froid du métal contre sa nuque.

Elle se figea.

— Eh bien, eh bien… Qu'avons-nous là ?

La voix d'Elijah susurrait à son oreille.

— Tu ne l'avais pas vu venir, hein ?

Il lui prit son arme, et elle fut obligée de le laisser faire.

Parce qu'elle savait qu'Elijah n'hésiterait pas à tirer si elle le provoquait.

— Et maintenant viens avec moi, ajouta-t-il. On a des choses à se dire.

19

Brady prit un coup de poing dans le bas du dos et faillit perdre l'équilibre. Mais Tucker était là, assurant ses arrières et bloquant le coup suivant, avant de frapper à son tour.

Ils avaient tous les deux du mal à respirer, frappant sans relâche, mais ne parvenant pas à prendre le dessus sur leurs adversaires.

C'était sans issue, réalisa Brady, tandis qu'il se baissait pour éviter un nouveau coup.

— Quelque chose ne tourne pas rond, murmura-t-il à son frère.

Tucker abattit son poing sur l'un des deux hommes qui s'acharnaient sur eux.

Deux.

Pourquoi n'étaient-ils que deux ?

— Où est passé Elijah, demanda Brady.

Tucker jura. Puis, en moins d'une seconde, envoya son coude sur la tempe de son assaillant, qui s'effondra. D'un geste fluide, et sans aide de la part de Brady, il parvint ensuite à faire une clé d'étranglement à l'autre homme.

Tucker avait-il retenu ses coups jusqu'à présent ? Dans quel but ?

Brady se poserait des questions plus tard.

Laissant Tucker menotter les deux hommes, il partit à la recherche d'Elijah.

Rien.

Regardant vers la cachette de Cecilia, il découvrit deux silhouettes.

Elles étaient trop loin pour qu'il puisse avoir la certitude qu'il s'agissait bien de Cecilia et Elijah. Mais, qui d'autre cela pouvait-il être ?

— Vas-y, dit Tucker. Suis-les. Je serai juste derrière toi. Nous devons savoir où il l'emmène.

— Non. Tu ne vas pas me suivre. Tu vas appeler des renforts. On ne peut pas faire ça seuls.

Son frère ne se comportait pas normalement. Rien de ce qu'il faisait n'avait de sens. Mais Brady n'avait pas d'autre choix que de lui faire confiance.

— Promets-moi.

Tucker s'agenouillait pour menotter les hommes dans le dos, à l'aide de liens en plastique qu'il avait sortis de sa poche.

— Vous pourriez être tués tous les deux le temps que les renforts arrivent, rétorqua-t-il. Et tu n'as même pas d'arme.

— Je tente ma chance.

Brady s'éloignait déjà de Tucker et se dirigeait vers Cecilia.

Elijah et elle avaient disparu derrière une large formation rocheuse.

En passant devant leur cachette, il vit qu'un feu avait été allumé. Son sac de voyage et celui de Cecilia étaient en train de flamber. Il n'y avait aucune chance de sauver quoi que ce soit.

Il était totalement démuni, désarmé, et Elijah pouvait l'abattre quand il le voulait.

Mais, s'il avait voulu sa mort, ce serait déjà fait.

Quelque chose semblait retenir Elijah. L'ombre d'Ace ? Une sorte de loyauté familiale ?

Le doute était permis, et Brady était prêt à prendre le risque.

Et si Tucker n'appelait pas de renforts ?

Brady ralentit le pas.

C'était une peur irrationnelle. Son frère avait neutralisé deux hommes. Il s'était battu à ses côtés. Il ne l'abandonnerait pas.

Il n'empêche qu'il avait retenu ses coups et qu'il aurait pu terminer cette bagarre beaucoup plus tôt.

Même s'il se passait des choses étranges avec Tucker, ça ne voulait pas dire pour autant qu'il aidait Elijah et les *Sons of the Badlands*.

Brady devait cesser de laisser des doutes stupides le ronger.

Même quand la vie de Cecilia était en jeu ?

Le choix était trop difficile.

Faire confiance à son frère par-dessus tout ?

Faire courir un risque à Cecilia ?

Il y avait trop de choses en jeu pour faire une erreur.

Le mieux était qu'il se concentre sur lui-même, sur ce qu'il avait à faire.

Finalement, la situation n'était pas très différente du plan de départ. Cecilia devait se laisser capturer, et il la suivrait à bonne distance. Il lui suffirait ensuite d'arrêter Elijah.

Sans arme, sans menotte, sans aide d'aucune sorte.

Au lieu de courir, Brady avait adopté une marche rapide. Le sol sablonneux et gravillonné laissait des traces de pas suffisamment profondes pour qu'il puisse aisément les suivre.

De temps en temps, il s'arrêtait pour écouter et essayer de déterminer à quelle distance il se trouvait, mais il n'était jamais assez près pour entendre des protestations ou des bruits de lutte.

Cecilia ne se laisserait pas facilement mettre en échec, même si Elijah avait une arme.

Peu à peu, le paysage lui devint familier. Beaucoup trop familier.

De vieux souvenirs tentaient de remonter à la surface. C'était là qu'Ace l'avait abandonné un jour, à sept ans, en lui disant de se débrouiller pour revenir au camp. C'était le moyen que son père avait trouvé pour l'endurcir, pour faire de lui un homme…

Quand il faisait des cauchemars, ils se déroulaient tous ici. Suivre ce chemin serait comme cheminer à travers son enfer personnel.

« Je ne retournerai jamais là-bas. Quelle qu'en soit la raison. C'est une promesse que je me fais à moi-même, et je ne la briserai jamais. Quoi qu'il arrive. »

Il se souvenait parfaitement des mots qu'il avait prononcés, s'adressant à ses frères et à sa grand-mère, et à quiconque avait bien voulu l'écouter la première année où toute la fratrie s'était retrouvée au ranch avec Grandma Pauline.

Il pouvait s'arrêter ici, attendre les renforts, ou même faire demi-tour.

Rien ne l'obligeait à revivre ça.

Mais Cecilia était au bout du chemin. Et, contrairement

à ce qu'il pensait à l'âge de douze ans, quand il s'était fait cette promesse, on pouvait revenir sur une promesse faite à soi-même.

Il y avait une raison essentielle de faire ce dont on avait le plus peur.

Cette raison, Ace et Elijah ne pouvaient pas la comprendre.

Cette raison, c'était tout simplement l'amour.

Il n'y avait pas un endroit de son corps qui ne la faisait pas souffrir.

Ce n'était pas nouveau, mais c'était pire quand on avait un pistolet braqué sur la tête. D'autant qu'elle savait que Brady essayerait de la retrouver, et qu'ils pouvaient tous mourir.

Elle s'efforça de ne pas penser de cette façon. Le pessimisme pouvait être fatal dans sa situation.

Il fallait qu'elle croie en Brady, en Tucker, et même en elle.

Peu importait la douleur, le sentiment que c'était impossible, elle devait croire qu'ils s'en sortiraient.

— Nous y sommes, annonça Elijah.

Sans prévenir, il la poussa dans l'entrée d'une grotte, si brusquement qu'elle tomba à genoux.

Ça aurait pu être une erreur de la part d'Elijah si elle avait été en bonne forme physique. Il lui aurait suffi de se relever d'un bond et de le désarmer.

Mais ses bras cédèrent, et elle tomba sur le côté. Son côté blessé, malheureusement, et la douleur lui arracha un cri tandis que les larmes lui montaient aux yeux.

— Relève-toi.

Serrant les dents, Cecilia obéit.

— Tu saignes, dit-il, en plissant légèrement le front.

Il avait presque l'air inquiet pour elle.

S'approchant, il observa la tache rouge qui s'élargissait sur son T-shirt gris, puis il tendit la main.

Cecilia se crispa, s'attendant à ce qu'il lui fasse mal. Mais il se contenta de soulever doucement son T-shirt, et d'observer sa blessure.

— Tu aurais dû recevoir des soins. Pas de points de suture ?

Il eut un clappement de langue réprobateur.

— Ce n'est pas sérieux.

Elle ne répondit pas. Qu'aurait-elle pu dire ?

Cependant, elle continua à fixer ses yeux, plutôt que le pistolet, si proche de sa tempe qu'elle ne pouvait penser à rien d'autre.

— Tu sais, Layla aimait bien avoir mal. Vous avez peut-être ça en commun.

Cecilia ne put réprimer un frisson.

— Ne t'inquiète pas. Brady ne va pas tarder à débarquer, tel un super-héros.

Il consulta sa montre.

— Je me demande pourquoi il tarde autant, d'ailleurs. C'est bizarre. Deux hommes vigoureux et en parfaite forme physique, qui unissent leurs forces… C'est à croire que l'un d'entre eux n'a pas vraiment envie de remporter la bagarre…

Le sang de Cecilia se glaça. Elle refusait de prendre pour argent comptant ce que disait Elijah. Mais ne fallait-il pas comprendre que Tucker travaillait pour lui ?

Oh ! non, par pitié !

— Brady va venir avec des renforts, répliqua-t-elle. Qu'est-ce que tu feras, alors ?

— Il ne viendra pas avec des renforts.

Elijah ricana.

— Il va courir derrière toi comme un toutou. D'autant plus que tu es blessée…

Il secoua la tête avec une commisération affectée.

— Les Wyatt et leur côté chevaleresque ! Ils sont tellement prévisibles.

— Et ils sont toujours en vie. Tous les six. Qui plus est, ils ne sont pas incarcérés, comme une certaine personne que nous connaissons.

Cecilia donnait le change, mais les paroles d'Elijah avaient ouvert la place au doute.

Brady ne viendrait quand même pas sans renfort… Sauf qu'il avait précisément fait cela pour Tucker. Il s'était jeté la tête la première dans la bagarre, sans se demander comment il allait s'en sortir.

— Tu sais, ma belle, tu fais une grave erreur si tu penses que je suis comme Ace, ou comme ton idiot de petit ami. Tuer, ça te conduit tout droit en prison. Mais tu n'as pas forcément besoin de tuer pour obtenir ce que tu veux…

Cecilia n'y comprenait plus rien.

S'il n'avait pas l'intention de la tuer, pourquoi braquait-il une arme sur elle ?

Elle tenta un coup de poker.

— Nous savons que tu es le fils d'Ace.

Soit il serait irrité, et plus enclin à la tuer. Soit il serait déstabilisé, et elle pourrait en profiter pour reprendre la main.

Mais Elijah éclata de rire.

— Tu sais ça, hein ?

— Oui, je le sais.

— Tu ne sais rien du tout, Cecilia. Tu es complètement

perdue. À côté de la plaque. Tu crois que je m'intéresse à un bébé, alors que je suis en train de bâtir un empire ?

Cecilia ne savait pas quoi en penser.

Mak ne l'intéressait pas ? Mais alors, quel était le but de l'incendie ? Pourquoi menacer toute la réserve ?

20

La chaleur était suffocante.

La déshydrations menaçait.

Brady était en plein cauchemar, et il avait perdu la trace de Cecilia et Elijah.

Planté au beau milieu du vaste territoire des Badlands, il se demandait ce qu'il avait bien pu faire de mal pour mériter ça.

Il avait essayé d'être bon et de faire les choses avec justesse. Il avait été blessé tandis qu'il aidait Gage à sauver Felicity.

Pourquoi fallait-il qu'il rate tout ?

Mais ce n'était pas le moment de s'apitoyer sur son sort. Tant qu'il restait une chance que Cecilia soit encore en vie, il devait continuer. Il ne pouvait pas avoir complètement perdu leur trace. Il avait dû bifurquer au mauvais endroit, voilà tout.

Il revint sur ses pas, en essuyant dans sa manche son visage couvert de sueur, et s'arrêta là où il avait remarqué que le chemin se rétrécissait.

Immobile, il observa longuement le paysage environnant. Partout, il n'y avait que de la roche, déclinant ses nuances de brun, d'ocre et de rouge.

Cet endroit lui était familier. Il avait l'impression de s'être déjà trouvé dans ce canyon.

Il était près de… Ah, ça lui échappait pour le moment, mais ça allait lui revenir.

Soudain, il perçut des voix.

Il était difficile de déterminer d'où ça venait, à cause de la façon dont les sons se propageaient dans les Badlands. Mais il se servit du tracé du chemin et de son instinct pour avancer.

Finalement, un souvenir remonta à la surface, et il sut où il était, et où Elijah avait emmené Cecilia.

Il était impossible qu'Elijah ne soit pas le fils d'Ace s'il connaissait toutes ses cachettes.

Brady s'accorda une brève pause pour envoyer une prière muette à Tuck, afin qu'il le rejoigne avec des renforts. Puis il se dirigea vers la grotte.

Elijah avait déjà passé la tête à l'extérieur.

— Bienvenue, dit-il, avec un grand sourire. Entre, que nous discutions.

Brady sentit une intense émotion l'envahir. C'était là que Gage et lui s'étaient cachés durant leur fuite. Là qu'Andy Jay, un membre ordinaire des *Sons of the Badlands*, avait eu pitié d'eux et avait menti à leur père, les autorisant à poursuivre leur route jusque chez Grandma Pauline.

Ce devait être là aussi qu'Andy avait été tué par Ace, en guise de punition pour les avoir laissés filer. Le fils d'Andy n'avait jamais pardonné aux frères Wyatt le rôle qu'ils avaient joué dans la mort de son père. Il avait essayé de tuer Cody, il y avait peu de temps de cela, et avait heureusement échoué.

Mais il n'avait pas le temps d'évoquer le passé. Sa seule préoccupation était que Cecilia ne meure pas ici.

S'assurant d'un bref coup d'œil qu'elle allait bien, il s'interposa entre elle et le pistolet qu'Elijah braquait sur elle.

Elijah grimace.

— Tu as besoin d'être aussi chevaleresque ? C'est prévisible et ennuyeux. Quoi que tu fasses, ça ne m'empêchera pas de la tuer. Alors, tu vas t'asseoir bien gentiment.

Brady envisagea de se ruer sur lui. Ils étaient dans un espace réduit, et Cecilia pourrait l'aider, même en étant blessée.

Mais, s'il faisait parler Elijah, il pourrait peut-être obtenir plus d'informations à utiliser contre Ace, et aussi gagner du temps en attendant l'arrivée de Tucker avec des renforts.

Si Tucker venait…

Brady s'assit à côté de Cecilia. Elle était pâle. Il remarqua la tache sombre sur son T-shirt. Elle saignait à travers son bandage. Et elle était probablement déshydratée.

Il décida de frapper fort, et sans attendre.

— Tu sais, j'ai deviné que tu es le fils d'Ace

Le rire d'Elijah le déstabilisa. Il savait que c'était vrai, pourtant.

— Je ne suis pas son fils, dit Elijah, tout en gardant son arme braquée sur la tête de Cecilia.

— C'est ce qu'il t'a demandé de dire ? Pourquoi ça doit rester secret ?

Elijah secoua la tête, comme s'il se désolait d'avoir affaire à une personne stupide.

— Tu vois, j'ai été choisi, Brady. Ace m'a repéré parce que j'étais le meilleur, le plus intelligent. Il a vu quelque chose en moi. Les liens du sang… comme si ça comptait. Ses propres fils n'ont pas voulu prendre sa suite. Mais moi, je serai son digne héritier.

— Et moi, je serai toujours là pour combattre le crime dans ma juridiction.

— Je pourrais t'éliminer, mais ce n'est pas le message que je veux envoyer. Je ne veux pas le sang et la destruction, comme Ace. Je veux que le groupe devienne une vraie machine. Le meurtre conduit à la colère et à la revanche, comme cette ridicule affaire à propos d'Andy Jay. Je ne veux pas de ça. Je veux le consensus et la loyauté.

— Et Mak ?

— Je me fiche du gamin. Je l'ai dit, les liens du sang ne m'intéressent pas. Ce qui compte, c'est d'être choisi. Mais je n'aime pas qu'on prenne ce qui m'appartient.

Il prit une profonde inspiration, comme pour se calmer.

— Et puis, je t'ai observé. Je connais ton point faible.

Il agita son arme en direction de Cecilia.

— Les damoiselles en détresse. Tant que je l'aurai en joue, tu feras ce que je veux.

— Mais pas moi, dit Cecilia.

— Nous sommes deux contre un, et j'ai de l'aide en route, renchérit Brady. Tu ne gagneras jamais.

Elijah tourna son arme vers lui.

— Tu as beaucoup de chance que te tuer ne fasse pas partie de mon plan.

— Admets-le, Elijah, tu es un piètre leader.

— Je dirigerai les *Sons of the Badlands*, et ils gagneront en notoriété. Ace m'a choisi.

— Eh bien, il a mal choisi.

Brady bondit vers lui mais, au même moment, un coup de feu partit. Un cri de douleur suivit.

Les deux hommes étaient à terre, en train de lutter, mais Cecilia ne savait pas qui était blessé.

Elle ne voyait pas non plus le pistolet. Juste un méli-mélo de jambes et de bras.

Elle attrapa la plus grosse pierre qu'elle put trouver. Elle avait juste besoin d'y voir clair un instant pour fracasser la tête d'Elijah.

Mais il n'y avait pas d'opportunité.

Elle entendait des grommellements. Elle voyait du sang. Mais elle ne savait pas qui était blessé.

L'estomac noué par l'anxiété, elle décida de tenter le tout pour le tout. Lorsque Elijah fut sur le dessus, elle empoigna ses cheveux et tira de toutes ses forces. Puis elle attrapa le canon de l'arme qu'il tenait toujours à la main et le dévia.

Brady rampa pour se libérer. Elijah avait toujours une main agrippée à sa jambe, et il donna quelques coups de pied pour lui échapper.

Le sang était celui de Brady. Il trempait déjà la jambe de son pantalon.

Tandis qu'elle pesait de tout son poids sur Elijah, indifférente à la douleur qui lui fouaillait le flanc, et tentait de lui arracher son arme, elle vit Brady qui cherchait à se relever, et retombait à genoux.

Elle ne pouvait pas se laisser affaiblir par la crainte qu'il soit grièvement blessé. Elle devait récupérer l'arme pour pouvoir aider Brady…

Elle luttait de toutes ses forces, quand elle sentit qu'on la soulevait par la taille, l'obligeant à lâcher sa prise sur l'arme.

Elle voulut protester, mais déjà Brady la poussait hors de la grotte.

Quelques secondes après, on entendit une explosion.

Par réflexe, elle se recroquevilla et se boucha les oreilles.

Une pluie de gravillons s'abattit sur eux, et Brady s'efforça de la couvrir de son corps. Elle essaya vainement de le repousser. Il était blessé. C'était plutôt à elle de le protéger.

Elle finit par déloger Brady et regarda autour d'elle.

La grotte avait explosé. Mais comment était-ce possible ?

Soudain, une silhouette se dessina dans un halo de poussière.

Tucker.

Elle cilla. Était-ce une hallucination ?

Ses oreilles sifflaient. Tous les bruits étaient étouffés. Elle avait l'impression d'être enveloppée dans du coton.

Elle observa Brady. Il était assis par terre, le dos appuyé contre un rocher, sa jambe blessée étendue devant lui.

Il y avait tellement de sang…

Tucker lui tendit un bout de tissu, qu'il avait dû arracher à sa propre chemise, et Cecilia s'en servit pour faire un garrot à Brady.

— Laisse-moi deviner, dit Tucker. Tu as besoin d'une ambulance.

— Ça ne pourra pas me faire de mal.

— L'ambulance va se rapprocher le plus possible. Les secouristes feront le reste à pied et seront là dans quelques minutes.

Le regard de Tucker passa de Brady à Cecilia.

— Vous serez transportés tous les deux. Mais tout dépend de l'état d'Elijah. Il pourrait avoir besoin d'être évacué en premier.

— Tu ne devrais pas…

Cecilia n'alla pas au bout de sa phrase, car elle venait

de voir deux hommes en train de déblayer les décombres. D'où sortaient-ils ?

Elle contempla Brady. Son teint était verdâtre, mais il avait les yeux ouverts et alertes.

— Elijah ne pensait pas que tu aurais des renforts.

— Je sais que je suis stupide, mais quand même pas à ce point. Je savais que je pourrais compter sur Tucker.

Cecilia glissa un regard en coin à Tucker. Elle n'avait pas été loin d'imaginer qu'il était passé dans le camp ennemi. Mais il était finalement venu avec des renforts.

Le genre de renforts qui pouvaient faire exploser une grotte.

Tucker s'éloigna, et Cecilia reporta son attention sur Brady.

— J'espère que tu n'as pas pour projet de mourir, parce que ça ne marchera pas avec moi.

Il esquissa un sourire.

— Non. Survivre à des coups de feu est ma spécialité. Tu sais ce qu'on dit : se faire tirer dessus deux fois dans la même année, ça porte bonheur.

— Personne ne dit ça, Brady.

— Eh bien, la malchance ce serait que je sois mort. Et je ne le suis pas encore.

Traversée par un frisson, Cecilia posa son front sur celui de Brady. Et elle dit ce qu'elle n'avait jamais pensé dire à un homme.

— Je t'aime. Et tu as intérêt à ressentir la même chose, ou je te casse la figure.

Il eut un petit rire, grimaça de douleur et tenta vainement de se redresser sur un bras.

— Et tu n'as pas le droit de mourir.

— Ça n'arrivera pas. Compris ?

Cecilia déglutit pour évacuer la boule d'émotion qui lui obstruait la gorge.

— Et, pour information, je t'aime aussi.

— C'est d'un romantique, chuchota-t-elle, en perdant sa bataille contre les larmes, qui commençaient à rouler sur ses joues.

Brady voulut ajouter quelque chose, mais l'un des hommes qui fouillaient les décombres cria :

— Il est en vie.

21

Brady avait déjà été blessé par balle, et ce n'était pas si vieux que ça. Il y avait moins de peur, cette fois. Une forme d'acceptation vaguement irritante.

Cecilia était assise à côté de lui. Un secouriste leur avait administré les premiers soins, tandis que les deux autres s'affairaient à sortir Elijah des décombres et à le placer sur un brancard.

Brady les avait entendus murmurer qu'il fallait le transporter en urgence s'il existait le moindre espoir de le sauver. Les blessures de Cecilia et les siennes étaient sérieuses, mais ils devraient attendre un second transport.

Cecilia se tourna vers Tucker.

— Pourquoi ils lui donnent la priorité ? demanda-t-elle, d'un ton de reproche. Il n'aurait pas hésité à nous tuer.

— Elijah possède peut-être des informations utiles à mon enquête.

Brady dévisagea son frère avec étonnement. Il ignorait que celui-ci avait une enquête en cours impliquant Elijah.

Mais il y avait quelque chose dans toute cette histoire qui l'incitait à garder ses questions pour lui.

Les secouristes sanglèrent Elijah sur le brancard, ce qui le stabiliserait contre les secousses du transport, mais l'empêcherait aussi d'agresser le personnel soignant.

L'homme avait la tête tournée vers eux.

— Le pire est à venir pour les Wyatt, dit-il, d'une voix rocailleuse.

Son visage était en sang et lacéré, mais la haine dans ses yeux était limpide et féroce.

— Je crois que nous saurons y faire face, rétorqua Cecilia.

— Comme nous avons affronté tout le reste, ajouta Brady.

Si Ace continuait à intervenir, sous quelque forme que ce soit, ils continueraient à lutter. Parce qu'ils avaient construit de vraies vies, remplies d'amour et de perte, de bien et de mal. Et surtout, d'espoir.

Tout ce que possédaient Elijah et Ace n'était qu'illusion. Certes, ils étaient dangereux, mais cela ne devait pas régir leur vie. S'il était écrit quelque part que les Wyatt et les Knight devaient se battre pour le bien et le mal, qu'il en soit ainsi.

L'important, c'était que Cecilia et lui aient une vie.

— Tu crois que…

Cecilia se pencha à son oreille, tout en regardant l'ambulance démarrer.

— Tu crois que Tucker faisait partie de l'ancien groupe de Cody, et que c'est pour cette raison qu'il est aussi bizarre ?

— C'est possible, mais je ne peux rien affirmer. Ils ont viré Cody du groupe quand d'autres personnes en faisaient partie. Si Tucker travaille avec eux, nous devons rester discrets.

Cecilia hocha la tête, puis elle enfouit son visage dans le creux de son épaule.

— Tout va bien, murmura-t-elle, comme si elle avait besoin de le dire pour le croire.

C'était étrange. Il souffrait énormément et avait perdu beaucoup de sang. Assise par terre, sous un soleil de plomb, Cecilia n'était pas en meilleur état.

Mais il se sentait bien. Comme si tout ce qui n'allait pas depuis des mois, toute cette grisaille, cette frustration et cette anxiété s'étaient évaporées.

Le gang des *Sons of de Badlands* existait toujours. Ace et Elijah étaient toujours en vie. Mais, malgré tout cela, Jamison et Cody avaient retrouvé leur amour de jeunesse. Cody avait une fille. Jamison avait la demi-sœur de Liza, qui le considérait comme son père. Gage et Felicity allaient se marier.

Et Brandy avait fini par tomber amoureux de Cecilia, qui se battait bec et ongles pour les gens qu'elle aimait.

— Je t'aime, susurra-t-il, dans ses cheveux poussiéreux.

— Tu es sûr que tu n'es pas en train de mourir ? plaisanta-t-elle.

Mais peut-être qu'elle ne plaisantait pas, après tout. Elle était anxieuse, et ça se voyait.

— Je vais parfaitement bien, dit-il, pour la rassurer.

Ou, pour être exact, il irait mieux bientôt.

Épilogue

Deux semaines plus tard.

Le ranch de Grandma Pauline ne désemplissait pas ces derniers jours. Sarah et Rachel y séjournaient, la maison des Knight étant en travaux après l'incendie. Duke avait quant à lui insisté pour rester sur la propriété, et personne ne s'était risqué à essayer de le faire changer d'avis. Il était plus têtu qu'une vieille mule.

À sa sortie de l'hôpital, Cecilia n'avait pas eu d'autre choix que d'accepter l'hospitalité de Grandma Pauline. Brady s'était trouvé dans le même cas. Tout le monde avait été surpris quand Cecilia avait demandé qu'ils partagent une chambre, mais les occupants du ranch avaient fini par s'y faire.

Brady se remettait doucement, et sa convalescence ne se passait pas sans quelques sautes d'humeur. Sa blessure à la jambe avait été sérieuse et, si aucun os n'avait été brisé, les dégâts aux tendons et aux muscles occasionneraient un temps de cicatrisation assez considérable.

Être obligé de demander de l'aide pour se déplacer ne le rendait ni heureux ni facile à vivre, mais c'était lui qui avait suggéré leur présent arrangement. Si elle n'avait pas déjà été amoureuse de lui, Cecilia aurait pu craquer pour lui quand il avait proposé qu'elle s'installe au ranch.

La porte de service de la cuisine, où Cecilia sirotait un thé à la table, s'ouvrit. Jamison entra, en faisant signe à Layla de le suivre. Elle était visiblement nerveuse, mais semblait quand même aller mieux que lors de son séjour à l'hôpital.

Cecilia se leva immédiatement pour prendre Layla dans ses bras. Layla lui rendit son accolade, en reniflant sur son épaule.

— Je n'étais pas sûre de vouloir venir, mais je savais que tu viendrais me chercher si je ne le faisais pas. Et tu as besoin de te reposer.

Layla s'écarta.

— Où est Mak ?

Cecilia adressa un signe de tête reconnaissant à Jamison, qui s'éclipsait.

— Là-haut. Je ne peux pas encore le prendre dans mes bras, à cause de mes blessures, mais tout le monde se dispute pour s'occuper de lui. Jamison va aller le chercher. Mais, avant, je voudrais te parler de quelque chose.

— Je sais. Je ne peux pas le récupérer. Je me sens mieux, mais je ne suis pas encore…

Cecilia posa les mains sur les épaules de son amie.

— Je pense que tu en es capable. Mais rien ne t'y oblige, Layla. Avant toute chose, tu dois faire ce qui est bien et juste pour toi.

— L'aide à l'enfance ne veut pas s'en occuper. Et quand Elijah sortira de prison…

Cecilia guida Layla vers la table et l'aida à s'asseoir.

— Nous vous protégerons Mak et toi. Toujours. Tu n'as pas à t'inquiéter de ça.

— J'ai perdu mon emploi. Mon thérapeute trouve que je fais des progrès, mais…

— Mais c'est difficile. Tu as traversé tellement d'épreuves.

Cecilia prit les mains de son amie dans les siennes.

— Tu devrais être avec ton fils et tu devrais avoir un emploi qui te le permette.

— Mais je…

— Je vais te proposer quelque chose et je veux que tu comprennes que c'est une idée des Wyatt. Je n'y suis pour rien, donc ne te sens pas obligée d'accepter parce que tu crois que tu me dois quelque chose.

— Je te dois ma vie. Je te dois tout.

Cecilia protesta.

— Layla !

L'intéressée reprit son souffle et hocha la tête.

— Je sais, tu es ma meilleure amie, et j'aurais fait la même chose pour toi. Ce qu'il y a, c'est que je suis fragile, Cecilia. Je ne me sens pas la force de faire quoi que ce soit.

Elle tiqua.

— Mon thérapeute pense que c'est bien de communiquer sur ça, mais ça me gêne terriblement.

— Justement, c'est une excellente idée que tu t'installes ici. Nous avons deux personnes qui se remettent de blessures importantes. Les frères Wyatt vont et viennent, avec leur famille aux basques. Grandma Pauline est… Disons que tout ce qu'elle fait pour cette grande maison et pour la ferme représente une lourde charge pour une personne de son âge.

Cecilia songea qu'il valait mieux que Pauline n'entende pas cela.

— Une aide serait la bienvenue. Tu travaillerais pour elle, et, en même temps, tu prendrais soin de ton fils et de ceux d'entre nous qui sont pour le moment en convalescence. Ça peut être temporaire, jusqu'à ce que tu te sentes assez bien pour chercher un autre travail et vivre seule. Ou ça peut être permanent.

— Mais…

Les yeux emplis de larmes, Layla cilla.

— Ça semble trop beau pour être vrai.

Souriante, Cecilia pressa les mains de Layla entre les siennes.

— Les Wyatt sont un peu trop beaux pour être vrais, parfois. Le plus simple, c'est que tu acceptes, sans te demander si tu le mérites. Qu'en penses-tu ?

Layla hésitait encore.

— Et si j'attendais que Brady et toi vous alliez mieux ? Tu crois vraiment que Pauline aurait besoin de mon aide ? Et puis, Mak a besoin de stabilité. Ma présence pourrait le perturber.

Les certitudes de Cecilia vacillèrent. Elle n'avait pas du tout songé à la période où Brady et elle retrouveraient le cours normal de leur vie.

Elle s'éclaircit la gorge et tenta de dissimuler son désarroi à Layla.

— Quoi qu'il arrive, Pauline aura toujours besoin d'aide, et Brady et moi continuerons à lui rendre visite. Nous n'allons pas abandonner Mak comme ça.

Layla afficha une mine piteuse.

— Contrairement à sa propre mère.

Cecilia s'empressa de protester.

— Non ! Sa propre mère était malade. Aujourd'hui, elle va mieux et elle a plein d'amis qui veulent l'aider.

— Je…

Layla chercha son souffle.

— Je ne peux pas refuser, n'est-ce pas ? Ce serait… Ce serait vraiment stupide.

Layla se leva soudain d'un bond, et Cecilia pivota sur sa chaise, afin de comprendre le pourquoi de cette réaction.

Pauline venait d'entrer avec Mak dans les bras, et Layla pleurait maintenant à chaudes larmes.

Cecilia adressa un sourire à Grandma Pauline, mais les paroles de son amie trottaient toujours dans sa tête. Que se passerait-il quand Brady et elle auraient parachevé leur convalescence ?

— Et si nous allions au salon, ma petite fille, suggéra gentiment Pauline. Venez, je vais vous montrer…

Tandis qu'elle escortait hors de la cuisine une Layla en pleurs, Cecilia se retrouva seule en butte à ses pensées.

Que se passerait-il quand Brady et elle iraient mieux ?

Non, elle n'allait pas rester assise là à ruminer.

Elle se dirigea vers la chambre qu'elle partageait avec Brady et le trouva étendu sur le lit.

— Et quand nous irons mieux ? demanda-t-elle, sans préambule.

Elle ne savait pas pourquoi elle se sentait si énervée, si tremblante. Mais ils n'en avaient pas discuté. Pourquoi le sujet n'avait-il pas été abordé ?

Brady releva la tête du livre dans lequel il était plongé.

— Hein ?

— Que se passera-t-il quand nous aurons récupéré ?

Il cilla, puis s'agita sur le lit.

— Eh bien…

Il s'éclaircit la gorge.

— Je ne suis pas sûr de comprendre ce que tu me demandes, Cecilia.

— Où allons-nous aller ? Est-ce que tu vas retourner dans ton appartement, et moi à la réserve ? Est-ce que tout ça va continuer ?

D'un geste de la main, elle les désigna tour à tour.

— On fait quoi ?

Brady posa son livre.

— Je n'ai pas envie d'avoir cette conversation avec toi, alors que tu restes debout à me parler d'un ton accusateur. Assieds-toi.

— Ne me donne pas d'ordres !

Brady haussa un sourcil. Cette habitude agaçait tellement Cecilia qu'elle avait systématiquement envie de taper du pied et de râler.

Elle se laissa tomber sur le lit à côté de lui, parce qu'elle était malgré tout une fille raisonnable. Il passa alors un bras autour de ses épaules et l'attira contre lui, jusqu'à ce qu'elle enfouisse la tête dans le creux de son cou.

— Une fois que tu auras repris le travail, tu auras envie de rester à la réserve, dit-il.

— Je suppose.

— Je ne suis pas obligé de vivre dans le comté, et le trajet quotidien n'est pas si important que ça.

Cecilia se redressa, en proie à une sorte de panique.

— Tu suggères de t'installer avec moi ?

— Ce n'est pas là où tu voulais en venir ?

— Non… Enfin, peut-être… Ce que je voulais dire, c'est que nous vivons ensemble, maintenant. Il faut juste composer avec la présence de ta grand-mère.

— Exactement.

— Je…

— Ou alors, nous pourrions rester ici et faire des allers-retours tous les jours une fois que nous aurons repris le travail. Ce n'est pas que ça m'enchante de perdre mon temps sur les routes, mais je ne me vois pas réintégrer mon appartement avant un bon moment, à cause de ces fichus escaliers. Je me demande même si je ne vais pas rendre mon insigne…

Sous le choc, Cecilia s'écarta d'un mouvement brusque.

— Tu ne peux pas faire ça !

— Pourquoi pas ? Je vais rester absent pendant des mois. Pour quelle raison j'y retournerais ?

Cecilia secoua la tête.

Elle savait qu'il en avait assez d'être blessé, qu'il supportait de plus en plus mal l'inactivité, et que ça le rendait morose. Mais il ne pouvait pas sérieusement songer à démissionner.

— Parce que tu adores ton travail.

Brady resta silencieux un long moment.

— Je suppose…

Il l'attira plus étroitement contre lui.

— Tu sais quoi, Cecilia… Nous réfléchirons étape par étape à ce que nous ferons plus tard ensemble.

Elle rejeta la tête en arrière pour le regarder.

La vie était curieuse, quand même. Elle avait toujours admiré Brady, même quand il l'exaspérait. Bien sûr, elle ne l'aurait jamais admis. Même au jour de l'an, quand elle l'avait embrassé, elle n'avait pas voulu reconnaître qu'elle portait en elle ce genre de sentiments.

Il avait fallu la peur. Il avait fallu qu'elle lutte… Aujourd'hui, elle le reconnaissait bien volontiers. Sa fierté n'était pas aussi importante que le besoin d'être honnête avec elle-même.

— Tu es plutôt un type bien, Wyatt.

— Ouais, ouais… Qu'est-ce que Layla a dit ?

— Elle va le faire.

— Bien. Tu serais, ce ne serait pas si mal de rester ici. On pourrait aider Grandma et Dev, garder un œil sur Mak… Ça ne me dérangerait pas.

Cecilia se blottit contre son torse.

— Ça ne me dérangerait pas non plus.

Ce n'était pas du tout ainsi qu'elle avait envisagé sa vie. Jamais, dans ses rêves les plus fous, elle n'aurait pu imaginer former un couple avec un homme comme Brady…

Et vivre sous le même toit que sa meilleure amie et le bébé de celle-ci… On était quand même loin de l'idée d'une famille normale.

Mais elle n'avait jamais rien fait comme tout le monde.

Tout ce qui avait toujours compté pour elle, c'était l'amour. Et elle en avait à profusion.

Elle enfouit son visage dans le cou de Brady et soupira.

— Je t'aime, murmura-t-elle.

Peu importait ce qui pouvait arriver, l'amour était le moteur de toutes les batailles, de toutes les luttes, et la seule et unique raison de vivre.